AF178815

Ellen Berg
Von Spaß war nie die Rede

atb aufbau taschenbuch

Ellen Berg

Von Spaß war nie die Rede

(K)ein
Mütter-Roman

atb aufbau taschenbuch

ISBN 978-3-7466-3948-2

Aufbau Taschenbuch ist eine Marke
der Aufbau Verlage GmbH & Co. KG

2. Auflage 2023
© Aufbau Verlage GmbH & Co. KG, Berlin 2023
Satz LVD GmbH, Berlin
Druck und Binden CPI books GmbH, Leck, Germany
Printed in Germany

www.aufbau-verlage.de

Prolog

Auf der Website *Nurnichtverzweifeln.com* fand ich folgenden Ratschlag: Schreib einen Brief an dich selbst. Am besten an dein inneres Kind. Also schön, hier ist der Brief.

Liebes inneres Kind,

wie es Dir geht, muss ich gar nicht erst fragen. Vor ein paar Jahren hättest Du wahrscheinlich noch geantwortet: Eigentlich ganz gut. Oder: Geht schon irgendwie. Was man halt so sagt, wenn Sinnfragen ein Luxus sind, den man sich im turbulenten Alltag nicht leisten kann.

Doch jetzt lautet die Antwort: Nichts geht mehr.

Weißt Du noch? Früher wolltest Du unbedingt ganz schnell erwachsen werden. Da wusstest Du ja auch noch nicht, was das bedeutet: ackern, kümmern, staubsaugen, einkaufen, kochen, waschen, bügeln und allenfalls noch beim Spülmaschine einräumen die Musik hören, zu der Du früher die Nächte durchgetanzt hast.

Erwachsensein heißt, für andere da zu sein. Nur nicht für Dich selbst.

Das hattest Du Dir ganz anders vorgestellt, stimmt's? Du wolltest lachen und leben, so richtig aus dem Vollen

5

schöpfen. *Stattdessen bist Du nun am Nullpunkt Deines Tupperdosendaseins angekommen. Einfach verloren gegangen, irgendwo zwischen Küche, Job und Supermarkt.*

Sicher, es ist erfüllend, einer Familie den Rundumservice zu bieten, Haus und Garten auf Zack zu halten und einen anspruchsvollen Chef zufriedenzustellen. Vorausgesetzt, man muss es nicht dauernd selber tun.

Lange dachtest Du: Wenn die Kinder aus dem Gröbsten raus sind, liegt das Schlimmste hinter Dir. Nee, nee, Du steckst mittendrin im tiefsten Schlamassel. Jeder hat täglich neue Sonderwünsche: Dein Mann Christian, Deine fast erwachsene Tochter Emmi, Dein pubertierender Sohn Finn, außerdem Kollegen, Freunde, Eltern, Schwiegereltern und so weiter.

Was Du Dir wünschst, danach fragt keiner.

Vielleicht liegt es daran, dass ich Fee heiße. Nomen est omen. Jedenfalls bin ich die gute Fee vom Dienst, auf die man rund um die Uhr zählen kann. Jemand braucht meinen Rat? Bitte sehr. Eine Freundin möchte Hilfe bei ihrer Grillparty? Noch am selben Abend stehe ich mit leckeren Salaten auf der Matte. Jemand sucht ein Geschenk für seine Schwiegermutter? Natürlich stöbere ich bei eBay das ultimative Präsent auf.

Man hält mich für eine starke Frau, die mit beiden Beinen im Leben steht. Immer lächelnd, immer freundlich, immer hilfsbereit, wie es nun mal meine Art ist. Ich kann ja auch gar nicht anders, denn das Wort »nein« existiert nicht in meinem Wortschatz. Aber Du, liebes inneres Kind, drehst am Rad. Ach was, Du schrammst längst auf der Felge, und in perfekter Harmonie zum dazugehörigen Quietschgeräusch pfeifst Du aus dem letzten Loch.

So kanntest Du Dich bisher gar nicht. So kraftlos und deprimiert und durcheinander wie ein Pfund gemischtes Hack, das als Falscher Hase durch die Welt läuft. Es gibt Tage, da ist Deine Energie bereits vor dem ersten Kaffee aufgebraucht. Du liegst noch im Bett, und Dir wird schon ganz schwindelig bei der Vorstellung, wie viel Du bedenken und erledigen musst, weil sonst alles zusammenbrechen würde.

Verflixt. Was stimmt nicht mit mir?

Du wirst immer komplizierter, sagt Christian. Mama ist in letzter Zeit total anstrengend, sagen meine Kinder. Das sind die ersten Vorboten der Wechseljahre, sagen meine Freundinnen: Glückwunsch, Fee, kannst dich schon mal auf Hüftprobleme, erstaunliche Nahrungsunverträglichkeiten und den ganz großen Depri einstellen; Anfang vierzig geht's nämlich los, und besser wird's nie wieder.

Leider fühlt es sich ganz danach an.

Klar, ich könnte dankbar sein. Ein Mann, zwei Kinder, ein Haus, ein Job, das ist doch was. Von außen betrachtet, läuft ja auch alles rund. Ich führe ein sacksolides Leben in geregelten Verhältnissen, vollkaskoversichert und weitgehend sorgenfrei. Doch Du, mein liebes inneres Kind, empfindest diesen Alltag als Gefängnis. Wie um Himmels willen kommen wir beide da bloß wieder raus?

Wahrscheinlich gar nicht. Wir sind halt dort, wo das Schicksal uns hingelebt hat.

Doch manchmal, wenn ich spätabends die Küche aufräume, stellst Du die Sinnfragen, die vielleicht normal sind mit Anfang vierzig: Was habe ich erreicht, was versäumt, welche Opfer musste ich für das Erreichte bringen? Dumm nur: Im Grunde habe ich so gut wie gar nichts erreicht, weil die Mühle jeden Tag wieder von vorn losgeht: ackern, kümmern, staubsaugen, einkaufen, kochen, waschen, bügeln ... siehe oben. Es nimmt einfach kein Ende.

Wo bleibst Du? Hallo, liebes inneres Kind, gibt es Dich überhaupt noch? So vieles ist auf der Strecke geblieben. Wenn mich jemand nach meinen Hobbys fragt, wäre die ehrliche Antwort: Aufgrund des Lebens, das ich führe, bin ich vielseitig desinteressiert.

Und was ist aus Deinen Sehnsüchten geworden, Deinen Träumen, Deinem Fernweh? Wolltest Du nicht immer mal nach Tibet? Oder durch den Panamakanal schippern? Was ist mit Deinem Jugendtraum, einmal auf Bali zu meditieren?

Vorbei. Irgendein rätselhaftes Karma hat mir aufgebrummt, kleine Brötchen zu backen, statt mir den ganz großen Kuchen zu holen. Mein Leben geht seinen Gang, ich stolpere hinterher. Anders geht es wahrscheinlich nicht. Also beiß die Zähne zusammen und mach weiter. Du schaffst das schon. Irgendwie.

Deine Fee

PS Liebes inneres Kind, wenn Du mal Probleme brauchst, gebe ich Dir gern ein paar ab. Melde Dich einfach, bin immer für Dich da.

Kapitel 1

»Frau Ziegler, kommen Sie mal?«

Selbstverständlich. Obwohl Herr Doktor Sennheiser das Zauberwort weggelassen hat, unterbreche ich sofort meine Arbeit am Computer. Als Praxisassistentin eines Dermatologen, für den ich seit acht Jahren halbtags arbeite, kenne ich die Dringlichkeitsstufen.

Bitte ist für sonntags reserviert, also nicht für mich. *Könnten Sie mal kommen,* sagt Doktor Sennheiser nur, wenn er sehr guter Laune ist. Was selten vorkommt und montags nie. Montags ist Hochbetrieb beim Hautarzt, weil die Leute am Wochenende endlich mal dazu kommen, richtig in den Spiegel zu gucken. Schon gewusst? Der Mensch hat durchschnittlich eins Komma neun Quadratmeter Hautfläche. Da findet man immer was Interessantes, sofern man sich genügend Zeit dafür nimmt und anschließend das Internet befragt.

Doch dass die Praxis voller Patienten ist, die bereits durch Doktor Google wissen, dass sie unter einer sehr seltenen Allergie leiden oder quasi mit einem Bein im Grab stehen, darf mich jetzt nicht stören.

Kommen Sie mal bedeutet: Alles stehen und liegen lassen, dringende Chefsache, mach dich auf was gefasst.

»Sofort, Herr Doktor Sennheiser!«

Schon als ich sein Sprechzimmer betrete, einen weiß getünchten Raum voller Fotos von gruselig entstellten Menschen, weiß ich, dass mein Feierabend gelaufen ist. Ich sehe es an der steilen Falte zwischen den Augenbrauen meines Chefs.

»Meine Frau hat heute Geburtstag«, erklärt er etwas nervös. »Ich brauche einen anständigen Blumenstrauß, einen Tisch für zwei im Restaurant Piccolo Mondo und ein Präsent, das ich meiner Gattin überreichen kann.«

Unhörbar seufzend mustere ich Doktor Sennheisers hagere Gestalt im weißen Kittel, danach sein schmales Gesicht mit den bleistiftdünnen Lippen und den etwas vorstehenden Augen. Also hat er den Geburtstag seiner Frau vergessen, und ich soll es rausreißen.

Klar, ich könnte jetzt sagen: Tut mir leid, das gehört nicht zu meinen Aufgaben. Als medizinische Praxisassistentin umfasst meine Arbeitsplatzbeschreibung genau folgende vier Elemente: Empfang von Patientinnen und Patienten, Terminplanung, administrative Arbeiten, Unterstützung des behandelnden Arztes bei Laborarbeiten. Ende. Last-minute-Aktionen, weil mein Chef einen Geburtstag verdaddelt hat, sind definitiv nicht mein Job.

Aber ich kann den Mann doch nicht hängen lassen. Das brächte ich nicht übers Herz.

»Bestimmt fällt mir was ein«, nicke ich. »Blumen und Reservierung gehen klar. Als Präsent würde ich ein wertiges Seidentuch empfehlen. Oder eine hübsche Kette, die kann Ihre Frau dann gleich im Restaurant anlegen.«

»Sehr gut.« Mit gewichtiger Miene holt Doktor Sennheiser sein Portemonnaie aus der Hosentasche und reicht mir einen Schein. »Aber nicht die Quittungen vergessen, die kann ich als Werbungskosten von der Steuer absetzen.«

»Natürlich.«

»Und beeilen Sie sich, es ist schon halb vier.«

Das ist mir durchaus bewusst, weil ich offiziell nur von elf bis drei arbeite. Doch unbezahlte Überstunden werden einfach vorausgesetzt. Ich will schon gehen, als Doktor Sennheiser mit den Fingern schnippt.

»Eins noch, Frau Ziegler, könnten Sie auch einen Kuchen für meine Frau backen?«

Ich fürchte, mir entgleisen gerade die Gesichtszüge.

»Einen ...«

Immerhin, er hat ausnahmsweise *könnte* gesagt, das muss ich ihm zugutehalten.

»Es ist nämlich so«, hüstelt er in die Patientenakte hinein, die vor ihm auf dem Tisch liegt, »Sie bringen an Ihrem Geburtstag doch immer diese phantastische Apfeltarte mit in die Praxis. Und ich würde meiner Frau gern sagen, sie sei bei meinen Angestellten so beliebt, dass die etwas für ihren Geburtstag vorbereitet haben.«

Dieser Gedankengang ist gleichermaßen abwegig wie die Bitte schräg. Wenn sich Frau Sennheiser überhaupt mal in der Praxis blicken lässt, behandelt sie mich wie Luft. Aber das habe ich eben davon. Es war ein Tipp meines Mannes, damals im Bewerbungsbogen »Backen« als Hobby anzugeben. Solche Mitarbeiter würden immer gern genommen, unabhängig von der Qualifikation, so seine Begründung.

Diese Bemerkung sagt einiges über Chefs. Letztlich sagt sie auch einiges über meinen Mann. Christian schätzt meine hausfraulichen Qualitäten, alles andere ... nun ja, weiß nicht.

»Frau Ziegler?«

Im Kopf überschlage ich die Zeitfenster, die sich gerade knallend schließen. Ich führe halt ein Leben im Durchzug.

Also. Telefonat mit dem Restaurant zwei Minuten. Blumen und Präsent besorgen eine Stunde. Zwei Apfeltartes backen – eine habe ich schon meiner Freundin Catherine für heute Abend versprochen – zweieinhalb Stunden. Ist zu schaffen. Gerade so eben. Sagt Catherine nicht immer, man solle jeden Tag eine gute Tarte vollbringen? Dann sind es heute eben zwei.

»Schon erledigt«, strahle ich.

»Das wäre dann alles«, werde ich knapp abserviert.

So wie das Wörtchen *Bitte* sucht man auch das Wörtchen *Danke* vergeblich im Wortschatz meines Chefs.

Während ich zurück in den Wartebereich eile und meinen Arbeitsplatz hinter dem Empfangstresen ansteuere, frage ich mich, wie es die Leute immer wieder schaffen, mich zu allen möglichen Gefälligkeiten rumzukriegen. Ich tue es ja gern. Nur, dass ich langsam auf dem Zahnfleisch krieche.

»Frau Ziegler, schön, dass ich Sie antreffe«, spricht mich eine alte weißhaarige Dame im grauen Popelinemantel an. »Ich wollte mich bedanken, dass Sie mir die Wurmkur für meinen kleinen Liebling besorgt haben.«

»Nicht der Rede wert, Frau Kaspers, wirklich gern geschehen«, versichere ich.

Ich mag Frau Kaspers, weil mich diese süße alte Dame immer an meine verstorbene Oma erinnert: winzig von Statur, mit einem lieben gütigen Greisinnengesicht, in dem Tausende kleiner Fältchen von einem abwechslungsreichen und sicher nicht einfachen Leben erzählen. In die Praxis kommt Frau Kaspers eigentlich nur, weil sie sonst niemanden mehr hat und von Zeit zu Zeit unter Menschen muss. Ihre einzige Freude ist ihr kleiner Pudel Chico. Da versteht es sich doch von selbst, dass ich ihr helfe.

»Ist Ihr Kleiner denn wieder gesund?«, erkundige ich mich.

»O ja, Chico frisst wieder richtig, und beim Gassigehen ist er auch wieder munter«, schwärmt sie. »Gestern wollte er sogar eine Dogge beglücken.«

»Das freut mich.«

»Schönen guten Tag, die Damen«, erklingt ein volltönendes männliches Organ, das an den Solisten eines Donkosakenchors erinnert.

Sofort richten sich die Augen sämtlicher wartender Patienten auf den Besitzer dieser sensationellen Stimme. Herr Paltow ist hier der Star. Er sieht umwerfend aus, groß, breitschultrig, stets elegant gekleidet, und hat das Fluidum eines charmanten Hallodris. Nie tritt er an den Empfangstresen, ohne mir mit einer kleinen flirtigen Bemerkung den Tag zu versüßen. Auch heute.

»Wolken sind die Seele des Himmels, Frau Ziegler. Und Ihre schönen Augen sind die Seele dieser Praxis.«

Wenn ich so was höre, fühle ich mich wieder als Frau. Christian bringt solche Sätze schon lange nicht mehr über die Lippen. Vielleicht sollte ich an dieser Stelle erwähnen, dass ich seit Ewigkeiten verheiratet bin. Mein durchschnittlicher Romantiklevel liegt ungefähr bei: »Schlaf gut, Schatz, und vergiss bitte nicht, mir morgen die Fußpilzcreme aus der Apotheke mitzubringen.« Deshalb bin ich sehr empfänglich für Herrn Paltows geschraubte Sprüche. Unlängst hat er mir sogar Blumen mitgebracht, auch etwas, das Christian seit Jahren nicht mehr tut. Herr Paltow ist einfach eine Wucht.

»Wissen Sie was?«, raunt er mir über den Tresen zu. »So, wie Düfte die Botschafter der Blumen sind, ist Ihr Lächeln eine Botschaft, auf die ich mich schon Tage vorher freue.«

Verzückt schaue ich ihn an. Wenn du wüsstest.

In Ermangelung romantischer Erlebnisse entfliehe ich meinem Alltag manchmal, indem ich in Tagträume und Phantasien eintauche. Ja, ich führe ein geheimes Doppelleben. In meinem Kopf. Zum Beispiel stelle ich mir vor, wie ich Arm in Arm mit Herrn Paltow durch einen Park schlendere, wo wir dann stundenlang über Wolken und Blumen philosophieren. Es muss herrlich sein, die Nähe eines Mannes zu spüren, der eine Frau wirklich wahrnimmt und sich nicht scheut, über Gefühle zu sprechen.

Dummerweise weiß ich aus dem Anamnesebogen, welches chronische Hautleiden Herrn Paltow in die Praxis führt, weshalb ich von weitergehenden Phantasien Abstand nehmen muss.

»Haben Sie zufälligerweise an die Hautcremeproben gedacht?«, flüstert er mir verschwörerisch zu.

Na sicher. Doktor Sennheiser wird mit solchen Proben geradewegs zugeschüttet. Feuchtigkeitscremes, Lotionen für hypersensible Haut, Salben gegen Juckreiz, es ist wirklich alles dabei, in Hülle und Fülle. Wenngleich mein Chef die Proben wie einen Schatz hütet, habe ich für Herrn Paltow ein paar abgezweigt. Diskret überreiche ich ihm eine kleine Tüte, die er mit seinem unwiderstehlichen Lächeln entgegennimmt.

»Danke, Sie sind ein Schatz, Frau Ziegler.«

»Ein Engel auf Erden ist sie«, seufzt Frau Kaspers.

»Nein, nein, zu viel der Ehre«, winke ich verlegen ab. »Entschuldigen Sie bitte vielmals, ich muss jetzt los, etwas für den Chef besorgen.«

»Ach, könntest du bei der Gelegenheit auch meine Schuhe vom Schuster holen?«, fragt meine Kollegin Karla, die einen kleinen grünen Abholzettel aus ihrer Handtasche kramt.

Wie sollte ich ihr die Bitte abschlagen? Karla ist Ende fünfzig, hat eine altmodische Vogelnestfrisur in Graublond und ein schmales blasses Gesicht, das seit drei Jahrzehnten im Neonlicht dieser Arztpraxis verblüht. Wir arbeiten harmonisch Hand in Hand, teilen Freud und Leid, nie gab es ein böses Wort. Deshalb stecke ich den kleinen grünen Zettel ein, den sie mir reicht.

»Später komme ich noch mal vorbei, um die Blumen und alles weitere beim Chef abzugeben. Dann bringe ich dir die Schuhe mit. Und jetzt muss ich wirklich los.«

Ein vielstimmiger Chor begleitet meinen Abgang: »Tschüss, Frau Ziegler«, »Ciao!«, »Schade, dass Sie schon gehen!«, »Schönen Tag für Sie!«, »Bis später, Fee, kannst du das Geld für die Schuhreparatur auslegen?«

Kann ich. Draußen auf der Straße checke ich mein Handy. Auf dem Display erscheinen so viele Nachrichten, dass mir ganz schwummrig wird.

Hi Mum, hab den Sportbeutel heute Morgen im Auto liegen lassen. Um sechs ist Hockeytraining. Kannst Du mir die Sachen kurz in der Halle vorbeibringen?
LG Finn

Du musst heute unbedingt meine rosa Bluse waschen, Mami. Morgen soll ein Klassenfoto gemacht werden, deshalb. XOXO, Emmi

Hallo, Sternchen, wird später heute, gehe mit meinen Laufkumpels noch was trinken. Und denk an die Bestellung meiner Sportdrinks. Sind kaum noch welche da. Kuss, Christian

Tja, so ist das eben. Ich habe nicht nur viel um die Ohren, ich gebe Stress ein Zuhause.

Christian ist ohnehin sehr anspruchsvoll, aber wer behauptet, nur kleine Kinder machten Arbeit, kennt meine Großen nicht. Allein Emmis Zimmer aufzuräumen ist wie ein Besuch in diesem schwedischen Möbelhaus: Eigentlich willst du nur Bettwäsche mitnehmen, doch dann kommst du zusätzlich mit einem Satz Teller, jeder Menge Gläser und einer angebrochenen Kekspackung wieder raus.

Finns Zimmer aufzuräumen, ist hingegen ein Ding der Unmöglichkeit. Überall Klamotten, als hätte sein Kleiderschrank Schluckauf, dazu rumliegende Coladosen, angebrochene Gummibärchentüten und ein Gewirr aus Kabeln, mit denen mein Sohn seine diversen elektronischen Geräte vernetzt. Er treibt mich in den Wahnsinn mit seiner Schusseligkeit. Muss an der Pubertät liegen. Mit vierzehn hat man alles Mögliche im Kopf, aber bestimmt nicht, morgens zwei gleiche Socken anzuziehen, die Schultasche korrekt zu packen oder für den Englischtest zu üben. Nur sein Handy ist immer aufgeladen.

Ob sich das noch auswächst? Meine Freundin Betty sagte mal: »Jedes zehnte Kind wird in einem IKEA-Bett gezeugt, deshalb hat jedes dritte Kind eine Schraube locker.« Mathematisch kommt das zwar nicht hin, soweit ich richtig rechnen kann, aber manchmal habe ich einen ähnlichen Eindruck. Unsere Eltern hatten es jedenfalls viel leichter mit uns.

Wenn meine Kinder überhaupt mal mit anfassen, ist das so, als ob zwei andere gleichzeitig loslassen: vier linke Hände, zwei wirre Köpfe, ein einziges Desaster. Emilia traue ich zu, dass sie einen Salzstreuer nachfüllen würde, indem sie die Körner einzeln durch die Löcher schiebt. Und Finn? Den frage ich besser erst gar nicht. Neulich wollte er allen Ernstes wissen, wie schwer die Fragen bei einem Schwangerschaftstest sind. Oder hat er mich nur veralbert? Ich weiß es nicht. Jedenfalls sitzt er so oft vor dem Computer, dass ich langsam befürchte, seine verbliebenen Gehirnzellen könnten an Vereinsamung sterben.

Nun muss ich überlegen, wie ich die vielen Aufgaben bewältigen soll. Aber Multitasking ist ja mein zweiter Vorname.

Ich kann gleichzeitig eine Nudelsuppe kochen, mit dem Steuerberater telefonieren und Emilias Deutschaufsatz auf Rechtschreibfehler durchsehen. Ich kann auch Kaffeemaschinen entkalken, Flusensiebe reinigen oder Zahnspangen desinfizieren, während ich mir von meiner Schwiegermutter Beziehungstipps geben lasse und in Gedanken eine Einkaufsliste für den Drogeriemarkt schreibe. Diese Liste ist immer besonders lang, weil solche Läden auf mich eine ähnliche Faszination ausüben wie Baumärkte auf Männer.

Heute sind die Herausforderungen allerdings extrem komplex. Mein Gatte würde dafür eine Excel-Tabelle anlegen, schätze ich. Mit genauen Zeitabläufen, abgestimmt auf den Stadtplan, und einem ausgefuchsten Erledigungssystem. Bei mir geht das ganz ohne Tabellen. Weil mein Leben eigentlich immer so aussieht.

Ich brauche auch noch Duschgel, **kommt die nächste Nachricht von Emmi angeflogen.**

Freu mich auf heute Abend – und auf Deine Apfeltarte, Kuss, Catherine, **werde ich gleich darauf an meine Freundschaftspflichten erinnert.**

Sind noch alle Zutaten für meinen Grünkohl-Smoothie da?, **fragt Christian.** Sonst bitte nachkaufen.

Süße, hast Du zufälligerweise an die tollen Mikrofaserstaubtücher gedacht, die Du mir mitbringen wolltest? Bis später, wir sehen uns bei Catherine, Betty

Es ist mal wieder so weit: Bei mir steht Fensterputzen an. Wann kannst Du kommen und mir helfen? Viele Grüße, Tante Felicitas

Oje. Tante Felicitas ist eine Challenge für sich. Sie hat mich quasi zwangsadoptiert und als kostenfreie Putzfrau angestellt. Doch da sie gehbehindert ist, nehme ich auch das auf mich. Nur nicht heute. Bevor weitere Anfragen kommen können, stecke ich das Handy lieber ein.

Mein ausgeklügelter Plan sieht vor, dass ich zunächst nach Hause rase, den Teig rühre, die Teigböden fünf Minuten vorbacke und dann mit den fächerförmig daraufgelegten Apfelscheiben für vierzig Minuten in den Ofen schiebe. In dieser Zeit erledige ich die Hälfte der Besorgungen. Danach rase ich wieder nach Hause, um die Tartes aus dem Backofen zu holen und auskühlen zu lassen. Es folgt der Rest der Erledigungen. Anschließend geht's erneut nach Hause, die Tartes bekommen einen Zucker-Zimt-Guss und ich einen Nervenzusammenbruch.

Als ich im Auto sitze – ja, heute hat mir mein Mann die Familienkutsche überlassen, weil er mit dem Fahrrad zur Arbeit gefahren ist –, reibe ich mir über die heiße Stirn. Manchen Leuten fallen die Dinge einfach zu, bei mir sind's die Augen. Seit viertel nach sechs bin ich auf den Beinen. Unter anderem habe ich heute schon eine Wäsche gemacht, das Badezimmer geputzt, laufend meine Einkaufsliste aktualisiert, das Frühstück zubereitet, natürlich für jedes Familienmitglied ein anderes, und die Schulbrote angefertigt. Noch immer lege ich Tomaten und Gürkchen als Augen und lachende Münder auf die Brote in den Tupperdosen. Keine Ahnung, ob meine Kinder das inzwischen doof finden. Ich gebe halt alles.

Wirklich kaum zu glauben, was ich an einem einzigen Tag alles nicht schaffe. Eine Kaffeepause auf der heimischen Terrasse beispielsweise. Ein entspannendes Bad. Etwas Außergewöhnliches, worauf ich so richtig stolz sein könnte. Langsam verstehe ich, warum Superwoman Single ist.

Kapitel 2

Schon seit Tagen fiebere ich meinen besten Freundinnen entgegen, mit denen ich mich regelmäßig treffe. Für andere Frauen mag der Ehemann ein Fels in der Brandung sein, für mich sind es Catherine und Betty – meine Inseln im Sturm, mein Zufluchtsort, mein emotionales Zuhause.

Leider bin ich spät dran, weil ich noch schnell in der Praxis vorbeifahren musste, um Doktor Sennheiser das Gewünschte und Karla die reparierten Schuhe zu bringen. Ich schaue auf die Uhr. Fünf vor acht schon, dabei war unser Mädelsabend für halb acht angesetzt.

Eilig schiebe ich das schmiedeeiserne Tor zu einem Garten auf, der so verwunschen wirkt, als hätten sich hier Rotkäppchen und Schneewittchen verabredet. Vogelgezwitscher empfängt mich, das Rauschen alter Bäume, eine verschnörkelte Parkbank und der Anblick üppig wuchernder Rhododendren. Man könnte von der perfekten Märchenidylle sprechen, wenn nicht mitten auf dem Rasen eine Metallskulptur stünde, die wie ein schwerer Autounfall aussieht.

Das Ding trägt eindeutig die Handschrift Catherines, der Gastgeberin des heutigen Abends. Cat hat extra Schweißen gelernt, um solche Sachen zu fabrizieren. Betty und ich finden die Resultate etwas daneben, aber hey, langweilig gibt's schon.

Kennengelernt haben wir drei uns vor vielen Jahren bei einem Weihnachtsbasar in der Grundschule. Zunächst blieben die Kinder auch unsere einzige Gemeinsamkeit. Betty, immer schick, immer adrett, arbeitet als Prokuristin in einem Großhandelsbüro. Catherine, immer extravagant, immer etwas drüber, führt eine Galerie für Kunsthandwerk. Wir sind also sehr verschieden, aber zu einer Schicksalsgemeinschaft verschmolzen, weil wir mittlerweile etwas Entscheidendes teilen: Alle drei sind wir Anfang vierzig, seit hundert Jahren verheiratet und Mütter von Teenagern.

Was bedeutet: Leidensgenossinnen.

Ja, auch Betty und Catherine plagen neuerdings Sinnkrisen. Betty meint, es liege daran, dass wir uns ungefähr auf der Hälfte unseres Lebens befinden und noch keinen Plan für die zweite Hälfte haben. Catherine meint, wir hätten bisher keine Gelegenheit gehabt, unser volles Potenzial auszuschöpfen.

Was ich meine, weiß ich nicht so genau. Aber es tut gut zu wissen, dass ich nicht die Einzige bin, die das dumme Gefühl hat, irgendwann falsch abgebogen zu sein.

Und da kommt Catherine mir auch schon entgegengelaufen. Zu einem bodenlangen schwarzen Flatterkleid trägt sie rote Espadrilles und extravaganten kobaltblauen Emailleschmuck, der hundertpro von einem Künstler ihrer Galerie stammt.

»Hallo, Fee!«, ruft sie winkend. »Schön, dass du da bist!«

»Hallo, Cat.« Nachdem wir uns die rituellen Küsschen auf die Wangen gehaucht haben, überreiche ich ihr eine der beiden Apfeltartes mit Zucker-Zimt-Glasur. Die andere wird gerade von Doktor Sennheiser verschenkt. »Bitte sehr, hier ist der Nachtisch, den du dir gewünscht hast.«

»Mmmh, deine legendäre Apfeltarte, tausend Dank. Moment, lass dich mal ansehen.« Catherines Augen gleiten über mein Outfit, dann wirft sie ihre volle dunkle Haarmähne zurück. »Wow. Das nenne ich eine Style-Revolution.«

Nun ja. Einen Körper wie meinen bekommt man nicht in die Wiege gelegt. Da braucht man schon viel Frust-Schokolade und konsequenten Bewegungsmangel.

Ich trage Größe 44, und jeder erwartet, dass ich meine Pfunde in Sack und Asche verpacke – was ich normalerweise auch tue. Aber heute hatte ich das unwiderstehliche Verlangen, meinen grauen Alltag etwas bunter zu gestalten. Obwohl meine Figur ein wenig aus der Form geraten ist, habe ich mir vor Kurzem ein knallenges knalloranges Kleid geleistet. Vermutlich eine Trotz-reaktion. Außerdem habe ich mal irgendwo gelesen, gerade als reife Frau solle man zu seiner Sinnlichkeit stehen. Liebe deinen Körper und so.

Keine Ahnung, ob das Kleid sinnlich wirkt. Vielleicht.

Vielleicht ist es aber auch nur peinlich, denn es staut sich an der Stelle, wo andere Frauen eine Taille haben. Letztlich war es wohl ein typischer Spontan-Belohnungs-Frust-Kauf, der als Schrankleiche geendet wäre, wenn nicht das Treffen mit Cathe-rine und Betty angestanden hätte. Da muss ich mir keine Sorgen machen. Die beiden haben ein großes Herz.

»Wie nett du das Wort Geschmacksverirrung aussprichst«, übe ich mich in Selbstironie. »Aber mir war einfach nach Orange.«

»Hauptsache, man hält dich nicht für einen Müllmann. Oder heißt das jetzt Müllmännin? Müllfrau? Müllentsorgende?«

»Wie wär's mit Müllerin?«

Giggelnd schlendern wir Seite an Seite zum Haus, das so extravagant ist wie seine Bewohnerin: ein asymmetrischer Bungalow mit violetten Fensterläden, dachrinnenhohen Kletterpflanzen und sperrigen Rostskulpturen neben dem Eingang. Catherines Mann findet die Skulpturen scheußlich, doch sie zieht einfach ihr Ding durch. Beneidenswert. So was würde ich mich nicht trauen, schließlich bin ich Fee, die Nette, die es allen recht machen möchte.

»Hey, du siehst, ähm, interessant aus«, begrüßt mich Betty an der Haustür. Wie gewöhnlich trägt sie einen grauen Hosenanzug sowie ordentlich gescheiteltes kinnlanges Haar in dezentem Brünett. »Mutig, mutig. Ist Orange das neue sexy?«

»Sexy wäre nicht ganz meine Wortwahl, geht aber in die Richtung«, erwidere ich diplomatisch. »Sagen wir, ich erobere mir gerade meine Sinnlichkeit zurück.«

»Wie jetzt, hast du Christian betrogen?«

»Um Himmels willen, nein!« Entrüstet schüttele ich den Kopf. »Ich versuche nur, mich mit meinem Körper anzufreunden.«

»Dann gib deinem neuen Freund mal was zu trinken, so als vertrauensbildende Maßnahme«, flachst Catherine, die mit einem Gläsertablett aus der Küche kommt. »Bitte sehr, dreimal Sekt mit Minze und Eiswürfeln.«

Nachdem jeder ein Glas genommen hat, bringt Betty einen Toast aus.

»Auf den Rest unseres Lebens!«

Wie das klingt. *Der Rest.* Als sei das Beste vorbei.

»Auf uns«, proste ich den beiden zu. »Ich wäre jedenfalls sehr froh, wenn wir den weiteren Lebensweg miteinander teilen könnten.«

»Aber erst wenn man stolpert, achtet man auf den Weg«, ora-
kelt Catherine.

Sie muss es wissen. Ihr Mann hat einen heißen Büroflirt angefangen, ihr siebzehnjähriger Sohn verziert die Nachbarshäuser
mit Graffiti. Das ist aber noch nichts gegen ihre vierzehnjährige
Tochter Helene. Seit Neuestem ist sie zur Klimaaktivistin mu-
tiert, die sich frühmorgens an Autobahnbrücken kettet, statt zur
Schule zu gehen. Verglichen damit ist bei mir noch alles Friede,
Freude, Apfeltarte.

»Ich hoffe, ihr habt mächtig Appetit mitgebracht«, lächelt
Catherine zwischen zwei Schlucken Sekt. »Es gibt Tapas satt.«

Tapas, aha. Was war das noch mal genau? Ich finde exotische Speisen immer ein bisschen einschüchternd, weil ich seit
hundert Jahren dasselbe koche: Eintöpfe, Aufläufe, Kurzge-
bratenes, Spaghetti Bolognese. Für gewagte kulinarische Ex-
perimente fehlt mir einfach das Publikum, weil sowohl mein
Mann als auch meine Kinder schlichte Hausmannskost bevor-
zugen.

Nachdem ich Betty die versprochenen Microfaserstaubtücher
zugesteckt habe, gehen wir ins Esszimmer, das mit seinen son-
nengelben Wänden und den rustikalen italienischen Bauernmö-
beln eine mediterrane Heiterkeit ausstrahlt. Überall stehen üppige bunte Gartenblumensträuße, und wie angekündigt, quillt
der mit handgetöpferten Kerzenleuchtern bestückte Tisch über
vor Leckereien.

»Nehmt Platz, heute wird's spanisch«, erklärt unsere Gastgeberin, während sie die Kerzen auf den Leuchtern entzündet.
»Freut euch auf Datteln im Speckmantel, in Rosmarinöl marinierte spanische Oliven, Empanadas mit Mojo Verde, Queso de

Cabra aliado, Obazda-Pintxos, Albondigas Andaluz und Manchego-Röllchen.«

In solchen Augenblicken fühle ich mich wie bei einem Wettbewerb, den ich nur verlieren kann. Als ich zuletzt zu mir nach Hause eingeladen hatte, gab es Spaghetti mit Pilzsahnesauce. Aber der Zug ist offenbar abgefahren, und jetzt verstehe ich nur noch Bahnhof. Datteln im Speckmantel kenne ich ja noch so gerade. Aber was zum Teufel sind Empanadas mit Modscho Verde, Kweso de Cabra aliado, Obazda-Pinktschoss, Albondi-Irgendwas Andaluz?

»Wein?«, fragt Cat. »Ich habe einen vollmundigen Rioja besorgt. Weich auf der Zunge, frech im Abgang.«

»Also, ich müsste erst mal kurz zur Toilette«, murmele ich verlegen.

Auch so eine eigenartige Erfahrung, die mit dem Älterwerden einhergeht. Nach zwei Kindern und einer kaugummiartig ausgeleierten Beckenmuskulatur ist man permanent unter Druck. Inzwischen kenne ich alle Toiletten der Stadt. Buchstäblich notgedrungen, denn wenn sich meine Blase meldet, dann immer gleich mit Blaulicht und Martinshorn. Ich könnte eine Landkarte erstellen, mit lauter Fähnchen, wo ich mich schon überall erleichtert habe, in Cafés, Restaurants, Kaufhäusern, Tankstellen.

»Sei so gut, und nimm dein Handy mit«, werde ich von Catherine gebeten.

»Wieso das denn?«

»Wegen der Handytaschenlampe.« Sie lacht spitzbübisch. »Seit einer Woche verspricht mir mein Gatte, die Glühbirne in der Toilette auszuwechseln. Und wartet natürlich darauf, dass ich es tue. Tue ich aber nicht.«

»Männer und häusliche Pflichten«, stöhnt Betty. »Ein ganz, ganz dunkles Kapitel. Neulich habe ich zu Sebastian gesagt: Hey, an diesem Wochenende könnten wir mal tauschen. Du machst die Küchenarbeit, ich daddele auf dem Computer herum.«

»Was hat er gesagt?«

»Ach, Betty, du weißt doch, ich bin so schlecht in Rollenspielen.«

Unser anschließendes Lachen klingt etwas blechern. Wir alle teilen dieselbe Erfahrung, was unsere Ehen betrifft: ein Liebesleben, das so spurlos versickert ist wie tröpfelnder Regen im Wüstensand. Mir selber fiel das erst auf, als ich eines Morgens feststellte, dass ich wadenlange Nachthemden trage und meine Slips nicht mehr passend zum BH aussuche. Da wusste ich: Das Ding ist durch.

Mit diesem herzwärmenden Gedanken kehre ich von meiner Toilettenexkursion zurück. Cats und Bettys Teller sind bereits gut gefüllt, doch aus der abrupten Stille, die bei meinem Erscheinen einsetzt, schließe ich, dass die beiden über mich gesprochen haben.

»Möchtet ihr mir irgendetwas mitteilen?«, erkundige ich mich, während ich mich setze.

»Na ja, es ist dein Kleid«, antwortet Betty und sieht auf einmal ganz unglücklich aus.

Prompt ziehe ich den Bauch ein. Da ich es nicht schaffe, abzunehmen, fände ich es gerecht, wenn wenigstens Catherine und Betty dick würden. Den Gefallen tun sie mir aber nicht. Und ich muss weiter meinen Kleiderschrank in drei Kategorien sortieren: Passt noch so gerade eben, passt vielleicht irgendwann, passt im nächsten Leben.

Ach, was soll's. Übergewicht klingt immer so abwertend. Mein Sohn Finn nennt es Bonusmaterial.

»Also, es geht weniger um dein Kleid«, sagt Cat, »vielmehr um das, was dich zu diesem Irrsinnskauf getrieben hat. Was bitte ist los, Fee?«

Erwischt. Um Zeit zu gewinnen, angele ich mir eine Dattel im Speckmantel und kaue genüsslich darauf rum.

»Köstlich«, versichere ich, »absolut köstlich.«

»Du willst nur vom Thema ablenken«, beschwert sich Betty.

»Und? Funktioniert's?«, versuche ich es mit einem kleinen Scherz.

Catherine verzieht keine Miene.

»Raus mit der Sprache, Fee. Irgendetwas ist anders.«

»Ich bin nur etwas runter. Irgendwie fehlt mir der Schwung. Ich fühle mich so abgespannt und abgestumpft und … Sekunde, wie heißt das Gefühl noch mal?«

»Verheiratet«, sagt Cat.

»Du stehst kurz vor einer Depression!«, ruft Betty.

»Nein, nein, alles im grünen Bereich«, halte ich den Ball flach, weil ich meine Freundinnen nicht mit meiner wachsenden Verzweiflung belästigen möchte. »Das Übliche halt, ein ewiges Auf und Ab. Mal läuft's besser, mal schlechter, das ist doch bei euch nicht anders. Momentan läuft's eher so lala, aber wir alle machen solche Phasen durch.«

Betty schaut mich an, als hätte ich ihr gerade erzählt, dass die Erde eine Scheibe und mein Ehemann auch noch nach zwanzig Jahren ein feuriger Liebhaber sei.

»Sorry, Liebes«, sagt sie tadelnd, »das klingt nach einer Story, wie man sie von diesen furchtbaren Hey-wir-haben-alles-richtiggemacht-Pärchen auf Elternabenden hört. Wir sind deine Freundinnen! Was ist wirklich los?«

Beklommen betrachte ich die vielen Steingutplatten mit den unaussprechlichen Köstlichkeiten. Und dann, wie aus dem Nichts, brechen alle Dämme.

»Ich kann nicht mehr, ich will nicht mehr«, stoße ich heftig hervor. »Noch dazu habe ich Schuldgefühle, weil ich so himmelschreiend undankbar bin. Alle sagen mir, wie gut ich es habe. Und ich? Möchte am liebsten Reißaus nehmen.«

Eine Weile hört man nur die sanft dahinplätschernde spanische Gitarrenmusik, die im Hintergrund läuft. Dann legt Catherine ihr Besteck beiseite, springt auf und umarmt mich so stürmisch, dass fast mein Weinglas umkippt.

»Endlich!«, jubelt sie. »Endlich vertraust du dich uns an!«

»Wurde auch höchste Eisenbahn«, fügt Betty hinzu. »Wir merken nämlich schon länger, dass du nicht nur Sinnfragen stellst, sondern auf der letzten Rille surfst.«

Daraufhin brauche ich erst einmal einen Schluck Wein. Schwer und samtig streichelt er meinen Gaumen, bevor ich das Glas absetze und tief Luft hole.

»Mein Akku ist alle. Komplett leer. Gestern hatte ich einen Heulkrampf, weil die Nudeln im Supermarkt ausverkauft waren. Heute Morgen dachte ich, wenn ich noch ein einziges Schulbrot schmieren muss, springe ich aus dem Küchenfenster.«

»Und dieses Kleid?«, fragt Cat mitfühlend. »War so etwas wie ein Befreiungsschlag?«

»Sonst wäre ich erstickt«, nicke ich.

»Das Kleid ist ein textiler Hilfeschrei«, befindet Betty sachlich. »Sag, Liebes, was können wir für dich tun?«

Wenn ich das bloß wüsste. In ein anderes Universum beamen? Alles auf null drehen und noch mal neu anfangen? Ich weiß doch selber nicht, was mit mir los ist. Letztlich würde es mir schon reichen, morgens in einer Welt aufzuwachen, in der ich weiterschlafen darf.

Mit einem Ausdruck größter Besorgnis kehrt Catherine an ihren Platz zurück, wo sie die Arme aufstützt und ihr Kinn in die Hände legt.

»Süße, wenn wir dir helfen sollen, brauchen wir mehr Information.«

»Es wächst mir einfach alles über den Kopf«, gestehe ich. »Und ausgerechnet jetzt sind Emilia und Finn auch noch extrem unleidlich, während Christian sich mehr und mehr in seine eigene Welt zurückzieht.«

»Probleme treten halt immer im Rudel auf«, sinniert Betty. »Ist wahrscheinlich ein Naturgesetz. So wie Babys immer mit vollem Mund niesen.«

»Hm, schwerer Fall«, seufzt Cat. »So viel Verzweiflung hätte ich eher auf einer Ü50-Single-Party vermutet. Sag, wie lange warst du eigentlich nicht mehr im Urlaub?«

»Zwei, drei Jahre?« Es kommt mir vor wie zehn. »Gemeinsame Ferien gehören bei uns der Vergangenheit an. Die Kinder fahren meist zu ihren Großeltern an die Ostsee, Emilia verreist neuerdings auch mit den Familien ihrer Freundinnen. Finn will dauernd ins Sportcamp oder Computersessions mit seinen Freunden veranstalten, Christian bevorzugt Fortbildungen.«

»Und du bleibst zu Hause, putzt die Fenster, kochst auf Vorrat, entrümpelst den Keller, machst die Steuererklärung. Und bläst Trübsal.«

»So in etwa.«

»Trostlos, einfach trostlos.« Nachdem Catherine die Gläser aufgefüllt hat, beugt sie sich etwas über den Tisch vor und sieht mich voll anteilnehmender Wärme an. »Du hast mir mal erzählt, dass du immer reisen wolltest, am liebsten um die ganze Welt. Ist doch kein Wunder, dass du im Alltag erstickst. Wie wäre es denn mit Urlaub? An irgendeinem Ort, an den du gute Erinnerungen hast?«

Gute Erinnerungen. War da was? Angestrengt denke ich nach.

»Die Flitterwochen haben Christian und ich damals in Österreich verbracht. Das war wunderschön. Ich mag die idyllische Landschaft und diese typisch urige Gemütlichkeit.«

»Dann nichts wie hin!«, ruft Betty enthusiastisch. »Steig ins Auto oder in den Zug, und lass es dir mal so richtig gut gehen!«

»Allein vereisen ist leider unmöglich. Christian hätte weder die Zeit noch die Lust, sich in meiner Abwesenheit um die Kinder zu kümmern.«

»Okay, kein Drama, nimm einfach die ganze Familie mit«, erwidert Cat in ihrer patenten Art. »Wäre sowieso gut, wenn ihr mal was gemeinsam unternehmt. Sofern ich es richtig verstanden habe, lebt ihr doch nur noch nebeneinander her, und das belastet dich zusätzlich. So eine Familienreise kann viel ändern.«

»Glaubst du wirklich, ich könnte den ganzen Schlamassel einfach zu Hause lassen?«

»Also, du solltest schon eine Extraportion gute Laune mitnehmen statt deiner Probleme«, lacht Cat. »Du gehst ja auch nicht mit einer Plastiktüte in den Bioladen.«

Noch weiß ich nicht ganz, was ich davon halten soll. Ohnehin leiste ich ja schon meinen Beitrag zum Familienfrieden durch hartnäckige Problemleugnung.

»Wir waren letztes Jahr mit den Kindern in der Eifel«, berichtet Betty. »Seitdem verstehe ich mich wieder etwas besser mit meinem Mann, und Timo und Benni sind auch besser drauf.«

»Du Glückliche.« Gekonnt spießt Cat mit ihrer Gabel eine schwarzglänzende Olive auf und lässt sie in ihrem Mund verschwinden. »Helene hat sich heute Morgen mit Pattex auf der Stadtautobahn festgeklebt, um gegen Klimasünder zu protestieren. Malte will jetzt Gangsterrapper werden und hat schon mal probeweise Kippen im Supermarkt geklaut.«

Derweil beginnt es in meinem Kopf zu rumoren. Eine gemeinsame Reise. Was würde Christian davon halten? Wie würde Emilia reagieren, die neuerdings ganz andere Flausen im Kopf hat? Und Finn, der neulich einen Surfkurs erwähnte? Resigniert hebe ich die Achseln.

»Meine Familie wird nicht gerade Konfettikanonen abfeuern, wenn ich mit so einem Urlaubsplan um die Ecke komme. Wie soll ich sie bloß davon überzeugen?«

»Wie Igel in der Paarungszeit«, kichert Cat. »In Liebe. Und gaaaanz vorsichtig.«

Kapitel 3

So fühlt sich Glück an, pures Glück. Es könnte gerade nichts Schöneres für mich geben, als mit Christian, Emmi und Finn auf dieser blühenden Bergwiese zu liegen. Eine sanfte Brise streichelt mein Gesicht, ein süßer Duft nach wilden Blumen kitzelt meine Nase, und dieser blitzeblaue Himmel ist einfach nur der Wahnsinn.

Verzückt lasse ich meinen Blick schweifen.

Wie gefrorene Schlagsahne leuchten in der Ferne die schneebedeckten Gipfel eines gewaltigen Gebirgsmassivs auf, tief unten im Tal glitzern silbrige Seen zwischen putzigen Bauernhäuschen. Alles ist so, wie ich es mir erträumt habe. Doch was mich noch glücklicher macht als diese Bilderbuchidylle, ist die Begeisterung, mit der meine Familie über das Picknick herfällt, das ich im Morgengrauen vorbereitet habe.

Die Bananen-Cupcakes mit Limettenzuckerguss sind ja auch exquisit, so wie meine Spezialsandwiches mit Tomate, Avocado, Eiern und gebratenem Speck. Und nicht zu vergessen die Schafskäse-Frikadellen mit frischen Kräutern sowie meine selbstgemachten Erdbeer-Minze-Smoothies.

Ja, ich habe mich schwer ins Zeug gelegt und ein paar neue Rezepte ausprobiert. Das war es mir wert.

»Piep, piep, piep, wir haben uns alle lieb«, lacht Finn, der sich schon die dritte Frikadelle in den Mund schiebt. »Mum ist die Beste!«

Sogar Emilia, die sonst so biestig sein kann, schwärmt: »Mega, Mami!«

Und Christian, mein Christian, haucht mir doch tatsächlich einen feuchten Kuss auf die Wange, jene Sorte Kuss, der ein Versprechen auf mehr ist. Prompt stellen sich die Härchen auf meinen Unterarmen senkrecht. Womöglich werden wir heute nach langer, langer Zeit wieder miteinander schlafen. Nein, ganz bestimmt. Ich meine schon, Christians Hände auf meinem Körper zu spüren, seinen heißen Atem auf meiner Haut und die zärtlich fordernden Liebkosungen an Stellen, die ich später nach dem Duschen noch unbedingt enthaaren muss.

Wenn da nur nicht diese Rückenschmerzen wären. So ein flammendes Ziehen die Wirbelsäule entlang, das bis in die Schultern ausstrahlt.

Ach ja, und wenn er nur schon Wirklichkeit wäre, mein schöner Traum.

Schweißüberströmt stehe ich vor unserem Walmdachbungalow, Typ Siebziger-Jahre-Wohnschachtel mit handtuchbreitem Vorgarten, und verstaue Berge von Gepäck in unserer Familienkutsche. Unglaublich, was alles anfällt, wenn vier Menschen zwei Wochen lang verreisen. Aber wenn ich in den Wäschekorb gucke, kommt es mir ja auch immer so vor, als hätte ich drei Männer und zehn Kinder, die fünfmal täglich ihre Klamotten wechseln.

»Was guckst du denn so verspannt, Sternchen?«, fragt Christian, der mir mit verschränkten Armen beim Beladen des Wagens zusieht. »Könntest ruhig mal ein bisschen lächeln. Die Nachbarn gucken schon ganz komisch.«

Meine Augen wandern zum Vorgarten nebenan, wo Herr und Frau Wippermann unsichtbares Unkraut aus ihren tadellos gepflegten Beeten zupfen. Ein schlapper Vorwand, uns mal wieder ungeniert zu stalken. Wie heißt es noch? Gott sieht alles, Nachbarn sehen mehr. Ich kann die Wippermanns nicht ausstehen. Kein Mensch braucht irgendwelche schambefreiten Freaks, die sogar nachts vor unseren Fenstern rumschleichen, damit ihnen auch bloß nichts entgeht.

Christian hingegen sind die Nachbarn extrem wichtig. Was man über uns denkt, was man sich über uns erzählt, interessiert ihn brennend. Wenig bis gar nicht interessiert ihn, warum mir das Lächeln vergangen ist.

Ja, warum wohl?

Seit Stunden laufe ich treppauf, treppab, und schleppe Koffer, Taschen, Tüten nach draußen. Ich bin halt die, die immer alles macht, auch bei der Urlaubsvorbereitung. Meine Kinder sind im permanenten Energiesparmodus und lehnen häusliche Pflichten rundheraus ab. Christian ist der Typ Controller, der alles überwacht und wortreich zu kommentieren weiß. Merke: Hinter jeder gestressten Frau steht ein Mann, der … nun ja, er steht halt da.

»Dir fehlt jeder Sinn für Systematik, Sternchen«, tadelt er mich mit hochgezogenen Augenbrauen. »Der Picknickkorb muss woanders hin, sonst zerkratzt er meine kalbslederne Reisetasche. Der Thermomix kann ganz nach unten, meine Laufschuhe gehören definitiv nicht unter deinen Koffer, die Badesachen passen besser an die Seiten, und Finns Rollerskates finden auch unter dem Rücksitz Platz.«

Seine Anweisungen sind in etwa so hilfreich wie ein drittes

Nasenloch. Schließlich weiß ich, was ich tue, weil ich ja sowieso immer diejenige bin, die alles stemmen muss. Schweres Gepäck inklusive. Aber selbst mein Pflichtbewusstsein kennt Grenzen, wenn der Schmerz mich ausknockt.

»Hilfst du mir mal bitte?«, presse ich zwischen zusammengebissenen Zähnen hervor, während ich Emilias rosa Ungetüm von Hartschalenkoffer zur geöffneten Heckklappe des Wagens zerre. »Das Ding wiegt mindestens tausend Kilo.«

»Sternchen, Sternchen«, ein leidender Zug tritt in Christians Gesicht, »du weißt doch, mein Rücken ...«

Hach, wie konnte ich das bloß vergessen? Selbstverständlich ist mein Gatte bei einer Größe von einem Meter dreiundachtzig und trotz seines im Fitnessstudio gestählten Superbodys *nicht* in der Lage, schwere Sachen zu heben. Das ist *mein* Job.

Ärgere ich mich darüber? Offengestanden ja. Raste ich aus? Nein, wozu? Es würde ja doch nichts ändern.

Für Christian wurde der Spruch erfunden: Reden ist Silber, Ausreden sind Gold. Irgendwas hat er immer. Mal sind es seine empfindsamen Lendenwirbel, dann wieder ist es der Nackenbereich, und wenn ihm gar nichts mehr einfällt, sagt er: »Autsch, ich hab mir so 'ne blöde Zerrung in den kleinen Zeh reingelaufen«, was dann jede körperliche Anstrengung ausschließt.

Sein Engagement für Haushaltsdinge lässt sich folgendermaßen zusammenfassen: schwach angefangen, stark nachgelassen. Auf eBay könnte man Christian mit dem Text anpreisen: *Ehemann günstig abzugeben, Top-Zustand, wenn auch weitgehend unbrauchbar.*

Von Anfang an war das so. Unsere Rollenverteilung hat schon vor Ewigkeiten stattgefunden, sogar schon vor unserer Hochzeit.

Wir waren verliebt, wir zogen zusammen, gewisse Dinge schliffen sich ein – zack, war ich die Frau fürs Grobe. Dabei kann ich auch zart, nur, dass das selten verlangt wird.

Aber ich liebe meinen Mann nun mal, deshalb verzeihe ich ihm seine notorische Untätigkeit. Es gibt schließlich so vieles, was ich an ihm mag: die Art, wie er die Augen bei der Lektüre von Kleingedrucktem zusammenkneift, weil er niedlicherweise zu eitel für eine Lesebrille ist; seine Marotte, mir morgens sein frisch rasiertes Kinn entgegenzustrecken, damit ich es auf übersehene Bartstoppeln untersuche; sein amüsiertes Lächeln, wenn ich ihm das Neueste aus dem Zirkus Doktor Sennheiser erzähle.

Deshalb füge ich mich in mein Schicksal, wuchte den schweren rosa Koffer hoch und schiebe ihn ächzend in den Kofferraum.

»Pass doch auf, Mami!«, ruft Emilia, die in einem weißen Jumpsuit und dem unvermeidlichen Handy vor der Nase angeschlendert kommt. »Das ist ein Designer-Suitcase, der kriegt fiese Schrammen, wenn du ihn so krass über die Kante donnerst.«

Stöhnend wische ich mir die Schweißperlen von der Stirn. Mit ihren gerade mal siebzehn Jahren ist Emilia schon ein Abziehbild ihres Vaters – genauso pingelig, genauso unfähig, sich aktiv an den Familienpflichten zu beteiligen.

Dafür kommt sie optisch mehr nach mir. Das heißt, nach meinem jugendlichen Ich. Schlank, langbeinig, brünette Mähne, hübscher Schmollmund, so habe ich auch mal ausgesehen. Ist lange her. Mittlerweile trage ich einen praktischen Topfschnitt in gefärbtem Rostbraun, um die ersten grauen Haare zu überdecken, XXL-Sweat-Shirts, um meine auseinandergegangene Körpermitte zu kaschieren, dazu weite Schlabberhosen, um den Reithosenspeck an meinen Oberschenkeln wegzuschummeln. Ich bin eine Frau in den beginnenden schlechtesten Jahren und eine Mogelpackung. Ein Schatten meiner selbst in der brüllend heißen Sonne. Das zu enge orange Kleid habe ich längst verschenkt, weil auch Christian es unmöglich fand, jetzt befinde ich mich wie gewohnt im Tarnlook.

»Wo ist das Surfbrett?«, ertönt eine kieksende Stimme. »Ohne mein Surfbrett geht gar nichts.«

Mit dem ungelenken Gang eines blitzartig hochgeschossenen Vierzehnjährigen stakst Finn durch den Vorgarten. Alle Achtung, mein Herr Sohn hat sich also doch noch von seiner Spielkonsole losgerissen. Doll.

»Wir fahren in die Berge«, erwidere ich matt. »Meines Wissens ist Österreich nicht gerade als Surferparadies mit haushohen Wellen bekannt.«

Finns Miene verdüstert sich, dann vergräbt er die Hände in den Taschen seiner abgewetzten Jeans.

»Und warum fahren wir nicht ans Meer? Ist doch voll cringe, was du hier abziehst.«

Wenn mein Sohn »cringe« sagt, kann das mehrere Bedeutungen haben. Dass er sich fremdschämt zum Beispiel, weil ein Erwachsener etwas Peinliches tut, oder dass etwas so befremdlich ist, dass er damit nichts zu tun haben will. Letztlich bin ich überrascht, dass er überhaupt den Mund aufmacht. Pubertierende Jungs bringen es fertig, so laut gar nichts zu sagen, dass es einem in den Ohren dröhnt.

»Ich finde dieses komische Österreich sowieso total daneben«, verkündet Emilia im Tonfall einer Prinzessin, der man Ferien auf einer Müllkippe zumuten will. »Ist doch totlangweilig, nur bekloppte Kühe, die auf irgendwelchen Wiesen rumstehen. Meine Freundin Sophie fliegt mit ihrem Vater nach Ibiza. Tagsüber Chillen am Strand, nachts Schaumpartys – so geht Urlaub.«

»Kinder, das haben wir doch längst ausdiskutiert«, schaltet sich Christian ein, bevor ich etwas sagen kann. »Dies ist voraussichtlich unsere letzte gemeinsame Familienreise, und Mama wollte unbedingt in die Alpen. Also findet euch damit ab.«

Sein Einwand wirkt lauwarm wie abgestandener Sekt und halbherzig wie Blumen von der Tanke. Nicht nur für die Kinder, auch für meinen Mann scheint dieser Urlaub lediglich eine Pflichtübung zu sein. Weil Mama hoffnungslos sentimental ist und einmal noch vor der herzigen Alpenkulisse Familie spielen will.

So viel zum Thema Wir-haben-uns-alle-lieb.

»Wer fährt?«, frage ich Christian, während mir das Herz immer tiefer in die Reithosenspeckweg-Hose rutscht. »Du oder ich?«

Zum ersten Mal an diesem Tag scheint er mich richtig wahrzunehmen. Sein Blick verrät, dass ihm nicht gefällt, was er sieht. Im Gegensatz zu mir trägt Christian schicke enge Jeans in Cremeweiß, die seine muskulösen Oberschenkel betonen. Auch das dunkelblaue Polohemd sitzt so knapp, dass kein Muskel verborgen bleibt.

Überhaupt ist Christian recht attraktiv für Ende vierzig, und es erfüllt mich immer wieder mit stiller Freude, dass ich mit einem derart gut aussehenden Mann verheiratet bin. In seinem gebräunten Gesicht befindet sich genau jene Anzahl Falten, die reifen Herren einen verwegenen Touch verleihen, sein graublondes Haar ist so geschickt geschnitten, dass man die beginnenden Geheimratsecken kaum bemerkt.

Dumm nur: Neben ihm sehe ich aus wie Aschenputtel auf einer Bad-Taste-Party. Aber wie soll ich denn bitte mein Äußeres optimieren, wenn der Alltag einer berufstätigen Multitaskerin mich auffrisst? Ich bin eben keine dieser Latte-macchiato-Mütter, deren größte Herausforderung darin besteht, die angesagteste Nagellackfarbe rauszufinden, den besten Yoga-Guru der Stadt zu buchen und die richtige Schrittzahl auf ihrem Fitnesstracker zu erreichen.

»Du fährst natürlich, Sternchen«, antwortet Christian ein bisschen von oben herab. »Ich muss meine Klinik-Mails auf dem Handy checken.«

»Man soll aber keine Arbeit in den Urlaub mitnehmen«, wende ich ein.

»Wieso, du nimmst doch auch die Kinder und den Thermomix mit.«

Puh, das hat gesessen. Für Christian bin ich halt im Hauptberuf Hausfrau und Mutter, ansonsten nur die doofe Praxisassistentin eines drittklassigen Dermatologen. Als Oberarzt einer orthopädischen Klinik, Abteilung Fußchirurgie, steht er deutlich höher in der sozialen Nahrungskette als ich, und das lässt er mich auch gelegentlich spüren.

Anfangs war das kein Problem für mich. Als ich mit Emilia schwanger wurde, habe ich bereitwillig mein Medizinstudium abgebrochen. Als dann wenig später Finn hinterherpurzelte, begrub ich meinen Traum von Doktor med. Fee Ziegler, Fachärztin für Pädiatrie, vulgo Kinderärztin. Wie gesagt, ein Problem war das anfangs nicht für mich. Heute bereue ich es zutiefst, weil es das Ticket in ein Leben war, das ich so nie wollte: als hauptamtliche Familienmanagerin, Köchin, Zimmermädchen, Putzfrau, Krankenschwester und nebenberufliche Zuverdienerin.

»Haben wir denn jetzt wenigstens alles im Wagen?«, erkundigt sich Christian leicht entnervt.

»Alles drin«, bestätige ich und werfe die Heckklappe zu, dass es scheppert. »Ihr könnt einsteigen.«

Ihr könnt mich mal, hätte ich fast gesagt. Ja, momentan hätte ich nicht übel Lust, einfach die Brocken hinzuschmeißen und allein wegzufahren. Irgendwohin, wo ich mir nicht anhören muss, dass ich gefälligst mal lächeln könnte, Emilias absurd schweren Koffer wie Meißner Porzellan behandeln soll und das komplett falsche Reiseziel ausgesucht habe.

Doch ich habe gelernt, negative Gefühle in mir zu verschließen. Schließlich bin ich eine Mutter. Und gute Mütter sind für Familien, was Chuck Norris für Hollywood ist: unerschrockene, unkaputtbare, unbesiegbare Heldinnen.

Das Einzige, was manchmal am Muttersein nervt, sind die Väter. Und die anderen Mütter.

Vor Letzteren werde ich jetzt vierzehn Tage Ruhe haben. Das ist doch was. Keine Mäkeleien von Vollwertglucken, dass ich den veganen Trend verpasst habe, weil ich zum Schulfest immer noch Cocktailwürstchen mitbringe. Keine Vorwürfe, dass meine Kinder unpassende Handyvideos verschicken. Keine abschätzigen Blicke, weil wir noch kein Elektroauto fahren, sondern nach wie vor mit einer CO_2-Dreckschleuder durch die Gegend kurven.

Ich muss halt positiv denken. Wenn das Nervenkostüm abgewetzt ist, sollte man sich ein dickes Fell zulegen, sagt Betty immer. Und das mit dem Urlaub kriege ich auch noch hin. Vielleicht. Irgendwie. Nein, ganz bestimmt. Man darf die Hoffnung nie aufgeben, selbst wenn einiges dagegenspricht. Schließlich hören die Leute ja auch nicht auf zu essen, nur weil sie nicht kochen können.

Kapitel 4

Als ich mich auf den Fahrersitz quetsche und einmal tief durchatme, fällt mir Bettys morgendlicher Anruf ein. Nachdem sie mir gute Reise gewünschte hatte, sprach sie noch eine als Ratschlag getarnte Warnung aus: »Denk nicht, es läuft von Anfang an glatt. Familienurlaub ist emotionaler Hochleistungssport.«

Das habe ich mir eingeprägt. Bestimmt brauche ich's noch. Zu den sportlichen Herausforderungen gehört nämlich, dass man als Mutter keine Dankbarkeit erwarten darf. Ich habe wirklich alles getan, damit meine Lieben zwei unbeschwerte Wochen verbringen können, doch niemanden scheint das sonderlich zu interessieren.

Jetzt bloß nicht die Nerven verlieren, rede ich mir gut zu. Jede Familie ist wie ein Chor, in dem es auch mal Misstöne gibt, bevor sich dann doch noch die erlösende Harmonie einstellt.

Einstweilen lässt die Harmonie noch auf sich warten. Mit dunkel umwölkter Stirn nimmt Christian neben mir Platz und tippt auf seinem Handy herum. Von wegen Mails checken. Aus dem Augenwinkel sehe ich, dass er Lach-wein-Smileys in seine Laufgruppe schickt. Bestimmt macht er sich bei den Sportkumpels darüber lustig, dass seine Frau auf einem Familienurlaub besteht, obwohl keiner Lust auf die Tour hat.

Im Rückspiegel sieht es nicht viel anders aus: lange Gesichter, verstocktes Schweigen.

Finn hat seine Ohrstöpsel drin, weil er eines seiner Handyspiele daddelt, mit diesem Gesichtsausdruck, der mich um seine geistige Gesundheit fürchten lässt. Doch er ist halt ein Kind der Digitalisierung. Sollte er jemals versuchen, ein Buch zu lesen, wischt er wahrscheinlich mit einem Finger über die Seite, weil er denkt, sie blättert sich dann von selber um. Vermutlich hat er auch schon mal versucht, die gelben To-do-Post-its anzuklicken, die ich manchmal an seinen Monitor klebe.

Emilia hängt sowieso vierundzwanzig Stunden am Handy, um irgendwelche Selfies zu posten. Schon deshalb sind die Alpen nichts für sie. Mit sexy Strandfotos würde sie garantiert mehr Likes einheimsen als mit Bildern in zünftiger Wandermontur.

Unhörbar seufze ich in mich hinein. Die Stimmung ist im Eimer, bevor wir überhaupt losgefahren sind. Alle sind mit sich selbst beschäftigt, beziehungsweise mit irgendwas oder irgendwem. Nur nicht mit mir. Sorry, da hilft auch keine mentale Sportlichkeit mehr. Ich bin hier das fünfte Rad am Wagen und offenbar keinerlei Beachtung wert.

Damit sich das ändert, drücke ich auf die Hupe. Ausdauernd.

Noch ehe meine Familie reagiert, kommen die Wippermanns angerannt und klopfen an die Scheibe der Fahrertür. Gottergeben lasse ich die Scheibe ein Stück runter.

»Von eins bis drei ist Mittagsruhe!«, keift Frau Wippermann.

Ihr Mann hebt empört die Arme.

»Also wirklich, Frau Ziegler, was denken Sie sich bloß dabei, so einen Radau zu veranstalten?«

Wortlos fahre ich die Scheibe wieder hoch, lasse den Motor an und rase mit quietschenden Reifen los.

»Sternchen?« Mit einer Hand hält sich Christian am Seitengriff fest, als ich, ohne zu bremsen, um die nächste Kurve brettere. »Alles in Ordnung?«

»Nichts ist in Ordnung«, murmele ich.

Stille. Wir sehen starr geradeaus, während draußen Häuser und Bäume vorbeifliegen.

»Mum dreht durch«, flüstert Finn von hinten.

»Sie will doch bloß in die Berge, weil sie keine Bikinifigur für den Strand hinkriegt«, fügt Emilia hinzu.

So, das reicht. Normalerweise habe ich das Temperament einer Wanderdüne, immer ruhig, immer berechenbar, aber jetzt ist es sowohl mit dem positiven Denken als auch mit meiner Contenance vorbei. Ohne Vorwarnung lege ich eine Vollbremsung hin. Schlitternd und schlingernd kommt der Wagen auf dem Seitenstreifen zum Stehen, danach lehne ich mich zurück und bette meinen Kopf an die Nackenstütze.

»Herrgott, Fee!« Vollkommen verdattert sieht Christian mich an. »Was ist los mit dir?«

Gib mir zu verstehen, dass ich dir wichtig bin. Zeig mir, dass dich interessiert, wie es mir geht. Sag mir, dass ich die Eine für dich bin. Sag mir, dass du mich liebst. Vielleicht würde es auch reichen, wenn er mich einfach mal in den Arm nähme, und alles wäre gut. Fast alles. Doch dies ist weder der richtige Ort noch der richtige Moment für eine Grundsatzdiskussion.

»Keine Ahnung«, hauche ich deshalb nur.

Verunsichert schüttelt Christian den Kopf.

»Okay, jetzt kriege ich Angst.«

Na, und ich erst.

»Gegen Austicken gibt's Tabletten«, sagt Emilia. »Hol dir doch 'ne Runde Prozac oder so was.«

»Halt du mal bloß die Klappe, Emmi«, grunzt Finn. »Wer ist denn hier diejenige, die dauernd rumbitcht?«

»Danke, du Honk. Und was machen wir jetzt? Steigen wir alle wieder aus, oder was?«

»Kommt nicht in die Tüte«, widerspricht Christian mit tonloser Stimme. »Die Ferienwohnung ist gebucht und bezahlt, also geht's ab in den Süden.«

»Österreich ist doch nicht Süden, Papa«, wird er von seiner Tochter belehrt. »Ibiza ist Süden, von mir aus auch Afrika oder Alaska, aber doch nicht dieses sturzspießige Österreich, wo der Hund begraben ist.«

»Und wo man nicht surfen kann«, legt Finn nach.

Was soll man dazu sagen? Am besten gar nichts. Ohne ein weiteres Wort lasse ich den Motor an und fahre weiter.

Die nächste halbe Stunde herrscht eisiges Schweigen. In Ermangelung jedweder Gespräche, auf die ich mich eigentlich gefreut hatte, besteht meine einzige Unterhaltung darin, im Autoradio nach Oldie-Sendern zu fahnden und die sinnbefreiten Aufkleber an den Hecks anderer Wagen zu lesen. Bezeichnenderweise sind viele frauenfeindliche Sprüche dabei.

Männer verrückt machen, ohne sie zu berühren, gelingt den meisten Frauen nur beim Einparken.

Alles Schlampen, außer Mutti.

Brustvergrößerung durch Handauflegen, sprechen Sie gern den Fahrer an.

Frauen fahren besser – mit dem Bus.

Da muss man sich doch nicht wundern, wenn das weibliche Geschlecht auch im einundzwanzigsten Jahrhundert immer noch unterschätzt wird. Sogar von der eigenen Familie.

Während ich darüber nachsinne, was manche Leute dazu bewegt, ihren Mitmenschen unterkomplexe Botschaften aufzudrängen, fällt mein Blick auf den Heckaufkleber eines knallgrünen Kleinwagens. In flammend roten Lettern springt mir der Spruch ins Auge:

Was ist der Unterschied zwischen einem Ehemann und einem Liebhaber? Neunzig Minuten.

Ungläubig fange ich an zu lachen. Ein anderthalbstündiger Liebesakt? Welcher sagenhafte Lover bringt es fertig, volle neunzig Minuten mit etwas zu füllen, wofür mein Ehemann gerade mal neunzig Sekunden braucht? Sofern er überhaupt mal tätig wird. Weihnachten ist öfter. Würde man mich nach meinen Vorlieben beim Sex befragen, lautete die Antwort: wenn er stattfindet. Und ich dabei sein darf.

»Was ist denn auf einmal so lustig?«, richtet Christian irritiert das Wort an mich. »Woran denkst du?«

Ich bin so sehr in meine Überlegungen versunken, dass ich vergesse, wo ich mich befinde, und einfach die Wahrheit sage.

»Sex.«

Der Effekt ist in etwa der gleiche, als wäre eine Bombe explodiert. Emilia und Finn kreischen synchron »Neeeeiiin!«, Christian sackt in seinem Sitz zusammen und schlägt die Hände vors Gesicht. Danach ist die Stille eine andere als vorher. Kein befangenes Schweigen mehr, nein, blankes Entsetzen schlägt mir entgegen.

»O. My. God.«, japst Emilia, die sich als Erste wieder fängt. »Sexxxx! Ihr seid so was von peinlich!«

»Wieso wir?«, blafft Christian. »Mama hat damit angefangen.«

»Genau genommen hast du damit aufgehört, Schatz«, säusele ich. »Vor ungefähr vier Jahren.«

Ein dreistimmiges Ächzen antwortet mir, jene Art Ächzen, wie es vermutlich Sterbende von sich geben. Passt ja auch. Mein Liebesleben ist tot. Mausetot.

Ich meine, Christian und ich waren nie das Neuneinhalb-Wochen-Paar, mit Striptease und Eiswürfelspielereien und Honig aus dem Bauchnabel schlecken. Anfangs hatten wir Vanillasex, ohne irgendwelche ausgefallenen Praktiken. Der wurde durch Blümchensex abgelöst, bei dem das Kuscheln wichtiger als die Leidenschaft ist. Mittlerweile sind wir im Hänsel-und-Gretel-Modus: Es war einmal. Fürs ungeübte Auge könnten wir als Bruder und Schwester durchgehen.

»Das war's, ich bin raus«, knurrt Finn. »Halt sofort an, Mum. Ich trampe nach Hause.«

»Bin dabei«, schließt sich Emilia hyperventilierend an. »Die Nummer hier ist ja wohl voll der Psychoterror. Sophie hat gesagt, wenn ich es nicht mehr aushalte, kann ich einen Flug buchen und zu ihr nach Ibiza kommen. Das Ferienhaus ist groß genug, es hat sogar einen Pool. Also, Mami, bei der nächsten Gelegenheit hältst du an, ja?«

Alle schauen wir zu Christian, der sein Handy so heftig umklammert, dass seine Fingerknöchel weiß hervortreten. Etwas arbeitet gewaltig in ihm, daran besteht kein Zweifel, doch kein Sterbenswörtchen verlässt seine Lippen. Männer reden nun mal nicht. Sie hüllen sich in geheimnisvolles Schweigen und lassen ihre Mitwelt im Unklaren über das, was sie bewegt, weil man sich ja sonst darüber aussprechen könnte.

Fairerweise muss ich gestehen, dass auch ich nicht immer die Redseligste war. Viel zu lange habe ich alles in mich hineingefressen und allenfalls meine Freundinnen ins Vertrauen gezogen. Wahrscheinlich nicht die beste Methode, Eheprobleme zu thematisieren.

»Mum, da vorn kommt ein Parkplatz«, macht sich Finn wieder bemerkbar. »Da kannst du uns ganz easy rauslassen.«

»Nichts da, wir fahren ganz easy weiter«, sagt Christian dumpf. »Und kein Wort mehr über eure Mutter. Sie ist eine, ähm, sehr respektable Frau.«

Was für ein schönes Beispiel für den patentierten Christian-Ziegler-Charme. *Respektabel.*

»Das mit den Komplimenten üben wir noch«, lächele ich tapfer, bevor ich den knallgrünen Kleinwagen überhole.

»Wahrscheinlich bist du nur ein bisschen dehydriert«, gurrt Christian und hält mir seine kobaltblaue Trinkflasche hin. »Vorschlag zur Güte: Du spülst jetzt deinen Frust und dein Selbstmitleid runter, dann ist alles wieder im Lot.«

Ich fasse es nicht. Das mit dem Frust würde ich ja noch gelten lassen, aber Selbstmitleid?

»Nichts ist im Lot!« Mit den Fingern meiner rechten Hand trommele ich auf dem Lenkrad herum. »Ihr meckert nur rum. Ist das etwa der Dank dafür, dass ich rund um die Uhr für euch sorge und nie eigene Ansprüche stelle, bis auf diesen einen Urlaub? Dabei will ich doch nur ein kleines bisschen Familienleben, das diesen Namen verdient!«

Das musste jetzt einfach sein. Seit Jahren halte ich alles schön unterm Deckel, jetzt drängt an die Oberfläche, was sich nicht länger verhehlen lässt: Meine Ehe ist ein Witz ohne Pointe, meine Kinder sind verzogene Gören, und ein harmonisches Familienleben findet genauso wenig statt wie ein nennenswertes Sexleben.

Im nächsten Moment bedauere ich meinen Ausbruch schon wieder. Fee, rufe ich mich zur Ordnung, so funktioniert das nicht. Wenn das so weitergeht, wird dieser Urlaub eine komplette Katastrophe.

»Wir reißen uns jetzt alle mal zusammen!«, spricht Christian ein donnerndes Machtwort. »Das betrifft auch dich, Sternchen. Was ist bloß in dich gefahren? Hast du …«, er räuspert sich ausgiebig, »hm, also, machst du etwa gerade irgend so eine weibliche Hormonsache durch?«

»Das heißt Klimawandel«, sagt Emilia todernst.

»Klimakteriumswandel, dumme Nuss«, wird sie von Finn korrigiert. »Dein lückenhafter Wortschatz ist schon ein echtes Mango.«

»Ach nee«, kichert meine Tochter, die sich, das muss ich leider zugeben, nicht immer als die Allerhellste präsentiert. »Woher weißt du denn so abgefahrenen Sachen über Frauen?«

»Aus dem Internet natürlich. Man muss nur die richtigen

Websites kennen. Vorher war Mama eine Milf, jetzt ist sie quasi eine Gilf.«

»Holy shit!«, kreischt Emmi. »Eine Großmutter, die man, du weißt schon, tackern will?«

»Genau.« Finn senkt seine Stimme zu einem verschwörerischen Raunen. »Aber Papa steht wohl nicht so auf ältere Frauen.«

Mir bleibt die Spucke weg. Betreten schaue ich zu Christian, der seine Sprache auch noch nicht wiedergefunden hat. Da ich ihn seit dreiundzwanzig Jahren kenne, fällt mir auf, dass sein Gesichtsausdruck seltsam schuldbewusst wirkt. Wie ein Hund, der sein Geschäft verbotenerweise auf dem Teppich gemacht hat, starrt er vor sich hin.

Ach, du liebes bisschen. Verheimlicht er mir etwa irgendwas?

Versuchungen gäbe es reichlich, da er in seinem Beruf von lauter Frauen umgeben ist: Patientinnen, die ihn anhimmeln, als gäbe es noch Halbgötter in Weiß, dazu massenhaft junge Krankenschwestern und beängstigend attraktive Kolleginnen. Da ist zum Beispiel diese Assistenzärztin mit dem langen Blondhaar. Wie heißt sie noch? Nadine? Jeanine? Neulich, als ich Christian von der Klinik abholen wollte, begrüßte sie mich allen Ernstes mit den Worten: »Na, warten Sie auf Ihre hübschere Hälfte?« Das nenne *ich* rumbitchen.

Spreche ich Christian auf solche Vorfälle an, meint er, ich sei absurd eifersüchtig, weshalb ich Frauen in seiner Nähe nur ertragen könnte, wenn sie über siebzig oder lesbisch sind. Im Übrigen sei er treu: Wozu in eine Würstchenbude gehen, wenn es zu Hause Steak gibt?

Ja, mein Mann hat mich tatsächlich mit einem Steak verglichen. Dabei läuft es doch im besten Fall ungefähr so: Er holt sich woanders Appetit, zu Hause wird gefastet.

»Könnten wir uns jetzt bitte mal wieder beruhigen?«, ergreift er das Wort. »Eure Mutter und ich, wir sind ein tolles Team, unser Liebesleben ist top, und wenn ihr mehr über das Geheimnis einer glücklichen Ehe erfahren wollt, sprecht mich gern an.«

»Ist es schräg, wenn ich das schräg finde?«, fragt Finn.

»Vielen Dank jedenfalls für diesen schönen Eltern-Kind-Moment«, schmollt Emilia. »Das war ebenso aufschlussreich wie emotional verstörend.«

»Ach, wisst ihr«, versonnen schaut Christian auf die Straße, »Erziehung bedeutet für mich, ein Vorbild zu sein. Zur Not eben auch ein abschreckendes.«

Und spätestens jetzt weiß ich es: Dieser Urlaub wird mit an Sicherheit grenzender Wahrscheinlichkeit eine Katastrophe.

Kapitel 5

Das Gute an langen eintönigen Autofahrten ist, dass man in Ruhe nachdenken kann. Das Schlechte an langen eintönigen Autofahrten ist, dass man dabei schwer ins Grübeln kommt.

Im Grunde verreise ich mit Fremden. Was verbindet mich denn noch mit Christian außer einem in Routine erstarrten Alltag? Welche Beziehung habe ich zu meinen Kindern, wenn ich nicht gerade für sie koche, hinter ihnen herräume oder ihre Hockeytrainings, Nachhilfestunden, kieferorthopädischen Behandlungen koordiniere? Teenager glauben zwar nicht mehr an den Weihnachtsmann, dafür aber an Heinzelmännchen, die Kekskrümel wegzaubern, schmutziges Geschirr in sauberes verwandeln und müffelnde Socken verschwinden lassen.

Ratlos starre ich auf die Autobahn. Vor allem meine Ehe steckt in einer heiklen Phase, das lässt sich wohl nicht länger leugnen.

Dabei liebe ich Christian doch. Das heißt, ich liebe die Version, die ich damals geheiratet habe: den lässigen, witzigen, hocherotischen Mann, der mich in einem fort zum Lachen brachte. Den Mann, der mir nach dem dritten Date sagte: »Ich mag dich ein bisschen mehr als ursprünglich geplant«, und mir nach dem fünften lächelnd zuflüsterte: »Entweder raus aus meinem Herzen oder rein in mein Bett.« Ganze herrlich verlotterte

Wochenenden konnten wir im Schlafzimmer verbringen. Und reden, stundenlang, tagelang, nächtelang.

Christian war der Sechser im Beziehungslotto. Dachte ich.

Was ich damals noch nicht wusste: Erinnerungen ändern sich nicht, Menschen schon. Seit einigen Jahren kommen immer neue Versionen meines Gatten hinzu: der gedankenlose Christian, der humorlose Christian, der verschlossene, missgelaunte, wehleidige Christian, der mich langsam zur Verzweiflung treibt.

Um es auf den Punkt zu bringen: Am Ende meiner Nerven ist immer noch zu viel Mann übrig.

Viel schlimmer aber: Ich fühle mich emotional untersommert. In letzter Zeit ist es besonders arg. Mein Herz hat Gefrierbrand, weil Christians Desinteresse in etwas umgeschlagen ist, was meine Freundin Betty »passive Aggression« nennt.

Das scheint das neue heiße Ding in der Psychowelt zu sein. Betty hat es mir erklärt: Offene Aggression bedeutet Zank und Streit, passive Aggression ist um einiges subtiler. Mein Mann beherrscht es aus dem Effeff. Notorisches Zuspätkommen gehört dazu, vergiftete Komplimente wie: »Ich liebe jedes Kilo an dir« oder lachend vorgetragene Anekdoten in großer Runde, in denen er mich als den letzten Trottel hinstellt: dass ich nachts komische Geräusche von mir gebe, auf jede dämliche Spam-Mail reinfalle und im Bett heimlich Horoskope lese.

Der Gipfel bestand darin, dass er neulich über meine mangelnde Sportlichkeit sagte: »Fee ist die klassische Couchpotatoe, sie benötigt keinen Schrittzähler, sie bräuchte einen Bewegungsmelder.« Und das, obwohl ich den ganzen Tag auf Trab bin!

Wenn mir solche Sprüche zu viel werden, flüchte ich mich in meine Parallelwelten. Wie das geht? Ganz einfach: Ich lasse meine Phantasien von der Leine. Von den romantischen habe ich ja bereits berichtet. Aber es gibt da auch noch ein paar andere Phantasien.

So wie neulich, als ich den Rasen im Vorgarten wässerte. Ich stand mit dem Wasserschlauch zwischen zwei Ligusterbüschen, betrachtete das Hortensienbeet und dachte: Ja, da könnte er reinpassen. Wer? Christian natürlich. Nachdem ich ihn mit bloßen Händen erwürgt, durch den Fleischwolf gedreht und ordnungsgemäß in Tupperdosen verpackt habe. Als gute Ehefrau will ich schließlich nicht, dass die Würmer ihn kriegen.

Klingt das schockierend? Ach, ist doch nur eine Phantasie. Welche langjährige Gattin hätte denn nicht schon mal gedacht: Ich könnte ihn an die Wand klatschen, diesen Mistkerl, gleich morgen bringe ich ihn um!

Dabei bin ich ein absolut friedliebender Mensch. Ich kann buchstäblich keiner Fliege was zuleide tun – sogar Spinnen trage ich vorsichtig aus dem Zimmer, statt sie schnöde zu ermorden. Aber speziell in meiner Lage muss ich innerlich auch mal Dampf ablassen. Anlässe gibt es genügend. Zum Beispiel vor vierzehn Tagen, als sich Christian zur Feier unseres Hochzeitstags ein hochkompliziertes Festessen gewünscht hat. Einen halben Nachmittag lang musste ich mir die Rezepte im Internet zusammensuchen: Jakobsmuscheln an geschmorten Artischocken, danach Zürcher Geschnetzeltes mit Rösti, als Dessert Himbeer-Schoko-Törtchen.

Für die Zubereitung brauchen Profiköche mindestens zwei Stunden. Ich brauchte fünf. Allein die Artischockenblätter rauszupulen war eine elende Geduldsarbeit. Danach missglückten diverse Törtchen, bis alles fertig war.

Ich übrigens auch. Fix und fertig.

Und Christian? Kam erst um Mitternacht nach Hause, weil er unseren Hochzeitstag vergessen hatte und mit seinen Sportkumpels unterwegs war. Sein Kommentar: »Nun reg dich mal nicht auf, solche Jahrestage werden sowieso überschätzt, schließlich liebe ich dich dreihundertfünfundsechzig Tage im Jahr. Das Essen kannst du ja einfrieren, und wenn du unbedingt willst, bestell dir doch was Nettes im Internet. Wolltest du nicht einen neuen schnurlosen Staubsauger?«

In solchen Momenten stelle ich mir vor, wie er mitsamt seiner Laufgruppe, die fast unsere gesamte Freizeit verschlingt, unter einen Mähdrescher kommt. Einfach so. Wäre es nicht herrlich, wie mich dann alle bedauern würden? Die Nachbarn kämen mit selbstgekochtem Essen vorbei, die Kinder würden rücksichtsvoll durchs Haus schleichen, und am Ende könnte es passieren, dass ich eine heiße Affäre mit dem Beerdigungsredner anfange.

Gut, etwas makaber ist das schon. Außerdem weiß ich natürlich, dass man Eheprobleme heutzutage anders löst: Man macht eine Paartherapie, probiert neue Sachen im Bett aus oder geht zum Anwalt, um die Scheidung einzureichen.

Leider Gottes sind alle drei Möglichkeiten ausgeschlossen.

Über meinen Vorschlag einer Ehetherapie hat Christian nur lauthals gelacht. Wenn ich einen Psychoklempner bräuchte, bitte sehr, er hätte so was nicht nötig. Typisch. Mein Mann hält sich für perfekt. Sein Standardspruch lautet: Als Gott mich schuf, wollte er bloß angeben. Dabei gehört Christian zu jenen Männern, bei denen die Pubertät direkt in die Midlife Crisis übergeht. Dauernd will er beweisen, wie jung und fit er ist. Sogar bei

Grillpartys trägt er seine hautengen Laufhosen, die er Tights nennt, wie ein verspäteter Berufsjugendlicher.

War also nichts mit der Paartherapie. Nachdem sich dieses Thema erledigt hatte, wollte ich unser Sexleben mit etwas Neuem im Bett inspirieren. Das war auch bitter nötig, schließlich ist ja in dieser Hinsicht nichts los bei uns.

Also ging ich aufs Ganze. Todesmutig durchforstete ich die Onlineangebote für Erotika und bestellte ein kunstseidenes Negligé in sündigem Rot. Dazu einen dieser neumodischen Vibratoren in Mintgrün, die ein bisschen so aussehen wie mehrarmige Kakteen ohne Stacheln.

Tja. Was tut man nicht alles, um seine Ehe zu retten?

Wenige Tage später überreichte mir unser Paketbote ein rosa Päckchen. Noch am selben Abend war Showtime. Auf Zehenspitzen schlich ich ins Schlafzimmer, hibbelig wie ein Teenager und duftend wie eine ganze Parfümerie. Jetzt passiert's, dachte ich, hoffentlich bin ich nicht völlig aus der Übung. Als Joker hatte ich noch ein Massagegel mit Prickeleffekt bestellt, das ein bisschen nach Puff roch. Ich bin zwar noch nie in einem Puff gewesen, aber irgendwie hat man doch eine Vorstellung, wie's da riecht.

Das äußerst knappe Negligé entlockte Christian die Bemerkung, in seiner Klinik würden demnächst auch Fettabsaugungen angeboten. Bestimmt könne man da was am Preis machen, so unter Kollegen. Seitdem trage ich wieder wadenlange Nachthemden.

Den Vibrator fand Christian heiß. Er hat das Ding sofort eingesetzt, allerdings nicht bei mir, sondern bei sich selbst. In seinem Lendenwirbelbereich, genauer gesagt. Kein Scherz. Seitdem summt und brummt es in unserem Schlafzimmer, wenn Christian nach dem Sport Verspannungen im Rücken spürt. Er schwört auf die sanften Vibrationen. Auch für seine beanspruchte Wadenmuskulatur sei das Teil genial.

Das war's dann also auch mit meinem Versuch, was Neues im Bett auszuprobieren. Bliebe noch die Scheidung. Schwieriges Thema.

Zum einen habe ich noch nicht die Hoffnung aufgegeben, dass wir uns einander wieder annähern könnten. Vielleicht bekomme ich in ein paar Jahren, wenn die Kinder aus dem Haus sind, den Mann zurück, in den ich mich einst verliebt habe. Und den ich immer noch liebe. Manchmal ist er ja auch süß. Etwa wenn er mich nachts fest in die Arme schließt, weil ich von einem Alptraum aufgewacht bin. Oder wenn er mir einen Kuss auf die Nase gibt, einfach so, zwischendurch.

Zum anderen habe ich ganz schlicht Angst vor dem Alleinsein. Man mag das feige nennen, aber so ist es eben. Ich kenne einige geschiedene Frauen in meinem Alter. Vollmundig behaupten sie, dass sie ihre Freiheit genießen und sensationelle Lover haben. Schaut man näher hin, entpuppt sich das als windelweicher Schwindel. Die meisten fühlen sich abgehängt, weil der Freundeskreis geschlossen zum Mann überläuft und neue Freunde nicht an Bäumen wachsen. Da bleiben ihnen nur lange Netflix-Abende, an denen sie sich Liebesgeschichten reinziehen, die im wahren Leben in etwa so häufig vorkommen wie Maiglöckchen im November.

So will ich nicht enden. Dann lieber erst mal verheiratet bleiben, auf bessere Zeiten hoffen und bis dahin meine Phantasien genießen, wie ich Christian gepflegt um die Ecke bringe.

Es gibt so viele hübsche Todesarten. Beim Beinerasieren den ans Netz angeschlossenen Rasierapparat in die Badewanne flutschen lassen, während Christian drinliegt. Eine Prise Rattengift in seinen ekligen Grünkohl-Smoothie schnippen, nach dessen Genuss er immer die Lampen von der Decke pupst. Oder den Vorwärts- mit dem Rückwärtsgang verwechseln, wenn er seine stinkenden Sportklamotten in den Kofferraum schmeißt, mit der Ansage, ich müsste die kostbaren atmungsaktiven Hightech-Textilien unbedingt mit der Hand waschen.

Betty und Catherine sagen, derartig finstere Gedanken seien völlig normal, wenn man so frustriert ist wie ich. Sie können sogar darüber lachen.

Hach, was wäre ich ohne meine Freundinnen?

Übrigens habe ich nicht nur Mordphantasien. Was mir neben der Erotik am schmerzlichsten fehlt, sind die romantischen Momente. Das hätte ich letztlich schon vor Jahren ahnen können, als Christian den Liebesroman, den ich im Bett las, mit den Worten kommentierte: »Hey, stark, seit wann interessierst du dich denn für Autos?« Auf dem Buchcover stand: »P.S. Ich liebe dich«.

Christians Herz schlägt nur höher, wenn er Websites mit Sport-Accessoires checkt. Natürlich kauft er immer die komplette Ausrüstung, bevor er eine neue Sportart anfängt. Im Keller steht bereits eine Tauchausrüstung, ein Stand-up-Paddling-Board nebst Neoprenanzug sowie eine komplette Klettermontur. Für seine jüngste Leidenschaft, das Laufen, hat er sich Schrittzahlmesser, teure Schuhe sowie überflüssigerweise auch noch Kniebandagen gekauft, obwohl er noch gar keine Knieprobleme hat.

So viel also zum Thema Romantik. Folgerichtig gebe ich mich manchmal Tagträumen hin, die meine Defizite ausgleichen – sowohl an Romantik als auch an Erotik.

Bei Herrn Paltow kommt außer Romantik nichts infrage. Wesentlich handfester ist da schon die Anziehungskraft unseres attraktiven Paketdienstleisters Pedro. Er geht bei uns ein und aus, weil Christian ja dauernd irgendetwas im Internet bestellt: immer wieder neue Laufschuhe, spezielle Metallhanteln, neulich sogar ein Rudergerät. Ich habe Pedro meine Nummer gegeben, damit er mir eine WhatsApp schicken kann, wann er ungefähr vorbeikommt. Aber was für WhatsApps das sind!

Hi, schöne Frau, lande in etwa dreißig Minuten, irgendwann vielleicht ja auch bei Ihnen, schreibt er. Oder: Sie sind die süßeste Versuchung, obwohl es Schokolade gibt.

Könnte billig wirken. Doch Pedro ist einfach herzig. Manchmal stelle ich mir vor, dass er mir einen Kuss auf den Nacken haucht, wenn ich die Pakete quittiere. Hoher Gänsehautfaktor!

Verführerisch finde ich auch Felix, den Leiter von Catherines Zumbakurs. Als ich sie neulich vom Fitnesscenter abholte, stand er leicht verschwitzt vor mir, eine feuchte dunkle Locke in der Stirn, ein sinnliches Lächeln auf den Lippen. Und plötzlich brannte die Luft. Ohne dass ich etwas dagegen tun konnte, sah ich uns wild knutschend auf einer Gymnastikmatte liegen, Körper an Körper, Haut an Haut, und ein Festival der Leidenschaft veranstalten.

In der Realität kommt das alles selbstverständlich nicht für mich infrage. Ich bin eine moralische Frau. Verheiratet ist verheiratet, außereheliche Affären sind für mich ein No-Go. Aber ein kleines Bedauern bleibt immer zurück.

Auch solche Phantasien seien völlig normal, sagen meine Freundinnen. Betty findet sogar, dass man die eine oder andere ausleben sollte: »Wollen wir etwa warten, bis unsere Männer den Löffel abgeben, um neue erotische Erfahrungen zu machen?« Catherine formuliert es weitaus unverblümter: »Sex in der Ehe ist wie Eintopf. Und das Leben ist zu lang, um den süßen Nachtisch als Letztes zu genießen.«

Wird es jemals ein Dessert für mich geben?

Rein rechnerisch betrachtet, befinde ich mich näher an der Sechzig als an der Zwanzig. Das ist ebenso deprimierend wie die Tatsache, dass ich für Christian nicht mehr die Frau fürs Leben bin, sondern nur noch das Mädchen für alles. Von ihm kann ich also kaum erwarten, dass noch mal ein bisschen Bums in die Bude kommt.

Mein einziger Trost besteht darin, dass ich mit diesem Problem vermutlich nicht allein in der Welt bin. Bei Elternabenden schaue ich mir oft die anderen Mütter an und denke: Wie gehen die damit um, dass nach zehn, zwanzig Jahren Ehe die Luft raus ist? Erotisch, emotional und auch sonst so? Kann man das wegatmen? Findet man irgendwann Befriedigung in einem Hobby wie Töpfern oder Seidenmalerei? Oder wartet man geduldig auf Enkelkinder, um wieder so was wie liebende Gefühle zu erleben?

Ich weiß es nicht. Ich weiß nur eins: Weitermachen wie bisher ist keine Option. Dieser Urlaub muss, muss, muss eine Kehrtwende zum Besseren herbeiführen. Vor allem mit Christian. Sonst endet er doch noch im Hortensienbeet, und ich brauche ein komplett neues Tupperset.

Kapitel 6

Die Kilometer fliegen vorbei, doch noch immer sagt niemand ein Wort. Wir sind im Stummmodus, als hätten wir ein Schweigegelübde abgelegt. Bei Christian wundert mich das überhaupt nicht. Auch zu Hause zieht er sich ja immer mehr in seine eigene Welt zurück.

Wahrscheinlich ist das die Mutter aller Probleme: Sofern es stimmt, dass Reden Silber ist und Schweigen Gold, sind wir unermesslich reich. Nie sprechen wir über das Wesentliche; über unsere Gefühle, unsere Sehnsüchte, über das, was uns wirklich wichtig ist. Wenn überhaupt, sprechen wir über Benzinpreise, Steuererklärungen oder die Schicksalsfrage, ob Christians neue sündteure hundert Prozent auslaufsichere Sporttrinkflasche mit dem Spezialmechanismus für verschüttungsfreie Flüssigkeitszufuhr in die Spülmaschine darf.

Selbst zum beredten Schweigen fehlen mir manchmal die Worte.

Aber vielleicht sollte ich es ein wenig lockerer angehen. Nützt ja nichts, wenn ich nun auch noch dichtmache. Nach wie vor möchte ich an meinen grandiosen Plan glauben, dieser Urlaub könnte etwas frischen Wind in meine Ehe und unser Familienleben bringen.

Also los, Fee. Setz Dir das mentale Partyhütchen auf.

»Hallo, ihr Lieben, braucht jemand eine Pipipause? Oder einen leckeren Snack?«, frage ich so munter wie möglich, als eine Raststätte angezeigt wird.

»Gute Idee«, brummt Christian. »Würde mir gern ein bisschen die Beine vertreten. Du weißt ja, für meinen Rücken sind solche langen Autofahrten pures Gift.«

Für meinen etwa nicht? Aber um meinen Senf dazuzugeben, müsste ich wie eine Bratwurst denken, was überhaupt nicht infrage kommt. Also gehe ich über Christians Bemerkung hinweg und schaue in den Rückspiegel. Inzwischen haben beide Kinder die Ohrstöpsel drin, aus denen es in einem fort hämmert und zischt. Die Köpfe der beiden rucken erst hoch, als ich das Tempo verlangsame und den Blinker setze.

»Sind wir schon da?«, fragt Finn.

»Das ist eine Raststätte, Blödmann«, zeckt Emilia ihn an. »Na, wenigstens kann ich jetzt ungestört mit Sophie telefonieren.«

Kaum habe ich den Wagen an einer Zapfsäule geparkt, stürzen auch schon alle nach draußen, als sei der Teufel höchstpersönlich hinter ihnen her. Emilia verschwindet mit ihrem Handy auf der Toilette, Finn entert den Verkaufsraum, Christian stellt sich etwas abseits neben den Tankstellenbereich und beginnt ebenfalls zu telefonieren.

Es ist halt wie immer: Jeder macht, was er will, ich mache das, was getan werden muss.

Also fülle ich den Tank auf, kontrolliere den Ölstand, säubere die Windschutzscheibe von geplatzten Insekten und trotte anschließend in die Raststätte, um zu bezahlen. Dort entdecke ich Finn vor einem Regal mit Süßigkeiten. Er schmachtet die bunten Tüten so sehnsüchtig an wie ein Alkoholiker seine Schnapsflaschen.

»Mum? Kann ich Gummibärchen?«

Auch das noch. Zucker ist unser Dauerstreitpunkt. Obwohl ich jeden Tag frisch koche, sind Finns Essgewohnheiten ein einziges Desaster. Ausgewogene Ernährung heißt für ihn, in der einen Hand eine Coladose und in der anderen eine Chipstüte zu halten. Wie er trotzdem gefühlte zehn Zentimeter pro Tag wächst, ist mir ein Rätsel.

»Im Prinzip kannst du gern was Süßes haben«, weiche ich aus, um die Situation bloß nicht eskalieren zu lassen. »Für den Fall, dass du Hunger hast, gibt es allerdings Obst und belegte Brote im Wagen.«

»Das ist nicht dasselbe, Mum.«

»Es ist gesünder.«

»Wieso musst du mich immer bevormunden?«, braust er auf. »Dauernd machst du Terror! Ich will nichts Gesundes, ich will Gummibärchen!«

Warum warnt einen eigentlich keiner davor, dass sich die niedlichsten Babys eines Tages in unausstehliche Monster verwandeln?

»Sie werden so schnell groß«, sagt Tante Felicitas immer, und dann denke ich: Groß ist in Ordnung, aber warum müssen sie dabei so garstig werden? Natürlich liebe ich meine Kinder so, wie sie sind, und sie können zwischendurch ja auch durchaus liebenswert sein. Doch manchmal wünsche ich mir die entzückenden kleinen Wesen zurück, die nach Sonnenschein und Babypuder dufteten und ihre Mama vergötterten.

Eine ältere Dame, die vor mir in der Kassenschlange wartet, dreht sich um und schaut mich halb vorwurfsvoll, halb mitleidig an. Als wollte sie sagen: Wieder so eine Mutter, die nichts im Griff hat. Ich schenke ihr ein neutrales Lächeln.

»Dann nimm dir halt, was du brauchst«, gebe ich Finn nach, allein schon, um die ältere Dame zu ärgern.

Besser fühle ich mich dadurch nicht. Mein Sohn hat gewonnen, und seinen Triumph sieht man ihm deutlich an. Mit einem lässigen »Geht doch«, drückt er mir drei Tüten mit schaurigem Zuckerzeug in die Hand, bevor er sich in Richtung Toilette verzieht. Eine Minute später ist er wieder da.

»Mum, fürs Klo braucht man Kohle. Gib mal'n Euro.«

»Früher sagten Kinder noch bitte und danke, alles eine Frage der Erziehung«, bemerkt die alte Dame säuerlich, womit sie mir den Schwarzen Peter für Finns patziges Betragen zuschiebt.

»Früher gaben einem andere Leute auch noch keine ungebetenen Ratschläge«, revanchiere ich mich. »Nichts für ungut, gnädige Frau, aber momentan habe ich ganz andere Sorgen.«

»Das sieht man Ihnen an der Nasenspitze an.«

Holla. Ich bin immer noch baff, als ich bezahlt habe und die Süßigkeiten in meine Handtasche stopfe. Was genau sieht man mir an? Dass ich frustriert bin? Dass ich nicht weiterweiß?

Wie eine Schlafwandlerin wanke ich in den Vorraum der Damentoilette, wo Emilia mit chirurgischer Präzision ihre Augenbrauen nachzieht. Meine Tochter bevorzugt den Kim-Kardashian-Style. Konkret bedeutet es, dass sie sich täglich Blockstreifen auf die Stirn malt, mit denen ich mich nicht mal auf eine Halloween-Party trauen würde. Zum achtzehnten Geburtstag wünscht sie sich übrigens neue Brüste und eine Po-Vergrößerung. Instagram und Tiktok gehören verboten, finde ich.

Unsere Blicke treffen sich im Spiegel. Ich zögere kurz, dann wage ich die Flucht nach vorn.

»Hand aufs Herz, Emmi, wie sehe ich aus?«

»Duuuu?«

Es klingt, als sei meine Frage völlig irrelevant.

»Ja«, bekräftige ich. »Sag mir einfach, wie ich aussehe. So im Allgemeinen.«

Emilia beachtet mich kaum, weil nun auch ihr Mund mittels eines dicken rotbraunen Stifts verbreitet werden muss. Wenn ich ihr so zusehe, möchte ich manchmal sagen: So, Zeit ist um, Stifte wegpacken, Abgabe! Aber das würde Emmi gar nicht spaßig finden.

»Du siehst aus wie immer«, murmelt sie mit gespitzten Lippen.

»Das heißt ...?«

Statt einer weiteren Antwort zuckt sie nur mit den Schultern. Und plötzlich trifft es mich wie ein Blitz aus heiterem Himmel: Für meine Tochter spiele ich gar nicht mehr in einer Liga, bei der es sich lohnen würde, genauer hinzusehen oder mit Beauty-Tipps rauszurücken. Ich bin für sie ein Wesen, das unter ferner liefen rangiert.

Furchtsam schaue ich in den Spiegel und erblasse. Aus diesem Aschenputtel wird keine Prinzessin mehr. Nie wieder.

»Mach dir nichts draus, Mami«, säuselt Emilia, nachdem sie ihre frisch geschminkten Lippen aufeinandergepresst hat. »Das Licht hier ist voll ungünstig. Wahre Schönheit kommt vom Dimmen.«

Sehr witzig. Selbst wenn man berücksichtigt, dass die gnadenlose Neonbeleuchtung nicht gerade als kosmetisches Licht bezeichnet werden kann, sehe ich aus wie ein weibliches Wrack. Ach Quatsch, das *weiblich* kann ich gleich wieder streichen. Ich sehe aus wie ein Wrack. Punkt.

Auf meinem Scheitel zeigt sich ein verräterischer grauer Ansatz, erschwerend kommt hinzu, dass die ersten Fältchen inzwischen zu harten Linien um den Mund und tiefen Querfalten auf der Stirn geworden sind. Vom Rest ganz zu schweigen. Meine verrutschte Figur entzieht sich glücklicherweise den Dimensionen des Spiegels, so wie meine grauen Schlabberklamotten und meine unsäglichen Gesundheitssandalen mit Kreppsohle.

Ziemlich verstört betrachte ich das fremde Wesen vor mir. Das da soll ich sein? Diese Matrone mit der Bauer-sucht-Frau-Frisur?

Man sagt, die Schönheit liege im Auge des Betrachters. Bei mir liegt sie heulend in der Ecke. Wenn ich jetzt nicht höllisch aufpasse, liege ich in drei Sekunden daneben.

Ehrlich, ich wusste gar nicht, wie schlimm es um mich steht. Zu Hause, im täglichen Alltagstrott, dachte ich: Geht schon irgendwie, siehst doch eigentlich noch ganz passabel aus, abgesehen von den überflüssigen Pfunden. Jetzt fördern die ungewohnte Umgebung und das unbarmherzige Licht eine grausige Wahrheit zutage: Ich habe mich gehen lassen.

Es ist schon vertrackt. Ich liebe meine Familie. Sie ist das pochende Herz meines Lebens, ich würde alles für sie tun. Nein, ich *habe* alles für sie getan. Das nennt man wohl Aufopferung. Mit dem Resultat, dass ich vor den Scherben meiner Weiblichkeit stehe.

Meine Knie zittern, als ich zum Wagen zurückkehre, wo Christian irgendwas in sein Handy diktiert und meine Kinder unbeteiligt an den Kotflügeln lehnen, als gehörten sie gar nicht dazu. Mit klammen Fingern hole ich den Picknickkoffer aus dem Kofferraum.

»Wer möchte ein Sandwich?«

»Lass mal stecken«, winkt Emilia ab, »bin gerade auf Low Carb.«

»Dann vielleicht einen Erdbeer-Smoothie? Oder Frikadellen?«

»Nee, her mit den Süßigkeiten«, kiekst Finn.

Christian hat meine Frage überhört, weil er nach wie vor diktiert oder telefoniert oder was auch immer Mister Wichtig da tut. Also stelle ich den Picknickkoffer zurück auf seine heilige kalbslederne Reisetasche, schmeiße die Heckklappe zu und öffne die Beifahrertür. In meinem desolaten Zustand am Steuer zu sitzen wäre eine ernsthafte Gefährdung des Straßenverkehrs.

»Sternchen?« Ein ungehaltener Blick meines Gatten trifft mich. »Waren wir uns nicht einig, dass du fährst?«

»Du warst dir einig. Ich brauche eine Pause.«

»Die hattest du doch gerade.«

Einfach genial, wie er sich vor jeglichen Pflichten drückt. Was für mich zunehmend ein Problem ist, war für ihn immer die bequemste Lösung: Mama macht das schon.

Nachdenklich knabbere ich an meiner Unterlippe. Warum habe ich stets alles auf mich genommen? Meinen Groll runtergeschluckt und ohne Protest meine Dienste verrichtet? Weil ich Christian gefallen wollte? Weil ich mich unentbehrlich machen wollte, um ihn nicht zu verlieren?

Einer der Autoaufkleber kommt mir in den Sinn: *Die Frau von heute läuft einem Mann nicht mehr hinterher. Sie überfährt ihn.*

»Ich find's mega, wenn Papa das Steuer übernimmt«, sagt Finn. »Dann müssen wir wenigstens nicht Mums komische Oldies hören, von denen man Ohrenherpes bekommt. Ich meine – Gloria Gaynor? *I Will Survive?* Hallo?«

»Das ist ein toller Song«, verteidige ich mich. »Ein Klassiker.«

»Wie viele Kilometer sind es denn noch?«, fragt Christian mit gerunzelter Stirn.

Keine Ahnung. Irgendwie habe ich die Orientierung verloren.

»Etwa hundert oder zweihundert.«

Sehr, sehr geräuschvoll atmet Christian ein und aus.

»Typisch Frau, immer unpräzise. Frage ich dich, wie viele Folienkartoffeln ich auf den Grill legen soll, sagst du: eine Handvoll. Will ich wissen, was deine neue Hautcreme gekostet hat, antwortest du: so ungefähr einen Zwanziger. Also: hundert oder zweihundert Kilometer?«

»Schau doch auf dem Navi nach«, schlage ich mit aller mir zur Verfügung stehenden Restfreundlichkeit vor.

»In der lahmen Kutsche dauert das sowieso ewig«, mault Emilia. »Ist voll langweilig, die Fahrt, und ich kriege langsam Hunger auf was Richtiges, nicht auf irgendwelche matschigen Brote.«

Na, besten Dank auch. Ich lächele zuckersüß.

»Tut mir leid, Emmi, Kaviar ist alle, und dummerweise habe ich die Kasperlepuppen für eure Unterhaltung zu Hause vergessen. Aber demnächst kaufe ich einen superschnellen Flitzer von dem Geld, das ich nicht besitze, weil ich es in einem Job verdiene, den ich nicht habe.«

Drei geschockte Augenpaare richten sich auf mich. Erst eine Sekunde später wird mir klar, dass das reiner Sarkasmus war. So was sind meine Lieben nicht gewohnt. Nicht von ihrer alles verstehenden, alles erduldenden Frau und Mutter.

»Ich, also, ich meinte ja nur so was wie, ähm, McDonald's«, stammelt Emilia perplex.

»Große Neuigkeiten, Emmi«, flöte ich. »Es gibt auch Nahrung, die nicht aus Pappschachteln kommt.«

»Eventuell brauchst du vielleicht wirklich eine Pause«, lenkt Christian so vorsichtig ein, als hätte er es mit einer Serienmörderin zu tun, die man besser mit Samthandschuhen anfasst, bis die Polizei eintrifft.

Womit er ja auch nicht ganz daneben liegt.

Mein Blick fällt auf die alte Dame aus der Kassenschlange, die gerade an der Zapfsäule nebenan in ihr Auto steigt. Getankt hat sie nur für zehn Euro. Offenbar ist das Geld knapp, denn im Tageslicht fällt mir nun auch auf, wie verhärmt sie wirkt. Ihre Klamotten sind alt und abgetragen, ihr Wagen sieht aus, als würde er den nächsten TÜV nicht überleben. Wenn hier jemand Kummer hat, dann dieses Mütterchen.

Entschlossen gehe ich zur Zapfsäule nebenan, wo ich einen Fünfziger aus meinem Portemonnaie zupfe.

»Tut mir leid, dass ich eben so grantig war«, entschuldige ich mich und halte ihr den Geldschein hin. »Es würde mich freuen, wenn Sie sich davon ein schönes Abendessen gönnen.«

Verständnislos starrt sie mich an. Dann füllen sich ihre rotgeränderten Augen mit Tränen.

»Woher wissen Sie ...«

»Ich weiß es einfach. Alles Gute.«

Nachdem ich ihr den Fünfziger in die offene Handtasche gesteckt habe, drehe ich mich um und schaue in die fassungslosen Gesichter meiner Lieben.

»Sag mal, hast du einen Knall?«, fragt Christian.

»Mum geht steil«, murmelt Finn, und Emilia, die einen instagramablen Schmollmund aufgesetzt hat, wirft ihre brünette Mähne zurück. »Wenn du schon dabei bist, Geld zu verschenken, Mami, ich hätte auch Bedarf.«

»Schmeiß es doch gleich aus dem Fenster!«, schäumt mein Mann.

Lächelnd schließe ich mein Portemonnaie. Es hat so gutgetan, wenigstens einen Hauch Gerechtigkeit in eine Welt zu bringen, in der Frauen immer noch viel zu oft den Kürzeren ziehen. Vielleicht hat sich diese alte Dame von ihrem Mann getrennt und wurde schamlos über den Tisch gezogen. Oder sie ist Witwe und musste feststellen, dass der werte Gatte heimlich das Ersparte durchgebracht hat.

Schweigend steigen alle ein. Christian nimmt sogar ohne jeden weiteren Widerspruch auf dem Fahrersitz Platz. Ein flüchtiger Seitenblick in meine Richtung, dann werde ich von einem Kavalierstart in den Sitz gepresst.

Eine unerträgliche Spannung liegt in der Luft. Ich spüre sie nahezu körperlich. Emilia und Finn haben nicht mal ihre Ohrstöpsel drin, sondern beobachten Christian und mich wie Verhaltensforscher, die eine exotische Spezies entdeckt haben und nur darauf warten, dass gleich etwas völlig Irres passiert.

Möglich wär's ja auch. Einer fremden Frau Geld zu geben ist schon verrückt genug. Was aber, wenn ich eines Tages meine dunkelsten Phantasien mit der Realität verwechsle?

Kapitel 7

Wir nähern uns dem Ziel. Staus entstehen und lösen sich wieder auf, ein röhrender Lamborghini überholt uns von rechts, auf dem Rücksitz wird erregt geflüstert, wie ich dem heruntergeklappten Spiegel an meiner Sonnenblende entnehme.

»Wo fahren wir noch mal hin, Mum?« erkundigt sich Finn nach einer Weile.

»An den Wörthersee.«

»Ist das die Steigerungsform von Buchstabensuppe?«

Emilia verdreht die Augen, bis sie schielt.

»Noch so ein doofer Witz, und ich schreie.«

In diesem Moment klatschen dicke Tropfen auf die Windschutzscheibe und verwandeln sich sekundenschnell in sintflutartige Sturzbäche. Wie hypnotisiert folgen meine Augen den flappenden Bewegungen der Scheibenwischer. Schlechtes Wetter ist genau das, was mir an diesem Tag noch gefehlt hat. Hat sich denn alles gegen mich verschworen?

»Meine Wetter-App sagt, dass es in Österreich die nächsten zwei Wochen regnen wird«, verkündet Finn.

»Und meine Wetter-App sagt, dass es auf Ibiza achtundzwanzig Grad sind«, fügt Emilia hinzu.

»Wetter-Apps werden überschätzt«, entgegne ich mit tapfer gespieltem Optimismus. »Auf Regen folgt Sonnenschein.«

»Fragt sich nur, wann.« Finn schaut abwechselnd auf sein Handy und aus dem Fenster. »Noah hat mir gerade geschrieben, er wäre dann mal so weit mit der Arche. In zehn Minuten ist Abfahrt.«

»Noah?«, fragt seine Schwester. »Ist das nicht der rothaarige Typ aus deiner Klasse, der mir immer diese abgefahrenen Videos schickt?«

Heilig's Blechle. Irgendwas ist da echt schiefgelaufen bei Emilia. Lernen heißt für sie, ihre Hausaufgaben zu erledigen, während der Lehrer sie einsammelt.

»Also, mir macht das Wetter nichts aus«, sagt Christian gleichmütig. »Ich kann auch bei Regen trainieren.«

Alarmiert schaue ich zu ihm rüber.

»Trainieren? Wofür denn?«

Während er den Blinker setzt, um einen großen Lastwagen zu überholen, starrt er unverwandt auf die regennasse Straße.

»Na, für den Marathon in New York. Ich fliege diesen Herbst mit meiner Laufgruppe hin.«

Wie bitte? Mühsam ringe ich nach Worten, weil ich vor lauter Enttäuschung gar nicht weiß, wo ich anfangen soll. Damit, dass Christian hinter meinem Rücken eine große Reise geplant hat? Dass er ohne mich nach New York fliegt, wo ich noch nie war? Dass er lieber mit seinen Sportkumpels unterwegs ist als mit mir?

»Sag mal, wann wolltest du mir das eigentlich mitteilen?«, erkundige ich mich mit belegter Stimme.

»Wieso, ich teile es dir doch jetzt mit.«

»Danke schön. Interessant auch zu wissen, dass gemeinsame Aktivitäten in diesen Ferien so gut wie ausgeschlossen sind, weil du ja täglich mehrere Stunden trainieren musst.«

»Nun dramatisier das mal nicht. Ich absolviere mein normales tägliches Lauftraining, erweitert um Intervall- und Tempotraining. Dazu kommen Gymnastik für meinen Rücken, ein paar Runden Stretching und Übungen für den Muskelaufbau. Du kannst gern mitmachen, Sternchen.«

Dabei weiß er doch: Einen Spurt kriege ich nur hin, wenn im Supermarkt die zweite Kasse öffnet. Das einzig Sportliche an mir sind seine Adidas-Boxershorts, die bei der letzten großen Wäsche einen Rosastich bekommen haben und nun von mir als Schlüppi getragen werden. Aber wenigstens weiß ich jetzt, warum Christian bei der Abfahrt so schuldbewusst geguckt hat: nicht wegen einer anderen Frau, sondern weil er heimlich, still und leise Pläne ohne mich geschmiedet hat.

»Über New York reden wir noch, Christian.«

»Relax, Sternchen. Für dich kann das eine entspannte Zeit zu Hause werden.«

Klar. Und für dich soll's rote Rosen regnen. In Vasen.

»Marathon, cool«, seufzt Emilia. »Das ist doch das mit Schwimmen auf Haiti oder Tahiti oder so.«

»Nein, Schwimmen, Laufen, Radfahren auf Hawaii ist der Iron Man«, wird sie von Finn verbessert.

»Heißt der nicht He-Man? Nee, ich hab's, Hulk!«

»Also, philosophisch betrachtet, ist der Marathon ein Lauf zu sich selbst«, fachsimpelt Christian. »Es geht dabei um den Sieg über den Schmerz. Wer einen Marathon finisht, hat den langen Weg zu mehr Selbstachtung und Verantwortungsbewusstsein geschafft. Dann weißt du: Distanz ist, was dein Kopf daraus macht.«

»Nein, Distanz ist, was du hier machst, du Beziehungsrakete«, entgegne ich leise. »Wirkungsvoller kann man sich seiner Familie ja wohl nicht entziehen. Erst willst du unseren Urlaub mit deinen diversen Trainings verplempern und dann ganz allein nach New York fliegen?«

»Doch nicht allein.« Beschwichtigend legte Christian eine Hand auf mein Knie. »Meine Sportkumpels sind schließlich auch dabei.«

»Hehe, ihr wollt es ohne eure Frauen mal so richtig krachen lassen, was?«, kichert Emilia.

Ein seltener Fall von Durchblick bei Emmi. Und da ist sie wieder, meine Mähdrescher-Phantasie. Von mir aus könnte es auch eine Dampfwalze sein. Oder ein Betonmischer. Wenn nicht noch andere Leute im Flugzeug sitzen würden, wäre mir auch ein lupenreiner Absturz auf der Rückreise ganz recht.

Oder lege ich doch selbst Hand an? Sagt man nicht, der Klügere gibt nach und lässt es wie einen Unfall aussehen?

Eine Sekunde später wird mir klar, dass ich theoretisch bereits mit einem Bein im Gefängnis stehe. Deshalb denke ich auf den letzten hundert – oder zweihundert – Kilometern bis zu unserem Reiseziel unentwegt darüber nach, wie ich das verhindern könnte. Eins steht fest: Falls ich nicht als verurteilte Mörderin in einer Einzelzelle verschimmeln will, muss ich mein Leben ändern. Nur, wie soll ich das anstellen? Man löst keine Probleme, indem man verreist, so weit sehe ich mittlerweile klar. Die Probleme reisen unweigerlich mit, wie blinde Passagiere, die sich heimlich eingenistet haben.

Was ich wirklich bräuchte, wäre eine Auszeit.

Ein bestechender Gedanke. Das Timing ist allerdings denkbar ungünstig. Momentan hängen wir im Nirgendwo des Autobahnnetzes. Danach werde ich mit meiner Familie zwei Wochen lang in einer kleinen Ferienwohnung hocken, den Gute-Laune-Bär geben, damit die Stimmung nicht weiter ins Bodenlose kippt, werde den Thermomix glühen lassen und wieder zu nichts kommen, was mir selber guttun könnte.

Mit anderen Worten: Ich muss die Suppe auslöffeln, die ich mir selber eingebrockt habe, weil die Lösung leider nicht zu meinem Problem passte. Aber vorher brauche ich wenigstens eine Mini-Auszeit, sonst kann ich für nichts mehr garantieren.

»Halt bitte mal an, Christian.«

»Jetzt?« Enerviert kneift er ein Auge zu. »Wir sind doch erst vor einer Stunde und dreiunddreißig Minuten an der Tankstelle losgefahren. Hier ist auch kein Parkplatz, außerdem habe ich gerade einen riesigen Laster überholt. Oder ist es deine, na ja, Blasenschwäche?«

»Halt. An. Jetzt. Sofort.« Ich kann nur noch abgehackt sprechen, schaffe es aber unter Aufbietung meiner gesamten Energie, ein »Bitte, dies ist ein Notfall« hinterherzuschieben.

Mit viel unfreundlichem Gebrumme steigt Christian auf die Bremse, stellt die Warnblinkanlage an und lässt den Wagen auf dem Seitenstreifen ausrollen. Die Räder sind kaum zum Stehen gekommen, als ich auch schon die Beifahrertür öffne. Nichts wie raus hier.

Regen peitscht mir ins Gesicht, doch ich spüre ihn kaum. Auch dass meine Socken in den dämlichen Gesundheitslatschen schon nach wenigen Schritten vor Nässe triefen, nehme ich nur am Rande wahr. Ziellos wandere ich an ein paar mickrigen Büschen entlang, umtost vom ohrenbetäubenden Verkehrslärm, und fühle mich wie eines meiner missglückten Himbeertörtchen.

Da organisiert Christian einfach eine halbe Weltreise, ohne mir ein Sterbenswörtchen zu sagen, und tut jetzt so, als sei das völlig normal?

Enttäuschungen sind nur Wahrheiten mit Verspätung, sagt Catherine immer. Wie recht sie doch hat. Viel zu lange habe ich die ernüchternde Wahrheit verdrängt, dass mein Mann ein verheirateter Single ist, der tut und lässt, was er will, wann er will, mit wem er es will, ohne Rücksicht auf seine Familie. Inzwischen bin ich den Tränen nahe. Wenn doch bloß Betty und Catherine hier wären. Was würden sie dazu sagen? Mit bebenden Fingern hole ich mein Handy aus der Hosentasche und wähle Cats Nummer.

»Hallo, Fee, mein Herzblatt!«, tönt es mir launig entgegen. »Seid Ihr gut angekommen? Wo bist du?«

»In der Bredouille. Und jetzt sag bitte nicht: O toll, Frankreich.«

»Hört sich auch eher danach an, als ob du auf dem Mittelstreifen einer Autobahn picknickst. Okay, schieß los. Bin ganz Ohr.«

»Ohne mich!«, bricht es aus mir heraus. »Alles heimlich eingefädelt! Verdammte Laufgruppe! Und dann noch New York!«

»Entschuldige, könntest du eventuell in ganzen Sätzen sprechen?«

Nachdem ich ein paarmal tief durchgeatmet habe, erzähle ich Cat etwas ausführlicher von Christians Plänen.

»So ein Schuft!«, ruft sie aus, als ich fertig bin.

»Sag ich doch. Oha!« Ein gigantischer Reisebus ist an mir vorbeigerauscht und hat mich von oben bis unten nassgespritzt. »Was soll ich bloß machen?«

»Es ihm mit gleicher Münze heimzahlen, natürlich«, antwortet Cat wie aus der Pistole geschossen. »Als Erstes wirst du demnächst ein Wochenende wegfahren. Allein. Vielleicht in ein spirituelles Wellnessresort mit Tantra-Treatments.«

»Tantra?«

»Ist eine altindische Massagetechnik für befriedigende Erlebnisse. Oder altchinesisch. In jedem Fall befriedigend.«

»Warum sollte ich das tun?«

»Weil ich nicht eines Tages aus den Nachrichten erfahren will, dass man Christian mit einem Kartoffelschäler im Rücken gefunden hat. Oder dass er aus eurem Blumenbeet gebuddelt wurde.«

»Cat, das sind doch nur Phantasien.«

»Ja, und ich liebe sie. Aber ich habe nachgedacht. Vermutlich hast du eine mordsmäßig verspätete Wochenbettdepression, kombiniert mit einer mordsmäßigen angestauten Wut auf Christian. Ein bisschen Abstand wäre vielleicht ganz gesund. Statt negativer Phantasien solltest du alternative Wirklichkeiten ausprobieren. Wellness ist perfekt dafür.«

Betreten schaue ich auf meine durchnässten Socken.

»Für so ein teures Resort fehlt mir das Geld. Der Österreich-Urlaub hat unsere Reisekasse schon jetzt so gut wie aufgebraucht. Christian würde niemals zulassen, dass ich danach unser Konto plündere, um allein zu verreisen.«

»Er darf also eine kostspielige Flugreise buchen und hält dann den Daumen auf die Finanzen? Okay, übernächste Baustelle. Erst mal brauchst du das Wellnesstreatment.«

»Ohne Geld?«

»Warte. Lass mich nachdenken.«

Cat denkt ziemlich lange nach, während ich ziemlich lange warte und von den vorbeirasenden Fahrzeugen mit immer neuen Wasserkaskaden bespritzt werde.

»Ich hab's!«, lacht Cat nach einer halben Ewigkeit. »Du bist Reisebloggerin!«

»Ich?«

»Ab heute.« Ihr aufgekratztes Kichern klingt, als hätte sie einen Schwips. »Ich richte dir einen Account ein. Als Erstes schreibst du über eure Reise zum Wörthersee.«

Nach wie vor verstehe ich kein Wort. Vielleicht hat meine Freundin ja doch einen Schwips.

»Mal unter uns, Cat: Findest du es nicht etwas früh am Tag, um dir die Mütze zu begießen?«

»Nüchterner als ich kann man gar nicht sein.«

»Aber diese Bloggersache ist doch absurd.«

»Weit gefehlt. Meine Tochter hat von ihren Klimaaktivisten gelernt, wie man durch geschickte Verlinkung Follower organisiert. Jede Menge Follower. Ab einer gewissen Anzahl bekommst du dann einen Riesenrabatt in fast jedem Hotel der Welt, und mit etwas Glück lässt man dich sogar ab und an umsonst übernachten.«

Mit meinem XXL-T-Shirt wische ich mir über das regennasse Gesicht.

»Das funktioniert doch nie im Leben. Außerdem bin ich im Schreiben eine absolute Niete. Ich weiß gerade mal, wie man Rosazea und Neurodermitis buchstabiert, wenn ich die Patientenakten ausfülle.«

»Darüber musst du dir keine Sorgen machen«, werde ich von Cat beruhigt. »Ein Blog ist kein nobelpreisverdächtiger Roman. Die Follower wollen nur Eindrücke, ganz locker hingehauen, und sie wollen Bewertungen: gut, schlecht, mittel, phantastisch, unterirdisch, so was in der Art. Kriegst du das hin?«

»Ich glaube nicht.«

»Falsche Antwort. Natürlich kriegst du das hin! Und vergiss nicht, Fotos zu machen, egal, was für welche: schöne, nicht so schöne, verunglückte, lustige Fotos, Hauptsache authentisch. Außerdem gibt es ja auch noch Betty und mich. Wir helfen dir bei den Texten, versprochen. Also? Was sagst du?«

Mir schwirrt der Kopf. Während meine Zuversicht mein Selbstvertrauen suchen geht, stelle ich fest, dass beide vorübergehend unerreichbar sind. Eigentlich wollte ich mir ja auch nur eine Runde Trost bei Cat abholen und bin jetzt komplett überfordert.

»Du wirst sehen, das ist ein Kinderspiel«, redet sie einfach weiter. »Pass auf. Ich werde jetzt sofort ...«

Der Rest des Satzes geht in einem ohrenbetäubend jaulenden Tatütata unter. Au Backe. Hinter unserer Familienkutsche hält ein Polizeiauto mit Blaulicht.

»Muss Schluss machen«, sage ich hastig. »Melde mich wieder. Und danke!«

Im Grunde wird mir erst jetzt bewusst, dass es nicht in Ordnung ist, den Standstreifen zu blockieren, sofern kein Notfall vorliegt. Wobei – ich bin ein Notfall. Im Prinzip jedenfalls. Na ja, nicht im Sinne der Straßenverkehrsordnung.

Das gibt garantiert eine saftige Strafe oder sogar Führerscheinentzug. Herrje. Dieser Urlaub ist schon eine Katastrophe, bevor er überhaupt richtig angefangen hat.

Kapitel 8

Mein Leben lang war ich auf der Suche. Nach Liebe, Geborgenheit, Romantik, Selbstvertrauen, nach der perfekten Diät, manchmal auch nur nach dem Hausschlüssel oder meiner Lesebrille. Momentan suche ich nach einer richtig guten Geschichte für die beiden Polizisten, die sich unserer Familienkutsche nähern. Ihre strengen Mienen verheißen nichts Gutes, so wenig wie das flackernde Blaulicht.

Während ich durch den strömenden Regen zum Wagen zurückrenne, geht mir der Popo auf Grundeis.

Christian braucht seinen Führerschein. Dringend. Ohne ist er aufgeschmissen beziehungsweise auf mich angewiesen. Vor meinem geistigen Auge sehe ich mich schon aufreibende Fahrdienste verrichten, so wie früher, als die Kinder noch klein waren und ich wie eine hyperaktive Pizzabotin zwischen Kindergarten, Schule und Job hin- und hergeflitzt bin.

Noch dazu werde ich mir jetzt bis in alle Ewigkeiten anhören müssen, dass ich an allem schuld bin. Mein Mann vergisst nichts. Selbst meine kleinsten Fehler werden sorgfältig archiviert, um sie mir bei Gelegenheit unter die Nase zu reiben. Und Gelegenheiten dazu gibt es in den nächsten zwei Wochen quasi rund um die Uhr.

Nein, nein, ich muss es irgendwie rausreißen. Chuck Norris

würde das auch schaffen, mit vollem Körpereinsatz und mächtig viel Geballer. Ich hingegen werde mit den Waffen einer Frau kämpfen. Was bedeutet, dass ich am besten alles zugebe, die Schuld auf mich nehme und mit der reinen Wahrheit an das gute Herz unserer Freunde und Helfer appelliere: Ich war im Ausnahmezustand, bitte drücken Sie ein Auge zu. Ob das klappt?

»Hallo!« Im Laufen rudere ich mit den Armen, um die Aufmerksamkeit der uniformierten Beamten auf mich zu lenken. »Entschuldigen Sie bitte vielmals, das ist alles meine …«

In diesem Augenblick steigen Christian, Emilia und Finn aus dem Wagen. Nanu? Was wird das? Trotz der peitschenden Regenböen postieren sie sich am Heck unserer Familienkutsche.

»Keep cool, Mum, wir regeln das«, flüstert Finn, als ich auf seiner Höhe bin. Danach wendet er sich an die Polizisten. »Super, dass Sie da sind. Leider etwas zu spät, um uns zu helfen. Wir hatten nämlich eine Panne.«

»Ach ja?« Der Blick des älteren Beamten wandert von Finn zu mir. Aufmerksam mustert er mich von oben bis unten, und es entgeht ihm natürlich nicht, dass ich bis auf die Knochen durchnässt bin. »Sieht eher so aus, als ob diese Dame unter einer schwachen Blase leidet und sich ordnungswidrig in die Büsche geschlagen hat. Wäre nicht das erste Mal, dass Wildpinkler den Autobahnverkehr gefährden.«

»Geht's noch?«, faucht Emilia, die den Reißverschluss ihres weißen Jumpsuits weiter geöffnet hat, als man bei diesem Schietwetter erwarten würde. »Das ist ja wohl voll der total frauenfeindliche Sexismus hier!«

»Äääääh …« Der Beamte starrt sie an wie eine Erscheinung. »Wie war das?«

Wahnsinn. Da spricht Emmi von Sexismus und beherzigt zugleich die alte sexistische Weisheit, ein großzügig dargebotenes Dekolleté reduziere das Denkvermögen eines Mannes um fünfzig Prozent. Pro Brust.

»So war das nicht gemeint«, sagt der andere Polizist etwas lahm.

»Ist aber so rübergekommen!«, kontert Emilia. »Was seid ihr? Bad Cops? Frauen-Basher? Schon mal auf die Uhr geguckt? Wir leben im zwanzigsten Jahrhundert!«

»Einundzwanzigsten«, souffliert Finn.

»Von mir aus auch im zweiundzwanzigsten!« Unwirsch streicht sich Emmi eine Haarsträhne aus der Stirn, was nebenbei gesagt ganz schön aufreizend aussieht. »Frauen, Transen, Freaks, Tiere, Aliens, alle haben dieselben Rechte in diesem Land! Eine fiese kleine Beschwerde, und Ihre Polizeiuniform ist schneller weg, als Sie Post-Femanzipationismus sagen könnten«

»Postfeministische Emanzipation«, raunt Finn, der den Text offenbar mit seiner Schwester geübt hat.

»Genau!«, kräht Emilia. »Hätte ich nicht besser formulieren können!«

Christians Mund klappt auf und wieder zu. Er ist mindestens so verblüfft über diesen Schlagabtausch wie ich.

»Meine Mutter hat ein gewisses Problem mit Klaustrophobie«, übernimmt Finn so souverän, als hätte er das schon tausendmal gemacht. »daher war es therapeutisch unaufschiebbar, dass sie den Wagen kurz verlässt. Jetzt geht's wieder. Alles easy.«

»Easy, soso.« Der eine Polizist verzieht das Gesicht, der andere ruckelt an seiner nässetriefenden Dienstmütze herum. »Und warum stehen Sie dann immer noch auf dem Standstreifen?«

»Hallo?« Mit einem manikürten Zeigefinger tippt sich Emilia an die Schläfe. »Weil es *Stand*streifen heißt? Und nicht *Fahr*streifen?«

»Weil meine Mum noch einen Moment brauchte«, redet Finn seelenruhig weiter. »Sorry, wir konnten ja wohl nicht ohne sie los, oder?«

Ich staune nur noch Bauklötze. Sind das wirklich meine Kinder? Diese smarten kleinen Biester?

»Noch Fragen?« Mit einem unnachahmlichen Pokerface lässt Finn seine Hände die Hosentaschen gleiten. »Sonst würden wir jetzt gern weiterfahren.«

»Eventuell würden wir dann auch vergessen, dass Sie total übel drauf sind mit Ihrer frauenfeindlichen Einstellung«, ergänzt Emilia so huldvoll wie Queen Mum persönlich.

»Führerschein, Fahrzeugschein«, schnarrt der jüngere Beamte, der immer noch Mühe hat, am Dekolleté meiner Tochter vorbeizuschielen.

»Bitte sehr.« Christian hält ihm die Papiere hin. »Dürfte alles korrekt sein.«

Während die Polizisten ausgiebig die Dokumente prüfen, tausche ich einen Blick mit Finn und Emilia. Himmel, bin ich stolz auf die beiden. Früher war ich immer die Überlöwenmutter, die ihre Kinder auf dem Spielplatz mit Zähnen und Klauen gegen rotznasige Sandschmeißer verteidigt hat. Jetzt sind die Rollen vertauscht. Super-Mom wird von ihrem eigenen Nachwuchs beschützt!

»Ihr seid großartig«, wispere ich.

»Wurde auch Zeit, dass dir das mal auffällt«, grient Emilia.

Christian sagt nichts. Gar nichts. Stoisch steht er im pladdernden Regen und wartet darauf, dass er seine Papiere zurückbekommt. Als es endlich so weit ist, steckt er sie mit einem knappen Nicken in die Gesäßtasche seiner schmutzbespritzten, ehemals cremeweißen Hose.

»Danke, die Herren.«

Die Polizisten nicken ebenfalls.

»Ich muss Sie auffordern, auf kürzestem Wege die Autobahn zu verlassen«, sagt der ältere der beiden. »Eine Klaustrophobikerin ist ein Sicherheitsrisiko. Andernfalls müssten wir Sie abschleppen lassen.«

Beim Stichwort *abschleppen* will Emilia etwas erwidern, und wir alle ahnen schon, was ihr auf der Zunge liegt, doch Finn hakt sie unsanft unter und zieht sie beiseite.

»Cool bleiben, Emmi.«

»Der hat aber schon wieder so ein Sexismus-Ding rausgehauen«, beschwert sie sich.

»Los jetzt, ab in den Wagen, aber dalli«, befiehlt Christian frostig.

Nachdem wir alle wieder eingestiegen sind, lässt er den Motor aufheulen, beschleunigt mit durchgedrücktem Gaspedal auf dem Standstreifen und fädelt sich in den Verkehr ein. Danach bricht unbeschreiblicher Jubel los. Finn und Emilia klatschen sich ab, ich reiße die Arme hoch, und wir lachen, bis uns die Puste ausgeht. Nur Christian bleibt stumm.

»Was hast du denn?«, frage ich erstaunt. »Freust du dich denn gar nicht?«

»Worüber sollte ich mich freuen?« Seine Hände umfassen das Lenkrad so fest, als wollte er es zerquetschen. »Findest du es etwa ethisch vertretbar, dass unsere Kinder lügen, ohne rot zu werden?«

»Das waren doch keine Lügen, Christian. Das war eine kreative Interpretation der Wahrheit mit dem Ziel mittelfristiger Stressvermeidung. Die beiden haben uns gerettet! Schließlich hätte sonst was passieren können: Strafmandat, Anzeige, Führerscheinentzug ...«

»... weil du ja unbedingt mitten auf der Autobahn aussteigen wolltest.«

»Mum brauchte halt ein Time-out«, mischt sich Finn ein. »Jeder hat doch mal seine Viertelstunde, in der er für sich sein möchte.«

Wie feinfühlig mein Sohn ist. Und wie ritterlich er sich für mich geschlagen hat. Nur wer sich vor mich stellt, steht wirklich hinter mir, geht es mir durch den Kopf. Von Christian kann ich das nicht gerade behaupten. Er hat sich schön bedeckt gehalten, wahrscheinlich auch so ein Fall von passiver Aggression. Doch das sage ich jetzt lieber nicht, sonst rastet er noch richtig aus.

Ganz anders Finn. Es scheint, als hätte mein Sohn einen Reifungsprozess durchlaufen, der mir irgendwie entgangen ist. Auch Emilia ist nicht die ahnungslose Tussi, die sie offenbar nur spielt. Auf einmal wird mir ganz warm ums Herz. Zumindest bei den Kindern könnte sich mein Plan bewähren, unserem brachliegenden Familienleben neuen Atem einzuhauchen. Schon jetzt ist ihre Stimmung eine völlig andere als vorher und ihre schlechte Laune vollkommen verflogen.

Warum kann Christian nicht anerkennen, wie geistesgegenwärtig seine Kinder reagiert haben? Warum mäkelt er herum? Und plötzlich fällt es mir wie Schuppen von den Augen: Mein Mann will immer der King im Ring sein. Es ärgert ihn maßlos, dass er wie ein Statist danebenstand, als Finn und Emilia zu großer Form aufliefen. Er selber hatte nichts beizutragen. Nicht das Geringste. Das nagt jetzt rückwirkend an seinem Ego und wird mir noch so manche bissige Bemerkung eintragen.

Lasse ich mich davon beeindrucken? Nein, wieso denn? Irgendetwas ist heute passiert, das meine ewige Unterordnung bröckeln lässt.

»Kinder, ihr habt euch eine Belohnung verdient«, kündige ich an und drehe mich halb zu den beiden um. »Beim nächsten McDonald's legen wir einen Boxenstopp ein.«

»Ernsthaft? Du erlaubst uns Pappschachtelessen?«, fragt Emilia ungläubig nach.

»Neue Erfahrungen, neue Regeln«, zwitschere ich.

»Warum drehst du ihnen nicht gleich einen Joint?« Misslaunig schaut Christian in den Rückspiegel. »Junk Food ist quasi Körperverletzung, darüber haben wir schon hundertmal gesprochen. In dieser Familie wird gesund gegessen.«

Dachte ich's mir doch. Der selbsternannte King im Ring hat Angst, dass seine Krone ins Wackeln geraten könnte.

»Weißt du, Schatz«, erkläre ich mit fester Stimme, »so ein Urlaub ist eine gute Gelegenheit, auf die Bedürfnisse anderer Rücksicht zu nehmen. Niemand wird verletzt, wenn wir ausnahmsweise mal in eine Burgerbude gehen.«

Finn, der mit seinem Handy beschäftigt ist, tippt mir auf die Schulter.

»Mum, seit wann hast du eigentlich einen Reiseblog?«

Überrascht zucke ich zusammen.

»Ich?«

»Ja, hier steht's: *Fee Ziegler, Reisebloggerin. Motto: Nenn es nicht einen Traum, nenn es einen Plan. Lieblingsort: ein Strand, an dem ich ganz entspannt darauf warten kann, dass meine Seele mich einholt. Liebstes Workout: zum Gate sprinten.«*

Cat! Das ist so typisch, dass sie mich einfach vor vollendete Tatsachen stellt. Und dann auch noch schneller, als die Polizei erlaubt.

»Haha, dein Lieblingsworkout ist also zum Gate sprinten«, höhnt Christian. »Ich glaub, es hackt. Du schaffst ja nicht mal die Kellertreppe, ohne außer Atem zu kommen.«

Was auch immer er mit seinem Kommentar bezweckt, er erreicht das genaue Gegenteil. Ein kleines Lächeln stiehlt sich in mein Gesicht. Fee Ziegler, Reisebloggerin. Klingt doch gar nicht mal so schlecht.

»Ich versuche gerade, mein Spektrum zu erweitern«, improvisiere ich, meinen ganzen Mut zusammennehmend. »Hausfrau, Mutter, Praxisassistentin ist eine gute Sache, doch das reicht mir nicht mehr. Ich möchte mich neu ausprobieren.«

»Find ich mega«, meint Finn ganz unbefangen. »Ein Reiseblog, wie abgefahren.«

»Für eine Frau, die so gut wie nie verreist, eine absolute Schnapsidee«, murrt mein Gatte.

Verträumt schaue ich einem roten Sportwagen hinterher, der uns überholt und eine riesige Wasserfontäne auf unsere Windschutzscheibe schwappen lässt.

»Das wird sich ändern, Schatz. Österreich ist nur der Anfang. Demnächst fahre ich in ein spirituelles Wellnessresort. Mit Tantramassagen.«

»Mit ...« Kurzfristig verliert Christian die Kontrolle über den

Wagen. Mehrfach muss er das Steuer rumreißen, bis er wieder einigermaßen die Spur hält. »Sag mal, Sternchen, willst du mich verladen? Worum geht's hier eigentlich?«

»Alternative Wirklichkeiten?«

»Mami«, piepst Emilia, »wenn du dann dauernd unterwegs bist, heißt das, du tust nichts mehr für uns? Streikst du?«

»Keine Sorge. Ich bin für euch da, solange ich keine Laternen für euch basteln muss. Auch Turnbeutel durch die Gegend kutschieren oder spätnachts irgendwelche Referate ausarbeiten ist erst mal gestrichen. Kochen und waschen geht klar, alles Weitere besprechen wir noch.«

»Durch die Welt gondeln, einen Blog fabrizieren.« Christian schüttelt so heftig den Kopf, dass er kurz vor einem Schleudertrauma stehen muss. »Wann wolltest du mir das eigentlich mitteilen?«

Ich kann gerade so eben einen Heiterkeitsanfall unterdrücken, weil die Retourkutsche einfach zu herrlich ist.

»Wieso, ich teile es dir doch jetzt mit.«

»Google Maps sagt, der nächste McDonald's kommt in neun Kilometern«, meldet sich Finn von der Rückbank. »Da können wir uns dann auch gleich was Trockenes anziehen.«

»Ich nehme einen Vanille-Milkshake, sechs Chicken McNuggets, zwei Cheeseburger, eine Apfeltasche«, zählt Emilia auf. »Und einen Salat.«

»Ja, einen Alibi-Salat«, grunzt Christian.

»Ist doch nur eine kleine Anerkennung«, versuche ich, pädagogisch wertvolle Schadensbegrenzung zu betreiben. »Belohnungen sind ein traditioneller Brauch auf dem Planeten Erde. So macht man das.«

»Nein, *du* machst das so. Und über dieses Reisedings unterhalten wir uns noch mal unter vier Augen.«

Also wirklich, er verhält sich wie ein eingeschnappter Erstklässler. Zum ersten Mal kommt mir der Gedanke, dass Christian vielleicht gar nicht so taff ist, wie er immer tut. Auch mit dem Marathon will er sich womöglich nur etwas beweisen, woran er selbst zweifelt: dass er der Beste ist und alles schafft, was er sich vorgenommen hat. Christian setzt sich ungeheuer unter Druck, und mich gleich mit. Vielleicht ist es das, was unsere Beziehung belastet?

Mein Blick fällt auf das Navi. Das Ziel ist definiert, im Gegensatz zur Zukunft meiner Ehe.

»Mum?«, fragt Finn. »Auf deinem Blog-Account ist noch kein Beziehungsstatus eingetragen.«

Hm. Vielleicht sollte ich reinschreiben: Im Prinzip vergeben, aber die Route wird gerade neu berechnet.

Kapitel 9

Es gießt immer noch wie aus Eimern, als wir abends aus dem Auto steigen, steifbeinig, müde und von der Hoffnung beseelt, baldigst in ein weiches Bett zu sinken.

Etwas verunsichert spähe ich in das verschwommene Blaugrau, das sich vor uns ausbreitet. Da ist er also, der berühmte Wörthersee, den ich sonnenüberglänzt in Erinnerung hatte. Momentan hüllt er sich in tiefhängende Wolken, und ich werde das Gefühl nicht los, dass das erst mal so bleibt. Auch die Uferlokale mit ihren leeren nassglänzenden Terrassen und den geschlossenen Sonnenschirmen wirken wie ein Menetekel: Das wird nix mehr mit dem schönen Wetter.

Dennoch nehme ich ein Handyfoto auf, um es Cat zu schicken. Weil ich es ihr nun mal versprochen habe. Für den Blog eignet sich so ein düsteres Foto natürlich nicht.

»Und was machen wir jetzt?«, fragt Emilia.

»Dort drüben wohnt die Dame, bei der ich das Appartement gebucht habe«, antworte ich und zeige auf eine schmucke rosa Villa. »Ihr könnt gern mitkommen, um euch mit den hiesigen Gepflogenheiten vertraut zu machen. Nur ein Piefke sagt ›Guten Abend‹. Hier heißt es: ›Grüß Gott‹.«

»Dann grüß ihn mal schön«, muffelt Christian. »Ich muss erst ein paar Dehnübungen für meinen lädierten Rücken einlegen.«

Selbstverständlich. Der werte Astralkörper hat ja Priorität. Geduldig sehen wir im Nieselregen zu, wie Christian sein Workout vollführt. Dafür zieht er abwechselnd an seinen Armen, lässt die Hüften kreisen und geht federnd in die Hocke. Unwissende Zeitgenossen könnten durchaus auf die Idee kommen, dass er seinen Namen rückwärts tanzt.

Mir wird ganz schwummrig bei dem Gedanken, dass wir jetzt vierzehn Tage lang urlaubshalber aneinandergefesselt sein werden.

Zehn Minuten später wird mir noch viel schwummriger. Auf der Website sah das Ferienappartement traumhaft aus: idyllisch im Grünen gelegen, mit Seeblick, Butzenscheiben und üppig blühenden Geranien auf dem geschnitzten Holzbalkon. Solche Appartements gibt es aber nur im Haupthaus, wie uns die freundliche Vermieterin Frau Ederhuber erläutert. Das Gros der Wohnungen liege etwas abseits des Sees in einem Neubau.

Genau dort bringt sie uns hin. Als wir einen fünfminütigen Fußmarsch später die Treppe erklimmen, die in den sechsten Stock eines spektakulär hässlichen Gebäudes führt, bin ich nur noch sprachlos. Alles wirkt furchtbar heruntergekommen, vom schadhaften grauen Linoleumboden bis zu den Deckenleuchten, von denen jede zweite kaputt ist.

»Wer hat das noch mal gebucht?«, flüstert Finn mit einem verschmitzten Grinsen.

»Für Mami ist das Internet eben Neuland«, kichert Emilia. »Der könntest du auch Wundercremes aus Schneckeneiern andrehen.«

Christian sagt gar nichts. Mit versteinerter Miene betritt er das Appartement, das die Vermieterin für uns aufgeschlossen hat. Es riecht wie Finns Zimmer, wenn darin zehn Youngsters ein Wochenende lang World of Warcraft gespielt haben. Durchgehend. Ohne zu duschen. Frau Ederhuber, groß, kompakt, messerscharf gelegte weißblonde Dauerwelle, scheint das nicht weiter zu stören. Mit einem Ausdruck größten Entgegenkommens faltet sie die Hände vor der Schürze ihres roten Dirndls.

»Glück gehabt, so eine hübsche Maisonette ist in der Hauptsaison schwer zu kriegen«, behauptet sie. »Wohnzimmer, Pantry und Elternschlafzimmer befinden sich im unteren Stock. Über die Wendeltreppe gelangen Sie zu den beiden Kinderzimmern und zum Badezimmer.«

»Was ist denn eine Penntry?«, will Emilia wissen. »Pennt man da drin?«

»Ich liebe Gäste mit Humor!«, juchzt Frau Ederhuber.

»Das ist die Küchenzeile«, raune ich meiner Tochter zu.

Wobei es Küchenzeile nicht ganz trifft. Ein schiefer Schrank und ein wackeliges Resopalregal, davor ein grob gezimmerter Tresen mit zwei nicht minder wackeligen Barhockern, das ist alles.

Inzwischen hat Christian den fleckigen ockerfarbenen Teppichboden sowie das durchgesessene erbsengrüne Sofa in Augenschein genommen. Jetzt tritt er ans Fenster und schlägt die braune Gardine zurück, hinter der eine Brandmauer aus verwittertem Beton zum Vorschein kommt.

»Soll das der Seeblick sein?«

»Den haben Sie von oben«, erwidert Frau Ederhuber fröhlich. »Am Badezimmer befindet sich ein kleiner Balkon. Wenn Sie da drauf gehen und ein bisschen den Hals recken, sehen Sie die Fluten unseres geliebten Wörthersees. An klaren Tagen auch die schneebedeckten Gipfel der Alpen.«

»Moment …«, will Christian protestieren, wird jedoch sogleich von unserer Vermieterin abgebügelt, die bereits die Tür zu einem winzigen Nebenraum öffnet. »Voilà, das Elternschlafzimmer.« Neckisch zwinkert sie uns zu. »Ein richtiges Liebesnest, nicht wahr? Das ist, where the magic happens!«

Ein würgendes Geräusch kommt von Finn und Emmi, die so tun, als müssten sie sich übergeben.

»Sie werden sich hier alle sehr wohlfühlen«, schließt Frau Ederhuber die Besichtigung ab. »Melden Sie sich gern, wenn Sie noch was brauchen.«

»Ja, ein anderes Appartement«, murrt Christian.

Das lässt die Dame locker an sich abtropfen. Mit einem strahlenden Lächeln überreicht sie ihm die Wohnungsschlüssel.

»Wie gesagt, im Sommer ist rund um den See alles ausgebucht. Sie können sich glücklich schätzen, dass Sie dieses Domizil ergattert haben.«

Nachdem sie uns auf die Flasche Wein im Kühlschrank hingewiesen und sich verabschiedet hat, knallt Christian das Schlüsselbund auf den Küchentresen.

»Diese Dirndltante hat ja wohl nicht alle Würstchen auf dem Grill. Was für eine verkeimte Bude ist das denn?«

Unterdessen haben sich Emilia und Finn mit ihren Handys auf die Couch gefläzt. Erstaunlicherweise scheint ihnen der Reinfall mit der Ferienwohnung gar nicht so viel auszumachen. Dafür sind sie viel zu sehr mit ihren Internetaktivitäten beschäftigt.

»Hey, Mum, du hast ja schon dein erstes Foto gepostet«, sagt Finn und hält mir sein Handy hin.

Neugierig schaue ich aufs Display. Tatsächlich, das ist mein

Foto vom Wörthersee. Allerdings farblich bearbeitet, so dass es noch ein bisschen dunkler, gewittriger aussieht, und mit einem Text versehen:

Die Schönheit der Dinge lebt in der Seele dessen, der sie zulässt.

Witzig. So geht das also? Ich dachte, man müsste lauter Hochglanzbilder aufweisen können, mit blauem Himmel und bonbonbunten Knallfarben. Cat belehrt mich eines Besseren. Es gibt schon über vierzig Likes für das dramatische Wolken-Regen-Foto. Offenbar gefällt es meinen frischgebackenen Followern.

Das bringt mich auf eine Idee. Ohne lange nachzudenken, fotografiere ich die trübe Aussicht auf die Brandmauer und sende das Foto an Cat. Sofort meldet sie sich per WhatsApp.

Ganz großes Kino, Fee! 😊 Schicke dir gleich die Zugangsdaten für Deinen Account, dann kannst du selber loslegen.

»Was machst du da?«, fragt Christian gereizt. »Ich finde, es sollte jetzt mal langsam was Anständiges zu essen geben. Wofür haben wir schließlich den Thermomix mitgeschleppt?«

»Sekunde bitte, Schatz.«

Die Zugangsdaten sind inzwischen da. Rasch logge ich mich ein und lade das Foto von der Brandmauer hoch. Dazu schreibe ich:

Die Ferienwohnung ist grauenhaft, aber die Aussicht ist es wert.

Unwillkürlich muss ich schmunzeln. Wenn man es auf diese Weise angeht, wird selbst die größte Katastrophe zur urkomischen Pannenshow. Fast freue ich mich schon auf den nächsten Reinfall, und die Follower womöglich auch.

Wer hätte das nicht schon selber erlebt? Da bucht man eine Unterkunft für die schönste Zeit des Jahres, beachtet jedes winzige Detail, legt eine Menge Geld hin und guckt trotzdem blöd aus der Wäsche, weil nichts so ist, wie es im Internet angepriesen wurde.

»Hammer, Mum«, lacht Finn, der sich mit seiner Schwester über das Handy beugt. »Dafür kriegst du zwei fette Likes von Emmi und mir!«

»Und mir platzt gleich die Pelle!«, raunzt Christian. »Kann mir bitte mal jemand sagen, was hier los ist?«

»Klar, Mami hat 'nen Lauf mit ihrem Blog«, antwortet Emilia so cool, als sei es das Normalste der Welt, dass Mütter so etwas wie einen Blog haben. »Kannst sie ja auch liken, Papi.«

Sekundenlang verschlägt es Christian die Sprache, dann rollt er mit den Augen.

»Dieser Bloggerblödsinn steht ja wohl ganz weit oben auf der Sockenschuss-Hitliste. Wofür soll das gut sein? Das verbrennt doch nur Zeit, die man für was Sinnvolleres nutzen könnte.«

»Für Gepäck schleppen und Essen kochen?«, frage ich mit einem ironischen Seufzer.

»Das Gepäck holen wir«, springt Finn für mich in die Bresche. Zackig erhebt er sich vom Sofa. »Los, Emmi, schwing deinen Hintern hoch.«

Mein Handy surrt. Es ist Cat.

Glückwunsch, Fee. Du hast bereits siebenundsechzig Follower! Und das, obwohl ich noch gar nicht mit der

Verlinkung angefangen habe. Dein Blog wird der Knaller!
Bleib bei den schrägen Sachen, ja? Ist im Übrigen die
gefahrloseste Methode, Deine dunkle Seite auszuleben.

Ein Gefühl zwischen Freude und Schreck durchpulst mich. Im Handumdrehen ist etwas völlig Neues in meinem Leben passiert, das mich gleichermaßen aufmuntert wie einschüchtert. Ich weiß doch noch gar nicht, ob ich das kann. Wie oft muss man überhaupt ein Foto posten? Und wird mir immer etwas dazu einfallen? Außerdem gewährt mir kein Hotel der Welt Rabatt, wenn ich es auf skurrile Pannen abgesehen habe.

Aber darüber will ich jetzt nicht nachdenken. Lieber genieße ich meinen kleinen Erfolg.

»Dad, rück mal den Autoschlüssel raus«, sagt Finn lässig. »Emmi und ich holen den Krempel hoch, ihr könnt euch ja ein bisschen unterhalten. Ohne uns.«

Weder Christian noch ich sind sonderlich begeistert von dieser Idee, in der eine sanfte Kritik an unserer ehelichen Kommunikation mitschwingt. Dennoch übergibt mein Mann Finn den Schlüssel. Die Tür fällt ins Schloss. Jetzt sind wir allein. Selten war mir so mulmig zumute, ohne Zeugen mit Christian in einem Raum zu sein. Fühlt sich ein bisschen so an, als sei ich die FBI-Agentin, die unvermutet auf Hannibal Lecter trifft. Am besten, ich tue so, als sei nichts gewesen.

»Wie nett von Frau Ederhuber, uns mit einer Flasche Wein willkommen zu heißen«, trällere ich und gehe zum Kühlschrank. »Ein kaltes Schlückchen wird uns bestimmt guttun.«

Christians Antwort besteht darin, sich auf einen der wackeligen Barhocker zu schieben und mir verdrossen zuzusehen, wie ich die Flasche öffne, zwei Gläser aus dem schiefen Schrank hole und sie fülle. Heißt es nicht: Beginne den Tag mit einem Lächeln, beende ihn mit einem Glas Wein? Wenn ich schon die erste Hälfte nicht geschafft habe, dann wenigstens die zweite.

»Prost!« Mit einem heldenmütigen Lächeln erhebe ich mein Glas. »Auf unseren Urlaub!«

Während ich einen Schluck trinke, starrt Christian nur säuerlich in sein Glas. Auch der Wein schmeckt etwas säuerlich, doch wenigstens ist er kalt. Ich nehme gleich einen zweiten Schluck und warte auf Christians Antwort.

Das kann etwas dauern, denn kontroverse Unterhaltungen mit ihm erinnern mich immer an den Pfandflaschenautomaten im Supermarkt. Man steckt eine Flasche rein – Annahme verweigert. Man steckt sie noch mal rein. Wieder nichts. Beim dritten Mal wird sie dann möglicherweise geschluckt.

»Irgendwas Interessantes in deinem Glas?«, starte ich den nächsten Versuch.

Mit einer undefinierbaren Grimasse fährt er sich durchs Haar.

»Ich erkenne dich gar nicht wieder. Komm mal runter, ja? Du bist eine gute Mutter, eine gute Hausfrau, eine gute Praxisassistentin. Mehr wirst du nie erreichen, also belass es dabei. Du machst dich doch vollkommen lächerlich mit diesem ... diesem affigen Reiseblog. Sieh mich an: Ich weiß, was ich kann, aber ich versuche doch auch nicht, plötzlich Zahnarzt oder Quantenphysiker zu sein. Keine Ahnung, durch welche Traumwelt du gerade tanzt, aber du solltest schleunigst damit aufhören. Schon deshalb, weil es peinlich ist.«

Wow. Das war mit Abstand der längste zusammenhängende Wortbeitrag, den mir Christian in den letzten Jahren hat zuteilwerden lassen. Nur der Inhalt ist leider völlig inakzeptabel.

»Könntest du das bitte umformulieren?«

»Ich denke, du hast mich schon verstanden, Sternchen.«

»Nein, ich wollte dir nur Gelegenheit geben, deine Meinung zu ändern.«

»Fee!«

»Christian!«

Verdutzt sehen wir einander an. Das nennt man wohl eskalieren, etwas ganz Neues in unserer Ehe: kein lauwarmes Umeinanderherumschleichen, sondern offene Konfrontation.

»So läuft das nicht.« Mürrisch nippt Christian nun doch noch an seinem Wein. »Das lasse ich mir nicht bieten.«

»Willst du denn gar nicht wissen, was mich bewegt?«, sage ich ehrlich empört. »Denkst du, mein Lebensziel besteht darin, deine Sportklamotten mit der Hand zu waschen und Basilikumtöpfe länger als eine Woche am Leben zu erhalten? So wie bisher kann ich die nächsten zwanzig Jahre nicht weitermachen. Das bringt mir einfach keinen Spaß mehr.«

Eine Weile hört man nur das Summen des Kühlschranks. Christian scheint allen Ernstes über meine Worte nachzugrübeln.

»Jetzt hör mal zu«, sagt er nach einer Weile. »Als wir damals heirateten, habe ich dir Liebe und Treue versprochen. In guten wie in schlechten Tagen, bis dass der Tod uns scheidet. Von Spaß war nie die Rede.«

Das wird ja immer besser. Mit zitternden Händen gieße ich mir ein weiteres Glas Wein ein.

»Was ist denn der Sinn des Lebens, wenn es keinen Spaß bringt?«

»Na, was wohl. Karriere machen, das Familienleben anständig über die Bühne kriegen und später die Rente genießen.«

Wer bitte ist der Mann, der so den Sinn des Lebens definiert? Passt aber irgendwie. Christians Lieblingsfilm ist »Stirb langsam«, und offensichtlich hat er schon damit angefangen. Von echtem Leben kann da jedenfalls keine Rede mehr sein.

Mein Herz krampft sich zusammen. Vielleicht hätten wir öfter reden müssen. Über unsere Werte, unsere Ziele, darüber, wie wir Lebensqualität definieren. Verdammt, ich will den Mann zurück, den ich liebe! Es gibt ihn noch, ganz bestimmt! Vor mir sitzt doch mein Christian, mein Ein und Alles. Wie konnte es nur so weit kommen, dass er mir fremd geworden ist?

»Freut mich, dass du es einsiehst«, lächelt Christian, der meine Sprachlosigkeit zweifellos für Zustimmung hält. »Du bist völlig okay, aber nicht etwas so Besonderes, dass du auf einmal mit einem Blog Furore machen kannst. Sei froh, dass ich dich auf den Boden der Realität zurückhole.«

Herzlichen Dank aber auch. Ich wünschte, Christian könnte sich selber zuhören, dann wüsste er, was bei uns schiefläuft. Welche Frau im bekannten Universum möchte denn gern hören, dass sie *nichts Besonderes* ist? Ich bin schon drauf und dran, vor lauter Frust die Weinflasche auf ex zu leeren, als mich ein Pochen an der Tür davon abhält.

»Machst du mal auf?«, murmelt Christian, ganz der Pascha, der zu bequem ist, es selbst zu tun.

Jetzt ist es so weit. Jetzt reißt mir endgültig die Hutschnur und der Geduldsfaden gleich mit. Völlig am Ende greife ich mir zwei

Teller, die in dem wackeligen Resopalregal stehen, und werfe sie Christian vor die Füße.

Klirrend zerspringt das Porzellan in tausend Stücke. In diesem Moment geht die Tür auf, und Finn steht vor uns, in jeder Hand einen Koffer.

»Ihr habt vergessen abzuschließen«, sagt er, bevor er mit großen Augen die Scherben auf dem Boden begutachtet. »Oh, krass.«

Hinter ihm erscheint Emilia, ebenfalls schwer beladen. Auch sie betrachtet die Scherben auf dem Boden, und ein Lächeln huscht über ihr farbenfroh geschminktes Gesicht.

»Ja, voll krass. Habt ihr gefeiert?«

Kapitel 10

Mein Handy zeigt fünf Uhr sechsunddreißig an, als ich am nächsten Morgen erwache. Etwas desorientiert sehe ich mich um. Warum ist es bloß so dunkel und stickig hier? Wie bin ich noch mal in diese winzige Butze geraten? Dann fällt es mir wieder ein, und ich sitze senkrecht im Bett.

Alles ist wieder da. Die Autofahrt, der Wein, der Streit, die Pizza vom Italiener nebenan und das Mensch-ärgere-dich-nicht-Match, mit dem wir den verkorksten Abend dann doch noch einigermaßen gerettet haben. Emmi und Finn fanden es wunderbar nostalgisch, nach Ewigkeiten wieder ein analoges Brettspiel zu spielen. Christian und mich bewahrte es davor, über das Nötigste hinaus Konversation zu betreiben.

Schlaftrunken nehme ich nochmals das Schlafzimmer in Augenschein: die schaurige Tapete mit einem verwirrenden Muster in psychedelischem Orange-Braun, die Fünfziger-Jahre-Deckenlampe mit der weißen Porzellanschüssel, die als Fliegenfriedhof dient, den klobigen Schrank in erfrischendem Dunkelgrau. Es dauert ein bisschen, bis ich merke, was hier – von Stil und Geschmack abgesehen – nicht stimmt.

Die Matratze neben mir ist leer. Ein Kopfkissen und eine Bettdecke fehlen.

Ob Christian einfach nach Hause gefahren ist? Nein, das traue ich ihm nicht zu. Zwar hat er gestern Abend mächtig aufgedreht, weil ihm die neue Fee überhaupt nicht in den Kram passt, doch er gehört zu jenen Menschen, denen es ungeheuer wichtig ist, die Fassade zu wahren. Ausbüxen und die Familie schmählich zurücklassen wäre nicht seine Art.

Was sollten denn seine Laufkumpels denken? Die Kollegen? Unsere Nachbarn? Unsere Freunde? Seine Eltern? Meine Eltern? In dieser Reihenfolge übrigens.

Gähnend schraube ich mich aus dem Bett und tapse auf bloßen Füßen nach nebenan ins Wohnzimmer. Auch Christian ist schon wach. Mit leidender Miene lagert er auf der grünen Couch und schaut sich ein Handyvideo an. Dem jubelnden Applaus nach zu schließen, ist es ein Marathonvideo. Er scheint regelrecht besessen von seiner New-York-Reise zu sein.

»Einen wunderschönen guten Morgen«, flöte ich, um einen möglichst unfallfreien Start in den Tag hinzubekommen. »Kaffee?«

»Hmja.«

»Willst du reden?«

Er sieht mich nicht einmal an, als er antwortet.

»Eher nein.«

Herrjemine, ist das mühsam mit diesem Mann.

»Wir stehen also wieder da, wo wir vor unserer gestrigen Auseinandersetzung waren? Einsilbiges Gemurmel, weggedrückte Gefühle, schlechte Stimmung?«

»Sternchen.« Unübersehbar genervt lässt Christian sein Handy sinken. »Was willst du von mir?«

Einen Guten-Morgen-Kuss. Ein liebes Wort. Oder irgendeine andere zärtliche Geste, die mir zeigt, dass ich in deinem Kosmos

noch eine Rolle spiele. Vielleicht wäre es auch langsam angebracht, das verniedlichende *Sternchen* wegzulassen. Schließlich
bin ich nicht mehr das junge unbedarfte Wesen, das du einst
geheiratet hast.

»Ach, nichts weiter«, winke ich ab. »Kaffee schwarz wie immer?«

»Hmmm.«

»Brötchen dazu? Ich habe welche zum Aufbacken mitgenom-
men.«

»Nee, lass mal, ich hole mir unterwegs eine Banane. Frühstück
dann erst nach dem Laufen.«

Also voraussichtlich in der Mittagszeit. Und der gestrige Streit
hat nur ein einziges Ergebnis gebracht: Ich soll gefälligst wieder
funktionieren. Bitte schön. Ich versuche es.

Im Picknickkorb, den Finn vor den Küchentresen gestellt hat,
entdecke ich zuoberst zwei Dosen mit diesen sagenhaften voll-
mineralisierten leistungssteigernden Sportdrinks, die Christian
immer zum Laufen mitnimmt. Genau die brauche ich jetzt. Die
Drinks schmecken zwar, wie die Zitronenvariante von Meister
Proper riecht, aber sie lassen den Körper in Nullkommanix
hochfahren.

»Sag mal, Schatz, dürfte ich einen deiner Sportdrinks haben?«

»Wieso, du treibst doch gar keinen Sport«, kommt es von der
Couch.

»Was hat das denn damit zu tun? Man braucht doch auch kein
Büro, um Konferenzkekse zu essen.«

Daraufhin sieht mich Christian so scharf an, dass ich die Dose
wieder in den Korb zurücklege und zu der Schokolade greife, die
ich eigentlich für die Kinder eingepackt hatte. Irgendeinen Stim-

mungsaufheller brauche ich jetzt. Ein, zwei Stückchen. Einen Riegel, nein, zwei. Na gut, drei. Und plötzlich ist die ganze Schokolade verputzt. Womit sich auch die Frage beantwortet, warum es bei mir nie mit dem Abnehmen klappt: Ich neige zum Frustfuttern, weil ich für Christian immer an letzter Stelle stehe, und den Letzten beißen die Pfunde.

Schweigend mache ich mich an der Kapsel-Kaffeemaschine in dem wackeligen Regal zu schaffen, um mir meine beiden doppelten Espressi zu genehmigen, die ich morgens brauche.

Auf der Website war die Maschine als der ultimative Clou angepriesen worden, *mit einer reichhaltigen Auswahl internationaler Kaffeespezialitäten.* In der real existierenden Wirklichkeit handelt es sich um lauter Sorten, die kein Mensch will und kein Mensch braucht: Himbeer-Choco zum Beispiel, Latte-macchiato-Kurkuma-Koriander oder Kirsche-Kakao.

Ich könnte mich darüber aufregen. Stattdessen hole ich mein Handy aus dem Schlafzimmer und fotografiere dieses Arrangement der ultimativen Geschmacksverirrungen. Das anschließende Hochladen ist rasch geschehen, dazu schreibe ich:

Unterirdisch auf der Zunge, umstritten im Abgang.

Zu heftig? Aber warum nicht? Genauso empfinde ich es nun mal, und Cat hat gesagt, ich soll authentisch sein.

»Was machst du denn schon wieder am Handy?«, erkundigt sich Christian argwöhnisch.

Meinen erfreulich erfolgreichen Blog boosten, bei dem du mich so lieb unterstützt.

»Nichts, Schatz. Kaffee ist gleich fertig.«

Nach einigem Suchen fische ich die einzig normale Sorte aus

der Kapselbox und lege sie für mich beiseite. Christian kriegt Latte-macchiato-Kurkuma-Koriander. Ein bisschen Spaß muss sein.

»Willst du jetzt eigentlich zwei Wochen lang auf dem Sofa nächtigen?«, frage ich, als ich ihm die dampfende Tasse bringe.

»Dein empfindlicher Rücken lässt das doch gar nicht zu.«

»Geschenkt. Wird schon irgendwie gehen.«

»Seit wann ist es dir denn unmöglich, das Bett mit mir zu teilen?«

Geräuschvoll pustet Christian in die Tasse, nippt daran – und verschluckt sich. Hustend sieht er mich an, mit hervorquellenden Augen und einer Panik im Blick, als ahne er, dass ich ihn in meinen schwärzesten Phantasien schon mehrfach vergiftet habe.

»Was ist das für ein Teufelszeug?«

»Internationale Kaffeespezialität. Mit einem schönen Gruß von Frau Ederhuber.«

»Du kaufst aber heute andere Kapseln. Und Grünkohl für meinen Power-Smoothie.«

»Selbstverständlich, Schatz.« Obwohl Christian immer noch diesen panischen Blick hat, hocke ich mich zu ihm aufs Sofa. »Nun mach bitte nicht so ein Drama aus dem Schlafen, ja? Das Bett ist breit genug für uns beide. Oder liegt es an …«

Ich bringe den Satz nicht zu Ende. Da ich meinen Mann so unfassbar lange kenne, weiß ich intuitiv, dass er genau jetzt an meine missglückte Erotikoffensive denkt.

»Du meinst dieses rote Negligé«, spricht er aus, was mir nicht über die Lippen kommen will.

»War es wirklich so schlimm?«, flüstere ich, während ich spüre, wie ich erröte.

»Jedenfalls besser als deine Omanachthemden. Denk immer daran, wenn du was anziehst, ob es dir in der Notaufnahme peinlich sein könnte.« Er legt das Handy beiseite, und ein durchtriebenes kleines Grinsen erscheint auf seinem Gesicht. »Was hältst du davon, wenn wir rüber ins Bett gehen? Wir hatten lange keinen Sex mehr, und wenn ich mich recht erinnere, war unser Versöhnungssex immer der beste.«

Jetzt bin ich hellwach. Ganz ohne Kaffee. Ja!, jubele ich innerlich. Ja, ja, ja! Endlich! Das ist genau das Signal, auf das ich sehnlichst gewartet habe!

»Es ist so«, er schlägt die Decke zurück und deutet auf seine ausgebeulten Boxershorts, »die männliche Physis hat es nämlich so an sich, dass morgens …«

»Ich weiß, was das ist«, flüstere ich.

Mein Gesicht glüht, als ich eine Hand der beachtlichen Beule nähere. Versöhnungssex könnte der Anfang von etwas ganz Großem sein, denke ich überglücklich, und dieser Urlaub wird eine ganz neue Phase unserer Ehe einläuten: die Streitereien beenden und die lang vermisste Nähe wiederherstellen, nicht nur körperlich. Meine Fingerspitzen erreichen den unteren Rand der Boxershorts, krabbeln weiter und ertasten …

»Grüß Gott allerseits«, tönt es von der Wendeltreppe.

Hektisch fahren Christian und ich auseinander. Mannomann. Manchmal frage ich mich wirklich, wie andere Eltern spontanen Sex hinkriegen, wo man doch immer mit einem Kind rechnen muss, das unangemeldet reinplatzt. In seinem schlabbrigsten Schlafanzug, eher einem ausgeleierten Jogginganzug in Wolken-Blaugrau, hüpft Finn die Stufen hinunter.

»Es roch nach Kaffee, da dachte ich«, setzt er an, unterbricht sich jedoch und schaut skeptisch zwischen Christian und mir hin und her. »Störe ich euch bei irgendwas?«

Das kann man wohl sagen. Aber Kinder gehen vor. Immer.

»Nein, alles fein«, beteuere ich. »Möchtest du einen heißen Kakao? Und dazu vielleicht ein Honigbrötchen?«

»Wär Bombe. Danke, Mum.«

»Dann lasse ich euch beiden Turteltäubchen mal allein und gehe laufen«, sagt Christian pikiert.

Ich kann ihn verstehen. Könige haben ohnehin ein kompliziertes Verhältnis zu Prinzen, und nun durchkreuzt Finn auch noch den sensationellen Plan, unsere ehelichen Verstimmungen zwischen den Laken zu bereinigen. Die Enttäuschung ist Christian deutlich anzusehen, als er ins Schlafzimmer geht, um sich seine Laufmontur anzuziehen. Auch ich bin enttäuscht, hoffe aber auf eine zweite Chance.

»Alles okay?«, fragt Finn. »Wieso hat Dad auf der Couch geschlafen?«

»Das sieht nur so aus. Wir haben hier ein bisschen gekuschelt.«

Taktvollerweise hakt Finn nicht weiter nach, sondern schlurft zum Picknickkorb, in dem er herumwühlt, als suche er etwas Bestimmtes.

»Mum? Hast du die Schokolade gesehen?«

»Ähm … kurz, ja.«

Eine halbe Sekunde lang schaut er mich an, dann grinst er wissend.

»Schon okay. Was ich eigentlich sagen wollte: Dein neuer Post ist echt Granate. Gut, dass ich kein Kaffeetrinker bin, da habe ich ja echt Glück gehabt. Wie sieht's mit Frühstück aus?«

»Es gibt Brötchen. Nachher gehen wir alle zusammen in den Supermarkt und holen deine Lieblings-Cornflakes.«

»Obst und Gemüse!«, schallt es aus dem Schlafzimmer. »Außerdem probiotischen Joghurt!«

»Dad und sein pro-idiotischer Joghurt«, witzelt Finn im Flüsterton. »Was haben wir denn heute sonst so vor, außer Einkaufen?«

»Man muss immer das Beste aus allem machen«, gebe ich eine Binsenweisheit aus meinem Super-Mom-Repertoire von mir.

»Klingt nach einem ausgeklügelten Plan.«

»Ich könnte mir eine Bootspartie auf dem See vorstellen«, denke ich laut nach.

»Bei dem Regen?« Finn zieht eine Schüppe, die von einem anerkennenden Lächeln abgelöst wird. »Ach, richtig, du sammelst ja Pannen für deinen Blog.«

»Genau, wir ziehen uns wetterfest an, dann haben wir bestimmt ganz viel Spaß.«

»Du und dein Spaß!«, kommt es von nebenan.

Stimmt ja. *Von Spaß war nie die Rede.* Wie konnte ich das bloß vergessen? Aber wahrscheinlich meint es Christian gar nicht mehr böse. Fast hätten wir gerade miteinander geschlafen, womit bewiesen wäre, dass wir auf einem guten Weg sind. Auch andere Paare sollen ja schon durch einen gemeinsamen Urlaub inklusive erhöhter Bettaktivitäten wieder zueinandergefunden haben.

Und dann marschiert er ins Wohnzimmer: Super-Dad, in seinen engsten schwarzen Laufhosen. Dazu trägt er ein atmungsaktives grünes Shirt sowie luftgepolsterte Hightech-Laufschuhe.

Mein Herz schlägt höher. Christian sieht wirklich wahnsinnig gut aus, männlich, dynamisch, tatendurstig. Wenn ich ihn so anschaue, fühle ich mich wie ein Teenager, der für den attraktivsten Jungen der Klasse schwärmt. Doch dies ist mein Mann. Meiner! Und heute Nacht, wenn die Kinder im Bett sind, wird uns nichts mehr davon abhalten, *the magic happen* zu lassen.

Nachdem er sich einen Sportdrink genommen und trippelnd das Appartement verlassen hat, zupfe ich mein Nachthemd in Form. Finn steht noch immer am Küchentresen. Niedlich sieht er aus mit seinem verstrubbelten Haar. Fast wie der kleine Junge, der er mal war. Der große gefällt mir seit gestern allerdings auch wieder sehr gut.

»Du bekommst jetzt erst mal deinen Kakao, Finn. Die Brötchen brauchen etwa fünfzehn Minuten. Möchtest du inzwischen duschen?«

»Klar, und auf dem Balkon den *Seeblick* genießen.«

Während ich zur sogenannten Pantry gehe, grübele ich weiter über Christians spontane erotische Offensive nach. Irgendwo habe ich mal gehört, es sei für Eltern das Beste, sich zu unkonventionellen Sexdates zu verabreden. Ob ich ihm das mal vorschlage?

»Hundertdreiundachtzig Follower«, werde ich von Finn informiert, der selbstverständlich nicht duscht, sondern auf dem Sofa lümmelt und sein Handy anstarrt. »Wenn das so weitergeht, melden sich bald die Sponsoren bei dir.«

»Welche Sponsoren?«

»Na, du brauchst Equipment. Klamotten, Sonnenbrillen, Käppis, Schuhe. Die werden dir zugeschickt, du taggst sie auf den Fotos, schon kriegst du alles umsonst.«

»Das ist ja wie Weihnachten!«

»Man nennt es Influencer, Mum.«

Wieder was gelernt. Aufgeregt durchforste ich erneut den Picknickkorb, um die Kakaodose und die blassen, in knisternde Folie eingeschweißten Aufbackbrötchen herauszuholen. Von der Supermutter zur Influencerin, wer hätte das gedacht? Eigentlich sollte dieser Blog ja nur ein Mittel zum Zweck sein, um vielleicht irgendwann kostengünstiger zu reisen. Doch jetzt entwickelt es sich zu einer Sache, die meinem Leben neuen Sinn verleihen könnte. Etwas, das nur mir gehört und mit dem ich mich ausprobieren kann.

Karma ist schon ein eigenartiges Ding, schießt es mir durch den Kopf. Es schickt dir nicht etwa das, was du willst, sondern manchmal haargenau das, was du wirklich brauchst.

Kapitel 11

Was auch immer die Touristen-Websites über sonnige Sommertage am Wörthersee behaupten: Die Riesenauswahl an Regenschirmen, die man hier bekommt, spricht für sich. Wo hatte ich bloß meine Augen in den Flitterwochen? Gut, damals bestanden die Tage sozusagen nur aus Nächten, und schönes Wetter brauchten wir für das, was uns hergeführt hatte, nicht unbedingt. Nur starke Nerven, ab und an eine eiweißreiche Mahlzeit und täglich frisches Bettzeug.

Es war eine glückliche Zeit. Wie konnte es passieren, dass aus unserem heiser gehauchten »Ich dich auch« irgendwann ein dumpf gemurmeltes »Du mich auch« geworden ist?

Mit dieser Frage und in eine wasserdichte Kapuzenjacke gehüllt wandere ich zusammen mit Emilia und Finn über die Hauptstraße unseres Urlaubsorts. Geschäfte, Restaurants und Bars reihen sich aneinander, dennoch ist kaum jemand unterwegs. Verständlich. Ein stetig auffrischender Wind treibt Regenböen vor sich her, der Boden ist mit Pfützen übersät. In unseren Sommerklamotten würden wir buchstäblich baden gehen, weshalb wir beschlossen haben, uns wetterfest auszustatten. Gummistiefel sind schon abgehakt, jetzt kommen die Schirme dran.

»Wow, da ist einer in Pink!«, ruft Emilia.

Hingerissen bleibt sie vor einem Laden stehen, in dem es so ziemlich alles gibt: T-Shirts, Modeschmuck, Süßigkeiten, Make-up, Handys, Sonnenbrillen, Getränke und eben auch Regenschirme.

»Barbie lässt grüßen«, grient Finn. »Ich nehm den schwarzen, den mit dem Totenkopf.«

»Seht doch, Kinder, es gibt auch XXL-Familiengrößen.« Voller Begeisterung ziehe ich ein Ungetüm von Schirm in allen Regenbogenfarben aus dem Ständer und spanne ihn auf. »Darunter hätten wir alle drei Platz.«

»Aber nur mit Kuschelalarm«, gibt Finn zu bedenken.

»Ich find's eigentlich ganz lustig«, lacht Emilia.

Sekunde mal. Emmi *lacht*? Und findet etwas *lustig*?

»Genau den brauchen wir.« Auch Finn lacht jetzt los. »Für das Ziegler-Trio-Infernale.«

Ich verstehe die Welt nicht mehr. Seit dem gestrigen Zwischenspiel mit den beiden Polizisten sind Emilia und Finn wie ausgewechselt. Zwei Teenager, die bei der Abreise wie Kleinkinder quengelten, haben sich einfach so in reizende gut gelaunte junge Menschen verwandelt? Noch traue ich dem Braten nicht ganz.

»Euer Ernst?«, frage ich deshalb nach.

»Du wolltest Spaß, du kriegst Spaß«, sagt Finn lapidar. »Her mit dem Monsterschirm.«

Unterdessen ist Emilia weiter zum Regal mit den Sonnenbrillen geschlendert und setzt sich ein strassverziertes Riesenexemplar à la Puck die Stubenfliege auf.

»Darf ich die, Mami?«

Im Kopf überschlage ich die Ausgaben dieses Morgens. Drei Paar Gummistiefel, ein Schirm und dazu eine Sonnenbrille im

Luxusyacht-Design werden ein tiefes Loch in unsere Reisekasse reißen. Was Christian davon hält, möchte ich gar nicht erst wissen. Vermutlich wird er mir das Gefühl kompletter Unzulänglichkeit vermitteln, was meine pädagogischen Qualitäten betrifft. Aber dann stehen heute Abend eben Spaghetti mit Tomatensauce auf dem Programm anstelle des Restaurantbesuchs, den wir eigentlich geplant hatten.

»Nimm sie nur«, nicke ich.

Fünf Minuten später spazieren wir zu dritt am Seeufer entlang. Emmi und Finn haben sich rechts und links bei mir eingehakt, ich halte den Schirm. Und natürlich trägt Emmi ihre neue Sonnenbrille. Die Nebenwirkungen eines dunkelbraun getönten Blickfelds lassen jedoch nicht lange auf sich warten.

»Shit, shit, shit!«, schreit sie, als sie in eine tiefe Pfütze tritt.

»Wieso?« Finn bleibt stehen. »Weißt du noch? Früher war Pfützenspringen unser Schönstes.«

Eine Schrecksekunde lang betrachtet Emmi ihre durchnässten Leggins, dann breitet sich ein Lächeln auf ihren bräunlich geschminkten Lippen aus.

»Bin dabei. Aber nur, wenn Mami mitmacht.«

Wie war das? Ein Kribbeln kriecht plötzlich durch mein Sonnengeflecht, und ich spüre, wie sich etwas lang Vergessenes in mir regt: purer Übermut, der unter einer dicken Schicht pflichtbewussten Erwachsenseins geschlummert hat.

»Klar, Kinder, was sonst? Auf drei! Eins, zwei …«

Synchron nehmen wir Anlauf und springen in einen ganzen Pfützensee. Wasser spritzt auf, Emmi juchzt, Finn schreit »Yeah-ii«, und ein unsinniges Glücksgefühl durchströmt mich. Wie herrlich verrückt ist das denn?

»Los, ein Foto!« Finn zieht schon sein Handy hervor und tritt ein paar Schritte zurück. »Noch mal, Mädels. Aber mit etwas mehr Rums!«

Das lassen Emmi und ich uns nicht zweimal sagen. Zeitgleich gehen wir in die Hocke und springen knallvergnügt kreischend ein weiteres Mal mitten hinein in die Pfütze.

»Mega«, werden wir von Finn gelobt. »Ich schick dir das Foto, Mum, dann kannst du es posten.«

Wie lieb, dass er daran gedacht hat. Auch ich hole jetzt mein Handy heraus. Zwei Klicks, und ein Bild erscheint auf dem Display, so lebendig und lebensfroh, dass ich es kaum glauben kann.

Finn hat uns genau in dem Augenblick erwischt, als wir mit weit aufgerissenen Mündern ein Inferno aus Wasserkaskaden aufwirbelten. Ich sehe ganz anders aus auf dem Foto als sonst. Losgelöst, berstend vor Freude, überquellend vor Glück. Als hätte mein inneres Kind das Ruder übernommen und hüpfte lachend an meinem erwachsenen Ich vorbei.

Und auf einmal weiß ich auch, was mich so glücklich daran machte: Ich ging völlig im Moment auf. Ich war *da*. Und nicht mit den Gedanken woanders.

Astrophysiker würden staunen: Normalerweise lebe ich in ungefähr drei bis vier parallelen Welten. Im Job denke ich an Finns verschobene Hockeytermine oder das zur Neige gehende Toilettenpapier und überlege, was ich beim nächsten Mädelstreffen kochen könnte. Beim Mädelstreffen stelle ich mir dann die Frage, wann das Auto zum TÜV muss, ob ich später noch eine Wäsche in die Maschine schmeißen sollte und ob ich jetzt in einem Alter bin, in dem man beim Sex besser unten liegt, weil die Schwerkraft das Gesicht seitlich straffzieht wie bei einem Trampolin.

Beim Sex denke ich … Ach, nein, ich habe ja gar keinen Sex. Aber wenn ich welchen hätte, sähe es in meinem Kopf nicht anders aus als im Job oder beim Mädelstreffen: immer mit einer Gedankenüberdosis unterwegs.

So, jetzt aber schnell zurück zum Moment. Im Nu ist das Foto auf meinem Blog hochgeladen, danach schaue ich fragend in die von Wind und Wetter geröteten Gesichter meiner Kinder.

»Was soll ich dazu schreiben?«

»Wir lieben flüssigen Sonnenschein«, schlägt Emilia vor.

»O, wie poetisch.« Sogleich tippe ich den Satz unter das Foto. »Danke, Emmi.«

»Wie wär's mit: Zwei Nixen auf Speed?«, steuert Finn einen weiteren Vorschlag bei.

»Auch super – ich nehme beides, ja?«

»Check, Mum.«

Nachdem ich das Foto nebst Unterzeilen gepostet habe, pflügen wir uns weiter durch unseren Wasserparcours, skeptisch beäugt von den wenigen Passanten, die trotz des Regens und der lausigen Kälte am Ufer unterwegs sind. Erst, als wir in unseren nassen Hosen wie Espenlaub zittern, halte ich es für geboten, dem Spaß ein vorläufiges Ende zu bereiten.

»Die weiteren Aussichten: Tee und Kekse«, verlautbare ich im Tonfall einer Wetterfee.

»What?« Emilia schiebt ihre Sonnenbrille auf die Nasenspitze und sieht mich zweifelnd an. »Müssen wir denn nicht einkaufen fürs Mittagessen?«

»Wir müssen gar nichts«, erwidere ich selig lächelnd. »Man nennt es Urlaub.«

»Und Papi?«

Die Art, wie sie die Frage stellt, lässt mich aufhorchen. Wieder kommt mir in den Sinn, dass meine Kinder wesentlich mehr über meine Ehe wissen als angenommen. Beziehungsweise, dass sie ihre ganz eigene Meinung dazu haben. Mechanisch setze ich die Füße voreinander, im Gleichschritt mit Finn und Emmi, und überlege fieberhaft, wie ich möglichst elegant über diesen Abgrund hinwegbalancieren könnte.

»Es ist so, einkaufen können wir auch noch später, nach unserem Tee. Papi wird es verstehen, weil …«

»… er so irre verständnisvoll ist und immer Rücksicht auf dich nimmt?«, führt Finn den Satz zu Ende.

Sieh an, auch mein Sohn kann Sarkasmus. Und jetzt? In keinem Erziehungsratgeber der Welt steht, wie man Kindern einen Bund fürs Leben erklärt, der inzwischen auf nüchternen Erwägungen basiert statt auf Liebe und Leidenschaft. Während wir langsam in Richtung unseres Ferienappartements trotten, suche ich nach den richtigen Worten.

»Wisst ihr, eine Ehe ist manchmal, na ja, komplex«, eiere ich herum. »Da denkt man nach den ersten Tagen, man weiß, wie der Hase läuft, doch siehe da: Er hoppelt. Manchmal schlägt er auch Haken.«

»Papa hoppelt aber nicht, er rennt«, entgegnet Emilia feinsinnig. »Vielleicht vor dir weg?«

Fast fällt mir der Schirm aus der Hand, so entgeistert bin ich. Auf diese Weise hatte ich es noch gar nicht betrachtet. Kann es sein, dass Christian meine Gegenwart meidet, weil auch ich nicht mehr die Version bin, die damals vor dem Traualtar stand? Die lustige Fee, die lässige Fee, die erotische Fee?

»Jetzt lass mal, Emmi«, greift Finn ein, bevor mir etwas einfällt, das gleichermaßen ehrlich ist wie beruhigend klingt. »Wir haben die Challenge doch gestern Abend besprochen: Good feelings first.«

Das lässt mich noch hellhöriger werden.

»Ihr habt – *was* besprochen?«

Etwas verlegen dreht Finn den Kopf weg und kickt einen herumliegenden Stein in die nächste Pfütze.

»Das total vergurkte Ding, das du mit Papa am Laufen hast.«

»Wir finden, dass du komplett durch bist, Mami«, sekundiert Emilia. »Deshalb haben wir uns vorgenommen, dich zu chillen. Also, so 'ne Art Wohlfühlprogramm abzuziehen.«

Jetzt schnappe ich wirklich nach Luft. Sie wollen etwas für *mich* tun? Für ihre Mutter, die bislang immer nur ihre Servicestation war?

Es gibt Situationen, in denen einem die eigenen Kinder unheimlich werden. Dann nämlich, wenn sie sich nicht mehr wie Kinder verhalten, sondern wie junge Erwachsene auf Augenhöhe, die sogar mehr Einfühlungsvermögen besitzen als der eigene Mann. Völlig unklar ist mir allerdings noch, woher der Sinneswandel der beiden rührt. Etwa, weil ihnen etwas an mir liegt? Auf einmal werden meine Augen feucht.

»Das ist so ... so süß von euch.«

»Ach Quatsch, Kleinigkeit«, sagt Finn.

Fröstelnd trotten wir weiter, jeder in seine eigenen Gedanken vertieft, bis Emilia unvermittelt stehen bleibt.

»Wo sind wir hier eigentlich?«

Ich recke den Hals, doch außer viel Gegend kann ich nichts Vertrautes entdecken. Nur jede Menge Tannen, von denen es in einem fort tropft.

»Irgendwie sind wir hier falsch, Kinder. Tut mir leid. Als der liebe Gott den Orientierungssinn verteilte, war ich wohl abwesend.«

»Ja, weil du dich gerade verlaufen hattest«, kichert Emmi.

»Planänderung, Mädels.« Ganz der männliche Beschützer, der jetzt die Dinge in die Hand nehmen muss, drückt Finn die schmale Brust raus. »Da hinten sehe ich so was wie ein Lokal. Bestimmt kriegt man da auch einen Tee.«

Als Erstes fällt mir dazu ein, dass wir uns das zeitlich gar nicht leisten können, weil Christian nach dem Laufen immer einen Bärenhunger hat. Als zweites fällt mir ein, dass er ein erwachsener Mann ist, dem kein Zacken aus der Krone fällt, wenn er sich mal selber um sein leibliches Wohl kümmert. Nach einem Blick zur Uhr hole ich mein Handy hervor, um ihm eine Nachricht zu schicken.

Sorry, Schatz, schaffen es nicht zum Mittagessen. Bis später, viele Grüße!

Oder klingt das zu abweisend? Vorsichtshalber ändere ich das viele Grüße in liebe Grüße und füge eine Erklärung hinzu: Wir sind auf einer Wanderung, die länger dauert als gedacht. Dann erst versende ich die Nachricht, und wir setzen uns wieder in Bewegung.

»Bisschen Tempo, die Damen«, treibt Finn uns zur Eile, »ich frier mir hier noch sonst was ab!«

»Deinen Sonst-was würde doch keiner vermissen«, gackert Emmi ausgelassen. »Für den braucht man schon viel Liebe zum Detail. Oder eine Lupe.«

»Höhö.« In gespielter Empörung kreuzt Finn die Hände vor dem Reißverschluss seiner Jeans. »Keine Witze über die Antenne meines Herzens!«

»Aufhören, Kinder!«, rufe ich, kann mir aber ein Lachen nicht ganz verkneifen.

Früher haben Christian und ich auch oft so albern rumgeblödelt. Ist Millionen Jahre her. Doch ich möchte ja *im Moment* sein. Und der beschert mir noch weitere Pfützensprünge, die das Ziegler-Trio mittlerweile richtig gut draufhat.

Als wir bibbernd das Lokal erreichen, haben wir Glück: Obwohl der Schankraum brechend voll ist, ergattern wir einen freien Tisch. Warm ist es auch in diesem Paradies alpenländischer Gemütlichkeit. So, genau so hatte ich mir die ideale Urlaubsgaststube vorgestellt: mit holzgetäfelten Wänden in Nussbraun, rustikalen geschnitzten Möbeln sowie allerlei liebevoller Folkloredeko wie Kuhglocken mit bestickten Stoffbändern.

»Grüß Gott, ihr Lieben!« Eine freundliche Kellnerin im Dirndl tritt an unseren Tisch. Der mütterliche Typ Kellnerin, die ihre Gäste mit aufrichtiger Herzlichkeit willkommen heißt. »Schön, dass ihr's bei dem Wetter hierher geschafft habt. Darf's schon was zu trinken sein?«

Hm. Eigentlich war ja Tee angesagt. Doch ich glaube, emotional gesehen, bin ich gerade ganz nah am Wein gebaut.

»Bitte ein Glas Grünen Veltliner«, wage ich mich mutig vor.

»Cola«, sagen Emmi und Finn im Chor.

»Und zu essen?«, fragt die Kellnerin weiter.

Auf den handgeschriebenen Speisekarten, die sie uns reicht, entdecke ich lauter hüftspeckverdächtige Versuchungen: Wiener Schnitzel, Backhendl, Tafelspitz, überbackene Käsespätzle, Germknödel, Salzburger Nockerln … Mein Kopf sagt nein, mein Mund wird wässrig, mein Bauch fleht: Haben wollen! Was tun?

Finn bestellt sich das Wiener Schnitzel. Emilia wählt nach langem Hin und Her – »Gibt's das Schnitzel auch mit Asia-Sauce? Sind Nockerln so 'ne Art Sushi?« – die Käsespätzle. Ich brüte über der Speisekarte. Komm schon, Fee, wolltest du nicht abnehmen?

»Für mich bitte den Vogerlsalat mit pochiertem Ei«, höre ich mich sagen.

Na, also. Bravo, Fee, Kompliment für deine Willenskraft.

Und dann sehe ich, wie am Nebentisch ein Kaiserschmarrn serviert wird. Eine Riesenportion, in Butter gebräunt, mit Puderzucker bestäubt, von einem verführerisch glänzenden Kirschkompott umgeben, das intensiv nach Zimt duftet. Will ich wirklich später auf mein Leben zurückblicken und sagen: Diesen Gaumenorgasmus habe ich mir entgehen lassen?

»Entschuldigung, dürfte ich noch etwas ändern?«, halte ich die Kellnerin zurück. »Ich möchte bitte den Kaiserschmarrn.«

»Kleine oder große Portion?«

»Die große«, antwortet Finn für mich.

Emmi, die gerade damit beschäftigt ist, ihren bräunlichen Lipgloss zu erneuern, legt den Kopf schräg.

»Aber Mami, wolltest du denn nicht abnehmen?«

»Keine Sorge«, strahlt die Kellnerin, »Kaiserschmarrn macht nicht dick. Er macht glücklich.«

Nun, jeder Beruf hat seine kleinen charmanten Schummelargumente. Das erinnert mich ein bisschen an eine Friseurin, die mal nach einem komplett vergeigten Haarschnitt behauptete, meine Frisur sehe »irgendwie pfiffig« aus. Andererseits – ist heute nicht der Tag der Glücksgefühle? Jepp!, ruft mein inneres Kind. Lebe den Moment!

Als wenig später unsere Speisen serviert werden, sitzen mein erwachsenes Ich und mein inneres Kind fröhlich winkend mit am Tisch.

»Piep, piep, piep, wir haben uns alle lieb«, summt Finn.

So wie in meiner schönsten Phantasie! Meine Freude währt nicht lange. Eben als ich den ersten Bissen koste und genüsslich die Augen verdrehe, taucht auf einmal Christian am Tisch auf. Drahtig, durchnässt und bleich vor Wut.

»Guck mich bitte nicht in diesem Ton an«, versuche ich, den vorhersehbaren Eklat zu verhindern.

»Eine Wanderung, ja?« Aufgebracht stemmt er die Hände in die Hüften. »Ihr wolltet doch fürs Mittagessen einkaufen. Stattdessen tafelt ihr hier ohne mich? Und dann auch noch so fettiges Zeug? Von deinen Ernährungsgewohnheiten will ich gar nicht erst anfangen, Sternchen, aber musst du auch noch unsere Kinder vergiften?«

Nein, lieber Christian, diese Idee hatte ich eigentlich schon exklusiv für dich reserviert.

»Kannst gern was von meinen Spätzle haben«, piepst Emmi. »Im Internet steht, dass Kalorien beim Überbacken mit Käse abgetötet werden.«

121

Finn, der sich überhaupt nicht von seinem Vater einschüchtern lässt, sondern nahezu provokant ein großes Stück Schnitzel in sich hineinschaufelt, stupst seine Schwester mit dem Ellenbogen an.

»Da sieht man's mal wieder: Der frühe Vogel fängt den Wurm, aber die schlaue Maus kriegt den Käse.«

Christian sieht aus, als wolle er im nächsten Augenblick mit einem gezielten Handkantenschlag den Tisch zerlegen. Dann dreht er sich einfach um und trabt davon. Eine Sekunde später ist nichts mehr von ihm übrig außer ein paar schlammigen Fußabdrücken auf dem Holzboden und einer Extraportion schlechter Gefühle.

Beziehungsupdate: Meine Ehe war noch nicht kompliziert genug, doch ich besitze die Gabe, es immer noch ein bisschen komplizierter zu machen. Hut ab, Fee, das hast du wirklich spitzenmäßig hingekriegt.

»Mann, Mann, das war der Vollwaschgang«, murmelt Emilia. »Papa war ja richtig angepisst.«

»So ist das eben«, grient Finn. »Mal bist du der Hund, mal bist du der Baum.«

»Ich denke, Papa meint es nur gut«, erwidere ich, auch wenn das nicht unbedingt meiner tiefsten Überzeugung entspricht.

»Nö, das war die Erziehungsmethode Nilpferd«, sagt Finn kauend. »Auftauchen, Zähne zeigen, abtauchen.«

Man könnte es auch anders formulieren: Es gibt Menschen, die Probleme haben, und es gibt Menschen, die das Problem sind. Zurzeit ist Christian mein Hauptproblem.

Emmi schaut zu mir herüber, und in ihren kajalumrandeten Augen zeigt sich echtes Mitgefühl.

»Hoffentlich schickt dir Papi noch eine Message hinterher, dann hast du die Chance, ihn zu ignorieren.«

Eins muss man dieser Generation lassen: Wie man das Handy einsetzt, um mit emotionalen Turbulenzen umzugehen, beherrschen die jungen Leute perfekt.

Kapitel 12

Es ist spät in der Nacht, als ich noch einmal nach draußen gehe, um frische Luft zu schnappen und meine Gedanken zu ordnen. Während ich in meinen Gummistiefeln durch den Regen schlurfe, lasse ich den Tag Revue passieren.

Vielleicht könnte ich wieder einen Brief an mich selber schreiben, kommt es mir in den Sinn. Oder wie wäre es, wenn zur Abwechslung mein inneres Kind einen Brief an *mich* schreibt?

Womöglich nicht die schlechteste Idee. Also gehe ich wieder hoch in das Appartement, hole mein Tablet aus dem Koffer und beginne zu tippen. Im Bett, das ich mal wieder für mich allein habe.

Liebe Fee,

wie es Dir geht, ist gar nicht so einfach zu beantworten.

Fangen wir doch mal beim Positiven an. Heute hast Du mich für einige kostbare Augenblicke aus meinem Dornröschenschlaf erlöst, als ich ausgelassen mit Dir durch die Pfützen springen durfte. Danke, das hat so gutgetan!

Und Dir offenbar auch. Ist es nicht beglückend, dieses Gefühl, dass Du Dich auf einmal wie von selbst am rich-

tigen Punkt des Universums befindest? Weil Du loslassen kannst? Weil es Dein Moment ist?

Mehr davon!

Darf ich Dir einen kleinen Tipp geben? Hör doch einfach etwas öfter auf mich. Ich sehe Dir ja schon eine Weile zu. Du willst mit Dir ins Reine kommen, stellst Fragen, denkst über Deine Zukunft nach. Vor allem möchtest Du Dich selbst finden. Da Du die meiste Zeit neben Dir stehst, dürfte das gar nicht so schwer sein. *lach*

Faktencheck. Du bist nicht so alt, wie Du Dich meistens fühlst, Du bist nur schon etwas länger jung. Wenn Du Dein inneres Kind — also mich — tanzen lässt, spielt es keine Rolle mehr, was Dir andere über das Erwachsensein erzählen. Dass man irgendwann in einer Sackgasse landet. Dass es dann zu spät ist, die Richtung zu ändern. Vor allem aber, dass Du immer tun musst, was andere von Dir erwarten.

Ich verrate Dir mal was: Das Zauberwort heißt nicht »bitte«, sondern »nein«. Da ich befürchte, dass Du das Wort noch gar nicht kennst, erkläre ich es Dir. »Nein« bedeutet das Gegenteil von »Ja«. Es bedeutet auch, einem Menschen zu vermitteln: »Ich respektiere, dass du etwas von mir möchtest, stehe dafür aber gerade nicht zur Verfügung.«

Warum Du nein sagen sollst? Niemand außer Dir selber wird Dir jemals den Rücken freihalten, Fee. Wirklich niemand. Alle sehen in Dir eine Benutzeroberfläche, auf die man frohgemut seine Wünsche kritzeln darf. Sofern Du Dich nicht völlig auflösen willst, musst Du deshalb lernen, auf eine freundliche, achtsame Weise nein zu sagen – damit Du ja zu Dir selber sagen kannst.

Noch mehr Beispiele gefällig? Jemand will mal wieder einen selbstgebackenen Kuchen von Dir, weil Du das ja so unvergleichlich kannst. Dann sagst du: »O danke, ich gebe dir gern das Rezept«, oder: »Ich denke darüber nach, ob ich Zeit dafür habe«, und schickst dann mit einem kleinen Delay das finale »Nein« hinterher. Weil Dir das Gewissensbisse bereitet – ich kenne Dich, Fee, und zwar seit Deiner Geburt! – überzuckerst Du das »Nein« mit einem: »Gern ein andermal.«

Ich weiß, das ist ungewohnt, und natürlich hast Du Angst, Fehler zu begehen. Aber wer ist denn bitte perfekt? Auch alle anderen Menschen leben zum ersten Mal. Außerdem hast Du doch noch mich. Wenn wir beide zusammen etwas falsch machen, ist es nur halb so schlimm – das ist reine Mathematik.

Selbst wenn mal so richtig was daneben geht, kannst Du daraus lernen. Erinnerst Du Dich? Früher hast Du immer zu Emmi und Finn gesagt: Durch Aua wird man schlaua. Und? Welche Schlüsse ziehst Du in dieser Hinsicht aus dem heutigen Tag?

Ich weiß, Du denkst jetzt an den Eklat mit Christian. Seit er Euch zufällig in dem Lokal aufgespürt hat, habt Ihr kein Wort mehr gewechselt. Allerdings gibt es da diesen kleinen Kumpel von mir: Christians inneres Kind. Wir haben uns lange nicht mehr gesehen, doch ich vermute mal, dass es schmollend in der Ecke sitzt.

Glaub mir: Auch der erwachsene Christian ist schlecht

drauf. Womöglich fühlt er sich genauso vernachlässigt wie Du. Und das ausgerechnet jetzt, wo Du so sehr an Dir selber zweifelst. Was Du bräuchtest, wäre die starke Schulter, einen feinfühligen, verständnisvollen Mann, nicht das verbohrte Sport-As, das selber so einige Probleme mit sich zu haben scheint.

Ein kaputter Topf braucht nicht auch noch einen verbeulten Deckel.

Deshalb solltest Du erst gar nicht versuchen, bei Christian Halt zu suchen. Das wäre in etwa so sinnvoll, als würdest Du in der Dusche ausrutschen und versuchen, Dich am Wasserstrahl festzuhalten.

Was also tun?

Ich bin ja nur Dein inneres Kind, nicht der Dalai Lama, doch ich sehe es so: Wenn Du weiterhin Konflikte umgehst, um den Frieden zu wahren, beginnst du einen Krieg mit Dir selber. Im Grunde hat er schon angefangen. Du haderst mit Dir, Deinem Körper, Deinem Leben. Und mit Deiner Ehe. Wie wäre es, wenn Du Deinem Mann zeigst, dass Du mehr für ihn sein möchtest als die allzeit bereite Küchenfee? Und dass Du gerade dabei bist, Dir Deine Lebenslust zurückzuerobern?

Die übermütige Fee, die mit kindlicher Freude durch Pfützen springt, hat Christian ja leider verpasst. Womöglich hätte er Dir sowieso nur einen Vogel gezeigt. Gib ihm Zeit, mit Deiner Entwicklung Schritt zu halten. Irgendwann wird er die neue Fee mögen, diejenige, die mich heute aus meinem Dornröschenschlaf erlöst hat.

Inzwischen darfst Du ruhig neue Wege beschreiten.

Sei ehrlich, während ich Dir hier schreibe, denkst Du doch unentwegt über die Nachricht nach, die Catherine Dir heute Abend geschickt hat.

Hi Fee, Überraschung! Ein Bekannter von mir hat soeben ein Wellnessresort auf Mallorca eröffnet. Nachdem ich ihm Deinen Reiseblog gezeigt habe, will er Dich unbedingt einladen. Er steht total auf Deinen Blog. Sag ja, Süße! By the way: Das Resort bietet auch Tantramassagen an. 😊

Hätte mir ja denken können, dass Du zögerst, obwohl Dir sogar Deine Kinder gesagt haben, dass Du diese tolle Chance unbedingt nutzen solltest. Komm schon, Fee. In den letzten Tagen ist viel passiert, und Dir ist einiges klar geworden. Du bist nicht mehr das brave Weibchen, das seine eigenen Wünsche verleugnet.

Aber manchmal braucht der Kopf eben etwas länger, um eine Tatsache zu akzeptieren, die das Herz längst weiß. In Deinem Fall heißt das: Deine Zeit als Raupe ist abgelaufen, jetzt ist es angebracht, die hübschen Flügel zu benutzen, die Dir inzwischen gewachsen sind. Worauf wartest Du? Die größte Sehenswürdigkeit, die es gibt, ist die Welt. Schau sie Dir an!

Gute Nacht, Fee. Das Runde muss jetzt ins Eckige, also leg Dich ins Bett.

PS Egal, welche Dummheiten Du vorhast: Ich bin dabei!

Kapitel 13
Zwei Wochen später

Wie war's im Urlaub? Vor diesem Satz habe ich mich früher immer ein bisschen gefürchtet. Schließlich erwartet doch jeder, dass man mit leuchtenden Augen erzählt, wie großartig es war.

Wer gibt schon gern zu, dass die Unterkunft fürchterlich, das Wetter eine Tragödie und die Reise insgesamt ein Fiasko war? Lieber wird geschönt und geschummelt, dass sich die Balken biegen. Sonst könnte ja noch der Eindruck entstehen, man sei unfähig, einen anständigen Urlaub zu planen.

Heute ist es anders. Erstens war der Urlaub kein komplettes Fiasko, weil er mir trotz Dauerregens und eines dauerhaft muckschen Ehemanns mehrere erfreuliche Überraschungen beschert hat. Zweitens treffe ich heute Betty und Catherine, die schon so einiges aus meinem Blog wissen. Ich habe ja auch kaum eine Panne ausgelassen. Weder die Bootsfahrt, bei der wir fast gekentert wären, noch die Möwen, die den Lack unserer Familienkutsche ruiniert haben. Auch dass der Thermomix in die Luft geflogen ist, habe ich ausführlich dokumentiert.

Wie das passieren konnte? Nun, es lag wohl am defekten Dichtungsring im Deckel, dass das Gerät knallend explodierte und die kochende Tomatensauce gleichmäßig im ganzen Raum verteilte. Sofa, Teppich, Gardine, alles hin. Jetzt muss Frau Ederhuber grundrenovieren, was letztlich sowieso überfällig war, und in unserer Haftpflichtversicherung sind wir eine Schadensklasse runtergerutscht.

Ja, diesen Urlaub kann man mit Fug und Recht ereignisreich nennen.

Was nicht in meinem Blog zu sehen war: der regenüberströmte Uferweg, auf dem sich Finn beim Skaten den linken Arm gebrochen hat. Emmis heimlicher nächtlicher Alkoholausflug, der in der Notaufnahme des örtlichen Krankenhauses endete. Weggelassen habe ich auch Christians genialen Einfall, frühmorgens durch ein Wildschutzgebiet zu laufen, wo er fast von einem übereifrigen Jäger abgeknallt worden wäre.

Muss an Christians Karma liegen. Doch offenbar will mir mein eigenes Karma auferlegen, die Dinge selbst in die Hand zu nehmen. Zumindest in meiner Phantasie.

Während ich an Bettys Tür klingele, überwältigen mich kurz die alten Schuldgefühle. Ich habe nämlich nein gesagt, als sie mich bat, eine selbstgebackene Erdbeer-Baiser-Torte als Dessert mitzubringen. Das hat mich unwahrscheinliche Überwindung gekostet. Doch mein inneres Kind beglückwünschte mich dazu, weil der heutige Tag schon stressig genug war.

»Fee!« In einem eleganten grauen Hausanzug aus feinstem Kaschmir öffnet Betty die Tür zu ihrer Altbauwohnung. »Endlich bist du wieder da!«

Eine nach Veilchen und Ambra duftende Umarmung hüllt mich ein, dann überreiche ich ihr mein Mitbringsel, eine Flasche Kürbiskernöl aus der Steiermark.

»Wow, eine wahre Kostbarkeit«, strahlt sie. »So viele ungesättigte Fettsäuren, gesünder geht's nicht.«

Hinter ihr erscheint Catherine, in schwarz-weißen Pepitahosen, schwarzer Seidenbluse und mit auffälligem blutrotem Korallenschmuck dekoriert, der sich wie ein futuristisches Gebilde um ihren Hals legt.

»Da ist sie ja, unsere Star-Bloggerin!«

»Bitte nicht übertreiben«, wehre ich unangenehm berührt ab. »Für Starqualitäten reicht es bei mir nun wirklich nicht. Hier, auch für dich habe ich etwas aus Österreich mitgebracht.«

Der große weiße Keramikteller mit grünem Hirschmuster ist vielleicht nicht jedermanns Geschmack, trifft jedoch wie erhofft ins Schwarze.

»Apart!«, ruft Catherine aus. »Womit habe ich das verdient?«

»Du warst mein Anker und mein Rettungsboot. Nochmals danke für alles, vor allem für deine Idee mit dem Blog.«

»Gern geschehen. Aber sag mal, du hast ja eine andere Frisur?«

»Könnte auf ein wiedererwachtes Liebesleben hindeuten«, bemerkt Betty aufgeregt. »Läuft da was mit dir und Christian?«

Wenn's doch bloß so wäre. Die morgendliche Einladung zum Versöhnungssex hat sich leider nicht wiederholt.

»Du weißt doch, ich schlafe nicht mit verheirateten Männern«, flachse ich und zupfe mir eine Strähne in die Stirn. Der neue Fransenschnitt ist noch etwas ungewohnt, gefällt mir aber ausgesprochen gut. So wie meine neue Haarfarbe, ein intensives Kastanienbraun. »Emilia meinte, es wäre nötig, und hat mich zu einem neuen Friseur geschleppt.«

»Emmi?«, fragt Cat erstaunt. »Sprechen wir hier von deiner Tochter?«

»Ja, es war ihre Idee.«

»Krass. So was würde Helene nie tun.«

Emilia auch nicht – vor dem Urlaub. Doch unser Verhältnis war noch nie so gut wie momentan, entspannt, fast schwesterlich.

Nachdem uns Betty gelbliche Cocktails in die Hand gedrückt hat, auf deren Oberfläche Minzblätter schwimmen, stelle ich eine Frage, die mich seit zwei Wochen beschäftigt.

»Meine Followerzahlen steigen und steigen. Wie in aller Welt konnte der Blog so erfolgreich werden?«

»Frag lieber, wozu es Social Media gibt«, erwidert Cat. »Weil die meisten Menschen das Gefühl haben, etwas zu verpassen. Dann bleiben ihnen zwei Möglichkeiten: Entweder träumen sie sich in die Existenz überirdisch schöner, erfolgreicher, glamouröser Menschen rein, oder sie folgen Leuten, denen es noch schlechter ergeht, damit sie sich besser fühlen.«

»Dein Blog kommt so gut an, weil alles immer noch ein bisschen schlimmer aussieht als bei den Normalos«, ergänzt Betty. »Allein die Fotos von der Tomatensauce auf dem Sofa – zum Schießen.«

»Aha.«

»Wie man sieht, hast du dein Outfit schon deiner neuen Leidenschaft angepasst«, schmunzelt Cat. »Du siehst richtig geländegängig aus.«

Könnte man so sagen. Mein Overall in olivgrün schattierten Tarnfarben hat etwas ausgesprochen Unternehmungslustiges. Er entstammt einer Boutique unseres Urlaubsorts, deren quietschbuntes Sortiment Finn zu der Bemerkung veranlasste, nach Ohrenherpes bekäme er jetzt bestimmt auch noch Augenherpes. Zu seinem Erstaunen habe ich jedoch etwas Dezenteres herausgefischt. Gut, das Muster des Overalls erinnert ein bisschen an die verwegene Schlafzimmertapete von Frau Ederhubers *Liebesnest*, doch wenigstens ist das Teil nicht Orange.

»Christian ist ausgeflippt, als er mich darin sah«, erzähle ich augenrollend. »Das Outfit sei nicht ›figurschmeichelnd‹. Im Klartext: Vorher sah ich aus wie eine Tonne, jetzt sehe ich aus wie eine notdürftig getarnte Tonne.«

»Er hat also wieder mal mit chirurgischer Präzision dein Selbstbewusstsein zerlegt«, stellt Betty fest.

»Jedenfalls hat er es versucht.« Mit einem Daumen streiche ich über den weichen olivfarbenen Stoff, der sich wie eine zweite Haut an meinen Körper schmiegt. »Aber so sieht man halt aus, wenn Essen die einzige erotische Erfahrung ist. Sagen wir, ich habe mich auseinandergelebt.«

»Du bist so cool«, prustet Cat los. »Bestimmt hast du dir doch nach Christians Mäkelei auch wieder eine neue Todesart ausgedacht, oder? Was war es denn diesmal? Stolperdraht neben einer Gebirgsschlucht? Mit einem Betonklotz beschweren und im Wörthersee versenken?«

»Zu viel Aufwand. Ein simpler Steinschlag auf seiner Laufroute hätte es auch getan.«

»Deine Phantasien sind ja schon fast eine Obsession«, werde ich von Betty gerügt, während Cat mir vergnügt zuzwinkert. »Eines Tages tust du noch etwas, was du dein Leben lang bereuen wirst.«

»Ach, das bisschen Mord ...«, lächele ich in mich hinein.

Betty sieht allerdings nicht so aus, als ob sie das immer noch lustig findet. Sie ist halt die Korrekte von uns dreien. Alles will sie richtig machen, denn im Gegensatz zu Cat und mir steht sie völlig im Bann der anderen Mütter. Wenn ihre Kinder nicht dauernd Einsen schreiben oder als Super-Hockey-Champions auf dem Siegertreppchen stehen, geht für sie die Welt unter. Solche vermeintlichen Schlappen versucht sie mit ihrem untadeligen Auftritt wettzumachen, immer perfekt gestylt, immer perfekt geföhnt.

Auch Bettys Wohnung ist perfekt gestylt. Die Wände der hohen Räume schimmern in Taubengrau, die Zimmer sind ebenso sparsam wie exquisit möbliert, vollkommen firlefanzfrei und blitzsauber. Nicht mal auf dem langen Flur findet sich irgendein Stäubchen, geschweige denn ein einziger Schuh.

»Wirklich, Fee, wenn du lange Haftstrafen vermeiden willst, musst du einen Gang zurückschalten«, befindet Betty, als sie uns ins Esszimmer geleitet, das mit einem blankgewienerten großen Tisch aus grauem Marmor und perlgrau bezogenen Hochlehnern punktet. »Man muss pragmatisch denken. Ehemänner gibt's nun mal nicht nach Wunschzettel.«

»Könnte aber auch sein, dass wir Illusionen geheiratet haben«, entgegnet Cat, die auf einen der eleganten Stühle sinkt und ihre schwarze Haarmähne zurückstreicht. »Manchmal denke ich, mein Thorsten war damals nichts weiter als ein leeres Blatt Papier, das ich mit meinen Wünschen beschriftet habe. Meine Kinder übrigens auch – und jetzt entdecke ich lauter Gekritzel auf den Zetteln.«

»Sind Malte und Helene denn immer noch so schwierig?«, erkundige ich mich besorgt.

»Malte hat sich mit seinen zarten siebzehn ein Septumpiercing in der Nase verpassen lassen, wofür er auf der nötigen Erlaubnis durch Erziehungsberechtigte meine Unterschrift gefälscht hat!«, erregt sie sich. »Und Helene hat mich heute Morgen mit der Ansage überrascht, sie sei ein Junge im falschen Körper. Klima

134

ist Schnee von gestern. Jetzt will sie sich für die LGBTQI-plus-Community engagieren.«

»Die – was?«

»Ich musste den Zungenbrecher auch erst mal üben«, gesteht Catherine aufstöhnend. »Helene bestand darauf. Stellt euch das bitte mal vor! Einfach morgens aufgewacht und, Simsalabim!, hat sie eine neue Geschlechteridentität. Heute ist sie in den uralten Springerstiefeln von Malte zur Schule gegangen.«

»So was würde ich nie erlauben!«, entrüstet sich Betty.

»Verbieten klappt aber nur, wenn Kinder aufs Wort gehorchen«, erwidert Cat resigniert. »Ich wollte die beiden nie dressieren, sondern zu Persönlichkeiten erziehen. Doch wenn ich das Resultat betrachte, weiß ich nicht, ob ich stolz oder geschockt sein soll.«

Durchaus nachvollziehbar. Arme Catherine.

»Was sagt denn dein Mann dazu?«

Bevor Cat antwortet, nimmt sie sich ein Stück von dem Fladenbrot, das neben anderen sorgfältig angerichteten Speisen auf dem Tisch steht.

»Ist ja unwahrscheinlich fluffig«, wundert sie sich.

»Man nennt es Naan-Brot, es wird in der Pfanne gebraten, dabei geht es so schön auf«, erläutert Betty fachmännisch ihre Kochkünste. »Heute essen wir indisch: Auberginenpüree Baba-Ganoush, dazu Tandoori-Chicken, Hühnchen-Curry, Blumenkohl-Curry, Malai Kofta und Biryani, ein würziges Reisgericht. Nichts Besonderes, aber lecker.«

Nichts Besonderes, klar. Betty ist eine Meisterin der Tiefstapelei. Würde sie jetzt einen doppelt eingesprungenen Flickflack aufs

Parkett legen, wäre ihr bescheidener Kommentar, so was könnte doch jeder.

Im selben Moment nehme ich mir vor, bei meiner nächsten Einladung Kartoffelsalat mit Würstchen zu servieren. Weil ich diesen Wettbewerb um kulinarische Lorbeeren einfach nicht mehr mitmachen möchte. Bei aller Liebe, es geht doch letztlich nur darum, einen schönen gemeinsamen Abend zu verbringen. Das findet übrigens auch mein inneres Kind.

Gedankenverloren greife ich zu dem fluffigen Naan-Brot und beiße hinein. Es schmeckt wundervoll, wenn auch verdächtig buttrig. Das dürfte ich meiner Waage niemals verraten.

»Was sagt denn nun Thorsten dazu?«, hake ich bei Cat nach, während ich mir mit einer grauen Stoffserviette die herrlich fettigen Krümel von den Lippen wische.

»Mein Gatte?« Sie kichert etwas hysterisch. »Der will nur seine Ruhe. Als ich vor ein paar Jahren Marihuana in Maltes Zimmer gefunden habe, sagte er: Super, dann schläft der Junge endlich durch. Thorsten nennt das Findungsphasen. Er meint, spätestens mit fünfundzwanzig seien unsere Kinder verhaltensunauffällig, und wir könnten uns entspannen.«

»Glaubst du das?«, fragt Betty, die neue Gläser geholt hat und sie mit einer milchigen weißgelben Flüssigkeit füllt.

»Nie im Leben!« Theatralisch hebt Cat die Hände. »Einmal Mutter, immer Mutter. Dafür gibt es keine Verjährungsfrist.«

»Klingt ganz schön pessimistisch«, werfe ich ein.

»Was soll ich sagen …« Nachdenklich betrachtet Cat den Rest ihres Fladenbrots. »Vielleicht bin ich einfach keine gute Mutter. Ich meine, gute Mütter nehmen ihre Kinder mit in den Urlaub, richtig gute Mütter wie du nehmen sie auch wieder mit nach Hause. Bei meinen wäre ich da momentan nicht ganz sicher.«

»Erzähl, Fee, wie war's denn eigentlich mit Emmi und Finn?«, übernimmt Betty.

Unwillkürlich muss ich lächeln.

»Das ist das Wörthersee-Wunder – zauberhaft. Die beiden haben mir sogar bei meinem Blog geholfen.« Neugierig koste ich von der weißgelben Flüssigkeit, die ein bisschen nach Kindergeburtstag à la Ronald McDonald schmeckt. »Ist das ein Milkshake?«

»Nein, Mango-Lassi, selbstgemacht«, erklärt Betty so eifrig, dass mich nicht wundern würde, wenn sie auch die Gläser selbst mundgeblasen hätte.

»Emmi und Finn haben richtig Teamgeist entwickelt«, berichte ich nach zwei weiteren Schlucken. »Wir waren meist zu dritt unterwegs, und ich habe selten so viel Spaß gehabt.«

»Man sieht's dir an«, lächelt Betty.

»Muss am Lipgloss liegen. Emmi hat so was wie einen Schminkkurs mit mir veranstaltet.«

»Schon wieder Emmi?« Catherine, die sich unterdessen etwas vom Auberginenpüree genommen hat, hört auf zu kauen. »Faszinierend. Willst du damit sagen, du hast dich tatsächlich wieder besser mit Deinen Kindern verstanden?«

»So ist es. Finn und ich hatten abends sogar ein paar Dates mit Ben und Jerry.«

»Lass mich raten. Strawberry Cheesecake?« Beifällig hebt Cat einen Daumen. »Dann war der Urlaub also ein voller Erfolg.«

»Zwei Drittel sozusagen.«

»Und das letzte Drittel trägt den Namen Christian.«

Damit wären wir beim heikelsten Thema. Flach atmend pieke ich ein Stück kurkumagelben Blumenkohl aus einer Schüssel und knabbere daran. Ich weiß gar nicht, wo ich anfangen soll. Damit, dass Christian zwei Wochen lang auf der Couch geschlafen hat? Sogar nach dem Tomatensaucen-GAU? Dass er sich tagsüber kaum blicken ließ? Oder damit, dass er es fertigbrachte, mich auf der Rückfahrt kein einziges Mal am Steuer abzulösen?

»Ist es so hart, Fee?«, fragt Betty voller Anteilnahme.

»Härter. Doktor Christian Ziegler fand seine Erfüllung darin, die beleidigte Leberwurst zu geben. Vor allem meine bevorstehende Reise nach Mallorca erbittert ihn. Dabei ist er es doch, der allein nach New York fliegen will.«

»Typischer Fall von schwererziehbarem Vater, aber das wird schon noch«, versucht Betty mich zu trösten.

»Sieht nicht danach aus. Mittlerweile hat Christian die gesamte Familie gegen mich aufgebracht. Alle außer Finn und Emmi laufen Sturm: seine Eltern, meine Eltern und natürlich Tante Felicitas. Jeder beschwört mich, zu Hause zu bleiben. Die tun so, als hätte ich ein Ticket ohne Rückfahrkarte gelöst.«

»Herrje, es ist doch nur Mallorca, nicht Timbuktu«, wirft Cat ein.

Blicklos starre ich auf meinen Teller.

»Ich hatte mich so auf Mallorca gefreut. Dummerweise war ich so unvorsichtig, die Tantramassage zu erwähnen. Seitdem ist Christian gar nicht mehr ansprechbar. Er denkt, ich hätte es auf wilde Swingerpartys abgesehen. Er vertraut mir einfach nicht. Früher war er ganz anders.«

In Catherines Augen beginnt es amüsiert zu funkeln.

»Du denkst also ernsthaft, man müsste einen Mann nur auf

Werkseinstellung zurücksetzen können, und alles wäre wieder gut?«

»So in etwa.«

»Und wie lange willst du dich noch diesem Trugschluss hingeben? Wie wär's denn mal mit drüber reden?«

»Aber Christian spricht nicht mit mir!«, mache ich meiner Ratlosigkeit Luft. »Was soll ich denn tun? «

»Das Passwort beim WLAN ändern und den Router verstecken«, kichert Betty. »Dann werden Männer auf einmal sehr gesprächig.«

Catherine lacht pflichtschuldigst mit. Danach nimmt sie sich einen Löffel von dem Hühnchen-Joghurt-Curry, während sich zwei tiefe Denkerfalten in ihre hohe Stirn graben.

»Beim Thema Kindererziehung würde ich mir kein Urteil erlauben«, sagt sie schließlich. »Aber meine Ehe ist eigentlich ganz in Ordnung. Und warum? Weil ich mir mit meiner Galerie ein eigenes Terrain erobert habe.«

Hm. Klingt irgendwie, als sei das bei mir nicht der Fall.

»Ich habe auch einen Job, wie du weißt. Seit über acht Jahren arbeite ich bei demselben Dermatologen.«

»Schon richtig.« Resolut schiebt Cat ihren Teller von sich und wechselt einen kurzen Blick mit Betty. »Bitte sei mir nicht böse, Fee, aber meiner unmaßgeblichen Meinung nach bist du für Christian womöglich uninteressant geworden. Oder willst du behaupten, dass ihr euch abends lebhaft über Hautkrankheiten unterhaltet?«

Darauf habe ich keine Antwort. Das heißt, die ehrliche Antwort wäre mir zu peinlich. Will ich mich abends zu Christian auf die Couch setzen, sagt er neuerdings: »Also, wenn du noch was zu erledigen hast, tu dir keinen Zwang an.« Das ist seine hoch-sensible Art, Gespräche zu verhindern.

»Ich habe mal gelesen, wenn sich Paare auseinanderent-wickeln, gehören immer zwei dazu«, doziert Betty. »Du kannst nicht einfach über Christians negative Art sagen: Das war ich nicht, das ist ganz von allein passiert.«

»Die Sache ist die ...«, versonnen malt Cat mit einem Messer Schlangenlinien auf ihren Teller. »Als Paar muss man sich gegen-seitig Freiräume lassen, damit man einander auch nach vielen Jahren noch überraschen kann.«

»Dein Blog könnte so ein Freiraum sein«, führt Betty den Ge-danken weiter. »Allein die vielen Kommentare deiner Follower liefern doch jede Menge Gesprächsstoff.«

»Christian hasst meinen Blog«, bekenne ich kleinlaut. »Er fin-det ihn völlig überflüssig und meint, ich sei nur Durchschnitt, weshalb ich nicht nach den Sternen greifen sollte.«

Die Fassungslosigkeit steht den beiden förmlich ins Gesicht geschrieben.

»Das hat er wirklich gesagt?«, krächzt Betty.

»Damit ist es beschlossene Sache«, sagt Catherine grimmig. »Nächstes Wochenende fliegst du nach Mallorca. Dann wollen wir doch mal sehen, ob Christian weiter schweigt, wenn du ihm erzählst, wie erotisch die Tantramassage war!«

Kapitel 14

Der Alltag hat mich wieder. Das pralle Menschenleben. Wenngleich die Hautarztpraxis wie immer an Montagen gerammelt voll ist, geht mir die Arbeit heute überraschend leicht von der Hand. Was doch so ein Urlaub ausmacht. Und die Aussicht auf ein Wochenende, das ich tatsächlich in einem Wellnessresort verbringen werde.

Noch kann ich es kaum glauben. Cat hat die Flüge gebucht, Finn und Emmi freuen sich einen Kringel für mich, Christian betätigt sich mal wieder in ausdauerndem Kopfschütteln.

Egal. Ich werde *reisen!* Endlich! Seit ich denken kann, habe ich davon geträumt. Es ist, als sei in meinem Leben ein Fenster aufgegangen, durch das der verführerische Duft der großen weiten Welt hereinströmt. Alles scheint auf einmal möglich. Wer weiß, falls Cat recht behält mit ihrer Prophezeiung, dass man mir noch mehr Einladungen und Rabatte anbieten wird, könnte ich sogar eines Tages durch den Panamakanal schippern.

Übrigens habe ich heute Morgen noch schnell ein Foto von unserem Hortensienbeet gepostet. Es sieht aus wie das Grab von jemandem, an den sich niemand erinnert: eine Sinfonie in Grau und Braun. Vor unserem Urlaub hatten die Wippermanns uns versprochen, die Hortensien regelmäßig zu wässern, zu bemerken ist aber nichts davon. Unter dem Foto steht:

Habe mit den Nachbarn vereinbart, dass sie während meiner Reise die Blumen gießen. Sie sind darauf eingegangen. Die Blumen.

Während ich die bunten Flyer auf dem Empfangstresen ordne – unter anderem werben sie für Besenreiser-Verödung, Fibrom-Entfernung und Hyaluron-Treatments –, wandern meine Augen über die mattgrünen Aktenschränke gegenüber, um schließlich an der großen Wanduhr im nüchternen Bahnhofsdesign hängen zu bleiben.

Fünf Uhr. Feierabend. Das heißt, für eine Ehefrau, Hausfrau und Mutter gibt es natürlich keinen Feierabend. Aber wenigstens nehmen mir meine Kinder jetzt einiges ab.

Das ist neu. Seit dem Urlaub übernehmen die beiden mehr Verantwortung, auch was ihre Zimmer betrifft. Finn geht sogar manchmal einkaufen. Und Emmi hat mir versprochen, sich jetzt vor dem Schlafengehen abzuschminken, damit ich nicht täglich ihren Kopfkissenbezug wechseln muss.

»Frau Ziegler?« Wie ein Tranchiermesser zerschneidet die Stimme von Doktor Sennheiser die Luft des Praxis-Entrées. »Haben Sie die Untersuchungsergebnisse von Herrn Paltow in seine Akte eingetragen?«

Jawohl. Schaudernd. Mein Lieblingspatient hat mir heute eine Schachtel Trüffelpralinen überreicht; die neuen Details seiner Krankenakte verbieten mir allerdings jegliche weiteren Tagträume. Dafür ist Felix in meinen Phantasien ganz nach vorn gerückt. Felix, der attraktive Zumbatrainer.

»Alles erledigt«, antworte ich voller Stolz. »Wenn's recht ist, würde ich dann jetzt gehen.«

Meinem Chef gefällt das gar nicht. Sein auffallend glattes Gesicht unter dem eisgrauen Haar zeigt zwar kaum eine Regung, weil er als Hautarzt quasi unbegrenzten Zugang zu Botoxspritzen hat, doch mit den Fingerknöcheln seiner rechten Hand pocht er so heftig auf den Empfangstresen, dass meine Kollegin Karla erschrocken zu uns herüberschaut.

»Sie wollen schon um siebzehn Uhr gehen?«, fährt er mich an. »Und das an Ihrem ersten Arbeitstag nach dem Urlaub?«

Tja, das kommt davon, dass ich die nette Fee bin, die seit acht Jahren eine unbezahlte Überstunde nach der nächsten schiebt und auch noch freundlich nickt, wenn man ihr Extraarbeiten aufdrückt. Aber nicht heute. In genau einer Stunde fängt mein Zumbakurs an. Mit Felix, genau.

Catherine hat darauf bestanden, dass ich ab jetzt mehr für mich tue, und mich einfach angemeldet. Sinnvoll ist das bestimmt. Trotzdem. Es fällt mir immer noch schwer, nein zu sagen und meine Interessen zu verteidigen, weil ich das so gut wie nie getan habe. Es jagt mir sogar ein bisschen Angst ein.

»Herr Doktor Sennheiser.« Um das furchtsame Zittern meiner Lippen zu kontrollieren, zwinge ich mich zu einem Lächeln. »Ich brenne für meine Arbeit. Dennoch möchte ich Sie daran erinnern, dass dies nur ein Halbtagsjob ist, von elf bis fünfzehn Uhr. Nach Adam Riese habe ich also bereits seit zwei Stunden Feierabend.«

»Nennen Sie das etwa Motivation, Sie Rechenkünstlerin?«, fragt er aufgebracht. »Ich zähle auf Sie! Ohne Sie geht es hier nicht!«

Einfach phänomenal, wie dieser Mann Wertschätzung mit Geringschätzung kombiniert. Damit hat er mich all die Jahre geködert. Warum merke ich das erst jetzt? Weil mir der Urlaub die Augen geöffnet hat, was in meinem Leben verquer läuft?

»Wir müssen nur noch den Terminkalender für morgen aktualisieren«, murmelt Karla. »Das ist aber meine Aufgabe, nicht die von Frau Ziegler.«

Auch das missfällt Doktor Sennheiser. Ein Bannstrahl von bösem Blick geht auf meine Kollegin nieder, die sich unwillkürlich duckt.

»Mit Ihnen rede ich nicht«, zischt er eisig.

Ich mag Karla sehr. Was ich überhaupt nicht mag, ist die Art, wie Doktor Sennheiser sie behandelt.

»Du bist ein richtiger Goldschatz«, bedanke ich mich bei ihr, bevor ich zu meiner Handtasche greife. »Wenn doch alle Menschen solche Engel wären wie du. Schönen Abend noch, Herr Doktor Sennheiser.«

Bravo, Fee, flüstert mein inneres Kind und klatscht vergnügt in die Hände. Siehst du, war doch gar nicht so schwer.

Das stimmt leider nur bedingt. Was ich im Urlaub über mich herausgefunden habe, weil ich endlich Zeit zum Nachdenken hatte: Ich bin ein Anerkennungsjunkie. Wertvoll fühle ich mich eigentlich nur, wenn ich gelobt werde. Deshalb war mir kein Weg zu weit, kein Kuchen zu viel, keine Gefälligkeit zu anstrengend. Hauptsache, jemand sagte: Fee, du bist die Beste!

Du musst gar nicht die Beste sein, gut reicht vollkommen, widersprach mein inneres Kind bei einer unserer nächtlichen Unterhaltungen, und legte mir nahe, mich künftig nicht mehr so ungeheuer unter Druck zu setzen.

Genau das versuche ich jetzt. Das Lob fehlt mir trotzdem. Diese Art und Weise, wie mir mein Chef sonst immer signalisiert, dass ich das Rückgrat der Praxis bin. Heute verweigert er mir diese Anerkennung.

»Dann viel Spaß«, blafft er nur in jenem Tonfall, mit dem auch Christian das Wort ausspricht. Als sei *Spaß* etwas Kindisches wie Daumenlutschen oder Matschkuchen im Sandkasten backen. »Wir sehen uns morgen, falls Sie die Zeit finden, sich hier mal wieder blicken zu lassen.«

Hätte ich doch bloß früher gewusst, was Doktor Sennheiser von mir hält, wenn ich ausnahmsweise mal nicht nach seiner Pfeife tanze. Wenn ich *nein* sage. Bedauernd denke ich an all die freie Zeit, die ich ihm geopfert habe, ohne mehr dafür zu bekommen als einen warmen Händedruck – und jetzt auch noch einen Anpfiff.

Stumm schultere ich meine Sporttasche, ein ausgemustertes Teil von Christian aus steingrauem Polyester mit Riemen in Neongrün. Darin befinden sich schwarze Jogginghosen, ein blauweißes atmungsaktives XXL-Sport-Shirt von Finn, zwei Schokoriegel sowie eine Dose von Christians heiligem Sportdrink, die ich aus seinem Vorrat stibitzt habe. Man will ja nicht unvorbereitet sein, wenn man zum ersten Mal einen Zumbakurs besucht.

»Nanu.« Stirnrunzelnd zeigt mein Chef auf die Tasche. »Was ist da denn drin?«

Prinzipiell geht ihn das gar nichts an. Doch die nette Fee, die es immer noch gibt, antwortet bereitwillig.

»Meine Sportsachen.«

»Sie machen Sport? Seit wann?«

»Seit heute. Im Fitnessstudio Slim-Gym4You.«

»Ach, du lieber Himmel.« Doktor Sennheiser hüstelt belustigt. »Und Sie denken, nur, weil Sie ins Fitnessstudio gehen, sind Sie auf einmal sportlich, werte Frau Ziegler? Man wird doch auch kein Auto, nur weil man zufälligerweise in einer Garage steht.«

Innerlich koche ich bereits. Dass mir dieser Mann sein Lob verweigert, habe ich ja noch hinnehmen können, doch seine klebrige Herablassung schlägt dem Fass den Boden aus. Ich sollte jetzt erwidern: Nur weil man seine Visage mit Botox ruhigstellt, sieht man noch lange nicht wie Brad Pitt aus. Aber wozu? Staunend stelle ich fest, dass mir dieser Typ einfach nicht wichtig genug für so einen Schlagabtausch ist.

Ja, Doktor Sennheiser, für den ich seit Jahren schufte und für den ich fast alles getan hätte, ist im Handumdrehen auf Waldschratformat geschrumpft.

Vielleicht liegt es daran, dass ich gestern Abend ein weiteres Gespräch mit meinem inneren Kind hatte. Dabei ging es einmal mehr um das Thema Erwachsensein, und am Ende hatte ich einen veritablen Geistesblitz: Als ich klein war, fand ich die meisten Erwachsenen ziemlich blöd; jetzt bin ich groß – und finde die meisten Erwachsenen immer noch ziemlich blöd. Weil sie oft so humorlos sind, so verspannt und fordernd.

Doktor Sennheiser gehört eindeutig zu dieser Sorte.

Nachdem ich Karla eine Kusshand zugeworfen habe, verlasse ich hoch erhobenen Hauptes die Praxis. Jetzt aber schnell. Man will ja nicht gleich beim ersten Mal unpünktlich sein, und umziehen muss ich mich schließlich auch noch.

Praktischerweise liegt das Slim-Gym4You ganz in der Nähe. Einen zehnmütigen Fußmarsch später schiebe ich die Glastür zu einem wahren Tempel der gepflegten Körperertüchtigung auf. Die in Pastellfarben gehaltene Lounge sieht aus wie eine noble Hotellobby: weiche hellgrüne Sessel, ein paar Bonsaibäumchen und eine chromglänzende Bar, an der ich schon die eine oder andere Papayaschorle schlürfen durfte, wenn ich Catherine abgeholt habe.

Aber heute bin ich kein Zaungast. Ab heute gehöre ich dazu. So gut wie, jedenfalls.

Der Anblick all der schönen schlanken Menschen, die federnd durch die Lounge stolzieren, als kämen sie gerade von einem Detox-Seminar in einem hawaiianischen Yoga-Resort, lässt mich allerdings daran zweifeln. Ich war am Wörthersee. Und bin im Gegensatz zu diesen überirdischen Wesen weit mehr als nur eine Abführtablette von meinem Idealgewicht entfernt. Kein Wunder, wenn man die landestypische österreichische Küche genießt, statt an Zitronengras-Salaten zu knabbern.

Auf einmal fühle ich mich sehr eingeschüchtert und sehr übergewichtig. Garantiert werde ich beim Zumbakurs aussehen wie ein preisgekrönter Riesenkürbis, den man spaßeshalber in ein atmungsaktives Sport-T-Shirt gezwängt hat. Mit freundlicher Unterstützung von Kaiserschmarrn, Nuss-Palatschinken und guten Vorsätzen, die schneller zerbröckelt sind als die Sandkuchen meiner Schwiegermutter.

Ich bin schon drauf und dran, mir mit einem meiner Schokoriegel etwas Mut anzufuttern, als Cat neben mir auftaucht. Phantastisch sieht sie aus in ihrem schicken vanillegelben Outfit, das aus einer hautengen Leggings und einem winzigen Muscle-Shirt besteht. Das dunkle Haar hat sie zu einem gekonnt nachlässigen Knoten aufgesteckt, an ihrem Handgelenk baumelt eine Smartwatch, mit der man verbrannte Kalorien zählen kann.

»Hallo, Fee, auf geht's!«, begrüßt sie mich munter. »Hast du eigentlich schon Felix kennengelernt?«

Allein der Name lässt mein Herz im Takt der wummernden Beats klopfen, die hier aus den Lautsprechern dröhnen. In meinen Phantasien sind wir uns schließlich schon recht nahegekommen. Haut an Haut, Mund an Mund ...

Und da steht er nun vor mir, ein Bild von einem Mann, schwarzgelockt, durchtrainiert, mit ganz leicht bronzefarbener Haut und diesem gewissen sexy Etwas, das Frauen rasend macht. Ich bin sicher, dass sämtliche weiblichen Fitnessbesucher an ihm herumbaggern. Einige männliche vermutlich auch. Ob siebzehn oder siebzig, verheiratet oder Single, bei einem wie Felix knallen die Synapsen durch.

»Hi«, hauche ich. »Ich bin Fee.«

»Felix.« Lässig hebt er eine Hand für einen High Five, den ich etwas verunglückt erwidere. »Na? Alles gechillt?«

Keine Ahnung, ob er mir mit Absicht so tief in die Augen schaut. Vielleicht bin ich auch nur aus der Übung, was umwerfende Typen betrifft. Fakt ist, dass ich binnen Sekunden von einer gestandenen Frau zum kopflosen Backfisch mutiere, dem nichts Besseres einfällt, als einen Spruch von Emilia zu zitieren.

»Haha«, kichere ich hoffnungslos albern, »das Problem beim Chillen ist ja, dass man nie weiß, wann man damit fertig ist.«

»Jetzt«, sagt Catherine streng. »Komm mit, ich zeige dir die Umkleide.«

Mit eisernem Griff packt sie mich an der Hand und zieht mich in einen breiten pfirsichfarbenen Flur, von dem mehrere Türen abgehen.

»Was war das denn?«, lacht sie, als sie mich in einen der Räume schiebt. »Du klangst, als wärst du hormonell unterzuckert. So bist du doch sonst nicht. Jedenfalls zeigst du dich nicht gerade von deiner Schokoladenseite.«

»Die habe ich wahrscheinlich aus Versehen aufgegessen.«

In diesem Moment surrt mein Handy. Christian. Da er für gewöhnlich nur im Notfall anruft, gehe ich dran. Immerhin sind wir ja noch eine Zweckgemeinschaft, die Kinder, Haus und Sozialleben verwaltet.

»Hallo, Christian.«

»Sternchen? Verdammt, wo bist du?«

»Beim Zumbakurs, wieso? Das hatten wir doch besprochen, und heute Morgen habe ich dir extra noch eine WhatsApp geschickt.«

»Habe ich nicht bekommen. Was zum Teufel willst du bei einem Zumbakurs?«

Gute Frage. Ich fühle mich ja selber etwas deplatziert in diesem schnieken Fitnessstudio.

»Mal was für mich tun?«

»Das wird nichts, du musst sofort nach Hause kommen«, bellt Christian ins Handy. »In drei Stunden stehen unsere Gäste vor der Tür. Ich habe spontan meine Kollegen aus dem Krankenhaus zu einem After-Work-Cocktail eingeladen.«

»Heute?«

»Du sagst es. Komm gefälligst her und sieh zu, dass du noch was vorbereitest!«

Jetzt geht's aber los. In meinem Kopf treten die alte Fee, die jetzige Fee und mein inneres Kind in den Ring. Die jetzige Fee steht kurz vor einem Nervenzusammenbruch, will sofort losrasen und überlegt schon, ob sie es vielleicht noch schafft, unterwegs zwei Kisten Wein sowie Kräuterbaguette und Cocktailwürstchen zu kaufen und später daheim ein paar Packungen Minipizzen aufzutauen. Die neue Fee ringt mit sich, neigt aber zum Einknicken.

Wie nicht anders zu erwarten, sagt mein inneres Kind nur ein einziges Wort: *Nein.*

»Schatz, wie du weißt, bin ich immer zur Stelle, wenn eine Party ansteht«, flöte ich. »Du hättest mich allerdings vorher fragen müssen. Heute passt es leider nicht. Gern ein andermal.«

Eine Weile höre ich nur Christians pfeifenden Atem. Umso heftiger fällt das Donnerwetter aus, das anschließend auf mich niederprasselt. Vorsichtshalber halte ich das Handy etwas von mir weg, so laut brüllt Christian. Was genau er von sich gibt, will ich gar nicht wissen. Wenn man beschlossen hat, mehr an sich selbst zu denken, sollte man nicht mehr alles glauben, was andere über einen denken.

Eins steht allerdings fest: Die Phase der passiven Aggression ist vorüber. Jetzt wird mit harten Bandagen gekämpft. Ich warte noch zwei, drei Sekunden, dann lege ich auf.

»Was bitte war das denn?«, fragt Cat, die dem Telefonat mit wachsender Verblüffung gelauscht hat.

Ermattet sinke ich auf eine hellblaue Holzbank, die zwischen den Edelstahlspinden steht, und checke meinen WhatsApp-Account.

Ha! Meine Nachricht wurde verschickt! Gelesen hat Christian sie auch, wie mir die beiden blauen Häkchen verraten. Und plötzlich wird mir klar, dass er mir absichtlich nichts von der heutigen Cocktaileinladung gesagt hat. Er wusste ganz genau, dass ich zum Zumbakurs gehe, doch er will nicht, dass ich ein eigenes Leben habe. Es war ein simples Machtspiel: Lasse ich alles für ihn stehen und liegen? Oder nicht?

»Fee? *Was war das?*«, wiederholt Cat ihre Frage.

Achselzuckend fange ich an, meine Sporttasche auszupacken.

»Vermutlich ein Beispiel dafür, dass die lauteste Meinung das kleinste Interesse am Gegenüber hat.«

»Und was willst du jetzt tun? Dir eine neue Todesart für Christian ausdenken? Ein zehn Meter tiefes Loch in seine Laufstrecke graben und durch Zweige tarnen?«

Mit spitzen Fingern fische ich Finns Sport-Shirt aus der Tasche, dann atme ich langsam aus.

»Ich könnte meinen Beziehungsstatus ändern. Was hältst du von: In gute Hände abzugeben?«

Kapitel 15

Mein Puls rattert, der Schweiß läuft in Strömen, vor meinen Augen tanzen glühende Punkte. Scheibenkleister. Ich dachte, Zumba wäre so was Ähnliches wie Rumba, nur halt in Sportklamotten. Hechelnd schließe ich die Augen. Warum hat mich keiner davor gewarnt, wie ungeheuer anstrengend das hier ist?

Zunächst fing alles ganz harmlos an. Auf der Stelle treten, das beherrschte ich perfekt, weil ich es ja schon seit vielen Jahren tue – wenn auch nicht zu fetzigen Latinosounds. Vorbeugen ging ebenfalls prima, schließlich habe ich die mentale Verbeugung lange üben dürfen. Mit den Armen wedeln und in die Hände klatschen? Kleinigkeit. Das kann jede Mutter, die endlose Kindergeburtstage lang schreiende Kinder mit Bewegungsspielen bespaßt hat.

Was unser charmanter Vorturner Felix danach von uns verlangte, wurde jedoch immer verwirrender. Oberkörper schütteln, Seitwärtssprünge, rhythmisches Hüftkreisen, komplizierte Schrittfolgen, und zwar im Gleichtakt mit etwa zwanzig Frauen, die sämtliche Choreos draufhaben. Wie sollte ich das denn hinkriegen? Genauso gut könnte man bei Folge neunhundertsechsundsiebzig in eine Vorabendserie einsteigen und erwarten, dass man alles auf Anhieb kapiert.

Für mich hieß das: Game over.

Dadurch entstand allerdings gleich das nächste Problem, denn nun musste ich mich unauffällig aus dem Blickfeld von Super-Felix mogeln. Man könnte das für lächerlich halten. Ist es aber nicht. Welche Frau, die auch nur von Ferne für einen Mann schwärmt, möchte von ihm als unsportlicher Körperkasper wahrgenommen werden? Ich meine, ich erwarte nichts Konkretes von Felix. Er ist und bleibt eine heiße Phantasie. Andererseits ruft er weibliche Reflexe in mir wach: wenigstens für den Bruchteil einer Sekunde angeschaut und in Betracht gezogen zu werden. Gewissermaßen. Für was auch immer.

In meinem Fall vielleicht für ein gemeinsames Bratkartoffelessen.

Im Laufe der vergangenen Dreiviertelstunde ist es mir dann gelungen, mich in dem großen mintfarbenen Raum ganz nach hinten zu zappeln. Nun mache ich auf halber Flamme weiter, trickreich verborgen hinter zwei mittelalten Damen, die so wie ich zu Hüftgold statt Muskelstahl neigen.

Los, Fee, gib noch mal Gas. Tu's für dich. Lebe den Moment!

Doch der Moment lebt diesmal nicht mich. Ich hatte gehofft, im Jetzt zu sein, stattdessen befinde ich mich in der Zukunft: Man reiche mir eine Couch. Und Kissen. Und ein kühles Getränk. Hochrot und nach Atem ringend taumele ich vor mich hin. So fertig war ich zuletzt bei den Bundesjugendspielen, als ich den Tausendmeterlauf wegen einer unzulässig vorgenommenen Abkürzung wiederholen musste.

Gerade als ich überlege, wie ich unauffällig die Flucht ergreifen könnte, bricht die Musik ab.

»Ihr wart klasse, Mädels!«, ruft Felix.

Alle applaudieren frenetisch, wobei nicht ganz klar ist, ob für ihn oder für sich selber. Auch ich klatsche in meine schweißnassen Hände. Nie wieder!, ist mein erster Gedanke. Der zweite: Hoffentlich hat Felix nicht gemerkt, was für eine unfassbare Niete ich bin.

Als ich betont entspannt nach vorn schlendere, werde ich sogleich von Cat abgefangen. Sie hat sich ein flauschiges vanillegelbes Handtuch um den Hals geschlungen, farblich abgestimmt auf ihren Mikro-Anzug. Ich habe nur ein bretthartes altes Badetuch mit verwaschenem Bärchenmuster dabei. Es ist einfach unfair. Auf der Website stand: Bringt gute Laune und bequemes Schuhwerk mit. Von schicken Outfits stand da nichts. Falls – also wirklich nur falls! – ich noch mal herkomme, sollte ich vielleicht ein bisschen an meinem Erscheinungsbild arbeiten. Die ausgebeulte schwarze Jogginghose kommt auch nicht sonderlich gut, und von Finns Shirt will ich gar nicht erst reden.

Nur so viel: Es ist *kein* Sport-Shirt. In der üblichen Eile habe ich aus Versehen eins seiner doofen Motto-Shirts eingepackt, auf dem in kleiner Schrift, aber gut lesbar steht: *Auch wenn's nicht so aussieht, hier steckt ein hammersexy Körper drin.*

»Wo warst du denn?« Anmutig rubbelt sich Cat mit ihrem Handtuch den Nacken trocken. »Am Anfang hast du doch noch direkt neben mir gestanden.«

»Ich fand halt, dass ich weiter hinten eine bessere Figur mache. Weißt du, na ja, meine Fitness kommt mehr so von innen.«

»Verstehe.« In Cats Augen blitzt es ironisch auf. »Hat es dir denn Spaß gemacht?«

Ja, so viel Spaß, als hätte mir jemand eine Pistole an die Schläfe gedrückt und mich gezwungen, tausendmal *Hey Macarena* zu singen.

»Für den Anfang könntest du es auch mit Zumba Gold probieren«, schlägt Cat vor. »Das ist die Version für Senioren, wobei ich dich natürlich nicht alt finde. Ich bin ja schon etwas länger dabei, deshalb fange ich demnächst mit Zumba Toning an. Da kommen dann leichte Hanteln hinzu.«

Zumba mit Hanteln. Schon bei der bloßen Vorstellung klappe ich zusammen.

»Ladys, wollen wir noch was an der Bar trinken?«, erklingt plötzlich eine Männerstimme.

Wie elektrisiert wirbele ich herum.

Es gibt Menschen, die haben einfach Glück. Sie können sich total verausgaben und außer Atem sein und wie verrückt schwitzen, sehen aber immer noch gut aus. Womöglich sogar besser als auf Normalnull. Felix ist so einer.

»Warum nicht?«, höre ich Cat antworten. »Eine Rhabarberschorle käme jetzt gut.«

»Und du, Fee?«, fragt Felix.

Er hat sich meinen Namen gemerkt, obwohl er nach Beendigung des Kurses von jeder Menge weiblicher Fans umringt war.

»Nichts dagegen«, antworte ich so cool wie möglich.

Im Stillen beschwöre ich ihn, bloß nicht zu verraten, dass wir unlängst übereinander hergefallen sind. Nur in meiner Phantasie, klar. Dennoch fühlt es sich an, als teilten wir ein Geheimnis. Für mich ist diese heimliche Affäre so real wie mein unsinnig pochendes Herz.

»Cat hat mir deinen Blog gezeigt«, erklärt Felix, als wir durch den pfirsichfarbenen Flur in Richtung Bar gehen. »Gefällt mir, was du da machst. Finde ich ziemlich spannend.«

Verlegen spüre ich, wie ich tomatenrot anlaufe. Man hat mir schon vieles gesagt: dass ich nett sei, gut backen könne, freundlich sei, hilfsbereit. Aber dass ich etwas *Spannendes* mache? Noch nie.

»Stimmt, der Blog ist einzigartig«, bekräftigt Cat, womit sie sich endgültig und für alle Zeiten als meine beste Freundin qualifiziert hätte. »Fee ist besonders, sie hat einen sehr speziellen Blick auf die Welt.«

Als wir an der Bar ankommen, wird der Tresen bereits von anderen abgekämpften Sportlern belagert, die sich von ihrem Workout erholen. Mehr oder weniger dezente Schweißgerüche mischen sich mit den Düften frisch zubereiteter Obstdrinks. Die Atmosphäre erinnert an eine Kinderparty, kurz bevor die Eltern ihren erschöpften Nachwuchs abholen.

Beeindruckt mustere ich die vielen handbeschrifteten Karaffen vor der vollverspiegelten Rückwand der Bar. Was ist denn Yuzusaft? Und Jujube? Muss man wissen, wie Cherimoya-Babaco-Sirup schmeckt?

Unterdessen hat Felix drei Barhocker organisiert, und wir nehmen nebeneinander Platz. Er sitzt in der Mitte. Der Hahn im Korb zwischen einer anmutigen Gazelle und einer lahmen Ente.

Aus dem Augenwinkel nehme ich die neidischen Blicke der anderen Kursteilnehmerinnen wahr. Jede würde gern hier sitzen. Wirklich jede. Womit ausgerechnet ich diesen Ehrenplatz verdient habe, begreife ich immer noch nicht. Es war doch ein reiner Freundschaftsdienst, dass Cat mich über den grünen Klee gelobt hat. Gut, mein Blog ist ganz lustig, und die Followerzahlen gehen durch die Decke, aber es gibt Millionen solcher Blogs.

Als unsere drei Rhabarberschorlen serviert werden, jeweils mit einer Selleriestange und einem Korianderblatt dekoriert, erhebt Felix sein Glas.

»Freu mich, dass wir uns näher kennenlernen, Fee.«

Du ahnst ja gar nicht, wie gut ich dich schon kenne.

»Ich mich, ähm, auch.«

Alle drei trinken wir einen Schluck. Die Schorle schmeckt, wie mein Shampoo daheim riecht: frisch, sauber und ein bisschen nach Krankenhaus.

»Felix veranstaltet auch Meditationsreisen«, erzählt Cat und zieht bedeutungsvoll eine Augenbraue hoch. »Das wäre bestimmt auch was für dich, Fee.«

Etwas überrascht, wie es scheint, streicht sich Felix eine dunkle Locke aus der Stirn und sieht mich forschend an.

»Du meditierst?«

»Sofern man Abwaschen und Staubsaugen als meditative Übung betrachtet, sogar täglich.«

Das sollte ein Scherz sein, ein schlechter noch dazu, aber Felix bleibt völlig ernst.

»Eine wunderbare Sicht der Dinge, Fee. Zenbuddhistische Mönche harken stundenlang die Steingärten ihrer Klöster, wusstest du das? Wenn man völlig aufgeht in dem, was man tut, und sei es noch so trivial, ist man im Jetzt angekommen. Nur so erreicht man die höchste Stufe der Kontemplation.«

Verblüfft hänge ich an seinen Lippen. Im Allgemeinen habe ich eine echte Aversion gegen esoterisches Geschwurbel. Räucherstäbchengedöns und Klangschalenklimbim sind einfach nicht meine Welt. Doch was Felix schildert, leuchtet mir sofort ein. Er meint Momente wie jenen, als ich mit Finn und Emmi …

»Zum Beispiel dein Post mit dem Pfützenspringen«, nimmt er mir die Worte aus dem Mund, bevor ich sie überhaupt denken kann. »Da habe ich etwas in deinem Gesicht gesehen, das mich an die Mönche erinnert hat.«

»Aber Fee hat doch gelacht«, wirft Catherine ein.

»O, Buddhisten lachen sehr viel.« Ein feinsinniges Lächeln überzieht Felix' Gesicht. »Sie kichern auch häufig. Hast du mal den Dalai Lama beobachtet? Der gluckst dauernd in sich rein, sogar wenn hohe Politiker neben ihm stehen, und manchmal schüttet er sich sogar aus vor Erheiterung. Das ist das große Lachen der inneren Befreiung.«

Wie kann es sein, dass ein wildfremder Mensch – okay, abgesehen von unseren fiktiven Geheimnissen – genau das ausdrückt, was ich beim Pfützenspringen empfunden habe? Freiheit, Glück, das Einverstandensein mit mir selber und der Welt?

Besonders gefällt mir, dass Felix nicht so wirkt, als wolle er eine große Sache daraus machen. Ganz ruhig sitzt er in seinen dunkelblauen Trainingsklamotten auf dem Barhocker und schlürft seine Rhabarberschorle wie jeder andere auch.

Es ist vermutlich diese Ruhe, die mich magisch anzieht. Sogar mehr noch als seine erotische Ausstrahlung. Christian steht immer unter Anspannung, konzentriert, aber auch ganz schön verkrampft. Er betrachtet alles im Leben unter dem Aspekt der Leistung. Nach jedem Lauf notiert er sich die Zeit, die er gebraucht hat, und das Gewicht, das er auf die Waage bringt. Natürlich führt er auch ein Ernährungstagebuch.

Christian ist der Typ Mann, der immer die Pobacken zusammenkneift. Felix dagegen ... nein, das geht jetzt in die falsche Richtung. Dieses Kopfkino sollte ich besser nicht anwerfen.

»Hast du dich denn schon innerlich befreit?«, will Cat von Felix wissen.

»Das ist wie beim Surfen«, erwidert er nachdenklich. »Du musst geduldig am Strand sitzen und auf die ganz große Welle warten, die dich mitnimmt.«

Die große Welle, soso. Bei mir hat es bisher nur ein wenig geplätschert. Aber man soll ja nicht undankbar sein. Dafür spüre ich jetzt eine ganz andere Welle, die unaufhaltsam heranrollt und jeden Moment über meinem Kopf zusammenschwappen wird: Christian. Mein Handy liegt noch im Spind des Umkleideraums, aber todsicher stapeln sich darauf schon die Nachrichten. *Was machst du? Wo bleibst du? Was fällt dir ein, mich im Stich zu lassen?*

»Fee?« Beunruhigt, wie es scheint, sieht Felix mich an. »Alles in Ordnung?«

Offenbar versteht er sich auf die Kunst, Gedanken zu lesen. Oder Gefühle. Wobei Letzteres ziemlich peinlich für mich werden kann, wenn er merkt, was ich in meiner Phantasie so alles mit ihm anstelle.

»Ich glaube, ich sollte langsam gehen.«

»Weil du daheim eine Runde meditieren musst?«, fragt Catherine mokant. »Womit fängst du an? Staubsaugen?«

Ja, so ungefähr. Ich habe mir mein ganz persönliches Zeitfenster für diese Zumbastunde offengehalten, doch wenn ich meine Ehe nicht komplett atomisieren will, sollte ich jetzt das Fenster schließen, nach Hause fahren und mit einiger Verspätung die Rolle erfüllen, die Christian von mir erwartet.

Mein Magen stülpt sich bereits um bei der Vorstellung, was für eine Szene er mir machen wird. Kurz befürchte ich, dass die

Rhabarberschorle den Rückwärtsgang einlegt und wieder dahin will, wo sie hergekommen ist. Doch ich schaffe es, ohne Komplikationen vom Barhocker zu rutschen.

»Danke für alles, Felix. Cat, wir telefonieren später, ja?«

»Sicher, Süße. Oder möchtest du, dass ich mitkomme?«

Ach, ich schaffe das schon, will ich gerade antworten, als mein inneres Kind aufgeregt mit den Armen wedelt. Warum willst du immer alles allein auf dich nehmen? Christian ist auf Krawall gebürstet, da wäre es doch ganz gut, wenn du Beistand hättest.

»Ja, gern, Cat.«

Auch Felix erhebt sich. Noch immer lese ich eine gewisse Besorgnis in seinen Augen, als er sich zu mir vorbeugt und mich sacht umarmt.

»Bis zum nächsten Mal, Fee. Allerdings glaube ich, dass Zumba nicht ganz das Richtige für dich ist. Morgen beginnt mein neuer Yogakurs: Yin Yoga. Das ist eine langsame Variante, ohne große körperliche Anstrengungen.«

Also doch. Er hat gemerkt, dass ich eine lahme Ente bin.

»So eine Art Senioren-Yoga?«, frage ich kläglich.

»Ach was. Das ist für Menschen, die so ausgepowert sind, dass sie einen Ausgleich brauchen. Atmen, dehnen, zur Ruhe kommen, zu sich selbst finden, ist die Devise.«

Mit Yoga? Früher bin ich allenfalls mal zur Ruhe gekommen, wenn die Kinder schliefen und Christian Nachtschicht hatte. Außerdem: Wenn Yoga so gut zu mir passt wie Zumba, kann ich einpacken.

»Mach's«, werde ich von Cat bestärkt. »In Ruhe gelassen werden ist gut. Aber durch Ruhe gelassen werden ist genau das, was du jetzt brauchst.«

Kapitel 16

Christian kann zaubern, hurra. Er braucht nur eine halbe Sekunde, um die vielen guten Gedanken, mit denen mich Felix inspiriert hat, in einen Tsunami schlechter Gefühle zu verwandeln.

Während Catherine noch ihren Wagen parkt, bin ich schon durch den Vorgarten gehuscht und habe die Haustür aufgeschlossen. Stimmengewirr empfängt mich, sanfte Musik, der Geruch von asiatischem Essen – und ein wütender Troll von Ehemann, adrett gekleidet mit weißem Hemd, dunkelblauem Jackett und neuen sandfarbenen Chinos.

»Dass du die Stirn hast, dich hier noch blicken zu lassen, ist ja wohl der Gipfel«, herrscht er mich an. »Wie siehst du überhaupt aus?«

Schuldbewusst schaue ich an mir herab. Weil ich mich beeilen wollte, habe ich weder geduscht noch mich umgezogen.

»Nice«, zwitschert eine glockenhelle Stimme.

Herrje, was ist mit meinem Karma los? Da steht doch tatsächlich diese Jeanine oder Nadine oder wie Christians schrecklich attraktive Kollegin heißt, im Flur. Die, die meinen Mann als meine *hübschere Hälfte* bezeichnet hat. Seit unserem letzten Zusammentreffen scheint sie noch blonder, noch attraktiver geworden zu sein, und natürlich trägt sie ein elegantes sexy Kleid: knallrot, eng, ärmellos, mit einem Mega-Dekolleté.

»Weil du nicht da warst, hat mir Frau Doktor Morgenthaler bei der Vorbereitung geholfen.« Christians Stimme vibriert vor öliger Genugtuung. »Joleen«, er spricht es Dscholiiiien aus, »ist absolut großartig. Sie hat exquisites koreanisches Essen bestellt, einen Barmann nebst Equipment aufgetrieben und sogar einen DJ engagiert, der die ultimative Loungemusik draufhat.«

Was das kostet! Hat er auch mal daran gedacht?

»Ach, das war doch nichts«, haucht Joleen und wippt auf ihren hohen roten Sandaletten herum, aus denen blutrot lackierte Zehennägel herausragen. »Habe ich sehr gern getan.«

Das glaube ich ihr aufs Wort. Solche Frauen sind wie Löwinnen im Zoo: Kaum tut sich eine Lücke zwischen den Gitterstäben auf, springen sie hindurch. Mit sicherem Raubtierinstinkt hat diese Joleen die sich stetig verbreiternde Lücke zwischen Christian und mir erkannt. Ein Sprung, und schon macht sie sich in meinem Haus breit. Spielt die Gastgeberin. Lässt mich abblitzen. Genießt ihren billigen Triumph.

Auch Christian scheint unsere Begegnung auf eine nicht sehr gesunde Art zu genießen. Mit der spontanen Cocktail-Einladung wollte er mich testen. Ich bin durchgefallen, daraufhin hat er mir eins ausgewischt.

»Hi«, säuselt Catherine, die nun ebenfalls im Hausflur erscheint und Joleen von oben bis unten mustert. »Habt ihr eine neue Nanny? Oder macht sie den Garten?«

Ehrlich, dafür liebe ich Cat. Dass sie eine Situation blitzschnell erfasst und mit einem entsprechenden Kommentar versieht. Es ist einfach herrlich zu beobachten, wie dieser Joleen die Gesichtszüge entgleisen.

»Doktor Morgenthaler«, stellt sie sich unüberhörbar zickig vor. »Assistenzärztin im St.-Stefans-Klinikum.«

»Offenbar assistieren Sie auch in der Krankenhauskantine«, erwidert Cat mit honigsüßer Freundlichkeit. »Oder was riecht hier so komisch?«

Regelrecht hasserfüllt starrt Christian meine Freundin an. Er kennt Catherine kaum, weil wir bei unseren Mädelsabenden immer darauf achten, dass die Ehemänner ausgeflogen sind. Wie sonst sollten wir uns austauschen, ohne ein Blatt vor den Mund zu nehmen?

Neugierige Ohrenzeugen können wir nun wirklich nicht gebrauchen. Im Gegenzug hegen unsere Männer ein gewisses Misstrauen in Bezug auf die Treffen. Da sie ohnehin der Überzeugung sind, das interessanteste Gesprächsthema zu sein, fürchten sie natürlich Indiskretionen. Zu Recht. Dass es aber nicht immer nur um sie geht, liegt außerhalb ihrer Vorstellungskraft.

»Das Essen kommt vom besten Koreaner der Stadt«, erklärt Christian schmallippig. »Mal was anderes. Fee kann ja ganz gut kochen, aber ihre Domäne ist halt solide Hausmannskost.«

Wow. Und schon kommen die nächsten verbalen Magenhaken angeflogen. *Ganz gut. Solide. Hausmannskost.* Sag doch gleich, dass ich im Gegensatz zu Miss Superblond nur ein trutschiges Hausmütterchen bin, das gerade mal weiß, wie man Eintopf buchstabiert.

»Also, so gaaaanz stimmt das ja nun nicht«, widerspricht Catherine gedehnt. »Soweit ich informiert bin, sind Sie es doch, Herr Doktor Ziegler, der mehr auf Hausmannskost steht. Im Übrigen flaut der koreanische Trend schon wieder ab. Wer den Top-Influencern folgt, weiß, was kommt: spanische Tapas, modern interpretiert und mit Fusion-Elementen dem Niveau der internationalen Sterneküche angeglichen.«

Überrascht sehe ich sie an. Schwer zu sagen, ob das stimmt. Aber da Cat selbst im Sportdress unendlich smart und stylish wirkt, nimmt man ihr das ohne Weiteres ab. Fragt sich nur, worauf sie hinauswill.

»Bei unserem letzten Mädelsabend hat Fee jedenfalls im zeitgemäßen spanischen Stil aufgetischt«, fährt sie fort. »Wie hieß das noch mal, Süße? Queso de Cabra aliado? Und das andere?«

Jetzt weiß ich, worauf sie hinauswill. Innerlich tanze ich Tango. Mit einem ganzen Rosenstrauß zwischen den Zähnen. Cats raffinierte Schwindelei, mit der sie meine Ehre und meine Selbstachtung retten will, hat mich jedoch derart umgehauen, dass mein Hirn auf Standby schaltet. Keine Reaktion. Alles weg.

»Datteln im Speckmantel«, versucht sie, mir auf die Sprünge zu helfen, »in Rosmarinöl marinierte spanische Oliven ...«

Mir läuft das Wasser im Mund zusammen. Vor meinem geistigen Auge entsteht wieder das Bild all der Köstlichkeiten, mit denen Cat uns verwöhnt hat. Das gibt den Ausschlag. Im Rekordtempo fährt mein Hirn hoch.

»Empanadas mit Modscho Verde, Albondidschas Andaluz, Obazda-Pinktschoss, Manchego-Röllchen«, vervollständige ich die Aufzählung.

Die Wirkung ist phänomenal. Christian fällt die Kinnlade runter, Joleen presst zornig ihre Lippen aufeinander. Damit haben die beiden nicht gerechnet. Vor allem nicht Joleen.

Ohne mehr als ein paar Worte mit ihr gewechselt zu haben, begreife ich: Dieser Typ Frau hat nicht nur einen skrupellosen Raubtierinstinkt, sie glaubt auch, immer gewinnen zu müssen.

Niemand hat einen phantastischeren Urlaub verbracht als sie. Niemand kennt sich besser mit den angesagtesten Lokalen aus. Niemand kann ihr das Wasser reichen, wenn es um Geschmack, Stil und die neuesten Trends geht. Sie will die unbestrittene Queen sein, in jeder Lebenslage. Doch es ist offensichtlich, dass sie keinen blassen Schimmer hat, was Albondi-Irgendwas Andaluz sind.

Mich selber würde das überhaupt nicht stören, für sie ist es eine krachende Niederlage. Darf ich mich darüber freuen? Ich finde, ja. Ich freue mich wie ein Schneekönig.

»Süße, vielleicht solltest du erst mal in etwas Bequemeres schlüpfen«, bricht Cat das konsternierte Schweigen.

»In etwas *noch* Bequemeres?«, stichelt Joleen mit einem abschätzigen Blick auf meine ausgebeulte Jogginghose und das unsägliche T-Shirt.

Doch das ist nur ein schlappes Rückzugsgefecht. Dieses Match hat sie verloren, und sie weiß es.

»Los, wir verziehen uns nach oben«, raunt Cat mir zu. »Erst holen wir bei dir stylingmäßig alles raus, was geht, dann genießen wir die Party.«

Stylingmäßig geht zwar so gut wie nichts bei mir, weil ich weder die Figur noch die Klamotten dafür besitze, dennoch bin ich heilfroh, dieser Situation zu entfliehen.

Auf dem Weg zur Treppe, die in den oberen Stock führt, laufen wir Emmi und Finn in die Arme. Wie immer trägt mein Sohn abgewetzte Jeans. Dazu hat er sich sein Lieblings-T-Shirt aus dem Wäschekorb zurückerobert, das aussieht, als hätte er darin drei Tage lang unter einer Brücke geschlafen. Jungs halt. Ich wäre wirklich erstaunt, wenn er das blaue Jackett tragen

würde, das für solche Anlässe ganz hinten in seinem Kleiderschrank hängt. Außerdem hat er ja seit dem Österreich-Urlaub
einen Gipsarm, der schon über und über mit Filzstiftzeichnun-
gen und Sprüchen seiner Klassenkameraden geschmückt ist.

Emmi dagegen hat das Motto Cocktail äußerst ernst genommen. Wie ein kleiner Filmstar sieht sie aus in ihrem weißen
Schlauchkleid, über das sie ein silberglitzerndes Jäckchen ge-
streift hat. Zusammen mit den silbernen Sandaletten und ihrem
lockenstabgewellten Haar ergibt das einen Look, mit dem sie
über jeden roten Teppich dieser Welt schweben könnte.

»Mami!«, ruft sie erschrocken. »Wie siehst du denn aus?«

»Ich war beim Zumba, aber keine Sorge, ich werde mich noch
ein bisschen zurechtmachen.«

Der Blick, den meine Tochter Catherine zuwirft, drückt mas-
sive Zweifel aus, dass das irgendetwas nützen könnte.

»Style-Challenge«, sagt sie knapp.

Während ich noch überlege, was das bedeuten soll, fällt der
Groschen bei Cat.

»Bin dabei. Wollen doch mal sehen, was wir aus diesem Roh-
diamanten machen können.«

Was haben die beiden vor? Im Gänsemarsch schreiten wir die
Treppe hoch, Emmi hüftwackelnd, Catherine energisch, ich mit
tonnenschweren Beinen, in denen sich ein beginnender Muskelkater bemerkbar macht.

»Ab in die Dusche, Fee«, ordnet Cat an, als wir oben sind.
»Inzwischen checken Emmi und ich die Optionen.«

Was ich anziehen soll, ist allerdings das geringste meiner Probleme. Während ich mich im Badezimmer meiner verschwitzten
Klamotten entledige, wird mir bewusst, wo ich stehe: im Nir-

gendwo. Joleen hat einen Plan, so viel ist sicher. Vielleicht war es sogar ihr Schachzug, mich auszutricksen und dann das freigewordene Terrain zu besetzen.

Teuflisch klug eingefädelt, das muss man ihr lassen. Ab heute habe ich eine Gegenspielerin, die in ihrer Phantasie vermutlich über Leichen gehen würde. So wie ich, räusper, räusper.

Erst unter der Dusche entspanne ich mich ein wenig. Als ich mir die Haare wasche, entweicht der Flasche jedoch mit dem Shampooduft auch der unvergleichliche Felix samt seiner Rhabarberschorle. Seltsam. Obwohl er wie ein Flaschengeist in der Duschkabine schwebt, was einen ja auf ganz schön unanständige Ideen bringen könnte, flimmert plötzlich ein völlig anderes Kopfkino an mir vorbei.

Schulter an Schulter sitzen wir an einem menschenleeren Strand, den eine milde Sonne in goldenes Licht taucht. Schweigend, jeder seinen Gedanken nachhängend, schauen wir aufs Meer und warten in aller Ruhe auf die große Welle.

»Hallo?« Jemand hämmert an die Tür. »Was machst du so lange da drin?«

Das ist eigentlich *mein* Text. Er gehört zu meiner Morgenroutine wie der erste Espresso, weil der Frühstückscountdown eines Vier-Personen-Haushalts wesentlich aus dem Kampf ums Badezimmer besteht.

»Komme gleich!«

Auch dieser Text ist immer derselbe, abgesehen davon, dass er sich höchst selten bewahrheitet.

Als ich eine Minute später in frischer Unterwäsche die Tür öffne, rückt Cat mit Armen voller Kleider an. Emmi schleppt ihren rosa Kosmetikkoffer herein, der aufgrund seiner beachtlichen Dimensionen auch als Gepäckstück für ein verlängertes Wochenende durchgehen würde.

Skeptisch beäuge ich den etwas ungewöhnlichen Aufmarsch.

»Was habt ihr vor?«

»Eine Menge«, antwortet Emilia. »Setz dich.«

Mit einem unbehaglichen Gefühl nehme ich auf dem kleinen Hocker vor dem Waschbecken Platz.

»Nein, kein Spiegel«, sagt Cat sehr bestimmt. »Wir brauchen freie Hand.«

»Aber ...«

»Kein Aber. Du hast jetzt die Wahl zwischen Matrone und Ikone.«

»Lass dich überraschen, Mami«, säuselt Emilia.

Eigentlich reichen mir die Überraschungen dieses Tages schon. Dennoch stehe ich auf und setze mich mit dem Rücken zum Spiegel wieder hin. Nervös spiele ich mit meinem Ehering. Die beiden wollen mir helfen, und das ist ja auch sehr lieb, aber bei einer Frau wie mir ist Hopfen und Malz verloren. Ich kann froh sein, wenn es ihnen einigermaßen gelingt, meine Schwachstellen zu kaschieren. Wobei ich im Grunde nur aus Schwachstellen bestehe. Tarnung, mehr ist nicht drin.

Derweil hat Cat meine Kleider auf dem Badewannenrand ausgebreitet und nimmt Teil für Teil in die Hand.

»Nein«, murmelt sie. »Nein, nein, dieses auch nicht, nein, nein, noch mal nein.«

»Mami hat nur Schrott im Schrank«, seufzt Emilia.

Hört man auch mal gern, zumal von der eigenen Tochter.

»Warte«, Cat hält ein zeltartiges schwarzes Taftkleid mit bravem weißem Kragen hoch. »Das hier könnte gehen.«

»Auf keinen Fall!«, protestiere ich. »Das habe ich auf der Beerdigung meines Schwiegervaters getragen!«

»Umso besser«, lacht Cat. »Für eine Frau, die einen ausgeprägten Hang zu morbiden Phantasien hat, ist Beerdigungsschwarz perfekt.«

»Mami, was heißt morbide?«, will Emilia wissen.

»So was wie, ähm, überflüssig.«

»Schwarz ist deshalb gut, weil diese Frau Doktor Ich-krall-mir-deinen Mann einen auf Schlampe in Rot macht«, erklärt Cat fachkundig. »Da musst du mit einem Kontrast dagegenhalten.«

»Genau, das Gegenprogramm in Schwarz«, fügt Emmi hinzu. »Diva statt Bitch, so in etwa.«

Aus einem Geräusch, das an großzügig verabreichte Sprühsahne erinnert, schließe ich, dass ein dicker Klecks Schaumfestiger auf meinem Kopf landet. Dann beginnt Emilia, mein Haar zu föhnen. Strähne für Strähne zieht sie über eine Bürste, als sei sie eine Profi-Friseurin.

»Wo hast du das denn gelernt?«, wundere ich mich.

»Tutorial auf YouTube. Halt still, sonst wird das nichts.«

Nach dem Föhnen bearbeitet sie meine Frisur noch mit ihrem Lockenstab und rundet das Ganze durch eine Wolke von Haarspray ab.

»Wie sehe ich aus?«, erkundige ich mich bang.

»Wie immer«, grinst Emmi. Das hat sie damals in der Raststättentoilette auch gesagt. Seitdem ist einiges anders geworden. »Okay, Mami, weiter geht's mit Make-up.«

»Bitte, Emmi«, instinktiv mache ich mich ganz steif, »deine Mutter ist eher der natürliche Typ. Der Lipgloss, den du mir empfohlen hast, ist schön, aber mehr Farbe vertrage ich nicht.«

»Vertrau ihr einfach«, kommt es von Cat.

Als ich den Kopf in ihre Richtung drehe, sehe ich, dass sie mit einer Nagelschere auf dem Badewannenrand sitzt und mein schwarzes Kleid zerschneidet.

»Große Güte, Cat! Warum zerstörst du das Kleid?«

»Ich zerstöre es nicht, ich gestalte es neu. Hast du etwa vergessen, dass ich künstlerisch kreativ bin?«

Bitte nicht auch das noch. Sofern Cat erwartet, dass ich ein Kleid anziehe, das aussieht wie ihre Skulpturen, kann sie lange warten. So zeige ich mich doch nicht auf einer Party, die meine Nebenbuhlerin schmeißt! Sonst denken doch alle: Ist das Kunst, oder kann das weg?

Gebeutelt von bösen Vorahnungen lasse ich über mich ergehen, dass Emmi etwas Cremiges auf meinem Gesicht verreibt und danach ihre Stifte tanzen lässt. Was mir jedoch richtig Angst einjagt, ist die wilde Entschlossenheit, mit der Catherine an meinem Kleid herumschnippelt. Der weiße Kragen hat schon dran glauben müssen, einige Zentimeter der Ärmel ebenfalls, und wenn ich es richtig sehe, ist nun der Saum an der Reihe.

»Cat! Ich flehe dich an! Seit Jahren trage ich wadenlange Kleider, weil meine Beine Notstandsgebiet sind. Und die Arme auch.«

»Schnickschnack.« Sie hebt kurz den Kopf. »Du hast tolle Beine, das habe ich heute in der Umkleide gesehen, und richtig muskulöse Arme, wahrscheinlich von der Gartenarbeit. Damit kannst du dich sehen lassen. Nein, damit *musst* du dich sehen lassen!«

»Stillhalten habe ich doch gesagt, Mami!«, werde ich von Emilia ermahnt. »Bin fast fertig. Nur noch Rouge«, ein Pinsel fegt über meine Wangenknochen, »fertig ist das Mondgesicht, ähm, Kunstwerk.«

»Und zur Abrundung des künstlerisch wertvollen Eindrucks ziehst du jetzt das Kleid an«, kommandiert Catherine.

Ich bin einer Ohnmacht nahe. Christian wird stocksauer sein und ich beschämt. Aber das Gefühl kenne ich ja bereits.

»Entschuldige, Cat«, drucke ich herum, »du bist künstlerisch ungeheuer begabt und hast auch die Figur für extravagante Outfits, doch ich fürchte, an mir wird das grauenhaft aussehen.«

»Nicht zwingend.«

»Aber sollte ich nicht doch lieber das Blümchenkleid mit den Volants ...?«

»Nun sei mal nicht so undankbar, Mami«, schmollt Emmi.

»Los jetzt, rein in das Kleid.«

Also schön. Nur um des lieben Friedens willen stehe ich auf und hebe die Arme, damit Catherine mir ihr Machwerk überstreifen kann. Aber was ist das? Meine linke Schulter bleibt frei, meine rechte ist bedeckt? Und der Saum! Er reicht nur noch gerade mal bis zu meinen Knien. Christian nennt sie Knubbelknie.

»Cat, verflixt, du hast das Teil total verschnitten!«

»Pssst, gib mir eine Minute.« Andächtig legt sie einen Finger an die Lippen und den Kopf schief wie ein Maler, der sein Gemälde betrachtet. »Ich muss den Gesamteindruck auf mich wirken lassen. Da fehlt noch was, um die Asymmetrie zu betonen. Emmi? Hast du so was wie Schulterpolster?«

»Ich könnte ein Pad aus einem meiner Push-up-BHs rauspulen.«

»Perfekt! Und Tempo, bitte!«

Während Emilia aus dem Badezimmer flitzt, rafft Cat den

bauschigen Stoff des Kleids an meiner linken Hüfte zusammen und fixiert ihn durch zwei Sicherheitsnadeln, die sie mit einer herumfliegenden goldglitzernden Haarspange von Emmi verdeckt. Zum Schluss schlingt sie mir noch einen langen schwarzen Chiffonschal um den Hals, den mir meine Schwiegermutter mal geschenkt hat und der seit Jahren ungetragen im Schrank herumliegt.

»Hier, das Pad!«, keucht Emmi, die wieder hereingelaufen kommt.

Nachdem sie Cat ein hautfarbenes Kissen in die Hand gedrückt hat, das unter meinen rechten BH-Träger geklemmt wird, reicht sie ihr eine golden schimmernde Bluse.

»Die kannst du über dein Sportoutfit ziehen. Das pimpt die Sache etwas auf.«

Beneidenswert, wenn man eine Statur hat, mit der man die Klamotten einer Siebzehnjährigen tragen kann. Von so was kann ich nur träumen. Ohne zu zögern, zieht Cat die Bluse an und verknotet die vorderen Enden vor ihrem flachen Bauch. Es sieht toll aus. Richtig partymäßig.

Derweil hat mir Emilia ein Paar hoher schwarzer Lackpumps vor die Füße gestellt.

»Kind, das sind deine, die passen mir nicht«, stöhne ich mit letzter Kraft.

»Ach Mami.« Schalkhaft lächelnd legt sie mir einen Arm um die nackte linke Schulter. »So langsam solltest du dich an den Gedanken gewöhnen, dass dein kleines Mädchen kein Kind mehr ist. Falls du's noch nicht geschnallt hast: Neuerdings tragen wir dieselbe Schuhgröße: neununddreißigeinhalb. Also? Worauf wartest du noch, Aschenputtel?«

Kapitel 17

Es gibt Momente im Leben, da denkt man: Dieser Traum ist mir dann doch zu schräg; ich hätte jetzt gern einen Wecker und meine Realität zurück.

Dies ist so ein Moment.

Flankiert von Emmi und Cat trete ich durch die Terrassentür unseres Wohnzimmers nach draußen. Inzwischen hat die Dämmerung eingesetzt. Lichterketten schaukeln in den Zweigen der Bäume, die Cocktailparty ist in vollem Gange. Allein der üppigen Deko kann ich entnehmen, dass Christian diesen Abend von langer Hand geplant hat. Es war tatsächlich ein Test.

Etwa fünfzehn Gäste drängen sich um weiß gedeckte Stehtische, die mit gläsernen Windlichtern und weißen Lilien geschmückt sind. Zu meiner Linken steht ein improvisierter Tresen, hinter dem ein schwarz-weiß livrierter Barkeeper Drinks mixt, daneben hantiert ein DJ an seinem Mischpult. Stimmengewirr, Gläserklirren und sanft pochende Loungemusik vereinigen sich zu dem typischen Partysound.

Der größte Teil der Anwesenden sind Kollegen aus Christians Abteilung in der Klinik, hinzu kommen seine Laufkumpels. Was sonst. Auf die würde er niemals verzichten. Doch das Stimmengewirr verebbt. Dann wird es mit einem Schlag still, nur die Musik läuft weiter.

Alle Augen sind auf mich gerichtet. Auweia. So was mag ich ja gar nicht. Wahrscheinlich bewahrheitet sich gerade der alte Spruch: Du stehst im Mittelpunkt einer Party, wenn den Leuten auffällt, dass du durch Abwesenheit glänzt. Aber jetzt bin ich da. Und *Mittelpunkt* ist gar kein Ausdruck für das Interesse, das mir entgegengebracht wird. Die Leute starren mich förmlich an. Manche mit offenen Mündern. Andere mit einem Ausdruck absoluter Fassungslosigkeit.

Natürlich liegt das an dem vermaledeiten »Umstyling«, wie Emmi die hirnrissige Last-Minute-Badezimmeraktion hochtrabend genannt hat. Nie hätte ich mich darauf einlassen dürfen. Wie konnte ich nur! Und noch immer weiß ich nicht einmal, wie schlimm ich aussehe, weil mir Catherine und Emilia jeden Blick in den Spiegel untersagt haben.

»Frau Ziegler! Was für eine Freude!« Professor Doktor Herder, seines Zeichens Klinikdirektor und Christians Chef, löst sich aus der schockschweigenden Gästegruppe und schreitet auf mich zu. Sein dunkles Jackett sitzt so untadelig wie die rotseidene Fliege, die ihm die Aura eines Wissenschaftlers verleiht. »Je später der Abend, desto spannender die Gäste. Ich muss schon sagen – die Überraschung ist Ihnen wahrlich gelungen.«

Ja, und darüber werden sich noch meine Enkelkinder scheckiglachen.

Es ist ja nicht nur das schrecklich verunglückte Kleid. Hundertpro hat mir Emilia die Kim-Kardashian-Augenbrauenbalken verpasst und ihr gesamtes Malen-nach-Zahlen-Programm durchgezogen. Jetzt sehe ich aus wie mein eigener Alptraum. Am liebsten möchte ich im Erdboden versinken, so sehr schäme ich mich.

Sollte ich mich jemals entschließen, einen Therapeuten aufzusuchen, wird er massenhaft Geld an mir verdienen.

Mit einem kleinen Nicken seines grauhaarigen Kopfes verehrt mir Professor Doktor Herder einen formvollendeten Handkuss. Dann winkt er seine Gattin heran, eine elfenhaft schlanke Dame in einem cremefarbenen Designerkostüm, das mehr Goldknöpfe hat als eine Matrosenuniform. Auch sie begrüßt mich. Und dann sehe ich es. In ihren Augen. Nicht Freundlichkeit, nicht Höflichkeit, auch kein schwesterliches Mitleid, nein, es ist Neid. Dunkelgelber Neid.

Moment mal. Sie ist neidisch auf *mich*? Auf den Pummel im verhunzten Beerdigungskleid? Auf die Skulptur des Grauens, die man selbst aus einer Ausstellung moderner Kunst schleunigst entfernen würde?

»Sehr innovativ, Frau Ziegler, sehr avantgardistisch.« Ihre Lippen kräuseln sich zu einem missgünstigen Lächeln. »Welcher Designer ist das? Givenchy? Vivienne Westwood? Alexander McQueen?«

Hä? Das kann nicht ihr Ernst sein.

»Das Label heißt CatCouture«, antwortet Catherine für mich. »Die Teile gibt es nur in New York, wo die Designerin vor Kurzem einen exklusiven Shop eröffnet hat. In Williamsburg, dem angesagtesten Viertel der Stadt.«

»Natürlich, so ein weltläufiger Chic kann nur aus New York kommen«, bestätigt Professor Doktor Herder beflissen und wendet sich an seine Frau. »Notier dir das, Hase. CatCouture, da solltest du unbedingt mal shoppen gehen.«

Super. Vorher war sie nur neidisch, jetzt hasst sie mich.

Mittlerweile hat auch Christian entdeckt, dass ich da bin. Sein

Gesicht wird aschgrau, in seinen Augen lodert etwas Undefinier-
bares, irgendwas zwischen Verwunderung und … Ich glaube, es ist
sogar ein bisschen Stolz auf seine Frau dabei, die gerade mit dem
Klinikchef spricht und alle Blicke auf sich zieht. Aber das gesteht
er sich natürlich nicht ein. Mit unsicheren Schritten nähert er sich.

»Herr Ziegler, was für ein gelungener Abend«, wird er von
Professor Herder begrüßt. »Kompliment an Sie, Kompliment an
Ihre Frau.«

»Dem kann ich mich nur anschließen«, sagt seine Gattin.

»Danke.« Christian lächelt etwas schief. »Freut mich, dass sie
sich wohlfühlen.«

»Dann überlassen wir Sie jetzt Ihren Gastgeberpflichten«, erwidert Professor Herder und entschwindet samt Gattin Richtung Bar.

Christian öffnet gerade den Mund, um das Wort an mich zu
richten, als Joleen auf ihn zustürzt und sich bei ihm einhängt.

»Erstaunlich, was Make-up so ausmachen kann, Frau Ziegler.«

»Wie charmant, gnädige Frau«, flötet Cat. »Aber manche
Frauen müssten schon einen ganzen Topf Schminke essen, um
auch von innen schön zu werden.«

Das hübsche Gesicht von Joleen verzerrt sich zu einer hässlichen Grimasse.

»Was fällt Ihnen ein, Sie, Sie …«

Weiter kommt sie nicht, denn nun stößt auf einmal Betty zu
uns, in einem perlgrauen Etuikleid nebst passenden Pumps, und
tippt Catherine auf die Schulter.

»Hi, Süße, danke für den Anruf, hast du noch ein paar Drinks
für mich übrig gelassen?« Ihr Blick schweift weiter und saugt sich
an mir fest. »Fee? Das ist ja unglaublich!«

»Nein, unglaublich ist, dass Sie hier uneingeladen aufkreuzen«, zieht Christian vom Leder.

»Also bitte, Schatz, so was darfst du nicht sagen«, nehme ich Betty in Schutz. »Sie ist meine Freundin und gehört sozusagen zur Familie. Uns gibt's nur im Dreierpack.«

»Sind Sie so 'ne Art Sekte?«, ätzt Joleen.

Nun versteht auch Betty, was hier läuft. Ihre Augen verengen sich zu Schlitzen, während sie Christians Kollegin von oben bis unten mustert. Ein zartes Klingeln unterbricht uns. Jemand stößt zwei Gläser aneinander, ein Zeichen dafür, dass nun eine Rede gehalten wird.

»Wertes Ehepaar Ziegler, liebe Gäste«, beginnt Professor Doktor Herder gewichtig zu sprechen. »Wir alle haben zu danken. Für den zauberhaften Abend, die wunderbare Atmosphäre, das köstliche Catering. So eine Party erlebt man ganz, ganz selten.«

Dafür erntet er Zwischenapplaus, den er mit einer Handbewegung wieder zum Verstummen bringt. Nur Joleen wird weiß vor Wut und flüstert aufgebracht: »Was redet der Idiot? *Ich* habe das alles organisiert, ich, ich!«

»Klappe«, zischt Betty.

»Mein besonderer Dank gilt der Gastgeberin des Abends, Fee Ziegler«, setzt Christians Chef seine Rede fort. »Was ich immer an ihr geschätzt habe, ist ihre bescheidene Bodenständigkeit. Fee – ich darf doch Fee sagen?«

Leicht verdattert nicke ich.

»Sie sind ein Beispiel dafür, dass souveräne Menschen kein Aufheben von sich machen müssen. Auch, dass eine Grande Dame in Ihnen schlummert, haben Sie bis jetzt vor uns verborgen. Kompliment, Gnädigste: für Ihren beeindruckenden Auftritt, für Ihre unnachahmlichen Gastgeberqualitäten, nicht zuletzt für die herzliche, unaufgeregte Art, mit der Sie uns ein Wohlfühlfest geschenkt haben.«

Ich nehme seine Worte zur Kenntnis, ohne zu widersprechen, bestätige aber auch nicht, dass ich die Urheberin dieses immensen Aufwands bin. Soll sich doch jeder sein Teil denken. Auch Finn denkt sich so einiges. Grinsend steht er neben dem DJ und zwinkert mir zu. Doch was hat er da in der Hand? Ist das wirklich nur Mineralwasser, oder hat er sich etwa was Alkoholisches bestellt?

Während der Schlussapplaus verträpfelt, klopft mir Catherine auf die Schulter.

»So, Süße, jetzt darfst du in den Spiegel schauen.«

Endlich! So schnell ich kann, stöckele ich ins Haus, begleitet von Emmi, Betty und Cat, und stelle mich vor den großen Garderobenspiegel.

Meine Knie werden weich. Wer ist diese fremde Person?

Eine bräunlich schimmernde Creme lässt mein Gesicht leuchten, auf die Wangenknochen hat Emmi zartrosa Rouge gepinselt. Meine Augen wurden mithilfe eines dunklen Stifts vergrößert, ein zartlila Lidschatten bringt meine Augenfarbe, ein mattes Blau, zum Strahlen, auf die Lippen hat Emilia sanftes Rosenholzrot aufgetragen.

»Siehst du?«, triumphiert sie. »Du hast das ideale Gesicht, weil es so flächig ist. Für einen Make-up-Artist ist das wie eine Leinwand, auf der man sich austoben kann.«

Ich bin nicht so sicher, ob das ein Kompliment ist, doch meine grenzenlose Dankbarkeit überwiegt.

»Danke, Emmi, tausend Dank.«

»Und wie gefällt dir die Frisur?«

»Sensationell.«

Für eine Frau, die ihr Haar aus Zeitgründen immer nur lufttrocknen lässt, ist das Ergebnis von Emmis Friseurkünsten einfach nur atemberaubend. Weiche Wellen umgeben mein Gesicht, das durch das aufgeföhnte Volumen viel schmaler wirkt.

»Sag schon, wie findest du denn nun das Kleid?«, fragt Cat ungeduldig.

Die Robe, wäre wohl das angebrachtere Wort. Es ist mir unbegreiflich, wie man mit einer Nagelschere, zwei Sicherheitsnadeln und einem BH-Pad aus einem zeltartigen Allerweltkleid so ein Meisterwerk erschaffen kann.

Durch die Betonung der Schultern – einmal nackt, einmal künstlich verbreitert –, haben sich die Proportionen zu meinem Vorteil verschoben. Meine ausladenden Hüften fallen ohnehin kaum auf, weil sie sich durch die raffinierte Raffung in schwungvolle Rundungen verwandelt haben. Der gekürzte Saum endet genau dort, wo meine etwas moppeligen Oberschenkel aufhören, und meine Arme sind tatsächlich vorzeigbar.

Zusammen mit dem Chiffonschal, der den etwas groß geratenen Ausschnitt entschärft, ist das Kleid perfekt. Ich sehe aus, als sei ich soeben über einen Laufsteg geschwebt. Bei einer Modenschau mit Plus-Size-Models, aber das scheint ja momentan im Trend zu liegen.

»Du bist eine wahre Künstlerin, Cat. Ein weiblicher Picasso. Entschuldige, dass ich an dir gezweifelt habe.«

Aufseufzend umarme ich meine Freundin, als plötzlich eine wohlbekannte Stimme an mein Ohr dringt. Eine Stimme, die ich unter Tausenden erkennen würde. Glasklar, kraftvoll, aufgeladen mit Energie. Es ist die Stimme von Gloria Gaynor.

So schnell mich Emmis hochhackige Pumps tragen, laufe ich nach draußen auf die Terrasse. Der DJ spielt meinen Lieblingssong! Nein, nicht der DJ. Es ist Finn, der sich die Kopfhörer aufgesetzt hat und mich so verschmitzt angrinst, dass mich Glücksgefühle fluten. Mein Sohn hat es nicht vergessen. *I Will Survive*, der Klassiker, den ich so sehr liebe.

Begeistert reiße ich die Arme hoch und fange an zu tanzen. Andere Gäste gesellen sich dazu, auch meine Freundinnen sind im Handumdrehen dabei.

»*I will survive*«, singe ich immer wieder den Refrain mit.

So selig, so selbstvergessen habe ich seit Jahren nicht getanzt. Es gibt gerade nur diesen kostbaren Moment, in dem alles von mir abfällt: Doktor Sennheisers patzige Art, der anstrengende Zumbakurs, die Anwesenheit einer Frau, die es ganz offensichtlich auf meinen Mann abgesehen hat.

Ich bin im Jetzt. Total. Bis plötzlich Christian vor mir steht.

»Wir müssen reden.«

»Später, Schatz, es ist doch gerade so schön.«

»Nein, jetzt«, sagt er, und es ist sonnenklar, dass er ein anderes *Jetzt* meint als ich. »Eins kann ich dir schon versprechen: Wenn du ein Problem mit Problemen hast, wird dir die Unterhaltung nicht gefallen.«

Kapitel 18

Der beliebteste Ort einer Party ist immer die Küche. Diese uralte Regel bestätigt sich gerade durch die sprichwörtliche Ausnahme: Alle Gäste sind draußen im Garten, lachen, reden, tanzen, während die Küche völlig verwaist ist. Überall liegen geleerte Schachteln mit unentzifferbaren koreanischen Schriftzeichen herum, der Mülleimer quillt über, auf dem Boden stehen Batterien leerer Flaschen.

Eigentlich finde ich es ganz interessant, zum ersten Mal auf einer eigenen Party zu sein, für die ich nichts weiter tun musste, als mir von Emmi und Cat einen neuen Look verpassen zu lassen. Weniger interessant finde ich, dass mein Mann mich hierher beordert hat. Allein. Ohne den paillettenbesetzten Einhorn-Schutzschild meiner Freundinnen.

Da wären wir nun. Christian sitzt kerzengerade auf einer freien Ecke des Küchentischs, von Kopf bis Fuß angespannt wie die Sehne eines Flitzebogens, ich habe mich gegenüber am Geschirrschrank postiert.

Fröstelnd schaue ich ihn an. Die blitzenden Augen, in die ich mich mal verliebt habe, sind zu Eiswürfeln gefroren, der Mund, der mich früher so oft geküsst hat, ist nur noch ein Strich.

Auf der Suche nach etwas, das mir inneren Halt geben könnte, lasse ich meine Augen durch den Raum wandern.

An der Kühlschranktür hängt ein magnetischer Button mit dem Spruch: *Familie ist die Heimat des Herzens.* Stimmt momentan nur bedingt. Der Button daneben baut mich schon eher auf: *Nur noch zwei Pakete für die Nachbarn annehmen, und ich habe alle Weihnachtsgeschenke beisammen.* Haha. Lachen tut so gut. Nicht nur dem Dalai Lama. Ich muss mich befreien, von meinen Ängsten, von meinen Schuldgefühlen.

Auch von Christian?

Noch immer sagt er nichts. Da er offenbar gewillt ist, mich eine Weile schmoren zu lassen, ich aber keinen Sauerbraten aus mir machen lasse, ergreife ich das Wort.

»Was gibt es denn so Wichtiges, dass du es unbedingt mitten auf deiner Party loswerden musst?«

Die Küchentür geht auf, und meine Freundinnen lugen um die Ecke.

»Alles okay, Süße?«, zirpt Betty.

»Wir wollten nur mal nachsehen, ob hier alles gewaltfrei abgeht«, setzt Cat hinzu.

»Raus!«, brüllt Christian.

Nachdem sich die beiden zurückgezogen haben, steht er auf und tigert im Slalom um die herumstehenden Flaschen durch die Küche. So dicke Luft war hier noch nie. Nicht mal, als ich meiner Schwiegermutter zuliebe einen Riesentopf »Magische Kohlsuppe« gekocht habe, nach der es noch wochenlang im ganzen Haus stank. Über Finns Kommentar: »Als hätte ein Nilpferd gepupt«, lache ich heute noch.

»Also, zunächst einmal finde ich die Anwesenheit deiner Freundinnen absolut unpassend«, sagt Christian vorwurfsvoll.

»Das ist aber auch mein Haus«, halte ich dagegen.

»Ja, nun, bei den Sozialkontakten sollte man schon ein bisschen sortieren.«

»Wonach denn? Alphabetisch? Beruf, Haarfarbe, Körbchengröße? Im Übrigen hast du auch deine Laufkumpels eingeladen.«

»Das ist was anderes.«

Sicher. Die sind so anders, dass Christian sogar mit ihnen nach New York fliegt.

»Schau dich doch mal an, Sternchen«, seufzt Christian. »Ich meine, du siehst echt klasse aus, das muss ich schon sagen.«

»Danke schön.«

»Aber das bist doch nicht du. Könntest du diese Hollywood-Diva bitte entsorgen und wieder normal werden? Nicht zuletzt wegen der Kinder wäre das angebracht.«

»Wenn du ab und an mit ihnen reden würdest, wüsstest du, dass denen die neue Fee ganz gut gefällt.«

»Die neue …« Wie angepiekst bleibt er stehen. »Denkst du, du kannst deine Persönlichkeit wechseln wie deine Nachthemden?«

Wieso erwähnt er die denn jetzt? Kurz bin ich abgelenkt, dann verknote ich meine Finger ineinander und versuche, mich zu konzentrieren.

»Das ist es nicht, Christian. Ich habe darüber nachgedacht, was du gesagt hast. Dass ich nichts Besonderes bin. Dass ich nicht nach den Sternen greifen soll und so weiter.« Ich schlucke so laut, dass man es hören kann, weil mir diese Sätze immer noch wie ein Kloß im Hals stecken. »Die Sache ist die, ich will gar nichts Besonderes sein. Ich will nur ich selbst sein.«

Mit einer hochgezogenen Augenbraue mustert er mein Kleid, meine Frisur, mein von Emilia geschminktes Gesicht.

»Das da bist du aber nicht.«

»Was bin ich denn dann?«

»Anders. Normal halt. Ich meine, du siehst wirklich elegant aus in dem Outfit, aber ich fände es besser, wenn du wieder wärst wie sonst. Sternchen, ich glaube an dich. Ehrlich. Sei einfach so wie früher.«

Versteh einer die Männer. Er will mich als graue Maus? Ist er etwa eifersüchtig, weil er fürchtet, ich könnte ihm die Show stehlen? Oder hat er Angst, die neue Fee könnte ihm entgleiten? Interessanter Gedanke. Ihm liegt etwas an mir. Sogar sehr viel, sonst würde er nicht so einen Aufstand machen, weil ich attraktiver als sonst rüberkomme. Nur die Art und Weise, wie er mir seine Gefühle vermittelt, ist leider nicht okay.

»Du kannst doch nicht erwarten, dass ich mit Anfang vierzig immer noch dieselbe bin wie vor zwanzig Jahren«, werfe ich ein. »Menschen entwickeln sich. Und es wäre wunderbar, wenn wir uns gemeinsam weiterentwickeln könnten. Das betrifft auch unsere Ehe. Bitte, Christian, ich habe so viele Fragen.«

»Ein paar Antworten wären mir lieber.«

Hört er denn gar nicht zu? Rede ich gegen eine Wand?

Da ich mich in Emmis hohen Pumps kaum noch auf den Füßen halten kann, fege ich mit einer Hand zwei leere Schachteln von einem Stuhl und setze mich.

»Vielleicht zeigt sich gerade, wie verkorkst mein Leben in Wirklichkeit war. *Unser* Leben, Christian. Oder willst du etwa behaupten, es sei alles in Ordnung?«

»Bei mir schon.«

Ach, richtig. Wie konnte ich nur vergessen, dass er ja der Perfekte von uns beiden ist.

»Hör zu …«

Wieder geht die Tür auf. Diesmal ist es Joleen, die ihr gerümpftes Näschen in die Küche steckt.

»Christian? Kommst du mal?«

»Raus«, sage ich ganz, ganz leise, aber laut genug, dass die Tür krachend wieder zufällt.

»Die da«, ich mache eine Kopfbewegung in Richtung Tür, »ist auch so was, das sich verkorkst anfühlt.«

»Nenn sie nicht *so was*«, knurrt Christian. »Das ist Doktor Joleen Morgenthaler, eine sehr tüchtige angehende Fußchirurgin.«

»Von mir aus könnte sie auch Medizinnobelpreisträgerin mit Jodeldiplom sein. Was hat diese Frau hier zu suchen?«

Offenbar muss Christian erst mal ein bisschen Druck ablassen, denn er zweckentfremdet eine der koreanischen Pappschachteln als Stressball und wirft sie zerknüllt in die Ecke, bevor er antwortet.

»Joleen hat mir geholfen! Das Essen, die Getränke, die Musik, Stehtische, Gläser, Lichterketten – das hat alles sie auf die Beine gestellt, während du bei deinem albernen Rambazamba rumgehüpft bist.«

»Komm schon, sie hat ein paar Telefonate getätigt. Wenn ich so eine Party vorbereite, und zwar ohne Catering, brauche ich mit Einkaufen und Kochen eine ganze Woche plus zwei Tage Abwaschen und Aufräumen. Außerdem«, langsam atme ich einmal ein und aus, »war das eine Falle. Es entspricht keineswegs der Wahrheit, dass du nichts von meinem Zumbakurs wusstest.«

»Was?«

»Weil du's ja immer schön exakt magst: Ich habe dir die entsprechende Erinnerungsnachricht um zehn Uhr zweiunddreißig gesendet. Und die Häkchen waren blau! Himmelblau!«

Jetzt habe ich ihn. Mit erstaunt geweiteten Augen starrt Christian mich an.

»Das kann nicht sein. Ich hatte mein Handy heute Morgen verlegt, in der Klinik. Joleen hat es mir eben erst mitgebracht.«

Verlegt? Plötzlich überkommt mich eine Eingebung.

»Preisfrage: Hat Frau Doktor Dingenskirchen vielleicht meine Nachricht gelesen?«

Dumm ist Christian nicht. Auch wenn er im Hinblick auf seine emotionale Intelligenz Nachholbedarf hat, sein Hirn funktioniert einwandfrei.

»Du denkst doch wohl nicht …«

»Woher sollten denn sonst die blauen Häkchen kommen?«, trumpfe ich auf wie Sherlock Holmes höchstpersönlich. »Und wem sonst sollte es nützen, sich als Heldin in der Not aufzuspielen? Da jeder, absolut jeder weiß, dass du als Code dein eigenes Geburtstagsdatum verwendest, ist es doch ein Leichtes, sich dein Handy zu schnappen und darin rumzustöbern. Womöglich hat sie es nicht zum ersten Mal getan.«

»Das, das … nein«, Christian sieht ehrlich erschüttert aus, »das glaube ich nicht.«

Aber *ich* glaube es. Nein, ich weiß es. Ehefrauen haben einen nahezu furchterregenden Instinkt. Zwischen Christian und mir mag es momentan nicht zum Besten stehen, doch ich spüre mit tausendprozentiger Sicherheit, wenn etwas im Busche ist.

Aufgeregt schlage ich die Beine übereinander und wippe mit einem Fuß. In meine Erbitterung über das Früchtchen namens

Joleen mischt sich jetzt ein ganz anderes Gefühl: nicht etwa Eifersucht, sondern die unwiderstehliche Lust, zumindest in meiner Phantasie ein paar neue Todesarten an dieser Frau auszuprobieren. Wie manipuliert man noch mal die Bremsen an einem Auto? Oder würde ich es eventuell fertigbringen, natürlich auch nur in meiner Phantasie, Joleen auf die Dachterrasse eines Hochhauses zu lotsen, um sie in den ewigen Abgrund zu schicken?

Ein drittes Mal öffnet sich die Küchentür. Es ist der DJ, ein junger Mann in schwarzen Jeans und schwarzem Hoodie, der sein speckiges Käppi verkehrtherum trägt.

»Hi Leute, gibt's hier vielleicht einen anständigen Wodka? Die Cocktails sind etwas dünne, nichts, womit man sich gepflegt abschießen kann. Ihr kennt ja das Motto jeder guten Party: Wer sich an was erinnert, war nicht dabei.«

»Raus!«, rufen Christian und ich im Chor.

Danach spiele ich gedankenverloren mit meinem Chiffonschal, während Christian die Arme verschränkt und mich argwöhnisch mustert.

»Ist es ein anderer Mann, Fee? Wandelst du auf Abwegen?«

Aha. Er ist also richtig eifersüchtig. Ich könnte mich darüber freuen, wenn der Vorwurf nicht so klischeehaft wäre. Warum glauben Männer immer, es liege an einem anderen Mann, wenn Frauen sich weiterentwickeln möchten?

»Das ist Unsinn. Wie kommst du überhaupt darauf?«

»Na, diese Reise am nächsten Wochenende. Die mit den Schmuddelmassagen.«

Ach, daher weht der Wind. Schon die ganze Zeit über hatte ich das Gefühl, es gebe den sprichwörtlichen Elefanten im

Raum, den alle sehen, über den man sich jedoch nicht zu reden traut.

»Tantra, Christian, man nennt es Tantra. Das ist was Indisches oder Chinesisches oder …«

Unversehens gerate ich ins Stocken. Die befriedigenden Ergebnisse, von denen Cat gesprochen hat, lasse ich wohl besser unerwähnt.

»Überraschung, Fee, ich kann googeln«, raunzt Christian. »Tantra ist Schweinkram mit esoterischer Beilage.«

Bestimmt hat er das auch seinen und meinen Eltern so erklärt, weshalb sie jetzt alle über mich herfallen. Am heftigsten meine Schwiegermutter, die jeden Tag anruft, um mich zur Raison zu bringen, wie sie es nennt.

»Du übertreibst«, entgegne ich. »Im Übrigen hast du dich doch längst aus dem Terrain zurückgezogen. Würde man mich nach meinen Vorlieben beim Sex fragen, wäre die ehrliche Antwort: Wenn er stattfindet und ich mitmachen darf. Aber nicht mal …«

Mit einem Knall fliegt die Küchentür an die Wand, und Emmi steht in der Küche, ihren käsig aussehenden Bruder im Schlepptau.

»Der Schwachmat hat heimlich getankt, Mami!«

»Es besteht keinerllllei Absturzgefahr«, lallt Finn, der hin und her schwankt wie ein Bäumchen im Sturm und mit seinem Gipsarm fuchtelt. »Feiern und Reihern is niiiich meins.«

»Du hast Alkohol getrunken?« ruft Christian erbost. »Mit vierzehn? Das gibt Hausarrest und vier Wochen Internetsperre!«

Als ob das jetzt wichtig wäre. Besorgt springe ich auf und laufe zu Finn. Hätte ich doch nur besser auf ihn achtgegeben.

»Junge, was ist mit dir?«

»Sag iiich dir gaaanz llleise.« Es folgt ein kapitaler Rülpser. Dann raunt er mir ins Ohr: »Spiel mit, Mum. Wir wollen dich hier nur rausholen.«

Wie süß. Meine Kinder sind einfach wunderbar, wenn auch ihre Methoden, wunderbar zu sein, nicht immer ganz korrekt ausfallen.

»Geht schon mal ins Bad, ihr zwei, ich komme gleich nach.«

»Wirklich?« Emmi klappert so eindringlich mit ihren Lidern, dass sich eine aufgeklebte Wimper löst und auf ihre linke Wange rutscht. »Es muss aber schnell gehen. Ich halte dem Blödi ganz bestimmt nicht den Kopf, wenn er spuckt.«

Als sei dieser Irrsinn noch nicht komplett, taucht nun auch noch Joleen am Türrahmen auf, mit frisch nachgezogenen Lippen und durchgedrücktem Kreuz.

»Wird hier ärztliche Hilfe benötigt?«

Bestimmt hat sie gelauscht. Auch wenn es mich Überwindung kostet, lächele ich sie freundlich an.

»Na ja, das Leben meines Sohns hängt nicht gerade am seidenen Faden, Frau Doktor. Sie werden hier nicht weiter gebraucht.«

»Sie sind nämlich komplett morbide!«, schiebt Emmi hinterher.

Vielleicht hätte ich meiner Tochter doch die richtige Bedeutung des Begriffs verraten sollen.

»Man sollte Fremdwörter schon beherrschen, um dem Gegner Ravioli zu bieten«, witzelt Finn. »Aber in der Sache hast du recht, Emmi.«

Joleen erstarrt. Für einen gefährlichen kleinen Moment treffen sich unsere Blicke. Es ist ein mentales Kräftemessen, das ich gewinne. Vielleicht, weil ich hier die älteren Rechte habe, vielleicht auch deshalb, weil ihr Raubtierinstinkt wittert, dass ich sie durchschaut habe.

»Ich bin hier also nicht erwünscht«, jammert sie. »Christian, könntest du mich bitte nach Hause fahren?«

»Selbstverständlich.«

Mit einem vernichtenden Seitenblick auf mich räumt er das Feld. Eine Sekunde später ist der Spuk vorbei. Im Laufschritt nähern sich nun auch Betty und Catherine, die mich nacheinander in die Arme schließen.

»Wir haben uns Sorgen um dich gemacht«, klagt Cat. »Aber nachdem dein Mann uns aus der Küche geworfen hat, waren uns die Hände gebunden.«

Erleichtert löse ich mich aus ihrer Umarmung.

»Es war ein zielführendes Gespräch, mehr nicht.«

»Und das sollen wir dir glauben?«

»Ich becher mich weg«, grunzt Finn.

»Apropos, der Barmann macht gleich Feierabend«, sagt Betty. »Wir könnten uns doch noch einen Cocktail mixen lassen und ein bisschen tanzen.«

»Nicht ohne meine Tochter.« Zärtlich drücke ich Emmi an mich, die heute ungeheuer erwachsen auf mich wirkt, nicht nur, weil wir neuerdings dieselbe Schuhgröße tragen. »Du warst großartig, danke.«

»Ich will auch mit«, sagt Finn wie ein kleiner Junge. »Alles andere wäre ungerecht.«

Nun, eine Nachteule war er immer schon. Wenn er als kleiner Junge das Sandmännchen schaute, hat er immer ganz schnell die Augen zugemacht, wenn der Schlafsand verstreut wurde. Ich kämpfe mit mir, genauer gesagt, mit meinen Mutterpflichten. Morgen ist wieder Schule.

»Also gut, wir gönnen uns noch eine halbe Stunde, in der wir das Jetzt feiern, auch wenn das morgen früh hart wird.«

»Das Verrückte ist, dass du wahrscheinlich noch nie so was Vernünftiges getan hast«, grinst Finn.

Später am Abend poste ich noch ein Foto der Stehtische mit den vielen benutzten Gläsern und schreibe dazu:

Leere Gläser sind immer voller Geschichten.

Ja, ich habe einen Schwips. Und eine Konkurrentin, die mir den Mann wegschnappen will.

Kapitel 19

Was nimmt man bloß mit, wenn man in ein schickes Wellnesshotel verreist? Ziemlich aufgeschmissen stehe ich vor dem Kleiderschrank. Im Grunde bestehen meine Outfits nur aus graumausigen Ich-möchte-bitte-übersehen-werden-Looks, die Christian an mir schätzt. Außer dem neuen alten schwarzen Kleid, das mir aber nur Cat so schnittig an den Körper basteln kann, habe ich nichts Vernünftiges zu bieten.

Seit der Party sind einige Tage vergangen. Die hätte ich für einschlägige textile Vorbereitungen nutzen können. Doch darüber habe ich gar nicht groß nachgedacht, weil ich alle Hände voll zu tun hatte, die vielen Anrufe entgegenzunehmen, mit denen man mich bis zur letzten Minute von der Reise abbringen wollte.

Christians Mutter nennt Mallorca schlicht einen Sündenpfuhl, in dem es schamlose Touristen nackt am Strand treiben. Ihr Mann weist auf die Gefahren des Ballermanns hin und sieht mich schon als Schnapsleiche im Meer dümpeln. Meine Eltern machen sich Sorgen um meinen schief hängenden Haussegen. Und ich mache mir Sorgen, was ich einpacken soll.

Auch für eventuelle Wellnessanwendungen bin ich nicht gerüstet. Kein hipper Sportdress, keine modischen Sneakers, nichts. Bislang beschränken sich meine Wellnesserlebnisse ja auch darauf, sonntags ohne Zeitdruck zu duschen, und meine einzige Dampfsauna-Erfahrung besteht darin, die Spülmaschine zu öffnen, bevor das rote Lämpchen erlischt.

Nur eines weiß ich schon: Meine Handtücher sind Schrott. Oder bekommt man in so einem Superhotel die Handtücher gestellt? Ja, so wird es sein.

Was ich mir nur ungern eingestehe: Ich fürchte mich ein bisschen vor dem Unbekannten. Außerdem war ich noch nie allein auf Reisen. Nun fühle ich mich wie ein Kind, das unbedingt Karussell fahren wollte und auf einmal Angst hat einzusteigen.

Meine Familie tut ohnehin so, als ob ich ohne Kompass zu einer Antarktisexpedition aufbreche. Seit Tagen werde ich nicht nur mit Warnungen bestürmt, sondern auch mit Fragen gelöchert, die mich nur noch mehr verunsichern. Ob ich mir das auch wirklich gut überlegt hätte. Ob ich womöglich in einer Psychobude lande, wo man mir nicht nur die Haut mit Peelings schrubbt, sondern auch gleich das Gehirn mit wäscht.

Woher soll ich das wissen? Ich kann lediglich wiedergeben, was auf der Website steht: dass für das leibliche wie seelische Wohl der Gäste mit Sechs-Gänge-Menüs und Meditationssessions bestens gesorgt ist, und dass Kinder unter sechzehn Jahren nicht gestattet sind.

Muss ich ein schlechtes Gewissen haben, dass mir diese Informationen gefallen? Vor allem, dass ich den Gedanken genieße, einen Urlaub ohne kleine Kinder zu verbringen? Aber es ist halt so: Bei den eigenen Kindern nimmt man vieles stoisch hin, Geschrei, Gezänk, Geklecker, sogar Wasserpistolenduschen, wenn man sich gerade frisch eingecremt in den Liegestuhl gesetzt hat. Bei fremdem Nachwuchs findet man so was unmöglich.

Auch Genuss ist mit Kindern eher schwierig. Spricht Finn von einem Sechs-Gänge-Menü, meint er ein Schnitzel und fünf Cola. Was man in diesem heiligen Wellnesstempel wohl serviert bekommt? Bambussprossen an gedünstetem Rucola? Darf man sich zwischendurch auch mal Nudeln bestellen? Oder wäre das, wie mit einem Kugelschreiber auf der Mona Lisa rumzumalen?

Als mein Handy klingelt und Catherines Name auf dem Display erscheint, bin ich richtig erleichtert. Mentale Unterstützung kann ich gebrauchen.

»Hallo, Cat.«

»Hallo, Süße, na, packst du schon?«

Stöhnend betrachte ich die durcheinandergewürfelten T-Shirts und Hosen auf dem Ehebett.

»Habe soeben angefangen.«

»Das klingt aber nicht sonderlich euphorisch.«

»Mir geht ja auch ganz schön die Düse. Habe gerade meinem Selbstvertrauen eine Freundschaftsanfrage geschickt, aber es überlegt noch.«

»Keine doofen Witze, bitte. Du hörst dich schon wieder an, als hätte dir jemand den Stecker gezogen.«

Daraufhin schiebe ich ein paar T-Shirts beiseite und lasse mich aufs Bett plumpsen.

»Wenn jedes Mal der Strom ausfallen würde, weil mein Akku leer ist, würden nachts nur noch Fledermäuse nach Hause finden.«

»Komm schon, Fee, genau deshalb fliegst du doch nach Mallorca: entstressen, relaxen, chillen. Du brauchst ein Family Detox. Ohne Mann, ohne Kinder.«

Nun, so weit war ich auch schon mit meinen Überlegungen. Doch ich bin eben eine unternehmungslustige Frau, gefangen in einem Körper, der eigentlich nur schlafen möchte. Und die noch dazu einen Mann hat, der fremdflirtet und sie seit Tagen abwechselnd ignoriert oder mit negativen Kommentaren zu der Mallorca-Reise zutextet. Das lässt sich nicht einfach abschütteln.

»Womöglich nehme ich meine Probleme wieder mit, Cat. Das war in Österreich auch so. Mit Emilia und Finn habe ich mich nach gewissen Startschwierigkeiten viel besser verstanden, doch zwischen Christian und mir herrscht Eiszeit.«

»Wenn eine Blume nicht blüht, liegt das selten an der Blume«, entgegnet Catherine. »Dann braucht sie eine andere Umgebung und die richtige Pflege.«

»Du meinst Massagen und Meditationen?«

»Vielleicht sollte ich dir mal von Damian erzählen, dem das Wellnesshotel gehört. Er ist der klassische Aussteiger. Ein ehemaliger Investmentbanker, der seine Lektion gelernt hat: Grau war gestern. Du wirst sehen, der kippt ein paar Eimer Farbe in dein Leben, und dann ist die Welt gleich wieder bunter. Außerdem gibt es ja auch noch Felix. Du gehst doch heute Abend zum Yin Yoga?«

Felix. Mein Puls schnellt hoch. Aber nein, man kann nicht alles haben. Der Kühlschrank ist zwar schon bis oben hin gefüllt, doch jetzt geht die Arbeit erst richtig los.

»Das wird leider nicht klappen, Cat. Ich muss noch fürs Wochenende vorkochen. Auch Bügeln und Badezimmerputzen steht noch auf dem Programm. Dafür habe ich mir extra den Tag freigenommen.«

Catherine atmet so laut aus, dass es sich in meinem rechten Ohr anhört wie die Liveübertragung eines Orkans.

»Ich dachte, Du wärst schon einen Schritt weiter! Lass deine Familie doch mal eigene Erfahrungen machen. Und sei es die, selber am Herd zu stehen. Wirklich, es ist großartig, dass du dich immer um alles kümmerst, aber deine Lieben sollten langsam erwachsen werden. Auch Christian. Muss ein Mann mit Ende vierzig denn immer noch gepampert werden?«

Darauf habe ich keine Antwort. Seit der Party bin ich wieder voll im Mamamodus, als müsste ich etwas wiedergutmachen, woran mich nachweislich keine Schuld trifft. Es war schließlich Joleen, die mich von den Vorbereitungen der Party ausgeschlossen hat. Christian will das allerdings immer noch nicht glauben. Joleen ist für ihn unantastbar.

»Es könnte keine bessere Einstimmung auf deine Reise geben als Yin Yoga«, stellt Catherine im Brustton der Überzeugung fest. »Und damit du dich gut dabei fühlst, komme ich einfach mit.«

»Das würdest du für mich tun? Ich meine, für deinen sportlichen Standard ist das doch wohl eher eine Oma-Veranstaltung.«

»Für dich würde ich sogar beim Stuhltanz im Seniorenheim mitmachen«, lacht Cat. »Also? Halb sieben im Slim-Gym4You?«

Noch zögere ich, denn auch meine Aufregung spielt mir einige Streiche. Morgen früh um sechs muss ich am Flughafen sein, und ich bin so hibbelig, dass meine Hände zittern.

»Was, wenn ich so einen schlimmen Muskelkater vom Yoga bekomme, dass ich mich morgen nicht bewegen kann? Wie soll ich da verreisen?«

»Im Ausflüchte erfinden bist du echt top. Bei Durchfall, Sport und Partys weiß man nie, ob man es noch nach Hause schafft.

Erfahrungsgemäß schafft man es dann aber doch. Und falls dich trotzdem Zweifel plagen: Immer, wenn du aufgeben willst, solltest du daran denken, warum du angefangen hast. Du wolltest doch etwas für dich tun, stimmt's?«

Ach, Cat. Ich bin ehrlich dankbar, wie sehr ihr an meinem Wohlergehen gelegen ist.

»Gut, dann sehen wir uns um halb sieben im Slim-Gym4You.«

»Vielleicht solltest du diesmal nur ein anderes T-Shirt mitnehmen«, kichert sie. »Das letzte ...«

»War das Letzte, schon klar.« Ich lausche auf Schritte, die sich nähern. »Muss Schluss machen, bis später.«

»Seit wann beendest du denn so abrupt deine Telefonate?«, erkundigt sich Christian, der in der Schlafzimmertür auftaucht. »Hast du Geheimnisse vor mir?«

»Nein, du?«

»Fee.« Misstrauisch beäugt er erst mich, dann das mit Klamotten übersäte Bett und bleibt mit verschränkten Armen vor dem Kleiderschrank stehen. »Ich möchte ganz offen sein: Wie schon mehrfach gesagt, bin ich strikt gegen diese Reise. Was willst du in diesem komischen Wellnessresort?«

Das habe ich ihm in den vergangenen Tagen so oft zu erklären versucht, dass ich die Antwort im Schlaf runterbeten könnte.

»Eine Auszeit nehmen, was für mich tun, nachdenken. Und bloggen. Vielleicht sogar ein bisschen abnehmen.«

»Ja, abnehmen wäre gut«, greift sich Christian charmanterweise das heraus, was ihm offenbar am Wichtigsten ist. »Aber das und alles andere kannst du doch auch hier zu Hause.«

Sicher. Man kann auch in Pumps einen Marathon laufen oder im Bikini zum Nordpol wandern. Fragt sich nur, wie weit man da kommt. Aber Christian ist eben der Ansicht: Was meine Frau nicht im Fünf-Meter-Radius rund um das Haus erledigen kann, braucht sie auch nicht.

»Ein Tapetenwechsel gehört einfach dazu«, verteidige ich mich. »Neue Eindrücke, neue Bilder, neue Gerüche, neue Erlebnisse. Das nennt man übrigens reisen.«

»Gehören auch neue Männer dazu? Und diese Tantrasache? Dir sollte doch wohl klar sein, dass du damit unsere Ehe gefährdest.«

Eigentlich müsste er sich nur mal in unserem Schlafzimmer umsehen, dann wüsste er, was unsere Ehe gefährdet. Ich nenne diesen Raum eine emotionale Fehlstellung. Mit gutem Grund.

Vor dem Fenster steht Christians Laufband, gegenüber in der Ecke sein Schreibtisch. Auf dem Schrank liegen seine Hanteln, auf seinem Nachttisch Handbücher über Sport, von denen eines *Weekend Warriors* heißt. Als Deko hat Christian eine anatomische Zeichnung des menschlichen Körpers übers Bett gehängt. Ach ja, und dann steht da noch ein Teleskop neben dem Fenster, mit dem er manchmal beobachtet, was unsere Nachbarn, die Wippermanns so treiben.

Das ist es, unser sensationell freudloses Schlafzimmer. Ehrlich, die Hautarztpraxis, in der ich arbeite, ist gemütlicher.

Das war mal ganz anders. Schöne kuschelige Teppiche bedeckten den Boden, zarte Vorhänge sorgten für den romantischen Touch, sorgsam ausgesuchte Deko gab dem Raum das gewisse anheimelnde Etwas. Doch nach und nach hat sich Christian durchgesetzt. Meine liebevoll zusammengetragene Elefantensammlung aus Holz, Porzellan und Jade, die von klein nach groß sortiert auf einer Kommode stand – wegen Kitschverdachts weg-

gepackt. Die geblümten Übergardinen in sanften Pfirsichtö-
nen – wegen mangelnder Helligkeitsabdeckung rausgeflogen
und durch ein pechschwarzes Rollo ersetzt.

Muss ich aufzählen, was mit dem zartorangenen Plüschtep-
pich, der ziemlich gut nachgemachten chinesischen Bodenvase
und meiner romantischen Troddellampe passiert ist? Die jetzige
Deckenlampe hat Energiesparglühbirnen, in deren grellem Licht
Grünpflanzen welken würden.

»Beantworte doch mal bitte meine Frage«, muffelt Christian.

»Ich gefährde gar nichts, schon gar nicht unsere Ehe«, erwidere
ich, während ich an einem meiner graumausigen T-Shirts he-
rumzupfe. »Man sollte sich gegenseitig Freiräume lassen. Du
nimmst dir doch auch jede Menge Freiraum mit deiner Laufgruppe.«

»Das ist was anderes.«

Natürlich. So wie seine New-York-Reise. Aber die habe ich
ihm schon oft genug unter die Nase gerieben, weshalb ich sie
jetzt unerwähnt lasse.

»Es gibt sowieso kein Rezept für die perfekte Ehe«, erkläre ich
seufzend. »Nur gute Zutaten.«

Alle Achtung, Christians Mienenspiel signalisiert Interesse.

»Als da wären?«

»Liebe, Vertrauen, Zärtlichkeit, gemeinsame Unternehmun-
gen. Und Humor.«

»Humor.« Missmutig schiebt er seine Unterlippe vor. »Kannst
du mir ein Beispiel geben?«

»Wie wäre es damit: Eine Studie hat herausgefunden, dass
Frauen, die übergewichtig sind, länger leben als Männer, die ihnen das sagen.«

Darüber kann Christian natürlich gar nicht lachen. Wortlos zieht er sein Jackett aus und streift die Schuhe von den Füßen.

Während ich über den beklagenswerten Zustand meiner Ehe nachsinne, muss ich an einen goldgerahmten Spruch denken, den Christian zusammen mit der anderen Deko aus dem Schlafzimmer verbannt hat. *Zusammen kommen ist der Anfang* – Achtung, doppeldeutig, darüber haben wir damals viel gelacht. *Zusammensein ist ein Schritt in die Zukunft. Zusammenbleiben ist ein Erfolg. Zusammen alt werden ist ein Traum.*

Stufe eins und zwei liegen hinter uns, jetzt mühen wir uns mit Stufe drei ab. Stufe vier liegt noch in weiter, weiter Ferne.

»Was machst du überhaupt schon so früh zu Hause?«, frage ich. »Es ist halb sechs. Da bist du doch sonst immer mit deiner Laufgruppe unterwegs.«

Etwas nervös, wie mir scheint, geht Christian auf Socken zum Fenster und schaut durch das Teleskop, als ob er gerade jetzt ganz dringend die Wippermanns ausspionieren müsste.

»Wir haben den Termin verschoben, auf morgen ganz früh, vor der Arbeit.«

»Weil …?«

Plötzlich kommt er ins Stammeln.

»Nun, weil … also, es ist so, es gibt ein neues Mitglied in unserer Laufgruppe.«

»Wen denn?«

Schon als ich die Frage stelle, weiß ich die Antwort. Mit einem Wuuuusch rutscht mir das Herz in die Hose. Warum nur haben Ehefrauen diese unfassbare Intuition?

»Es ist Frau Doktor Dingenskirchen, richtig?«

»Joleen, ja.« Christian räuspert sich. »Sie ist sehr sportlich. Laufen gehört zu ihrem täglichen Workout.«

Klar, *Joleen* ist phantastisch. Sie hat einen Doktortitel, ist gertenschlank, verdient gut und arbeitet täglich mit meinem Mann zusammen. Das allein würde schon reichen, sie zu verabscheuen. Doch der Gedanke, der mich jetzt durchzuckt, nähert meine Gefühle blankem Hass, was mich mindestens so sehr erschreckt wie der Gedanke selber.

»Heißt das, sie läuft auch Marathon? Und dass sie mit nach New York fliegt?«

Christian kann mir nicht mal in die Augen schauen, als er antwortet. Unverwandt späht er durch sein dusseliges Teleskop.

»Ja, sie hat gebucht.«

In mir gehen die Lichter aus. So ist das also. Mein Mann macht mir die Hölle heiß, weil ich ein Wochenende allein verreise, aber ich soll hinnehmen, dass er mit einer Frau nach New York fliegt, die sich bereits als meine Nebenbuhlerin geoutet hat? Hut ab, Joleen, das hast du wirklich spitzenmäßig hingekriegt. Robbst dich an meinen Mann ran, sorgst dafür, dass ich keine Ahnung von der Party habe und zündest jetzt die nächste Stufe deines perfiden Plans.

Kurz bin ich versucht, Christian eine spektakuläre Szene zu machen. Mit Geschrei und Gezeter und Klamotten durch die Gegend werfen. Seltsamerweise habe ich keine Lust dazu. Ich möchte nicht streiten. Ich möchte, dass mein Mann weiß, wohin er gehört. Zu wem, genauer gesagt. Ist das etwa zu viel verlangt?

Auf einmal übermannt mich eine tiefe Müdigkeit. Mit ruhigen Bewegungen falte ich die Hosen und T-Shirts auf dem Bett zusammen und lege sie in den Schrank. Dabei stelle ich überrascht fest, dass diese mechanische Tätigkeit mich ungeheuer entspannt. So, wie Felix es gesagt hat: *Wenn man völlig aufgeht in dem, was man tut, und sei es noch so trivial, ist man im Jetzt angekommen. Nur so erreicht man die höchste Stufe der Kontemplation.*

Was ich erreiche, würde ich nicht unbedingt Kontemplation nennen, aber Gelassenheit. Drama ist durch, kämpfen auch. Wie heißt es doch so schön? Laufe nie einem Mann hinterher, es sei denn, er hat deine Handtasche geklaut.

»Was ist?« Verdutzt sieht Christian mich an. »Warum sagst du nichts?«

»Ich denke nur gerade darüber nach, warum du ein Teleskop benutzt, wo man doch heutzutage den Leuten viel besser in den Social Media hinterherspionieren kann. Wenn du wissen willst, was die Wippermanns gerade essen, schau einfach auf ihrem Instagram-Account nach.«

»Sternchen, du bist schon wieder so komisch.«

»Glaub mir, ich bin bester Laune, kann das nur gerade nicht so zeigen.«

Mit zusammengekniffenen Augen beobachtet er, wie ich weiter meine Sachen in den Schrankfächern verstaue, Teil für Teil, stets darauf bedacht, alles auf DIN-A4 zu falten.

»Na, wenigstens packst du dein Zeug zurück in den Schrank. Bedeutet das, du bleibst zu Hause?«

Unterschätz mich ruhig weiter, Christian. Das wird lustig.

»Nein«, erwidere ich zuckersüß, »es bedeutet, dass ich die Geldpräsente meiner letzten Geburtstage dafür verwende, mir anständige Klamotten zu kaufen. Damit ich mich auf meiner Reise pudelwohl fühle.«

»Auf deiner ...«, er schluckt. »Sternchen? Ich dachte, ich hätte dich zur Vernunft gebracht?«

Ich wühle bereits in der Sockenschublade des Kleiderschranks, wo zuunterst all die Glückwunschkuverts liegen, die ich in den letzten Jahren bekommen habe. Mit Gutscheinen für Buchclub-Abos, Töpferkurse und Kosmetikbehandlungen, die ich nie eingelöst habe. Und mit Geldscheinen, die ich jetzt in meine Handtasche stopfe.

Ja, ich habe eigenes Geld, und ich werde es benutzen. Schon verrückt, dass ich erst jetzt auf diese Idee komme. Ich dachte halt immer, es sei nicht so wichtig, wie ich aussehe, und dass es reine Geldverschwendung sei, etwas aus mir zu machen. Ich war es mir einfach nicht wert.

In diesem Moment trottet Finn ins Schlafzimmer, mit diesem etwas viereckigen Blick, der darauf schließen lässt, dass er stundenlang auf seinen Computer gestarrt und World of Warcraft gespielt hat. Aber wie ich seit der Österreich-Reise weiß, tut das weder seiner Geistesgegenwart noch seiner emotionalen Intelligenz irgendeinen Abbruch. Neugierig schaut er mich an.

»Habe ich das richtig gehört, Mum? Du verreist tatsächlich?«

Er fragt es nicht vorwurfsvoll, nur ehrlich interessiert, was ich ihm hoch anrechne. Oder er hofft, sturmfreie Bude zu haben, wenn Mama ausgeflogen und sein Vater abends mit seinen Laufkumpels unterwegs ist. Inklusive Joleen. Ein Gedanke, der mir einen Stich gibt.

»Ja, mein Großer, ich fliege tatsächlich nach Mallorca.«

»Hast du schon eine Bordkarte? Wär nämlich günstig, wenn du vorn sitzt.«

»Warum das denn?«

»Falls das Flugzeug abstürzt, rollt der Getränkewagen noch mal an dir vorbei.« Er grinst vergnügt. »Scherz, Mum. Du hast bestimmt einen superguten Flug.«

Auch ich muss schmunzeln. Wenigstens mein Sohn kann Humor, während mein Mann eine Grimasse zieht. Aber wie soll Christian etwas vermissen, das er längst vergessen hat? Entweder man hat Humor, oder man weiß gar nicht, dass er einem fehlt. Ich hingegen vermisse Christians Witz, seine lockeren Sprüche. Am Anfang, als wir uns kennenlernten, konnten wir über so viele Schwierigkeiten mit Leichtigkeit hinweglachen.

»Ciao, ihr Lieben«, verabschiede ich mich. »Wartet nicht auf mich, kann heute später werden.«

»Was gibt's eigentlich zum Abendessen?«, ruft mir Christian hinterher, als ich schon auf der Treppe bin.

»Der Kühlschrank ist voll, deiner Phantasie sind keine Grenzen gesetzt! Wenn du die Telefonnummern von Lieferservices brauchst, frag deinen Sohn!«

»Jo, Dad, aber Bier ist auch irgendwie Brot«, höre ich Finn noch sagen, dann gehe ich die Treppe runter.

Sie werden es überleben. Alle drei.

»Mami?« Kaugummikauend steht Emilia unten im Flur und betrachtet mich so argwöhnisch, als sei ich ein gefährliches neues Haustier. »Kann es sein, dass du gerade Kochen von deiner To-do-Liste auf die Was-soll's-Liste verschoben hast? Was hast du als Nächstes vor? Unser Haus abfackeln?«

»Nein, shoppen.«

Wie seltsam sich das aus meinem Mund anhört, ganz schräg und fremd.

»Wow, endlich mal eine gute Nachricht!«, ruft Emmi enthusiastisch. »Ich komme mit! Bestimmt finden wir was Tolles für dich!«

Mag sein. Das Dumme ist nur: Egal was ich anziehe, mein Körper bleibt immer derselbe, und ganz egal, wie schick die Klamotten sind, oben guckt immer noch mein Kopf raus.

Kapitel 20

Das letzte Mal bin ich mit Emmi Klamotten einkaufen gewesen, da muss sie ungefähr zwölf gewesen sein. Damals konnte ich sie noch zu Textilien nach Mamis Geschmack überreden: brave Hosen und Blusen, dazu hübsche Strickjacken und Pullover. Ist lange her.

Als Emilia dreizehn war, bestand sie darauf, ihren eigenen Geschmack zu kultivieren, ohne mütterliche Aufsicht. Die abgeranzte Gammelphase mit speckigen Jeans und durchlöcherten T-Shirts brach an. Abgelöst wurde diese Phase durch ein fragwürdiges Leoparden-Lurex-Intermezzo, in dem sie wie eine verspätete Achtziger-Jahre-Discoqueen zur Schule ging. Danach kam die Phase, die bis heute anhält und von meiner Tochter als Bitchy Style bezeichnet wird: bauchnabelfreie T-Shirts, Schlaghosen, die oben hauteng sind und unten flattern, sexy Jumpsuits.

Doch jetzt erlebe ich eine echte Premiere: Wir gehen zusammen für *mich* einkaufen. Das ist neu und ziemlich ungewohnt. Als wir im Auto sitzen, beginnt das gemeinsame Abenteuer damit, dass Emilia sämtlich Läden ablehnt, die ich vorschlage.

»Zu trutschig, zu spießig, zu altmodisch«, befindet sie. »Weil du in solche Geschäfte gehst, siehst du immer aus, als wärst du auf Kaffeefahrt und hättest deine Gruppe verloren. Du brauchst etwas, warte, wie würdest du das nennen? *Jugendliches*?«

Leider lässt sich meine Jugendlichkeit mit einem einzigen Wort beschreiben: vorbei.

»Emmi, Liebling, ich traue mich in die schicken Läden ja nicht mal rein«, bekenne ich. »Diese Umkleiden mit grellem Licht und Rundumverspiegelung sind die reinsten Folterkammern, und die Verkäuferinnen haben alle ein Sadomaso-Zertifikat.«

»Jetzt mach dir mal keinen Kopf, Mami. Ich habe über dich nachgedacht.«

Unwillkürlich verlangsame ich das Tempo und sehe Emmi mit großen Augen an.

»Über mich? Worüber genau?«

Ganz entspannt rutscht sie etwas tiefer in den Beifahrersitz und formt aus ihrem Kaugummi eine große Blase, die knallend zerplatzt.

»Am Anfang war ich ja ein bisschen dagegen, dass du in diese Psychobude fährst.« Geschickt zieht sie die Reste der Blase zurück in ihren Mund und kaut weiter. »Aber wahrscheinlich ist das gut für dich, damit du mal lockerer wirst. Also, was brauchst du? Was Lässiges für tagsüber, was Relaxtes für die Wellnessabteilung, was Fetziges für abends?«

Ich bin vollkommen geplättet. Erst stimmt Emmi meiner Reise zu, nun will sie mir sogar helfen, etwas Passendes dafür auszusuchen? Immerhin, seit der Umstylingaktion bei der Party neige ich dazu, ihr zu vertrauen.

»Ja, das kommt hin«, antworte ich. »Aber bei meiner Kleidergröße wird das kompliziert.«

»Ein bisschen dick ist nicht so slim«, kalauert Emmi lachend und rutscht noch etwas tiefer in den Sitz. »Außerdem bist du nicht übergewichtig, sondern untergroß, deshalb müssen wir etwas finden, das dich in die Länge zieht. Optisch, meine ich.«

Eine Viertelstunde später stehen wir in einem hippen Laden mit dem Namen *Flying High For Fun*. Es ist eine dieser Boutiquen, die ich niemals freiwillig betreten hätte: rockig gestylt mit Wänden aus rohem Beton und vertikal angeordneter Begrünung, bevölkert von überirdisch coolen Menschen, an denen selbst eine Mülltüte wie ein Designerteil aussehen würde.

Am liebsten möchte ich mich in Luft auflösen. Emmi dagegen fühlt sich hier wie ein Fisch im Wasser. Es ist rührend zu sehen, wie liebevoll und fürsorglich sie die Sache für mich in die Hand nimmt. Mit konzentriertem Blick durchstöbert sie einen Klamottenständer nach dem anderen, hält T-Shirts und Kleider ans Licht, prüft den Stoff von Bermudashorts und hält mir Blusen neben die Wange, um zu sehen, ob mir die Farbe steht.

Eine halbe Stunde später kommen wir mit fünf großen Papiertüten wieder aus dem Laden heraus.

»Siehst du, hat doch gar nicht wehgetan«, lächelt Emmi.

Zweifelnd sehe ich in die Tüte, in der mein neuer Yogadress liegt. Er ist fliederfarben und besteht aus einer legeren weiten Hose sowie einem T-Shirt, das zwar locker sitzt, aber auch einiges an Dekolleté freilässt.

»Ist das T-Shirt nicht zu weit ausgeschnitten?«

»Quatsch, ein bisschen Bitch steht jeder Frau.« Emilia stupst mich mit dem Ellenbogen an. »Du erzählst mir doch immer von dieser süßen alten Patientin aus deiner Praxis, die mit dem Pudel, wie heißt sie noch, Frau ...«

»... Kaspers, ja.«

»Siehst du, so sollst du nicht enden.«

»Wie jetzt? Tu mal bitte nicht so, als sei ich kurz vor Gnaden-hof.«

»Nein, nein.« Lachend wirft Emilia ihre brünette Haarpracht zurück und betrachtet dann ihren Bauchnabel, der unter dem ultrakurzen pinken T-Shirt hervorlugt. »Ich will nicht, dass spä-ter die Leute über dich sagen: Schau mal, diese süße alte Frau Ziegler. Ich will, dass sie sagen: O Scheiße, diese Ziegler ist ja Hammer für ihr Alter, was ne Granate! Und weißt du was? So will ich später auch mal drauf sein. Sonst lohnt sich das Älter-werden doch gar nicht.«

Schon wieder erstaunt mich meine Tochter. Nicht, dass ich mir jetzt schon den Kopf über mein Alter zerbrechen würde, aber aus der Perspektive einer Siebzehnjährigen bin ich natürlich uralt. Letztlich fühlte ich mich ja auch lange so: früh vergreist. Umso mehr freut mich, dass sich Emilia meinen Kopf zerbricht. Sie meint es gut mit mir, auf ihre spezielle Weise.

»Danke, Emmi, das war sehr aufbauend«, murmele ich, wäh-rend ich die Tüten im Kofferraum der Familienkutsche verstaue. »Soll ich dich schnell nach Hause bringen?«

»Ist nicht schon um halb sieben dein Yogatermin?«

Woher weiß sie das denn? Nun, offenbar haben die Wände Riesenohren, wenn sich Kinder dafür interessieren, was ihre El-tern besprechen.

»Aber ich könnte …«

»Quatsch, Mami, ich nehme den Bus«, widerspricht Emmi, bevor ich zu Ende reden kann. »Du bist doch dauernd im Stress. Früher fand ich das normal, weil ich dachte, Mütter sind halt hyperaktive Nervenbündel. Erinnerst du dich an meinen Schul-aufsatz in der vierten Klasse? Da stand: Mein Papa kann alles, aber meine Mama macht alles. Mittlerweile habe ich geschnallt, was du dir da antust. Sind doch nur fünf Stationen mit dem Bus. Viel Spaß beim Yoga!«

Mit einem flüchtig auf die Wange gehauchten Kuss dreht sie sich um und spaziert einfach davon. Nach der ersten Verblüffung fühlt es sich an, als fielen mir Zentnergewichte von den Schultern. Du darfst loslassen, flüstert mein inneres Kind. Emmi und Finn werden dich immer brauchen, und du wirst immer für sie da sein, aber die Zeit der Selbstaufgabe ist vorüber. Jetzt bist du dran!

Wie betäubt steige ich in den Wagen. Plötzlich wird mir klar, was Emmi und Finn mir vermitteln wollen: Sie stehen hinter mir, statt sich mir in den Weg zu stellen. Sogar meine Mallorca-Reise heißen sie gut. Ganz im Gegensatz zu Christian, der sich querstellt, statt mir zuzuhören. Und bald fliegt er auch noch mit Miss Wonderful nach New York. Das verleidet mir meine neue Freiheit ganz gewaltig.

Als ich in der Tiefgarage des Slim-Gym4You geparkt habe und zum Aufzug gehe, werde ich schon von Catherine erwartet. Das lange schwarze Haar zu einem lässigen Dutt aufgesteckt, lehnt sie neben dem Lift. Cat sieht mir natürlich an, dass es um meinen Gemütszustand nicht zum Besten steht.

»Was ist passiert, Süße?«

»Ich habe dir doch von Christians Reise zum New-York-Marathon erzählt. Dreimal darfst du raten, wer das neueste Mitglied der Laufgruppe ist – und selbstverständlich mitfliegt.«

»Nein!«, ruft Cat aus. »Etwa das blonde Miststück, das sich auf deiner Party breitgemacht hat?«

»Genau.«

»Wie hast du reagiert?«

»Gar nicht.« Trübsinnig starre ich in die Tüte mit dem Yogadress. »Was soll ich denn tun? Meine dunkelsten Phantasien aktivieren und einen Mafiaschläger beauftragen, der Miss Wonderful die Beine bricht?«

»Tausch lieber deine Bonuspunkte im Supermarkt gegen ein Messerset ein.« Mit einem Ausdruck zwischen Amüsement und Ratlosigkeit verdreht Cat die Augen, als wir den Aufzug betreten. »Und falls du dich von Christian wegen dieser Bitch trennst, weiß ich schon, was du ihm sagst: Lass uns keine Freunde bleiben.«

Langsam schüttele ich den Kopf.

»Weißt du, eigentlich möchte ich nur, dass alles wieder gut wird.«

»Ja, wie im Märchen«, grummelt Cat. »Und wenn sie nicht gestorben sind, dann streiten sie noch heute. Okay, Alternative: Du kennst doch bestimmt den Treffpunkt der Laufgruppe. Ich könnte mich dranhängen und beobachten, was mit Christian und dieser Doktor Fürchterlich abgeht.«

»Das würde bei der Recherche helfen, ihn aber nicht davon abhalten, diese Frau anzuglühen.« Während mein Selbstbewusstsein weiter ins Bodenlose fällt, beobachte ich die abwechselnd aufleuchtenden Tasten an der Liftwand. »Kann sein, dass du recht hast und ich ihm zu langweilig geworden bin. Doch wo bitte ist die Taste, die ich drücken muss, damit ich wieder interessant für ihn werde?«

Mit einem feinen Ping hält der Aufzug an. Die Lifttüren öffnen sich, und wir zuckeln in die elegante Lounge mit den hellgrünen Sesseln und den Bonsaibäumchen. Als Erstes laufen wir

Felix in die Arme, der mit gerunzelter Stirn auf einem Tablet herumtippt.

»Heute wieder im Doppelpack?«, begrüßt er uns aufblickend.

»War nötig.« Cat legt einen Arm um mich. »Unsere gemeinsame Freundin hat gerade an ein paar Stolpersteinen zu knacken.«

Felix scheint das nicht weiter zu beeindrucken, auch wenn ich registriere, dass Mitgefühl in seinen Augen aufglimmt.

»Wenn dir das Leben Steine in den Weg legt, gibt's nur eins«, entgegnet er ruhig: »Draufklettern, die Aussicht genießen und nach Alternativen Ausschau halten.« Mit dem Kinn deutet er auf sein Tablet. »Gerade hat eine Teilnehmerin meines Meditationsworkshops auf Bali abgesagt. Wie wär's, Fee?«

Bali. In meinem Kopf explodiert eine Kaskade exotischer Bilder. Palmen, schneeweißer Sand, türkisfarbenes Meerwasser, üppige Urwälder. Ich wollte immer schon mal nach Bali, seit Urzeiten ist das mein absoluter Sehnsuchtsort. Gleich darauf wird mir allerdings die Vergeblichkeit dieser Sehnsucht bewusst. Christian flippt ja schon aus, weil ich für drei Tage nach Mallorca fliege. Bali bleibt unerreichbar, sofern ich meine Ehe nicht endgültig in Schutt und Asche legen will.

»Ich würde sehr gern mitkommen, von Bali träume ich mein Leben lang, aber ...«, beginne ich zu erklären, werde jedoch sanft von Felix unterbrochen.

»Entschuldige, Fee, es gibt viele Gründe, etwas nicht zu tun. Doch auf dem Sterbebett bereut man immer nur das, was man unterlassen hat.«

»Es liegt an ihrem stieseligen Mann«, schaltet sich Catherine aufgebracht ein. »Der will, dass Fee gefälligst zu Hause am Herd bleibt, obwohl er selber, na ja, durchaus zu neuen Ufern unterwegs ist.«

Die taktvolle Umschreibung meiner Nebenbuhlerin macht es auch nicht besser. Ich schaue zu Felix, der sich mit einer Hand durch die schwarzen Locken fährt, bevor er zu einer Erwiderung ansetzt.

»Für einen geliebten Menschen lohnt es sich, jeden noch so reißenden Fluss zu durchqueren. Doch falls es sich um einen Menschen handelt, der für dich nicht mal über ein kleines Rinnsal springen würde, solltest du überlegen, welche Opfer du ihm zuliebe bringen möchtest.«

Sprachlos stehe ich da. So habe ich es noch nie betrachtet: Was würde Christian eigentlich für *mich* tun? Auf seine freizeitvernichtende Laufgruppe verzichten? Auf seine stinkenden Grünkohl-Smoothies? Auf die vielen Annehmlichkeiten, die ich ihm immer geboten habe? Würde er mir die Sterne vom Himmel holen, wenn ich ihn darum bitte? Oder wenigstens ab und zu Schulbrote für die Kinder schmieren?

Nein, Christian würde nichts von alldem tun. Für ihn war ich immer die bequemste Option, weil er sich felsenfest auf mich verlassen konnte. Und als Dank schwärmt er jetzt für eine andere Frau.

»Ist die Bali-Reise sehr teuer?«, höre ich mich fragen.

Felix' Miene hellt sich auf.

»Kommt drauf an. Als Reisebloggerin mit wie vielen Followern noch mal …?«

»Inzwischen sind es etwa hundertvierzigtausend«, sekundiert Cat.

»Kompliment, also, als erfolgreiche Bloggerin könntest du bestimmt Rabatte aushandeln«, spricht Felix weiter. »Bei den Flügen und auch im Hotel. Für die Teilnahme am Meditationsworkshop musst du mir nichts zahlen. Betrachte es als mein ganz persönliches Sponsoring deines Seelenheils.«

Ich bin völlig überwältigt. Das ist so verlockend. Jahrelang habe ich im Mustopf gesteckt, jetzt steht mir auf einmal die Welt offen?

»Ich werde mit meinem Mann reden«, nuschele ich.

»Dann solltest du keine Zeit verlieren.« Felix lächelt verschmitzt. »Wir fliegen am kommenden Dienstag. Würde mich freuen, wenn du dabei bist.«

Kapitel 21

Es ist nie zu spät? Diesen Spruch habe ich immer für den größten Schwindel aller Zeiten gehalten. Schließlich kommt es mir seit Jahren so vor, als sähe ich nur noch die Rücklichter abgefahrener Züge: Mein Medizinstudium habe ich abgebrochen, mir eine eigene Praxis aufzubauen war deshalb unmöglich, und frei durch die Welt zu reisen erschien mir als ein unerreichbarer Traum.

Doch jetzt sitze ich plötzlich in einem dieser Züge, auf dem in großen Buchstaben *Wellnessresort* und *Mallorca* steht.

Genauer gesagt, sitze ich in einem bequemen Liegestuhl, nippe an meinem nach Kokosnuss schmeckenden Willkommensdrink und schaue aufs blaue Meer. Die Lage des Hotels ist paradiesisch. Wie ein Palast erhebt sich das strahlend weiße halbrunde Gebäude über dem Palmen bestandenen Strand. Neben mir liegt ein Hotelprospekt, der mich über die bevorstehenden Annehmlichkeiten meines Aufenthalts informiert.

Das Wellnessresort heißt *Anjali Mudra*, was in der altindischen Gelehrtensprache Sanskrit so viel wie Hingabe, Segen oder Demut bedeutet. Die Überschrift des Prospekts spricht für sich: *Lass die Phantasie an die Macht und sortiere deine Gedanken nach Farben.*

Haha. Gut, ich versuch's.

215

Wobei ich lieber nicht zu viel nachdenke, weil sich sonst ein dunkelblutroter Gedanke vor die traumhafte Szenerie schiebt: Im Hafen meiner Ehe liegt ein Kriegsschiff vor Anker, und ich muss jederzeit damit rechnen, von meiner Feindin krachend versenkt zu werden. War es ein Fehler, wegzufahren und Joleen das Feld zu überlassen? Eins steht fest: Mit der New-York-Reise hat sie ein neues Level der Eskalation freigeschaltet. Sowohl meine Phantasien als auch meine Gedanken dazu sind dunkel-pechschwarz. Von Arsen bis Auftragskiller ist alles im Bereich des Denkbaren.

Ich gebe es auf. Farben helfen mir nicht weiter. Lieber versuche ich, ins Jetzt zu gleiten.

Die Voraussetzungen dafür sind ideal. Wohin ich auch schaue, alles schmeichelt meinen Augen. Die Terrasse ist im edlen Loungestil eingerichtet: Hellgraue Liegestühle und Daybeds gruppieren sich um Blumenkübel mit weißem Oleander, dazwischen stehen Tischchen, auf denen Karaffen mit Gurkenwasser und Schalen mit frischem Obst darauf warten, von den Gästen genossen zu werden.

Selbstverständlich gibt es auch dienstbare Geister, die einem so ziemlich alles bringen, wonach es einen hier gelüsten kann: fruchtige zuckerfreie Sorbets, vegane Macarons, säurearmen Espresso, laktosefreien Cappuccino. Wenn man, wie ich, seit siebzehn Jahren ein durchgehend geöffnetes Hotel Mama mit Rundumservice betreibt, ist das hier ein biologisch wertvolles Schlaraffenland.

Und die anderen Gäste? Als Erstes ist mir aufgefallen, dass die Terrasse überwiegend von Frauen bevölkert wird. Sinnkrisen im Wohlfühlambiente zu bewältigen ist offenbar eine typisch weibliche Domäne. Vielleicht einer der Gründe, warum Männer früher sterben.

»Möchten Sie noch eine Virgin Piña Colada?«, werde ich von einer hübschen jungen Kellnerin in weißen Jeans und weißem T-Shirt angesprochen.

Auch ich bin übrigens ganz in Weiß gekleidet. Das wirkt clean und appetitlich und schummelt mindestens zehn Kilo weg, so Emmis Expertise auf unserem gemeinsamen Shoppingtrip. Also trage ich mein neues bodenlanges weißes Baumwollkleid, das zusätzlich meine *Untergröße* ausgleicht.

»Was bedeutet noch mal Virgin?«, möchte ich von der Kellnerin wissen.

Sie verneigt sich leicht.

»Kein Alkohol, nur Kokos- und Ananassaft aus biologischem Anbau mit Eiswürfeln auf Basis einer heilkräftigen japanischen Mineralwasserquelle. Gern bringe ich Ihnen noch ein Glas. Damian ist dann gleich bei Ihnen.«

Stimmt, der Hotelchef, will mich persönlich begrüßen. Das hat er mir schon auf WhatsApp geschrieben. Durch Cat ist er auf mein Kommen vorbereitet, und ich habe auch schon fleißig gepostet. Zuerst ein Foto von meinem Liegestuhl, mit dem Kommentar:

Habe gerade überhaupt keine Zeit, mich zu beeilen.

Als Nächstes die Anzeige der Hotelwaage, kombiniert mit einer Liste der hiesigen Meditationsangebote:

An meiner Chancenlosigkeit abzunehmen habe ich nie gezweifelt, aber hier werde ich definitiv Gewicht verlieren, weil man mit vollem Mund so schlecht Omm sagen kann.

Ach ja, und dann habe ich noch eine Nacktyogagruppe am Strand fotografiert, natürlich dezent von hinten, und dazu geschrieben: *Tauche gerade in einen Ozean aus Wahnsinn ein.*

Nehme ich das Ganze vielleicht nicht ernst genug?

Ehrlich, ich weiß noch nicht genau, ob mir dieses esoterische Ambiente zusagt. Für Seelenwanderungen, Chakrenöffnungen und Tantragedöns bin ich womöglich zu bodenständig. Ich habe nicht einmal eine aparte Unverträglichkeit von Laktose, Gluten, Nüssen oder Fruktose, die hier bei der Speisenauswahl berücksichtigt werden. Außerdem wären da noch meine dunklen Phantasien. Mordgelüste sind wohl schwerlich mit einem erleuchteten Geist vereinbar. Kann man so was wegmeditieren?

Und schon schweifen meine Gedanken wieder zurück zum häuslichen Schlamassel, den ich doch eigentlich hinter mir lassen wollte. Ein Blick auf mein Handy verrät, dass mir die meisten Daheimgebliebenen die Daumen für ein entspanntes Wochenende drücken. In abnehmender Intensität.

Genieß es, Süße! Alles Liebe, Cat

Bring einen Koffer Sonne mit, hier gießt es wie verrückt. Kuss, Betty

Immer schön lockermachen, Emmi

Wie ging das noch mal mit der Mikrowelle?? fragt dein Sohn Finn

Hier bricht alles zusammen. Verstehe immer noch
nicht, warum Du unbedingt wegwolltest. Christian

Er hat es einfach nicht begriffen. Ich wollte nicht *weg*, ich wollte
irgendwo *hin*, wo ich noch nie war, um neue Erfahrungen zu
sammeln. Das ist meine Definition einer gelungenen Reise. Von
Bali habe ich ihm noch nichts erzählt. Werde ich auch nicht. So
ein Meditationsurlaub am anderen Ende der Welt würde den
Rahmen sprengen. Ich habe keinerlei Schwierigkeiten, mir
Christians Reaktion vorzustellen: irres Hohngelächter und dann
ein donnerndes Nein.

Atmen und entspannen, Fee, ermahnt mich mein inneres
Kind. Du hast sowieso schon ein schlechtes Gewissen, weil du
hier untätig rumsitzt. Dabei geht es doch nur darum, zur Abwechslung mal etwas für dich zu tun statt für andere.

»Fee?« Ein mittelalter Mann mit schulterlanger Hippiefrisur
Marke *Haare laufen vor Gesicht weg* wirft einen Schatten auf mei-
nen Liegestuhl. »Namasté, ich hoffe, du hattest einen guten
Flug, der deiner Seele Flügel verleihen konnte.«

Sein langes weißes Gewand flattert in der Meeresbrise, huldvoll lächelnd legt er die Handflächen aneinander. Und nun?
Mein Bedürfnis, alles richtig zu machen, ist auf einmal größer als
das Bedürfnis meines Zwerchfells zu kichern. Immerhin hat
mich dieser Späthippie eingeladen. Rasch stelle ich mein Glas
beiseite und lege ebenfalls meine Handflächen aneinander.

»Hallo, Damian. Hübsches Fleckchen Erde ist das hier.«

»Das durfte ich bereits deinen Posts entnehmen«, erwidert er
und sieht nicht gerade glücklich dabei aus.

Irgendwie habe ich den Eindruck, dass er sich meinen Blog

vorher gar nicht angeschaut hat. Sonst wüsste er doch, dass ich keine überzuckerten Lobhudeleien von mir gebe, sondern meinen ganz eigenen Blick auf die Dinge habe.

Sollte es zu Missverständnissen zwischen ihm und Cat gekommen sein? Hoffentlich nicht. Andernfalls würde es der Anstand gebieten, diesen Aufenthalt aus eigener Tasche zu bezahlen, und das übersteigt meine finanziellen Möglichkeiten. Spiritualität von Meisterhand ist schwindelerregend teuer.

Damian scheint Ähnliches durch den Kopf zu gehen, als er sich zu mir herunterbeugt. Wie ein brauner zerknitterter Basketball schwebt sein Gesicht direkt vor meinen Augen.

»Hast du dich schon für bestimmte Treatments entschieden, Fee, oder möchtest du eine Beratung?«

»Beratung«, antworte ich prompt.

Daraufhin tritt der einen Schritt zurück und taxiert mich, wie man ein komplett verrostetes und zerbeultes Auto begutachtet, bei dem man sich fragt, ob ein Werkstattbesuch überhaupt noch lohnt.

»Ich spüre da viele defekte Energiefelder«, seufzt er mit tiefen Sorgenfalten auf der hohen Stirn. »Zunächst sollte eine Aurareparatur erfolgen, um dich für die spirituelle Dimension der Heilung zu öffnen.«

Glück gehabt. Ich darf in die Werkstatt.

»Was heißt das im Einzelnen?«, erkundige ich mich gespannt.

»Ich empfehle dir das Energy-Balance-Package. Es umfasst ganzheitliche Body-and-Soul-Detox-Treatments in der Salzgrotte, kontemplative Schweige-Nachtwanderungen, sensuell achtsame Tantrasessions sowie Klangschalenmassagen durch unseren hauseigenen Schamanen.«

Uff. Hört sich an, als stände ich bereits auf dem Schrottplatz und könnte nur noch durch magische Beschwörungsformeln gerettet werden.

»Ergänzend solltest du ein Aromasoul-Ritual erlernen, das du zu Hause in deinen Alltag integrieren kannst«, fährt Damian milde fort. »Deine Blockaden, und glaub mir, die vielen Blockaden sieht man dir an, sind ein Schrei nach fließender Energie. Gut für dich: Wir profitieren hier von einer intensiven Erdstrahlung, die unser Retreat zu einem Kraftplatz macht.«

»Verstehe«, murmele ich, obwohl ich eigentlich nur verstanden habe, dass ich gerade vom Schrottplatz auf einen Kraftplatz umgeparkt wurde.

Was zum Teufel sollen beispielsweise *kontemplative Schweige-Nachtwanderungen* sein?

»Adriano erwartet dich bereits mit dem Detoxprogramm in der Salzgrotte«, schließt Damian seine Erläuterungen ab. »Wir sehen uns später beim Abendessen. Nochmals Namasté, was übrigens so viel heißt wie: Das Göttliche in mir grüßt das Göttliche in dir.«

Damit entfernt er sich gemessenen Schritts, aufmerksam beobachtet von den anderen weiblichen Gästen, die ihm derart verzückt nachstarren, als ob sie tatsächlich etwas Göttliches in ihm sehen.

»Dürfte ich Sie dann zur Salzgrotte begleiten?«, fragt die Kellnerin, die in einigem Abstand gewartet hat, dass ihr Chef seinen mit rätselhaften Fachausdrücken gespickten Vortrag beendet.

»In die Salzgrotte? Wie, jetzt sofort?«

Darauf war ich nicht vorbereitet. Ich habe nicht gerade meinen besten Schlüppi an und wollte mir eigentlich noch die Beine rasieren.

»O ja«, strahlt sie, »wir richten uns hier nach dem Mondkalender, in zehn Minuten beginnt die ideale Detoxphase.«

Da kann man wohl nichts machen. Also tapse ich hinter der jungen Dame her ins Hotelgebäude, dessen Inneres ebenfalls ganz in Hellgrau gehalten ist, mit viel edlem Marmor und Buddhastatuen in allen Formen und Größen. Über verschiedene Treppen geleitet sie mich ins Kellergeschoss, wo sie sich mit einem zart gehauchten »Namasté« entfernt.

Neugierig spähe ich in den Raum, vor dem sie mich abgeliefert hat. Die Salzgrotte entpuppt sich als ein überheiztes Gewölbe in Krabbenrosa, in dessen Mitte eine Holzbank mit weißer Gummiauflage steht.

»Willkommen im Tempel der Entgiftung und Entschleunigung«, begrüßt mich ein Mann undefinierbaren Alters, dessen langes Blondhaar in ein dünnes Zöpfchen ausläuft. »Ich bin Adriano.«

Ähem. Unwillkürlich räuspere ich mich. Der Mann ist barfuß und trägt nur einen locker gewickelten weißen Lendenschurz um die mageren Hüften. Muss ich mir Sorgen machen? Es gibt ja wohl hoffentlich eine verborgene Sicherheitsnadel, die mich vor ungewollten Einblicken aufs Gemächt schützt?

»Leg deine Kleidung ab, leg deine Gedanken ab, leg dich bitte auf die Bank«, raunt er mir zu.

»Was passiert denn hier genau?«, frage ich ängstlich.

Er zuckt nicht mit der Wimper, als er in einem wohlklingenden Singsang die Vorzüge des Detoxtreatments anpreist.

»Diese Grotte hat Wände aus hinterleuchtetem Himalayasalz

sowie einen Solevernebler, der die Luft mineralisch befeuchtet. Die Sole rieselt über Schwarzdornreisig, zusätzlich wird sie durch Ultraschall in feinste Partikel zerstäubt. Und jetzt solltest du dich ausziehen.«

Das habe ich schon befürchtet. Zögernd streife ich mir das Kleid über den Kopf. Darunter trage ich Schlüpfer, BH und ein weißes Spaghettitop.

»Gut so?«

»Alles«, sagt er und schließt die Augen.

Das ist eine Herausforderung für mich. Oder eher eine Zumutung. Der letzte Mann, der mich vollkommen nackt gesehen hat, war Doktor Seeburg, und der hat Finn auf die Welt geholt. Danach habe ich mich nie wieder vollständig bei einem Arzt entkleidet; meine Gynäkologin zählt ja nicht. Nicht mal Christian … aber lassen wir das Thema.

Also schön. Ich trenne mich noch von meinem Spaghettitop, danach ist Schluss. Bevor mein Guru wieder die Augen öffnet, lege ich mich schnell auf die Liege. Das nennt man vollendete Tatsachen.

»Oh«, sagt er nur, als er wieder hinsieht.

»Bis hierher und nicht weiter«, stelle ich klar.

»Wie du wünschst.« Er legt die Handflächen aneinander und verbeugt sich. »Möge das Folgende deinen Körper und deine Seele von stagnierenden Abfällen reinigen.«

Interessant. Eine Müllkippe bin ich also auch noch. Dass ich voller *stagnierender Abfälle* stecke, wusste ich noch gar nicht.

Mit einer abgezirkelten Bewegung greift Adriano zu einem Ölflakon in einer Apparatur, die ich als gelernte Mutter unschwer als Milchflaschenwärmer identifiziere. Wie wunderbar komisch. Mit sanftem Streicheln verteilt er das warme Öl auf meinem Körper, wobei er die heiklen Stellen großräumig umfährt. Währenddessen hat eine sphärische Musik eingesetzt, mit schwebenden Streicherklängen, die durch die Grotte wabern.

Unbehaglich rutsche ich auf der Liege hin und her. Das Streicheln ist angenehm, aber auch verflixt intim. Um meine Verlegenheit zu überspielen, übe ich mich in Konversation.

»Wo kommen die, na ja, Abfälle denn hin?«

»Dein Körper entsorgt sie auf natürlichem Wege«, murmelt Adriano.

Heißt das etwa, durch die Toilette? Aber so eine banale Frage ist hier sicher fehl am Platz. Ich atme die feuchte salzige Luft ein und überlege weiter.

»Was geschieht danach?«

»Deine Zellen regenerieren sich, dein Immunsystem fährt hoch, dein Geist wird klarer.«

Oha. Adriano beginnt, mit sanft zupfenden Bewegungen meinen Bauch zu massieren, auf den ich nun wirklich nicht stolz bin. Schnell weiterreden.

»Was noch?«

»Es wäre besser, wenn du dich entspannst und nicht so viel sprichst«, rügt er mich sacht, aber unmissverständlich. »Nur so viel: Detox ist keine Einbahnstraße. Was du an Schlacken verlierst, gewinnst du an Energie und mentaler Power. Detox ist reines Brain Food.«

Können die Leute hier eigentlich auch normal reden? Mir schwirrt schon der Kopf von diesen ganzen englischen Ausdrücken.

»Lass los«, flüstert Adriano.

Wenn das mal so einfach wäre. Darf ich mich einfach seinen

Händen hingeben? Was, wenn plötzlich Christian in der Tür stände? Das ist zwar sehr, sehr unwahrscheinlich, doch ich empfinde es irgendwie als etwas Verbotenes, mich von einem wildfremden Mann berühren zu lassen.

»Ich spüre deine Blockaden«, ächzt Adriano mit schmerzverzerrtem Gesicht, als massiere er rohen Beton und breche sich fast die Finger dabei.

»Ich auch.«

In Wahrheit spüre ich auf einmal etwas ganz anderes. Es tut verdammt gut, nichts weiter zu tun, als seine kundigen Hände zu genießen. Seine Finger kümmern sich um jeden Muskel, jede Sehne, pressen und drücken abwechselnd, verweilen bei meinen Fußsohlen, lockern meine Oberschenkel, meine Arme. Herrlich. Ich möchte, dass es nie wieder aufhört.

Tief drinnen in mir entkrampft sich etwas. Eine Minute später bin ich eingeschlafen.

Wie viel Zeit vergangen ist, als ich von meinem eigenen Geschnarche erwache, weiß ich nicht. Ruckartig schieße ich von der Massagebank hoch. Wo bin ich? Wo ist Adriano? Nach einigem Suchen sehe ich, dass mein Detox-Guru in einer Ecke sitzt und auf sein Handy eintippt, so wie jeder andere normale Mensch auch.

Als er sieht, dass ich aufgewacht bin, schiebt er das Handy verstohlen in seinen Lendenschurz. Wenn das mal nicht eine fiese Strahlenbelastung seiner erotischen Energien gibt.

»Namasté, Fee«, säuselt er und erhebt sich. »Ich freue mich, dass die Detoxarbeit so erfolgreich war. Dein Körper brauchte Ruhe, um die Gifte dem Universum zu übertragen, deine Seele brauchte Frieden, um den reinen Nektar des Augenblicks zu trinken.«

Man könnte auch sagen, dass ich einfach todmüde war nach dem Stress der letzten Tage, aber gut, ich kann hier ja nicht dauernd meckern.

»Du bekommst jetzt noch einen Verveine-Tee, auch Eisenkraut genannt.« Eilig geht er zu einer anderen Ecke, wo eine gläserne Teekanne auf einem Stövchen steht. »Das unterstützt die Entgiftung, wirkt antidepressiv und kräftigend.«

»Dann noch mal besten Dank für den Nektar und alles andere.« Etwas ermattet hieve ich mich von der Massagebank und sehe Sternchen, bevor ich einigermaßen gerade auf den Füßen stehe. Wenn mich nicht alles täuscht, bin ich von einem Alptraum heimgesucht worden, in dem eine gewisse Joleen die furchterregende Hauptrolle spielte. »Ist es eigentlich normal, dass mir ein bisschen schwindelig ist?«

»Das sind deine unerlösten Gedanken, die einen Ausweg suchen«, erwidert Adriano mit einer Selbstverständlichkeit wie andere Leute sagen: Guck mal, da hängt eine Spinne an der Lampe. »Der Königsweg besteht jedoch nicht darin, mit dem Kopf durch die Wand zu wollen, sondern mit dem Herzen die Tür zu finden.«

Das klingt toll. Aber wo bitte ist die Tür, durch die ich Joleen schubsen kann, achtkantig und mit Schwung? Raus aus Christians Leben, raus aus meinem Kopf?

»Schlaf ist Wellness für den Geist«, lächelt Adriano verständnisvoll, als er mir einen dampfenden Teebecher reicht. »Wir wiederholen das Treatment, bis deine Gedanken die Farbe deiner Seele annehmen.«

Ein Durchblicker ist er definitiv nicht. Andernfalls würde er meine rabenschwarze Seele sehen und schreiend davonlaufen. Stattdessen kommt gleich die nächste Weisheit angeflogen, die er vermutlich wie alle anderen in einem Esoterik-Crashkurs auswendig gelernt hat.

»Man sollte weder mit noch gegen den Strom schwimmen, Fee. Besser ist es, sich ans Ufer zu setzen und alles aus einer neuen Perspektive zu betrachten. Warte, eine Sekunde bitte.«

Ohne jede Scham greift er in seinen Lendenschurz und … Gott sei Dank, es ist das Handy, das er herausholt.

»Ja, Chef?« Ein überraschter Blick trifft mich. »Alles klar, Damian, ich sag's ihr.«

»Und?«, frage ich. »Neuigkeiten aus der Welt der Detoxwunder?«

»Nein, ich soll dir ausrichten, dass Felix gerade angekommen ist.«

Kapitel 22

Es könnte der perfekte mediterrane Sommerabend sein. Eine sanfte Brise streicht über meine Haut und spielt mit den Palmenwedeln am Strand. Dahinter sinkt die Sonne dem Horizont entgegen. Ihre orangen Strahlen tauchen die Hotelterrasse in ein magisches goldenes Licht und werfen lustige kleine Reflexe in mein Glas, in dem ein schwefelfreier Bioweißwein schimmert.

Wir sitzen zu dritt auf der Terrasse, Damian, Felix und ich. Die Stimmung am Tisch ist allerdings angespannt. Könnte an meinem Post aus der Salzgrotte liegen, zu dem ich geschrieben habe:

Gut gepökelt hält sich mein Wellfleisch bestimmt viel länger.

Noch wahrscheinlicher aber liegt die klemmige Atmosphäre daran, dass mich Felix' unerwartete Anwesenheit völlig aus der Spur geworfen hat.

Was will er hier? Hat er nichts Besseres zu tun, als mir hinterherzufliegen?

Scheu beobachte ich ihn aus dem Augenwinkel. Wenngleich er noch manchmal als heißer Lover durch meine Phantasien geistert, überfordert mich die Anwesenheit des realen Felix. Wie fast jeder hier, trägt er weiße Klamotten, ein aparter Kontrast zu seinen dunklen Locken. Unter dem engen T-Shirt zeichnet sich seine ausgeprägte Muskulatur ab. Das ist gemein. Im Allgemeinen stehe ich nicht auf Muckimänner, doch bei Felix hat alles Form und Maß, so dass ich mir unweigerlich vorstelle, wie es wäre, diese Pracht ohne T-Shirt anzuschauen.

»Auf dich, Fee.« Lächelnd prostet er mir zu. »Wie war dein Detox?«

»Im Großen und Ganzen recht entmüllend.«

Wohlweislich verschweige ich, dass meine Seele trotz aller entgiftenden Maßnahmen immer noch dunkelschäumend brodelt und dass ich diese Joleen immer noch zur Hölle wünsche. Sie beherrscht meine Gedanken stärker, als ich mir eingestehen wollte. Ist schon irgendwie komisch. Ich wünsche mir den Christian zurück, in den ich mich mal verliebt habe, sie steht auf den Christian, der mir fremd geworden ist.

Damian sagt nichts. Mit einem sphinxhaften Gesichtsausdruck, der alles oder nichts bedeuten kann, starrt er vor sich hin. Meditiert er vor dem Essen? Oder hat Adriano ihm gesteckt, dass ich laut schnarchend eingeschlafen bin?

Zum Glück treten jetzt zwei weißgekleidete Kellner an den Tisch, die uns das Essen servieren, ein Gemüseallerlei in verschiedenen Grüntönen. Sieht ganz gut aus. Hoffentlich schmeckt es auch so. Nachdem wir unsere Teller gefüllt haben, ergreift Damian das Wort.

»Essen ist mehr als Nahrungsaufnahme, Fee. Es spricht alle Sinne an, und achtsam gekostet, nährt es auch die Seele. Magst du mir deine Eindrücke schildern?«

Das ist bestimmt eine Prüfungsfrage, mit der er den Grad meiner Ernsthaftigkeit testen will. Bislang habe ich das Retreat ja auch eher auf die leichte Schulter genommen, weshalb ich mir vielleicht Mühe mit der Antwort geben sollte. Schon aus purer Höflichkeit. Zunächst kaue ich versonnen auf dem etwas nichtssagenden Gemüse herum, dann spüle ich mit einem Schluck Wein nach.

»Dieses Gericht schmeckt, als würde es mich auf eine Reise mitnehmen: ein bisschen spanische Pampa, eine Prise französischer Bauernmarkt, ein Hauch italienischer Garten, würde ich sagen.«

Damian zieht die Stirn kraus.

»Kompliment an deinen Gaumen. Das ist thailändisch.«

Und mal wieder mit Anlauf ins Fettnäpfchen gehüpft. Wobei mich Damians sarkastischer Tonfall irritiert. Wo ist der sanfte Althippie geblieben? Hilfesuchend schaue ich zu Felix, der an einem grünlichen Stängel knabbert.

»Dieser Pak Choi ist absolut köstlich«, versichert er. »Wurde der mit Zitronengras zubereitet?«

Damian nickt gemessen.

»Mit Zitronengras und einer hausgemachten Gewürzmischung aus Ingwer, das durchblutungsfördernd und antiviral wirkt, leberreinigendem Kurkumapulver sowie einer besonders blutdrucksenkenden asiatischen Knoblauchsorte.«

Klar. Hier gibt es nichts, was nicht auf irgendeine Weise dem leiblichen oder seelischen Wohl zuträglich ist. Unterdessen habe ich einen Kellner herangewunken, weil ich das fade Zeug kaum runterbringe.

»Entschuldigen Sie bitte, könnte ich vielleicht Salz haben?«

»Du willst dein Essen *salzen*?«, fragt Damian konsterniert.

Was sonst? Denkt er, ich will den Weg zur Toilette damit streuen, weil sich Blitzeis auf den Marmorfliesen gebildet hat?

Und was ist überhaupt gegen Salz einzuwenden? Hallo? Ich habe heute zwei Stunden in einer Salzgrotte verbracht!

Aber Damian tut geradewegs so, als hätte ich nach Drogen gefragt. Mit einer wedelnden Handbewegung verscheucht er den Kellner, der erschrocken das Weite sucht.

»Du musst noch viel lernen, Fee.«

So, muss ich das.

»Eine salzarme Ernährung ist durchaus gesundheitsfördernd«, übernimmt Felix die Vermittlerrolle. »Wenn du gewohnheitsmäßig viel Salz isst, gehst du das Risiko von Bluthochdruck ein, belastest deine Nieren und schädigst den Darm, so dass es zu Autoimmunerkrankungen kommen kann.«

Unhörbar stöhnend lege ich die Gabel neben meinen Teller. Jetzt ist mir doch tatsächlich der Appetit vergangen.

An den Nebentischen scheint niemand ein Problem damit zu haben, dass Achtsamkeit wahnsinnig anstrengend ist. Überall wird geschmaust und geschmatzt, man unterhält sich gedämpft, aber bester Laune, und ist im Übrigen wohlgenährt. Ob die anderen weiblichen Gäste wohl heimlich Käsestullen in ihren Zimmern horten? Dennoch, langsam habe ich das Gefühl, in eine Orgie des Verzichts geraten zu sein, bei der ich immer nur ein Zaungast bleiben werde.

»Die kontemplative Schweige-Nachtwanderung wird dir helfen, dich aufs Wesentliche zu fokussieren«, verkündet Damian zwischen zwei Bissen Grünzeug. »Schweigen reinigt die Seele.«

Jetzt weiß ich es mit Bestimmtheit: Adriano hat gepetzt. Damian ist nicht nur zu Ohren gekommen, dass ich in der Salzgrotte schnöde eingepennt bin, sondern dass ich mich vorher auch noch als unverbesserliche Plaudertasche betätigt habe.

»Ich könnte dich bei der Wanderung begleiten«, bietet Felix an.

»Für tiefschürfende Gespräche?«, scherze ich.

Damian hüstelt, Felix unterdrückt ein Grinsen, ich starre Löcher in die milde Abendluft. Soll ich abreisen? Vielleicht wäre es das Beste. Erstens fehlt mir eindeutig die Bereitschaft, mich auf diesen ganzen Esoterikkrempel einzulassen, zweitens wird eine horrende Rechnung auflaufen, wenn ich weiterhin *Treatments* in Anspruch nehme, die ich dann am Ende selber bezahlen muss.

Nur die Massage war phantastisch, das muss ich zugeben. Mein inneres Kind ist begeistert, und mein Körper verlangt vehement nach mehr.

Seltsam. Wenn ich es recht bedenke, bin ich seit Jahren nicht mehr richtig berührt worden. Das eheliche Verwöhnprogramm hat sich im Laufe der Zeit zu halbherzigen Umarmungen ausgedünnt, und mittlerweile passiert ja sowieso nichts mehr im Bett. Umso genussvoller wirkt die Massage nach. Mein Körper fühlt sich leicht und frei, mein Mund lächelt, sobald ich an Adrianos Hände denke.

Also abreisen oder nicht? Mein Kopf sagt ja, der Rest protestiert. Hm. Wenn sich die Sinne nach etwas sehnen, hat der Verstand offenbar nichts zu melden. Dieses Wohlgefühl einer Massage macht eben süchtig. Und wunderbar müde.

»Noch ein Dessert?«, fragt Damian. »Das Tonkabohnen-Soufflé mit Zimtkrokant ist eine Spezialität unseres Küchenchefs.«

»Lieber einen Espresso«, lispele ich, weil mir fast die Augen zufallen; immerhin steht mir noch eine Wanderung ins Ungewisse bevor.

»Für mich einen Tequila«, sagt Felix.

Nanu? Das klingt aber gar nicht nach einer spirituell geläuterten Haltung. Entsprechend angesäuert reagiert Damian, der mit zusammengekniffenen Augen die Arme verschränkt.

»Sofern du noch wandern möchtest, mein lieber Felix, solltest du dir deine Trittfestigkeit erhalten. Außerdem lockert Alkohol die Zunge, was bei einer Schweigeübung kontraindiziert ist.«

Sein Tonfall ist schärfer als nötig, finde ich. Was läuft da zwischen den beiden Männern?

»Woher kennt ihr euch eigentlich?«, versuche ich, das Gespräch auf ein unverfänglicheres Terrain zu bringen.

Felix greift zu seinem Weinglas und nimmt einen großen Schluck.

»Wir waren mal Kollegen.«

»Konkurrenten«, schiebt Damian hinterher.

»Die Welt der Hochfinanz ist halt ein Haifischbecken«, erklärt Felix, bevor er einen weiteren Schluck Wein trinkt. »Unter Investmentbankern wird erbittert um Kunden und Aktienfonds gekämpft.«

»Ausgestiegen sind wir beide«, fügt Damian an mich gewandt hinzu. »Doch ich habe hier etwas Besonderes erschaffen, während der gute Felix nur in den Tag hineinlebt. Ich meine, Hausfrauenkurse in einem drittklassigen Gym geben? Das würde mir nicht reichen.«

Auweia, Damian schwimmt also immer noch im Haifischbecken. Das hätte ich nicht gedacht. Oder ist das die erwartbare Kehrseite seiner zur Schau gestellten Späthippieattitüde? Schließlich muss er als Chef eines Wellnesshotels auch Geschäftsmann sein, der knallhart rechnen und ein Heer von Personal befehligen kann.

Sichtlich verstimmt faltet Felix seine Serviette zusammen und steht auf.

»Fee, wollen wir uns den Sonnenuntergang vom Strand aus ansehen?«

Damit spricht er aus, was ich mir wünsche. Inzwischen ist die Atmosphäre am Tisch so eisig, dass mir trotz der südlichen Wärme richtig kalt wird. Erleichtert stehe ich ebenfalls auf.

»Ja, gern.«

»Punkt acht Uhr beginnt die Wanderung!«, ruft Damian uns hinterher, als wir die Treppe zum Strand ansteuern. »Treffpunkt ist hier auf der Terrasse.«

»Jaja«, knurrt Felix.

Unten an der Treppe ziehen wir die Schuhe aus und gehen barfuß weiter durch den Sand, der immer noch angenehm warm ist. Die Sonne hat sich in einen riesigen roten Ball verwandelt, die Sandkörner kitzeln meine nackten Fußsohlen, die laue Luft lässt mich freier atmen. Es ist so wunderschön hier. Doch es gibt Ärger im Paradies.

»Darf ich dich was fragen?«, erkundige ich mich vorsichtig, als wir uns am Ufersaum zwischen zwei leeren Liegestühlen im Sand niederlassen.

»Du musst gar keine Fragen stellen.« Deutlich angenervt schaut Felix aufs Meer, das in kleinen Wellen heranplätschert. »Das gerade war total daneben, tut mir leid.«

»Ist das so ein Männerding? Einmal Konkurrenz, immer Konkurrenz?«

»Du sagst es, Fee.«

Auf einmal muss ich an Christian denken, der ähnlich tickt wie Damian. Für meinen Mann besteht der Beruf mindestens zur Hälfte aus dem Streben nach einer höheren Position. Zäh und zielstrebig hat er sich zum Oberarzt hochgearbeitet, jetzt peilt er den Posten des Klinikchefs an. Professor Doktor Herder geht Ende des Jahres in Pension, das Rennen ist eröffnet. Was ich so mache, zählt in Christians Augen gar nicht. Ich bin halt nur die Hausfrau mit dem unwichtigen Nebenjob, die ehrgeizfrei vor sich hindümpelt – was er mir ja auch nur zu gern vorhält.

»Es dreht sich um Lebensentwürfe«, sagt Felix mit einem tiefen Seufzer. »Damian ist ausgestiegen und gleich wieder eingestiegen. Haie können nur geradeaus schwimmen, wusstest du das? Er braucht den Erfolg. Schau dir sein Hotel an: Alles ist straff durchorganisiert, die Treatments sind ausgefuchst, die Preise saftig.«

Nachdenklich lasse ich eine Handvoll Sand durch meine Finger rieseln.

»Und du wolltest nicht wieder einsteigen?«

»Ich wollte leben, Fee. Kein Hamsterrad, keine vorzeigbaren Erfolge, einfach nur leben.«

»Heißt das«, langsam wende ihm das Gesicht zu, »du hast keine Ziele?«

»Doch, doch«, schmunzelt er. »Aber nicht so wie die meisten anderen Menschen, die nur noch ackern wie blöde, mit starrem Blick auf Erfolge, die auf Kosten der Lebensqualität gehen, und das Glück auf irgendwann vertagen. Ich will *jetzt* leben, *jetzt* glücklich sein.«

Spannend, wie sehr sich Christian und er doch unterscheiden. Ist es das, was mich zu Felix hinzieht? Und gar nicht so sehr seine erotische Ausstrahlung? Für Christian zählt jedenfalls nur die nachprüfbare Leistung, was sich auch in seinem verbissenen Ringen um immer bessere Laufzeiten widerspiegelt. Gesenkten Blicks spiele ich mit einer kleinen rosa Muschel, die ich im Sand gefunden habe.

»Bedeutet das, es ist nicht so wichtig, was man tut oder erreicht, sondern nur, ob man es gern tut und glücklich dabei ist?«

»Ganz genau, Fee. Es geht um das gute Grundgefühl. On the top kommen dann die Glücksmomente hinzu, wenn man ganz bei sich ist.« Langsam biegt Felix seinen Oberkörper zurück und beobachtet den dunkler werdenden Himmel, an dem sich ein erster Stern zeigt. Die Venus, wenn ich mich nicht irre. »Was ist es bei dir? Bloggen? Über Pfützen springen? Spaß mit deinen Kindern haben?«

Verwundert betrachte ich sein entspanntes freundliches Gesicht. Fast habe ich den Eindruck, er kennt mich besser, als ich mich selbst kenne. Und plötzlich erfasst mich wie eine warme Woge die Erkenntnis: Es gibt keinen Grund, damit zu hadern, dass ich mein Studium abgebrochen habe und mir keine eigene Praxis aufbauen konnte. Ich muss nichts Vorzeigbares leisten. Viel wichtiger ist doch, dass ich mit mir im Reinen bin. Dass ich *lebe*, in des Wortes voller Bedeutung.

»Darf ich dir sagen, dass du sensationell aussiehst?«, flüstert Felix in die sanfte Brise hinein.

Freude und Schreck pressen meinen Brustkorb zusammen.

»Ich? Du musst mich mit jemandem verwechseln.«

»Keineswegs. Du hast so ein Strahlen, wie ich es noch nie an dir gesehen habe.«

Ja, vielleicht. Am liebsten möchte ich diesen Augenblick festhalten, bis in alle Ewigkeit. Obwohl ich so was nie für möglich gehalten hätte, fühle ich mich eins mit dem Universum. Und mit Felix. Es gibt da eine besondere Verbindung zwischen uns, das habe ich sofort gespürt. Es tut einfach gut, in seiner Nähe zu sein. Zu gut.

»Warum bist du hier, Felix?«

»Oha.« Er blinzelt ein bisschen. »Das ist eine sehr direkte Frage.«

»Wie wär's mit einer direkten Antwort?«

»Na ja, ich kenne Damian«, erwidert er und verlagert sein Gewicht vom rechten auf den linken Arm. »Außerdem kenne ich dich auch schon ein bisschen. Deshalb war ich besorgt. Ich wollte einfach nicht, dass du hier in etwas Schrägem landest. Der erste Eindruck ist immerhin sehr gut. Wie war deine Massage?«

»Wundervoll«, hauche ich.

»Dann bin ich beruhigt. Du hast nur das Beste verdient.«

Das Klingeln meines Handys zerreißt den schönen Moment. Ich könnte es ignorieren, wenn nicht Christians Name auf dem Display erscheinen würde. Da er mir für gewöhnlich Textnachrichten sendet und so gut wie nie anruft, muss etwas Schwerwiegendes vorgefallen sein. Bitte nichts mit den Kindern, schicke ich ein Stoßgebet in den Abendhimmel. Alles, nur das nicht.

»Hallo?«, melde ich mich etwas zittrig.

»Du hast vergessen, die Sportdrinks zu bestellen!«, bellt Christian los. »Meine Hemden liegen ungebügelt im Wäschekorb, der Grünkohl ist alle, und vorgekocht hast du auch nichts! Komm sofort nach Hause!«

Ich bin so sprachlos, dass mir die Luft wegbleibt. Was fällt ihm ein? Mir fällt jedenfalls gar nichts dazu ein. Deshalb beende ich das Gespräch, bevor es noch richtig unangenehm wird. Ein falsches Wort, und meine Ehe ist Geschichte. Außerdem will ich mich nicht für etwas beschimpfen lassen, was ich so sehr genieße, schon gar nicht in dieser wunderschönen Kulisse.

»Stress?«, fragt Felix mit hochgezogenen Augenbrauen.

»Mein Mann, also: ja. Er macht eine Riesenwelle, weil ich angeblich meine hausmütterlichen Pflichten versäume.«

»Glaubst du das wirklich?«

»Wie meinst du das?«

Mit einem Ellenbogen stützt Felix sich auf und schaut an mir vorbei aufs Meer, das in den letzten roten Strahlen der Sonne erglüht.

»Nun, ich denke, dass er um dich kämpft, weil er dich vermisst.«

Der Witz war gut. Christian? Mich vermissen?

»Ich sage dir, was meinem Mann fehlt«, schnaube ich. »Sportdrinks, gebügelte Hemden und Grünkohl.«

»Vordergründig vielleicht«, entgegnet Felix leise. »Aber hinter Machtspielen verbergen sich erfahrungsgemäß starke Emotionen. Wann hast du ihm das letzte Mal gesagt, dass er dir wichtig ist?«

Dazu gab es nun wirklich keinen Anlass. Seine liebenswerten Seiten hat mir Christian schon lange nicht mehr gezeigt. Felix dagegen scheint nur aus liebenswerten Seiten zu bestehen, stets einfühlsam und mit echtem Interesse an meinem Wohlergehen.

Es wäre ein Traum, wenn ich mich mal kurz in seine Arme schmiegen dürfte. In seiner Gegenwart fühle ich mich so … so angenommen. Auf einmal wird der Wunsch, ihm zu sagen, wie wichtig *er* für mich ist, fast übermächtig.

»Beziehungen sind wie ein Gemälde«, kommt er mir zuvor.

»Du hast die Pinsel und die Farben, und nur du entscheidest, wie das Gemälde aussehen wird.«

Momentan würde ich Felix auf die Leinwand pinseln. Ohne T-Shirt. Aber das behalte ich wohl besser für mich.

»Das Dumme ist, dass sich meine Ehe gerade wie ein Malbuch anfühlt, und irgendwer hat die Buntstifte versteckt«, erwidere ich achselzuckend. »Deshalb sehe ich Schwarz, Weiß und sehr viel Grau.«

»Dann lass uns erst mal dafür sorgen, dass deine Seele bunter wird«, lächelt er. »Was ist? Fliegst du mit nach Bali?«

Kapitel 23

Als ich am nächsten Morgen erwache, stelle ich als Erstes fest, dass ich allein im Bett liege, und spüre ein schmerzhaftes Ziehen in der Brust. Obwohl es zwischen Christian und mir nun wirklich nicht ideal läuft, fehlt er mir. Ohne ihn bin ich doch nur ein halber Mensch, egal, was zwischen uns vorgefallen ist.

Verschlafen angele ich mir das Handy vom Nachttisch. Christians zahlreiche Mitteilungen, deren Inhalt zweifellos unerfreulich ist, überspringe ich vorsichtshalber. Auf nüchternen Magen ist mir das schlicht zu anstrengend. Dafür lese ich gewissenhaft die anderen Nachrichten.

> Hi Schatz, melde dich doch mal. Hattest du schon deine Tantramassage? 😊 Kiss, Cat

> Bring bitte Rezepte aus Deiner Wellnessbude mit! Stelle gerade auf vegan um und brauche Inspirationen. Alles Liebe, B

> PS Falls Du die Balisache durchziehen willst: Ich hätte da eine Idee. Cat

Denk an Dich. Was ziehst du heute an? Vielleicht das vanillegelbe T-Shirt-Kleid? Das steht Dir super. XOXO, Emmi

Es gibt keine Worte für das, was Du meinem Sohn antust. Wie konntest du bloß Deine Familie im Stich lassen? Ich bin so enttäuscht von Dir! Mit entgeisterten Grüßen, Hedwig

Mittlerweile sitze ich kerzengerade im Bett. Bislang hat sich meine Schwiegermutter weitgehend rausgehalten, wenn zwischen Christian und mir dicke Luft herrschte. Außer Tipps, wie ich noch netter und anschmiegsamer werden könnte, hat sie ja auch wenig zu bieten. Für Hedwig ist eine Ehefrau die willfährige Dienerin ihres Mannes und der Weltfrauentag gleichbedeutend mit Frühjahrsputz.

Doch jetzt ist es mit ihrer Zurückhaltung vorbei. Na, das kann ja heiter werden bei ihrem höllischen Temperament. Sich aufregen ist für Anfänger. Hedwig dreht durch, wenn ihr was nicht passt. Sollte sie sich mit ihrem Sohn verbünden, muss ich mich warm anziehen, denn schon einzeln sind die beiden ernstzunehmende Gegner. Treten sie aber als Duo auf, brennt die Hütte.

Mit einem feinen Ping erscheint eine weitere Textnachricht auf meinem Display.

Namasté, Fee. Shantimay erwartet Dich um Punkt neun Uhr zur Tantramassage im Tempel der Sinne. Wir wünschen Dir ein erfüllendes Erlebnis, Mara und Rico von der Rezeption.

Gähnend schaue ich zur Uhr. Es ist zwanzig nach sieben, und die kontemplative Schweige-Nachtwanderung steckt mir immer noch in den Knochen. Stumm wie Fische sind wir in einem kleinen Grüppchen stundenlang durch die Dunkelheit gestolpert. Was das sollte, ist mir schleierhaft. Erleuchtungen hatte ich jedenfalls nicht, dazu war ich innerlich auch viel zu aufgewühlt nach dem Gespräch mit Felix.

Der einzige Vorzug des Schweigemarschs bestand darin, dass ich mir nicht den Mund verbrennen konnte, falls ich ihm doch noch meine Gefühle gestanden hätte: freundschaftliche Gefühle mit einem quirligen Spritzer Erotik. Hätte leicht passieren können, denn vor der Wanderung hatten wir uns noch mit einem weiteren Glas Wein Mut angetrunken. Da kann man sich leicht verplappern.

Mein spätabendlicher Post beschränkte sich auf ein pechschwarzes Quadrat mit dem Kommentar:

Wortlos und atemlos durch die Nacht, in farbenfroher Schwärze unterwegs ins Nirwana. Klappte prima, da ich leicht einen im Namasté hatte.

Vielleicht nicht mein bester Post und ein übler Kalauer noch dazu, dennoch muss ich immer noch kichern. Es tut mir wirklich leid, aber so bierernst, wie hier alle drauf sind, kann ich das Ganze beim besten Willen nicht nehmen.

Nachdem ich Catherine, Betty und Emmi zurückgeschrieben habe, dass ich mich später melde, trotte ich in die Dusche. Prasselnd stürzt das heiße Wasser auf mich ein. Jetzt bin ich richtig wach. Während ich anschließend mein morgendliches Hygieneprogramm mit Zähneputzen, Haare föhnen und einer Ganzkörperrasur inklusive Intimbereich abrunde, überlege ich, was mich wohl bei der Tantramassage erwartet.

Nicht nur Christian hat recherchiert, auch ich habe den Begriff inzwischen gegoogelt. Seitdem schwanke ich zwischen Neugier und nackter Angst.

Und dann wäre da noch die Bali-Reise. Auch bei dieser Frage schwanke ich ganz gewaltig.

Mein erster Impuls war Begeisterung, der zweite Entsagung, der dritte Trotz: Warum eigentlich nicht? Inzwischen sind jedoch zwei weitere Gegenargumente hinzugekommen. Einmal Christians unvermindert wütende Reaktion auf meine Mallorca-Reise, zum anderen die kampfeslustige Nachricht des Schwiegermonsters, die natürlich ebenfalls auf Christians Konto geht. Ich kann mir lebhaft vorstellen, wie bitter er sich bei seiner Mutter beschwert hat.

Mit diesen düsteren Gedanken betrete ich eine Viertelstunde später die Terrasse. Nach kurzem Suchen finde ich vorn an der Brüstung einen Tisch mit freiem Blick aufs Meer, der mich vollauf für die nächtlichen Strapazen entschädigt. Pure Schönheit überwältigt mich und ein strahlender Himmel, der das Meer azurblau leuchten lässt. Ein langes Gesicht mache ich allerdings, als man mir das Frühstück serviert: fünf Stückchen Wassermelone und ein Kännchen grünen Tee.

Tja. Appetitlosigkeit ist auch so ein Problem, unter dem ich noch nie gelitten habe. Wesentlich schlimmer aber ist die Entdeckung, dass der Kaffee fehlt. Ich brauche keine aus Paris eingeflogenen Supercroissants und auch keine komplizierten Eierspeisen mit Drei-Sterne-Siegel, nur bei den morgendlichen Getränken kenne ich keine Kompromisse.

»Bringen Sie mir bitte noch einen doppelten Espresso?«, frage ich die Kellnerin.

»Das ist leider unmöglich.« Bedauernd hebt sie die Hände. »Ihr Entgiftungsprogramm sieht ab heute den Verzicht auf jegliche Genussmittel vor, damit Ihr Geist rein und klar und Ihr Körper empfänglicher für die Treatments wird.«

Das grenzt ja schon an Übergriffigkeit. Soll ich ihr gestehen, dass sowohl mein Körper als auch mein Geist nur koffeinbetrieben funktionieren? Oder löse ich den Konflikt geräuschlos, indem ich vor meiner Tantramassage in die kleine Kaffeebar gegenüber vom Hotel entwische und mir einen persönlichen Wachmacher bestelle? Für eine unauffällige Lösung spricht, dass sich Damian meinem Tisch nähert, in einer wehenden weißen Tunika zu weißen Jeans.

»Namasté. Ab heute kein Koffein mehr, das hat man dir hoffentlich bereits gesagt.«

»Schon klar«, erwidere ich gottergeben. »Dürfte ich dich vielleicht einer anderen Sache wegen sprechen?«

Bedächtig streicht er sich durch sein schütteres schulterlanges Hippiehaar, bevor er mir gegenüber Platz nimmt. An seiner weißen Tunika hängen heute kleine Glöckchen, Tatsache. Der Haifisch tarnt sich perfekt.

»Worum geht's, Fee?«

»Du hast mich in dein Hotel eingeladen, was ich sehr großzügig finde, aber meine Posts sind vielleicht nicht ganz das, was du von mir erwartest«, spreche ich meine Skrupel an. »Deshalb werde ich alle bisherigen Annehmlichkeiten selber bezahlen und heute Nachmittag schweren Herzens abreisen. Es war wirklich faszinierend, aber ...«

Mit einer energischen Handbewegung bringt er mich zum Schweigen.

»In der Tat lassen deine Posts ein tieferes Verständnis für spirituelle Dinge vermissen«, sagt er im strafenden Tonfall eines Mathelehrers, dessen Schülerin schon beim Einmaleins gescheitert ist. »Doch seit gestern verzeichnen wir einen wahren Run auf unsere Buchungsabteilung. Deine Follower überrennen uns förmlich. Du siehst also«, resigniert hebt er die Schultern, »unsere gemeinsame Freundin Cat hatte recht, als sie prophezeite, dein Blog würde mein Hotel boosten.«

Ihn scheint das mindestens so sehr zu verblüffen wie mich. Da verstehe einer die Leute.

»Trotzdem, lieber würde ich …«

»Du zahlst keinen Cent«, würgt mich Damian ein zweites Mal ab. »Von mir aus kannst du hierbleiben, solange du möchtest. Auch alle Treatments stehen dir zur Verfügung, so viele du willst, wann immer du willst. Also, was brauchst du?«

Das Einzige, was ich wirklich brauche, ist ein starker Espresso. Mir ist schon ganz flau im Kopf.

»Alles fein«, versichere ich deshalb und stehe auf. »Dann werde ich mich jetzt mal innerlich auf die Tantramassage vorbereiten. Und vielen Dank für alles.«

»Gern geschehen«, brummt er frostig.

So schnell ich kann, verlasse ich die Terrasse, durchquere den Eingangsbereich des Hotels und schlüpfe aus der gläsernen Schwingtür nach draußen.

Die Kaffeebar auf der anderen Straßenseite ist nur eine winzige Kaschemme, handtuchbreit, mit einem schiefen selbstgemalten Schild über dem Eingang, auf dem Braun auf Rot eine

Kaffeetasse prangt. Genau mein Ding. Im Laufschritt geht's über die Straße und hinein in den Tempel des Koffeins. Er ist dunkelbraun gefliest, an der Wand hängt ein riesiger Flachbildschirm, auf dem ein Fußballspiel läuft, und das Mobiliar hat bessere Zeiten gesehen.

Doch das ist mir völlig egal. Der Anblick der riesigen chromglänzenden Espressomaschine lässt mein Herz höherschlagen. Davor steht ein junger Barrista.

»Por favor«, krame ich die wenigen Brocken Spanisch zusammen, die ich auf dem Hinflug gelernt habe, »dos expresos doble.«

Das ist sprachlich bestimmt nicht korrekt, aber der Hohepriester des Koffeins signalisiert mir mit zwei erhobenen Fingern, dass er mich verstanden hat.

»Gleich zwei Doppelte?«, höre ich eine wohlbekannte Stimme und fahre herum.

Ganz am Ende des Tresens lehnt niemand anderes als Felix. Vor ihm steht ein großes Glas Milchkaffee, in das er einen Löffel Zucker rührt, obwohl gegenüber im Wellnessresort sowohl Kaffee, Kuhmilch als auch Zucker verboten sind. In meinen Augen lässt das seine Sympathiewerte weiter nach oben schnellen. Wie man es auch dreht und wendet: Felix ist die Kirsche auf der Sahnetorte der Evolution.

»Ich trinke morgens immer zwei doppelte Espressi«, erkläre ich zutiefst erleichtert darüber, dass ich hier nicht der einzige Kaffeejunkie bin. »Wenn der erste Espresso nicht wirkt, kann der zweite nachsehen, was da schiefgelaufen ist. Und was machst du an diesem verrufenen Ort?«

»Grüner Tee ist ganz nett, meinen Kreislauf bringt der allerdings nicht in Schwung«, lacht Felix verschwörerisch. »Glaub mir, die erste Bewährungsprobe einer Beziehung ist nicht der erste Kuss, sondern die Frage am ersten Morgen danach, was dein Date zum Frühstück trinkt.«

Warum sagt er das denn jetzt bitte? Etwas verlegen greife ich zu der dickwandigen braunen Tasse, die mir der Barrista über den Tresen schiebt, und koste von dem Kaffee. Er ist heiß, kräftig, angenehm bitter. Wunderbar.

»Wie sind deine Pläne für den Tag?«, erkundigt sich Felix.

»Ich werde gleich die erste Tantramassage meines Lebens bekommen.«

»Tantra?« In seinen Augen beginnt es eigentümlich zu glitzern. »Du weißt, was dich erwartet?«

»So ungefähr«, antworte ich nach einem zweiten Schluck Kaffee.

In Wahrheit habe ich trotz eingehender Recherche keinen Schimmer. Alles, was ich darüber lesen konnte, klang schwammig bis nebulös. Mal war von Entspannung die Rede, dann wieder von Verschmelzung, manchmal auch von Ekstase und natürlich von einer höheren spirituellen Dimension.

Felix, der mein Zögern bemerkt hat, lächelt mir über den Rand seines Milchkaffeeglases zu.

»Tantra ist ein lustvolles Ritual, um deine Sinnlichkeit zu erwecken und sie dich auf einer höheren Bewusstseinsebene spüren zu lassen. Wichtig ist, dass du dich voll darauf einlässt. Nichts wäre störender, als wenn du zu viel nachdenkst. Das Gute an einer kundig verabreichten Tantramassage ist, dass man nur noch fühlt.«

»Na ja, es ist allerdings so«, befangen rühre ich mit einem kleinen Löffel im Kaffeeschaum am Boden meiner Tasse herum,

»muss ich nicht ein schlechtes Gewissen haben? Mein Mann war schon eifersüchtig, als er nur davon erfuhr. Er nennt es Schweinkram.«

»Dann sag ihm einen schönen Gruß: Niemand kann ihm etwas wegnehmen, das er gar nicht besitzt. Meiner Meinung nach hat er Angst, dass er dich verliert. Vielleicht ist es das, was ihn so unglücklich macht?«

Wie feinfühlig Felix doch ist. Ja, genau diese Angst habe ich am Abend der Party in Christians Augen gesehen: dass ich ihm entgleiten könnte. Aber *unglücklich*? Christian? Niemals.

Obacht, meldet sich mein inneres Kind zu Wort. Hast du denn schon vergessen, was wir besprochen haben? *Es gibt da diesen kleinen Kumpel von mir: Christians inneres Kind. Wir haben uns lange nicht mehr gesehen, aber ich vermute mal, dass es schmollend in der Ecke sitzt.* Ich erinnere mich durchaus. Christians inneres Kind ist abgemeldet, keine Frage. Doch das hindert ihn nicht daran, frohgemut mit Joleen zu flirten.

»Um meinen Mann musst du dir keine Sorgen machen«, erwidere ich mit halb unterdrücktem Groll. »Er gräbt zurzeit sogar eine andere Frau an.«

»Interessant«, sagt Felix versonnen. »Wie geht es dir damit?«

»Na, wie wohl.« Die zweite Tasse wird über den Tresen geschoben. Im Austausch lege ich ein paar Münzen daneben, dann puste ich über den glühend heißen Kaffee. »Ich fühle mich bedroht, zurückgesetzt, abgehängt, such dir was aus.«

Wir schweigen. Wir schweigen ziemlich lange, bis Felix seinen Milchkaffee in einem Zug austrinkt und das Glas zurück auf den Tresen stellt.

»Dann freue ich mich, dass du heute die Tantraerfahrung machen wirst. Es ist ein ebenso sanfter wie lustvoller Weg, dich wieder mit dir selber anzufreunden, nachdem du dich von deinem Mann abgelehnt fühlst. Tantra bedeutet rückhaltlose Hingabe. Es beschert dir auch ein besseres Körpergefühl. Dadurch kommst du wieder in Kontakt mit deinen sexuellen Energien.«

Bei seinen letzten Worten verschlucke ich mich am Kaffee, weil mein Kopfkino gerade alles dafür tut, sich einen Oscar zu verdienen. Und ich habe dabei nicht an Christian gedacht. Hustend setze ich die Tasse ab.

»Ich glaube, ich sollte mal wieder rüber ins Hotel.«

»Natürlich«, grient Felix.

Zaudernd stehe ich vor ihm, weil ich gehen will und auch wieder nicht. Verflixt. Ich habe wirklich die einmalige Gabe, mich selbst aus dem Konzept zu bringen, obwohl ich schon vorher keins hatte.

»Sorry übrigens, dass ich dich mit meinen Eheproblemen belästigt habe.«

»Hast du nicht.« Er holt tief Luft. »Komm mit nach Bali, Fee. Finde zu dir, finde zu deinen Gefühlen und entscheide dann, wie du weitermachen möchtest. Beziehungen sind ein Tanz auf der Rasierklinge, und manchmal ist eine Pause hilfreich.«

»Hört sich eher so an, als sollte ich aus der Reihe tanzen.«

Nachdem Felix dem Barrista ein Zeichen gegeben hat, dass er zahlen will, schaut er mir geradewegs in die Augen.

»Wie gesagt, du bist zu meinem Meditationsworkshop eingeladen. Doch ich habe noch mehr mit dir vor: Ich würde mich freuen, wenn du den Teilnehmern deine Geschichte erzählst. Für Gespräche darüber, wie man sich als ganz normale berufstätige Ehefrau und Mutter weiterentwickeln kann, ohne komplett auszusteigen. Daher bist du für mich ein glänzendes Beispiel dafür, wie man das energetische Erwachen in den Alltag integriert.«

»Ich?«

Er kommentiert meine Verblüffung mit einem kleinen Zwinkern.

»Du bist keine durchgeknallte Räucherstäbchentante, sondern eine Frau, die mitten im Leben steht und sich weiterentwickeln möchte. Das macht dich so glaubwürdig.«

Unschlüssig drehe ich die Kaffeetasse in den Händen.

»Also, ich weiß nicht recht. Klar möchte ich mich weiterentwickeln, aber wohin die Reise geht, steht doch noch in den Sternen.«

»Erst mal nach Bali, würde ich sagen. Greif die Gelegenheit beim Schopfe, Fee. Noch habe ich den Flug und das Hotelzimmer für dich geblockt.«

Ja, aber noch habe ich zu Hause einen Mann und eine Schwiegermutter, die gerade ein Komplott gegen mich schmieden. Ob das Hortensienbeet wohl groß genug für beide ist?

Kapitel 24

Das ist er also, der Tempel der Sinne. Ein hoher Raum in gedämpftem Orange, der von unzähligen Kerzen erleuchtet wird und schwach nach Vanille duftet. Es ist, als tauche ich in eine andere Welt ein, geheimnisvoll, vielversprechend, auch ein bisschen beängstigend. Die Fenster sind durch orangerote Gardinen verhängt, eine sphärische Musik lässt meinen aufgeregt grummelnden Bauch zusätzlich vibrieren.

Felix' Hinweise haben mich eher verunsichert als beruhigt. Besonders das Stichwort sexuelle Energien. Letztlich weiß ich gar nicht, was das sein soll.

Vor Christian war ich nur mit zwei Männern im Bett: Holger aus meinem Abiturjahrgang, mit dem ich nach der Abifeier ein hastiges nächtliches Geplänkel auf dem Rücksitz seines Kleinwagens hatte. Es gibt bequemere Arten, seine Jungfräulichkeit loszuwerden. Danach war ich eine Weile mit Gernot zusammen, einem Studienkollegen, der zwar ein As in Anatomie, aber so schüchtern war, dass wir die Klamotten immer an- und das Licht ausgelassen haben.

Wesentlich handfester ging es da schon mit Christian zur Sache. Hemmungen kannte er anfangs gar nicht, und wie kaum anders zu erwarten, nahm er das Thema Sex ausgesprochen sportlich. Sein Standardspruch lautete: Mit einer Rakete im Bett ist jeden Tag Silvester. Damals konnte ich darüber lachen. Jetzt schwant mir, dass ich in Sachen raffinierter Erotik komplett ahnungslos bin.

Meine mulmigen Gefühle steigern sich, als ein überraschend gut aussehender Mann mit kurzem dunklen Haar und olivfarbener Haut den Raum betritt. Anders als Adriano trägt er ein rötliches Tuch um die Hüften geschlungen, was allerdings auch ganz schön wenig ist.

»Namasté«, begrüßt er mich. »Ich bin Shantimay, was eine Umschreibung für ›der Friedliche, der Ruhige‹ ist. Die nächsten drei Stunden werden nur dir gehören. Bitte entledige dich deiner Kleidung und bette dich auf das Lager der Sinne.«

Das was? Ah, jetzt sehe ich es. An der Stirnwand des Raums wartet eine dicke Matratze mit einem orangefarbenen Bezug und einem gleichfalls orangefarbenen Kissen auf mich. Aber drei Stunden? Ernsthaft? Was in aller Welt will dieser Shantimay so lange mit mir anstellen? Wie bereits erwähnt, hat der Mensch Eins Komma neun Quadratmeter Haut. Vergeblich versuche ich auszurechnen, wie viele Minuten man für einen Quadratzentimeter verwenden kann, wenn man drei Stunden Zeit hat. Kopfrechnen war noch nie meine Stärke.

»Würdest du dich dann bitte ausziehen?«, werde ich sanft erinnert.

Na, da gehen die Probleme doch schon mal los.

»BH und Schlüpfer lasse ich auf jeden Fall an«, erkläre ich kategorisch.

»Wie du möchtest.« Shantimay schenkt mir ein unergründliches Lächeln. »Du kannst es dir jederzeit anders überlegen.«

Klar, du Schlingel. Kurz erwäge ich, ihm meinen Ehering vor

die Nase zu halten, finde das dann aber doch ein bisschen über-trieben.

Anders als Adriano sieht Shantimay nicht taktvoll weg, als ich mich aus meinem vanillegelben T-Shirt-Kleid pelle. Wie pein-lich. Ich weiß, dass ich zu meinen Rundungen stehen sollte, zu meiner Weiblichkeit, meiner Sinnlichkeit, zu all dem also, was man heutzutage dem sogenannten *Body Shaming* entgegensetzt. Doch es nützt nichts. Ein sehr attraktiver Mann schaut mir zu, wie ich mich ausziehe, was viel *Body* und sehr viel *Shaming* be-deutet.

Deshalb ziehe ich meinen Bauch so krampfhaft ein, bis der Nabel gefühlt an meine Bandscheiben stößt, und stelle mich so-gar auf die Zehenspitzen, damit ich etwas größer wirke, was meine Pfunde optisch hoffentlich günstiger verteilt.

»Leg dich bitte ganz entspannt auf den Rücken und atme tief und regelmäßig«, folgt die nächste Anweisung.

Das mit dem Hinlegen klappt ganz gut, regelmäßig atmen bekomme ich jedoch nicht hin. Hyperventilierend beobachte ich, wie sich Shantimay neben mich hinkniet. Noch könnte ich aufstehen und sagen, dass das alles ein furchtbares Missverständ-nis ist.

Warum ich liegen bleibe? Weil mich eine erdrückende Wahr-heit auf die Matratze presst: Erotisch bin ich seit Langem quasi erloschen, und dies ist wahrscheinlich die einzige Chance meines Lebens, neue sinnliche Erfahrungen zu machen, ohne die Schande einer Affäre auf mich zu laden. Dies ist ein *Treatment*, kein heimliches Schäferstündchen in einem Stundenhotel.

»Nimmst du kein warmes Öl?«, frage ich, als er meine rechte Hand in die seine nimmt.

»Ich werde mich erst einmal mit deinem Körper vertraut machen«, kündigt er in aller Gelassenheit an. »Schöne Hände hast du. Hände, die Geschichten erzählen.«

»Ja, vom Kochen, Backen, Putzen und so weiter.«

»Das sind achtbare Arbeiten, Fee.«

Aha, Shantimay, der im wahren Leben vermutlich Kevin oder Tom heißt, kennt also meinen Namen. Was kommt jetzt?

Sorgsam lässt er jeden einzelnen meiner Finger durch seine Hände gleiten, was mir eine Gänsehaut über den ganzen Körper treibt. Sind Finger erogene Zonen? Offenbar ja. Besonders mein rechter kleiner Finger. Noch nie hat ein Mann meine Hände derartig zartfühlend gestreichelt.

Jetzt ist der Handteller dran. Langsam lässt Shantimay seinen Daumen darauf kreisen. Ein Schauer nach dem anderen rieselt über meinen Körper. Was ist das? Warum reagiere ich so stark auf seine mikroskopisch kleinen Bewegungen?

»Du bist sehr sensibel«, stellt er sachlich fest und streicht über mein Handgelenk.

Die Wirkung ist sensationell. Ein Kaleidoskop wunderbarster Empfindungen lässt mir den Atem stocken. Gebannt liege ich auf der Matratze und bestehe sozusagen nur noch aus meinem rechten Handgelenk, dann aus der Armbeuge, dann dem Oberarm und …

»Entschuldigung, nicht so weit oben«, bitte ich ihn.

»Ist es dir unangenehm?«

»Nun ja, die Achselhöhle ist schon eine doofe Stelle, oder?«

»Bereitet es dir denn keine Freude?«

Ein neuerlicher Schauer durchrieselt mich.

»Doch, ähm, ja.«

»Dann genieße es.« Beharrlich streicht er zwischen Handgelenk und Achselhöhle hin und her, während mir Hören und Sehen vergeht. »Dein Körper ist dein Tempel. Es gibt nichts Anstößiges, nichts Verbotenes in diesem Tempel.«

Mein Puls rast mittlerweile, meine Nerven sind zum Zerreißen gespannt, und alles, was mir vorher durch den Kopf gegondelt ist, tritt hinter den vielen wunderbaren Wahrnehmungen und Empfindungen zurück. Meine gesamte hektische überdrehte Welt versinkt im Nirgendwo. Stattdessen regt sich etwas in mir, das ohne Frage ein Lustgefühl ist. Bei Adriano war es nur ein warmes Wohlbefinden, das mich durchströmte, doch unter Shantimays Händen flutet mich ein verflixt heißes Prickeln von der Schädeldecke bis zu den Fußsohlen.

»Lass dich fallen«, raunt er, obwohl ich mich längst im freien Fall befinde. »Ich spüre deine unverarbeiteten Traumata, ich löse deine Blockaden, damit du dich wieder spürst.«

Und wie ich mich spüre, selbst an Stellen, deren Existenz mir vorher verborgen geblieben war. Ein pulsierender Punkt zwischen meinen Schulterblättern. Eine turbulente Zone in meinem Lendenwirbelbereich. Ein wippendes Etwas in meinem linken kleinen Zeh. Hinter meinen geschlossenen Lidern drehen sich glühende Kreise, obwohl Shantimay nichts getan hat, was man ungebührlich nennen könnte. Noch nicht.

Ich zucke zusammen, als er mit den Fingerspitzen über mein Dekolleté streicht.

»Hast du manchmal ein enges Gefühl in der Brust?«, fragt er, bevor ich protestieren kann. »Dass du nicht frei atmen kannst? Dass dir alles zu viel wird?«

Ich nicke, ohne die Augen zu öffnen. Ich will auch gar nicht mehr protestieren. Grenzenlos erleichtert registriere ich, dass ich nichts tun, nichts geben muss und auch keine Verantwortung für das habe, was hier geschieht. Tantra ist Shantimays Job. Nicht mehr, nicht weniger. Und ich bin so was wie seine Kundin.

Zart wie Schmetterlingsflügel tanzen seine Fingerspitzen über meine Haut. Nach und nach nimmt er die Schwere von meinem Brustkorb. Da ist so viel Leichtigkeit, so viel Leben in mir. Ich *bin* einfach. Und ja, ich empfinde Lust, aber nicht im vordergründig sexuellen Sinne. Es ist die überwältigende Erfahrung, dass ich meinen Körper lieben kann, weil er mir so viele schöne Gefühle schenkt. So, wie Shantimay mich berührt, fühle ich mich liebenswert.

Ein tiefes Stöhnen entfährt mir, als er meine Ohrmuscheln streichelt und knetet. Mein lieber Herr Gesangverein, das gibt es doch nicht! Tausend Kobolde hüpfen über meinen Nacken und fegen weiter südwärts ins Becken. Mein Körper besteht nur noch aus einem Erregungsleitsystem. Alles ist mit allem verbunden. Drückt Shantimay irgendwo einen Knopf, klingelt es überall.

Die süße Qual wiederholt sich, als er sich meiner linken Hand und meinem linken Arm widmet. Danach ist wieder das Dekolleté dran. Diesmal gleiten seine Finger auch unter die Träger meines BHs und ein paar Millimeter in die BH-Schalen hinein. Unfassbar, was bei mir abgeht. Inzwischen winde ich mich unter seinen Berührungen.

»Du darfst auch laut keuchen und stöhnen«, flüstert er dicht an meinem linken Ohr. »Alles, wonach dir ist, ist richtig.«

Jetzt erst merke ich, dass ich den Atem angehalten habe. Stöhnend atme ich aus, mit einem tiefen Brummton, für den ich mich schämen würde, wenn mir Shantimay nicht das Gefühl gegeben hätte, dass es in Ordnung ist.

»Ja, lass es fließen«, feuert er mich leise an. »Lass alles raus.« Neue Brummtöne entfahren mir, neues Stöhnen, neues Keuchen. Gerade als ich denke, dass ich vor Lust platze, verlagert er seine Stellung und tippt mit den Fingerspitzen auf meinem Bauch herum. Instinktiv ziehe ich ihn ein. Wenn ich etwas so gar nicht an mir mag, dann diese ausladende Körperzone, die Christian mein Feinkostgewölbe nennt.

»Nein, nicht einziehen, dein Bauch ist wunderschön«, wispert Shantimay. »Dort sitzt deine Stärke, also schwäche dich nicht, indem du deinen Bauch geringschätzt.«

Plötzlich steigen mir Tränen in die Augen, so erlösend sind seine Worte. Ich darf einen Bauch haben, jawohl, und ich darf ihn feiern lassen. Die Scham fällt von mir ab, die Komplexe, der ewige Kampf mit dem Hunger. Während er meine Haut zupft und knetet, durchpulsen mich ungekannte Glücksgefühle.

Endlich, jubelt mein inneres Kind. Endlich kannst du dich selbst annehmen! Und jetzt fühle ich auch die Stärke, von der Shantimay gesprochen hat. Eine berauschende Kraft, die mir in alle Glieder fährt.

Ich vergehe vor Entzücken, als er anfängt, sacht über meinen Bauch zu pusten. Das ist ungeheuer subtil. Doch auf einmal weiß ich, dass es ein Versprechen auf mehr ist, und versteife mich unwillkürlich. Offenbar habe ich einen siebten Sinn. Das Hauchen und Pusten nähert sich dem Gummizug meines Slips. Soll ich intervenieren? Muss ich es? Aber was spielt es überhaupt noch für eine Rolle, wo dieser Meister der kunstvollen Erregung mich berührt? Er hat meinen gesamten Körper in eine erogene Zone verwandelt, die genießt und schwelgt und Lust empfindet.

Todesmutig streife ich mir den Slip über die Beine und schleudere ihn mit einem Fuß beiseite.

»Ich werde jetzt deine Yoni verwöhnen«, murmelt Shantimay, während er sich zwischen meine Schenkel kniet.

Schon diese Ankündigung sorgt dafür, dass mich ein Zittern durchläuft. Im Grunde bedarf es keiner weiteren Frage, was gemeint ist, dennoch frage ich nach.

»Die – äh, Yoni?«

»Das ist ein Wort aus dem Sanskrit und bedeutet heiliger Ort«, werde ich unaufdringlich belehrt. »In Vulva, Vagina und Uterus ist deine weibliche Urkraft beheimatet, der Ursprung von allem, die Unendlichkeit. Im Tantraritual verbinde ich dich mit dieser Urkraft, die durch Blockaden im Beckenboden gehemmt wird. Du bist übrigens keine Ausnahme. Sehr vielen Frauen der westlichen Zivilisation ergeht es so.«

Phänomenal. Dass ich ein Mitglied des weltweiten Clubs beckenbodenblockierter Frauen bin, höre ich auch zum ersten Mal.

Nachdem er ein paarmal in die Innenseiten meiner Schenkel gehaucht hat, erscheint sein Kopf zwischen selbigen.

»Für gewöhnlich entstehen solche Blockaden durch Stress, oft auch durch unerotische Beziehungen oder den Mangel liebevoller intimer Erfahrungen. So verlieren Frauen ihre Stärke, die Verbindung mit ihrer Lust und die Fähigkeit zu Orgasmen. Bist du bereit für die Heilung deines Edelsteins?«

Aber so was von. Das Anhauchen meiner Schenkel hat bereits alles zum Fließen gebracht, nicht nur meine Energien, und auch gleich meine letzten Bedenken hinweggespült.

Ein heiserer Schrei entringt sich meiner Kehle, als Shantimay meine Vulva so sacht antippt, wie man einen Kolibri streicheln würde. Da ist nichts Forderndes, keine Erwartung, keine Ungeduld, nur dieses zarte Antippen, als wollte er meinen *Edelstein* aus dem Tiefschlaf wecken. Jetzt hat er meine Klitoris erreicht, doch es bleibt bei den zarten Berührungen. Mein Brustkorb hebt und senkt sich, ich bin völlig benommen von dieser Mischung aus Geborgenheit und heißer Lust, die mich in Wellen erfasst, mich überrollt, mich in den Wahnsinn treibt.

Und dann, wie aus dem Nichts, explodiert das Universum in tausend strahlende Sonnen, explodiert ein weiteres Mal und zerstäubt in Millionen winziger Splitter, die mich mit wilden Zuckungen ins Nirwana katapultieren.

Kapitel 25

Ich habe es getan, ich habe es getan, flüstert eine erregte Stimme in meinem Kopf, als ich einen Tag später im Flieger sitze und an einem eisgekühlten Orangensaft nippe. Noch immer weiß ich nicht genau, was mir eigentlich bei dieser Tantramassage widerfahren ist. Ein Wunder, auf sicher. Eine lebensverändernde Erfahrung. Und eine lustvolle Wiederbegegnung mit meinem Körper, der sich völlig zu Recht emotional vernachlässigt fühlte, weil ich ihn schon lange nicht mehr mochte.

Unter Shantimays Händen konnte ich mich mögen, und zwar so, wie ich bin, mit allen Makeln, die ich mir immer eingeredet hatte. Man braucht keine Sanduhrfigur, um sich völlig hinzugeben und sich selbst anzunehmen, zumindest das weiß ich jetzt.

Ein bisschen kichern muss ich trotzdem. Sex nach langer Abstinenz hat ja auch was von Rehabilitierung. Ich gehöre jetzt wieder zu diesem anderen Club, dem Club der sexuell aktiven Frauen. Wobei es im Grunde gar kein Sex war, sondern ein ganzheitliches erotisches Feuerwerk.

In jedem Falle haben sich meine Sinne geschärft, denn seither nehme ich alles so viel intensiver wahr. Den weichen Stoff des T-Shirts auf meiner Haut, den fruchtigen Geschmack des Orangensafts, die Form des Flugzeugsitzes, der meinen Körper umfängt. Auch den aufmerksamen Blick der Stewardess fange ich auf, die gerade Chipstüten an die Fluggäste verteilt.

»Hatten Sie einen schönen Urlaub?«, erkundigt sie sich freundlich. »Sie sehen toll erholt aus.«

»Bin ich auch, danke.«

»Möchten Sie vielleicht Chips? Wir haben einige Tüten aus der Businessclass übrig.«

Wenngleich ich mich ganz sicher nicht auf den Weg der völligen Kasteiung begeben werde, wären Chips eine Entweihung meines Körpertempels.

»Nein, vielleicht ein andermal«, antworte ich fröhlich.

Daraufhin beugt sich die Stewardess so weit zu mir herunter, dass ich ihr frisches Parfum riechen kann.

»Wo genau waren Sie auf Mallorca? Da möchte ich unbedingt auch hin.«

»Wellnessresort Anjali Mudra«, lächele ich. »Fragen Sie nach Shantimay und seiner Tantramassage.«

»Tantra?« Ihre dicht bewimperten Augen werden kreisrund. »Wie ist das denn so?«

Eigentlich gibt es keine Worte dafür, andererseits möchte ich die nette Stewardess auch nicht mit einem Schulterzucken abspeisen.

»Himmlisch, einfach himmlisch«, seufze ich.

Felix, der eine Reihe vor mir sitzt, dreht sich zu uns um und lugt durch den kleinen Spalt zwischen den Sitzen.

»Diese Dame wurde in den intergalaktischen Raum der Glückseligkeit gebeamt.«

»Wow, also Anjali Mudra, Shantimay, Tantra«, wiederholt die Stewardess andächtig. »Danke schön. Weiterhin einen guten Flug, in fünf Minuten beginnen wir mit der Landung.«

Schlagartig verfliegt meine gute Laune. Bislang konnte ich ganz gut verdrängen, was mir zu Hause mit der Wucht eines weggeschleuderten Bumerangs an den Kopf fliegen wird: Christian, Hedwig, Joleen. Drei Namen, die für mehr Stress stehen, als irgendwer gebrauchen kann. Ich ganz bestimmt nicht. Schon vor diesem Wochenende hat mich der Dauerclinch mit Christian runtergezogen. Aber wenn man erst mal am eigenen Leibe erfahren hat, wie leicht und frei sich das Leben anfühlen kann, wirkt der Schlamassel doppelt schlimm.

»Was ist los?« Noch immer linst Felix durch den Spalt zwischen den Sitzen vor mir. »Du siehst aus, als hätte dich gerade ein Bus überrollt.«

»So fühle ich mich auch«, erwidere ich matt. »Auf den Ausflug ins Paradies folgt leider das Höllenfeuer. Freuen kann ich mich nur auf meine Kinder, denn mein Mann und meine Schwiegermutter warten schon darauf, mich ordentlich in die Mangel zu nehmen.«

»Sie werden dir schon nicht den Kopf abreißen«, versucht er mich aufzubauen. »In jedem Menschen steckt auch was Gutes.«

Im Falle meiner Schwiegermutter wäre das momentan ein präzise platziertes Qualitätsküchenmesser, das sie für immer zum Schweigen bringt. Aber ich will ja keine negativen Phantasien mehr entwickeln, schließlich soll es in meiner Seele heller werden.

»Die entspannte glückliche Fee findet bestimmt großen Anklang«, redet Felix weiter begütigend auf mich ein. »Du hast wichtige Erfahrungen gemacht. Nichts hindert dich mehr daran, du selbst zu sein.«

Doch, das Strafgesetzbuch. Und die Tatsache, dass es bei neugierigen Nachbarn wie den Wippermanns echt schwierig wird, gleich zwei Personen unbemerkt im Hortensienbeet zu vergraben.

»Bitte anschnallen und die Tische hochklappen«, ertönt die Ansage aus den Bordlautsprechern. »Wir setzen zur Landung an.« Um wenigstens einen Nachklang der guten Gefühle ins Jetzt zu retten, öffne ich auf meinem Handy die Playlist »Tantra«. Die habe ich mir vor meiner Abreise von Shantimay geben lassen, als Inspiration für die kommende Zeit.

Nachdem ich die Ohrstöpsel eingesetzt habe und die vertrauten Klänge höre, werde ich etwas ruhiger. Doch als sich das Flugzeug nach vorn neigt und der Blick aus dem Fenster, der soeben noch einen blitzeblauen Himmel zeigte, von vorbeihuschenden Wolken verhüllt wird, schließe ich aufstöhnend die Augen. Es ist wie ein böses Omen. Mein Leben verliert wieder seine Farben, der graue Alltag wird mich wieder verschlingen, die Verbindung zu meinen Energien, die ich gerade erst so lustvoll aktiviert habe, wird wieder gekappt.

Oder sehe ich zu schwarz? Vielleicht hat Christian ja eingesehen, dass auch ich mal einen Freiraum brauche, und empfängt mich zu Hause – nun, nicht gerade mit Fähnchen und Konfetti –, aber doch versöhnlich.

Eine Dreiviertelstunde später zuckele ich mit meinem kleinen Rollkoffer durch den gläsernen Gang, der in den überfüllten Abholbereich des Flughafens führt. Etwas wehmütig betrachte ich all die Menschen, die sich auf die Ankommenden freuen. Manche haben Blumensträuße dabei, andere selbstgeschriebene Schilder, auf denen »Willkommen« oder »Schön, dass Du wieder da bist« steht, weiter hinten sehe ich zwei dottergelbe Smiley-Luftballons über den Köpfen schweben.

So würde ich auch gern empfangen werden. Doch nachdem ich Christian meine Ankunftszeit mitgeteilt hatte, kam nichts mehr von ihm zurück. Meine Beine sind wie Gummi, und in meinem Bauch, der eigentlich mein Kraftzentrum sein soll, brodelt es unheilvoll, als ich die letzte Schranke passiert habe.

»Warte, Fee!«, ruft jemand.

Ich drehe mich um. Winkend kommt Felix angelaufen, mit einem riesigen Rucksack auf der Schulter. Herrje, ich habe tatsächlich vergessen, mich am Kofferband von ihm zu verabschieden.

»Tut mir leid, dass ich einfach losgerannt bin«, entschuldige ich mich. »Dabei bin ich dir so dankbar. Ohne dich wäre die Zeit im Wellnessresort ein Flop gewesen. Danke für deine Geduld, danke für die Gespräche, danke für deine, na ja, Achtsamkeit.«

Atemlos steht er vor mir, das Gesicht zartgebräunt und etwas erhitzt vom Laufen, und lässt seine sanften liebevollen Augen auf mir ruhen.

»Ach was, du bist auch allein gut drauf. Bis jetzt jedenfalls.«

Bis jetzt, genau. Es fällt mir richtig schwer, mich von ihm zu trennen.

»Trotzdem danke«, verlängere ich diesen kostbaren Moment. »In deiner Gegenwart fühle ich mich einfach aufgehoben.«

Und ohne dich wie ein Buch ohne Deckel, wie ein Strand ohne Meer, wie der Himmel ohne Sterne, füge ich innerlich hinzu.

»Warte, bis wir erst mal auf Bali sind«, entgegnet er lächelnd. »Dort wirst du lernen, das Erreichte zu verankern und zu halten, auch ohne mich. Spring über deinen Schatten, Fee. Wer will, sucht Wege, wer nicht will, sucht Gründe.«

Nein, Bali ist unmöglich. Den ganzen Flug über habe ich das Thema in meinem Herzen bewegt und bin zu dem schweren Entschluss gekommen, mir diese Verlockung zu versagen. Erst muss ich meine Ehe kitten. Oder es zumindest versuchen. Solange ich nicht herausgefunden habe, ob sich Christians inneres Kind mit meinem versteht, darf ich nicht wieder wegfliegen.

Dieser Gedanke ist mir verrückterweise nach der Tantramassage gekommen. Auch Christian ist wahrscheinlich noch nie so wunderbar berührt worden, und er liebt seinen Körper genauso wenig wie ich vor der Begegnung mit Shantimay. Warum sonst sollte er ihn so unermüdlich stählen und zu Höchstleistungen antreiben?

Er betrachtet seinen Körper als Optimierungsprojekt, trainiert ihn hart, ernährt sich streng nach Plan, wird immer drahtiger, immer ausgezehrter. Das ist keine Selbstliebe, das ist Selbsthass, getarnt als Sportlichkeit. Vielleicht kann ich ihm vor Augen führen, dass er nichts leisten muss, um liebenswert zu sein.

Vielleicht kann ich ihm aber auch etwas von meinen Erfahrungen weitergeben. Was uns als Paar fehlt, ist nicht vordergründiger Sex, sondern echte Intimität und Vertrautheit. Die wilden Jahre liegen hinter uns, die Jahre der Sexflaute auch. Jetzt könnten wir uns auf einer höheren erotischen Ebene begegnen, sofern sich Christian neuen Ideen öffnet.

Ein frommer Wunsch, mag sein. Doch ich trete meine Ehe nicht in die Tonne, bevor ich nicht diesen letzten Versuch gestartet habe.

»Fee?«, insistiert Felix. »Was ist denn nun mit Bali?«

»Klingt phantastisch, aber …«

»Da ist sie!«, schrillt eine Stimme durch den Ankunftsbereich, die Panzerglas zum Bersten bringen würde. »Und es ist ein *Mann* bei ihr!«

Vor meinen Augen beginnt es zu flimmern, als ich mitten im Gewühl der Wartenden die Inkarnation des Schwiegerdrachens auf mich zu segeln sehe. Wie kommt diese Frau auf die Irrsinnsidee, hier aufzukreuzen? Sie trägt einen ihrer furchtbaren gewachsten Regenmäntel in Flaschengrün, schwenkt ihre große schwarze Handtasche wie eine Waffe und rennt mich fast um, als sie mich mit dem Rückenwind ihres biblischen Zorns erreicht.

»Hallo, Hedwig«, nuschele ich einer Ohnmacht nahe.

»Das ist ja wohl die Höhe!«, pampt sie mich an. »Daheim geht es drunter und drüber, aber du machst Urlaub mit einem anderen Mann?« Sie fixiert Felix so feindselig, als sei er ein Schwerverbrecher. »Wer ist der Kerl überhaupt?«

»Felix Waldstein«, stellt er sich vor und verbeugt sich ironisch. »Meines Zeichens spiritueller Heiler.«

»Sie wissen aber, dass diese Frau verheiratet ist, Sie komischer Heiliger?«, giftet Hedwig.

Ob ich will oder nicht, durch das Wochenende im Anjali Mudra bin ich sehr sensibel für Energien geworden. Auch für die schlechten. Deshalb weiche ich zwei Schritte zurück, um nicht von Hedwigs toxischer Aura verätzt zu werden.

»Lass ihn bitte freundlicherweise in Ruhe, sei so nett«, quetsche ich das letzte Tröpfchen Höflichkeit aus mir raus. »Felix ist mein Yogalehrer und war rein zufällig ebenfalls auf Mallorca.«

»Und das soll ich dir glauben?«

»Mutter, bitte, lass gut sein«, geht Christian dazwischen, der uns mittlerweile gefunden hat, totenblass und sichtlich unangenehm berührt. »Wir sollten in Ruhe über alles sprechen, Sternchen.«

Mein Herz vollführt einen kleinen Freudentanz, weil er mich vor seiner Mutter in Schutz nimmt. Außerdem spüre ich, dass er mich tatsächlich vermisst hat, so wie von Felix gemutmaßt. Der Blick, den er mir zuwirft, ist weicher als sonst, ein verhaltenes Lächeln malt sich in seine Züge. Er zwinkert mir sogar zu. Sollte der Christian von damals langsam wieder wach werden? Der Mann, der mich liebte, küsste und mir sagte, dass ich die Eine für ihn bin?

Nun stoßen auch Emilia und Finn zu uns. Emmi hält die beiden gelben Smiley-Luftballons in der Hand, die lustig über ihrem Kopf schaukeln. Wie lieb von ihr. Finns Willkommensgruß besteht aus einem breiten Grinsen.

»Siehst top aus, Mum«, röhrt er, um sogleich wieder in ein hohes Kieksen zu verfallen. »Verreisen steht dir, echt.«

»Mami sieht Granate aus!«, bekräftigt Emmi und raunt mir zu: »Oma spinnt total. Die hängt schon den ganzen Tag bei uns zu Hause rum und macht Terror.«

Felix, der dieser seltsamen Familienzusammenführung mit wachsendem Interesse zugesehen hat, tippt mir auf die Schulter.

»Ich geh dann mal. Übermorgen um sieben Uhr zehn ist Abflug. Cat hat schon alles Nötige in die Wege geleitet, jetzt hängt es nur noch an dir, ob du dabei bist.«

»Was – hängt – an – Fee?«, fragt Christian.

Daraufhin geschieht etwas Merkwürdiges. Die beiden Männer taxieren einander, ja, sie tasten sich regelrecht mit Blicken ab. Ganz kurz blitzt so etwas wie Sympathie auf, bevor Felix sozusagen das Visier runterklappt und sich an mich wendet.

»Bali wartet auf dich. Melde dich. Melde dich schnell.«

Dann stiefelt er mit seinem schweren Rucksack ohne ein weiteres Wort davon.

»Bali?« Christian schaut mich fassungslos an. »Hat der *Bali* gesagt?«

»Hammertyp«, schwärmt Emmi, die ihm hingerissen hinterherschaut. »Wo hast du den denn aufgegabelt, Mami?«

»Zwischen Klangschalen und Räucherstäbchen.« Was Besseres ist mir gerade nicht eingefallen. »Wollen wir los? Ich bin todmüde.«

»Das glaube ich dir gern«, stichelt Hedwig. »Mit dem falschen Mann verreisen ist anstrengend.«

»Woher weißt du denn so was?«

»Ich?« Ihr Mund verhärtet sich zu einem Strich. »Jetzt mal nicht so frech, Fräulein. Wer ist denn hier mit einem Yogahallodri durchgebrannt?«

Christian wird noch etwas blasser, Emmi und Finn bleibt der Mund offen stehen, ich vergesse jede Erleuchtung und gebe mich meinen finstersten Mordgelüsten hin. Von einer hohen Klippe ins Meer schubsen wäre zum Beispiel angemessen. Ich meine, dass das Schwiegermonster emotional suboptimiert ist, wusste ich schon länger, aber dass Hedwigs Hirnhälften wie ein Paar Socken sind, von denen immer eine fehlt, ist mir noch nie so brutal aufgefallen wie jetzt.

Emotionale Intelligenz? Nicht vorhanden. Taktgefühl? Fehlanzeige. Aber vielleicht absolviert sie ja auch gerade ihr freiwilliges asoziales Jahr.

»Bei aller Liebe, Hedwig, diese Unterstellung ist bodenlos«, ringe ich mich zu einer kraftausdruckfreien Antwort durch. »Ich war allein in einem Wellnessresort, wohin ich eingeladen wurde, weil ich Autorin eines relativ erfolgreichen Blogs bin.«

Hasserfüllt starrt sie mich an.

»Seit wann ist man Autorin, nur, weil man was auf einen Notizblock schreibt?«

»Ich erklär dir ein andermal, was ein Blog ist, Oma, das ist was mit Internet«, zirpt Emilia.

»Lass mich das mal machen«, grient Finn. »Du löschst doch schon aus Versehen deine Festplatte, wenn du dir Schminkvideos ansiehst.«

»Schluss jetzt, das Auto steht in der Tiefgarage«, setzt Christian der Kabbelei ein Ende. »Wir fahren.«

»Aber ich sitze vorn«, faucht der Schwiegertiger.

Sie will *mitkommen*? Zu uns? Da hat sie sich aber geschnitten.

»Nein, beste Hedwig«, widerspreche ich im sanftesten Namasté-Singsang. »Du sitzt hinten. In einem Taxi, das dich unverzüglich nach Hause fährt.«

Kapitel 26

Die Dusche tut so gut. Seit zehn Minuten lasse ich das voll aufgedrehte heiße Wasser über meinen Körper strömen, um die unerfreuliche Wiedersehensszene an mir abperlen zu lassen. Doch ich kann nicht ewig duschen. Gleich werde ich mit Christian allein sein, und wir müssen uns aussprechen, gründlich. Auf der Fahrt nach Hause war nur Smalltalk drin. Ich habe ein bisschen vom Hotel erzählt, die Kinder von ihren Kapriolen aus der Schule, Christian vom Job.

Was soll ich ihm sagen? Wo anfangen, wo aufhören?

Felix' Worte kommen mir in den Sinn: *Hinter Machtspielen verbergen sich erfahrungsgemäß starke Emotionen. Wann hast du ihm das letzte Mal gesagt, dass er dir wichtig ist?*

Dumm nur: Gerade das Zusammentreffen mit Felix am Flughafen hat eine Klärung der ehelichen Probleme erschwert. Wonach sah es denn auch aus? Man musste kein Hellseher sein, um den Eindruck zu gewinnen, dass Felix und ich uns nahestehen, wenn auch nicht auf die Art, die Hedwig ausposaunt hat.

Seufzend stelle ich die Dusche aus und tapse klatschnass vor den beschlagenen Spiegel. Nachdem ich ein Fensterchen in den feuchten Film gewischt habe, betrachte ich mein Gesicht. Obwohl ich nur ein Wochenende weg war, hat sich meine Ausstrahlung stark verändert. Mein Blick ist klarer, meine Züge wirken weicher, und trotz der heimischen Turbulenzen umspielt sogar ein Lächeln meinen Mund, wenn ich an Adriano und Shantimay denke.

Als eine Nachricht auf meinem Handy eingeht, das ich auf den Badewannenrand gelegt habe, sehe ich Cats Namen.

> Hi Süße, hab schon von Felix gehört, wie Du empfangen worden bist. Tut mir sehr leid. Gern hätte ich Dich abgeholt, aber Christian wollte es nicht. Er hat mich deshalb sogar extra angerufen. Melde Dich bitte, es geht um Bali. Kiss C

Elektrisiert schaue ich auf das Display. Christian *wollte* nicht, dass Cat mich abholt? Warum? Sein Zwinkern fällt mir ein, sein verhaltenes Lächeln. Hatte er etwa vor, mir etwas Liebes zu sagen, und wurde dann von Hedwig ausgebremst?

> Rufe Dich gleich morgen früh an, schreibe ich zurück. Dann berichte ich Dir auch ausführlich von Mallorca.

Während ich mich abtrockne, versuche ich die bevorstehende Nacht aus einem neuen Blickwinkel zu betrachten. Eigentlich ist es doch aufregend, mit einem Mann ins Bett zu gehen, der mir fremd geworden ist. Zu viel Nähe kann ja auch abtörnend sein. Was, wenn ich mich heute von meiner neuen Seite zeige? Von der liebenden energetisch aufgeladenen Seite?

Im Badezimmerschrank finde ich eine Flasche Babyöl, mit dem Emmi an ihren so genannten Beauty Days ihre Haarpracht pflegt. Den Milchflaschenwärmer habe ich längst verschenkt, aber vielleicht geht es auch ohne.

Nachdem ich mir meinen Morgenmantel übergestreift habe, schleiche ich mit dem Öl, meinem Handy und einem großen trockenen Badehandtuch zum Schlafzimmer. Christian liegt schon im Bett, wie immer in T-Shirt und Boxershorts, und tippt auf seinem Handy herum. Nein, Fee, nicht fragen, ob er mit Joleen textet. Bleib gelassen, bleib entspannt.

»Hey, Lust auf eine Massage?«, frage ich und streiche mir eine nasse Haarsträhne aus dem Gesicht.

Christian sieht vom Handydisplay auf. In seinen Augen stehen hundert Fragezeichen neben zwei, drei Funken Belustigung.

»Eine *Massage*?«

»Ja, das ist Detox für Körper und Seele«, gebe ich mein jüngst erworbenes Wissen zum Besten. »Wusstest du, dass wir alle voller stagnierender Abfälle stecken? Wenn die Schlacken rausmassiert werden, ist das auch gut für den Geist. Brain Food sozusagen.«

Er sieht mich an, als sei ich nicht ganz richtig im Kopf. Ich kann's verstehen. Genauso habe ich ja auch reagiert, als mir Adriano seinen Vortrag über körpereigene Abfälle gehalten hat.

»Vielleicht sollten wir lieber erst mal reden, Fee. Zum Beispiel über Bali und alles andere.«

»Wie sich herausgestellt hat, sind wir im Reden nicht so wahnsinnig talentiert«, entgegne ich. »Deshalb könnten wir ja mal ausprobieren, was passiert, wenn sich unsere Seelen unterhalten.«

»Ich merke schon, dein *Brain* ist voller Eso-Krempel«, stöhnt Christian. »Haben wir das diesem Felix zu verdanken?«

Felix. Klar. Das musste ja jetzt kommen. Etwas nervös spiele ich mit dem Verschluss der Babyölflasche. Es ist wahr, in Gedanken habe ich Christian tausendmal mit ihm betrogen. Aber eben nur in Gedanken. Und durch unsere Gespräche ist Felix vom heißen Phantasielover inzwischen eher zu einem guten Freund geworden.

»Weißt du, Schatz«, erwidere ich zögernd, »vielleicht sollten wir besser unseren Frieden damit machen, dass es auch andere Menschen in unseren Leben gibt, mit denen wir gern Zeit verbringen. Du mit Joleen, ich mit Felix. Daran ist doch nichts Anstößiges, oder?«

Beim Namen Joleen zuckt Christian deutlich zusammen. Er räuspert sich.

»Frau Doktor Morgenthaler ist meine Kollegin. Insofern geht gar kein Weg daran vorbei, dass wir Zeit miteinander verbringen.«

»Auch in der Laufgruppe? Auch in New York?«

Mit diesen Argumenten habe ich ihn schachmatt gesetzt. Es ist eben keine rein berufliche Beziehung, es ist längst sehr viel mehr, und das dürfte ihm nur zu klar sein. Verstimmt legt er sein Handy auf den Nachttisch, zieht die Beine an und schlingt seine Arme um die Knie.

Auf Streit ist er jedoch nicht aus, wie ich erleichtert feststelle. Seine Miene drückt einen Mix aus Skepsis und Entgegenkommen aus. Also hat mich meine Beobachtung am Flughafen nicht getrogen: Meine Abwesenheit war ganz heilsam, weil Christian mich, die allzeit präsente, allzeit verfügbare Ehefrau, vermisst hat. Danke, Cat. Dein Plan scheint aufzugehen.

Wahrscheinlich würde Christian auch nur zu gern erfahren, was ich auf Mallorca angestellt habe. Wie eine schillernde Seifenblase schwebt das Wort Tantra über unseren Köpfen. Hofft er, dass ich es als Erste anspreche?

»Sag mal, Sternchen, was genau hast du mit dem Handtuch und dem Öl vor?«

»Frag nicht, es wird dir gefallen.« Ohne weitere Erklärungen breite ich das große Badehandtuch auf dem Bett aus und schraube den Deckel vom Ölfläschchen. »Könntest du dich bitte ausziehen?«

»Wie – ausziehen?« Unsicher schaut er an sich herab. »Meinst du etwa alles?«

»Wäre hilfreich.«

»Und dann?«

Werde ich mich auf eine Zeitreise begeben, aber das verrate ich ihm nicht. Seit langer Zeit wünsche ich mir den Christian der frühen Jahre zurück. Jetzt mache ich Nägel mit Köpfen, indem ich mich in jene Zeit zurückträumen und ihn dabei sanft massieren werde.

Inspirierend ist diese Idee auf jeden Fall. Als Christian damals den Hörsaal betrat, ging ein Raunen durch die Reihen. Mir blieb das Herz stehen. Wow, dachte ich, der oder keiner. Aber habe ich in diesem Moment überhaupt irgendetwas gedacht? Ich konnte ihn nur anschauen, um seine Erscheinung in mich aufzunehmen. Groß, schlank, mit einer verwegenen Haartolle, die ihm in die Stirn fiel, ging er federnd die Stufen des Hörsaals hoch und setzte sich – neben mich!

Schicksal. Es war der einzige freie Platz, denn Professor Gregor Hamelers Vorlesungen über Geschlechtskrankheiten waren immer völlig überlaufen. Als international gefeierter Venerologe wusste er nicht nur alles über die hässlichen Nebenwirkungen schöner Gefühle, er würzte seine Vorträge vor allem mit schlüpfrigen Anekdoten.

Auf die waren alle scharf. Auch Christian.

Er roch unwiderstehlich. Nach Männershampoo, leicht angeschwitztem T-Shirt und Abenteuer. Ohne dass wir ein einziges Wort gewechselt hätten, wusste ich, dass er der Mann war, mit dem ich Berge besteigen, Wasserfälle hinunterspringen und die sprichwörtlichen Pferde stehlen könnte. Christian duftete nach Energie und Lebenslust. Und nach wildem Sex.

Ich glaube, es war an der Stelle, als Professor Hameler das Foto einer sehr attraktiven leichtbekleideten Frau an die Wand projizierte und alle im Hörsaal gebannt nach vorn stierten, als Christian mich von der Seite ansah und flüsterte: »Du bist viel hübscher.«

Es ging mir durch und durch. Nicht so sehr wegen des Kompliments, sondern weil sich seine Augen auf eine unwiderstehlich erotische Weise verschleierten. Draufgänger, dachte ich. Dann: Haben wollen. Danach: Kinder, mindestens fünf. Das nennt man wohl schockverliebt.

Über den Mann fürs Leben hatte ich mir damals noch gar keine Gedanken gemacht. Ich wollte ja Ärztin werden, was inklusive Studium, Assistenzarztjahren und Facharztausbildung eine lange Durststrecke bedeutet. Doch dann kam Christian. Kam, sah und siegte.

Nie werde ich unsere erste Nacht vergessen. Wir zogen einander aus, entdeckten einander, verschlangen einander. Irgendwann hörte ich auf, unsere Stellungen und meine Orgasmen zu zählen. Wir trieben es in allen möglichen Positionen, leckten und bissen uns, küssten uns lang und leidenschaftlich, bis es wieder von vorn losging, bis zum nächsten Morgen.

»Sternchen?«

Langsam schüttele ich den Kopf. Keine Erläuterungen. Nur noch diese Reise durch Zeit und Raum, die mich Christian wieder näherbringen soll. Inzwischen hat er sich tatsächlich ausgezogen, die untere Körperhälfte jedoch mit der Bettdecke verhüllt. Sacht ziehe ich die Decke beiseite und lasse sie auf den Boden fallen.

»Leg dich bitte auf den Rücken und atme tief und regelmäßig.«

»Ich würde mich aber lieber auf den Bauch legen.«

»Dann würde dir einiges entgehen«, lächele ich.

Diese Anspielung auf gewisse anatomische Gegebenheiten erschreckt ihn zutiefst. Christian ist halt der King im Ring, der immer die Kontrolle behalten will, auch über seinen Körper. Abwehrend hebt er eine Hand.

»Entschuldige, so was ist nichts für ...«

»Tu's einfach«, bestehe ich sanft auf meiner Bitte.

Es bereitet mir keinerlei Mühe, seine Gedanken zu lesen. Was wird sie mit mir anstellen? Wie komme ich hier wieder raus? Ist der Fluchtweg frei?

»Auf deine Verantwortung«, brummt er schließlich. »Aber beschwer dich hinterher nicht, wenn ich lachen muss.«

Darauf erwidere ich nichts. Stattdessen wähle ich die Tantra-Playlist an und setze mein Handy auf die Dockingstation. Sphärische Klänge erfüllen das Schlafzimmer. Dann öffne ich den Morgenmantel, lasse ihn über meine Schultern gleiten und werfe ihn über die Nachttischlampe. Ja, ich zeige mich meinem Mann nackt, nach gefühlt hundert Jahren das erste Mal wieder. Weil *Body Shaming* Geschichte für mich ist. Weil ich zu meinem über vierzigjährigen übergewichtigen Körper stehe, der, wie ich inzwischen weiß, eine Quelle der Freude und der Sinnlichkeit sein kann.

Christian ist fassungslos. Obwohl Nacktheit das Natürlichste der Welt ist, springen ihm fast die Augen aus dem Kopf. Mehrmals schluckt er heftig, so dass sein Adamsapfel hoch und runter hüpft.

»Du bist ja«, mit dem Kinn deutet er auf meinen Schoß, »rasiert, auch da.«

»Ja, auch da«, hauche ich. »Entspann dich, überlass alles Weitere mir.«

Er ist so perplex, dass er meiner Aufforderung Folge leistet und sich mit ausgestreckten Armen hinlegt. Noch habe ich keinen genauen Plan, wie ich vorgehen werde, erwäge aber eine Mischung aus Adrianos Massagetechnik und Shantimays subtilen Berührungen. Am besten, ich beginne mit Christians rechter Hand.

Lass die Energie fließen, Fee, rede ich mir gut zu. Denk an den wahren Christian, den Mann, in den du dich verliebt hast und der die Erfüllung deiner Wünsche ist.

Ich hatte ganz vergessen, was für schöne Hände er hat, feingliedrig, mit länglichen regelmäßigen Nägeln. Einen Finger nach dem anderen lasse ich durch meine Finger gleiten. Als mein Daumen in seinem Handteller kreist, sehe ich, dass ihn ein Schauer überläuft. Genauso, wie es mir bei der Massage ergangen ist.

»Das kitzelt«, beschwert er sich.

»Nein, das ist angenehm, genieße es«, flüstere ich. »Nicht nachdenken, lass dich darauf ein.«

Vorsichtig arbeite ich mich zu seinem Handgelenk vor, und Christian verstummt. Er schließt sogar die Augen. Es ist genial, dass ich mich so gut in seine Empfindungen hineinversetzen kann, weil ich das alles vor Kurzem selber erlebt habe. Als Nächstes streichele ich seine Armbeuge, schließlich wage ich mich zu seiner Achselhöhle vor.

»Was wird das?«, murmelt er.

»Sag mir lieber, was du fühlst.«

»Dass ich nicht sicher bin, ob mein Deo noch hält.«

»Du brauchst kein Deo, du riechst wunderbar«, beruhige ich ihn. »Schon damals ist mir das aufgefallen. Im Hörsaal, weißt du noch?«

Christian öffnet ein Auge.

»Bei der Vorlesung über Geschlechtskrankheiten?«

Ganz, ganz falsche Assoziation.

»Als du dich neben mich gesetzt hast, meine ich«, berichtige ich ihn schnell. »Du hattest ein hellblaues T-Shirt an.«

Das Auge schließt sich wieder, und ein kleines Lächeln huscht über Christians Gesicht.

»Das weißt du noch?«

Mit sachten Bewegungen verlasse ich die Achselhöhle und widme mich seiner wie in Stein gemeißelten Brust. Habe ich ihn dort jemals bewusst berührt? War es damals schon so, dass sich seine Brustwarzen aufrichteten?

»Ich erinnere mich noch an mehr«, fahre ich im Flüsterton fort, während meine Fingerspitzen über seine Muskeln wandern. »Zum Beispiel an deine verkramte Studentenbude in dieser WG.«

»Die Chaos-WG.« Er grinst mit geschlossenen Augen. »Das

Geschirr haben wir immer nur ohne echten Abwasch unter dem Wasserhahn abgespült, und das Klo war dauernd verstopft.«

Schon wieder eine unpassende Assoziation. Dabei gebe ich doch alles, um Christian auf ein besonderes erotisches Erlebnis einzustimmen!

»Lebhaft vor Augen steht mir nur noch dein Bett«, versuche ich, seine Gedanken in die richtige Richtung zu lenken. »Es war höllisch schmal, es quietschte, aber es reichte vollauf, um sehr, sehr glücklich darin zu sein.«

Danach ist es eine Weile still. Gerade habe ich über seinen Bauch gepustet und bei der Gelegenheit eine steinharte Erektion entdeckt. Christian ist ziemlich gut bestückt. Früher hatte er immer Probleme, eine passende Unterhose zu finden, mit Boxershorts geht's. Doch ich werde ihn auf keinen Fall rasch erlösen. Süße Qual ist das Geheimnis, Erregung, die sich ins Unendliche steigert.

Niemand weiß das besser als ich, da ich mittlerweile selber vor Verlangen bebe.

»Du sprichst von unserer ersten Nacht«, keucht er.

Hingebungsvoll streiche ich mit allen zehn Fingern über seine Bauchdecke, die straff gespannt ist wie ein Trampolin.

»Ganz genau. Du warst nicht mein erster Mann, aber es gab so einiges, was ich in dieser Nacht zum ersten Mal getan habe. Auch heute wird es einige Premieren geben.«

Ich knete und presse ausführlich seinen Lendenbereich und nähere mich immer wieder dem Epizentrum seiner Lust, ohne es zu berühren. Nur manchmal streife ich wie zufällig mit dem Handrücken seinen Penis. Sein Atem geht stoßweise, auf seinen Wangen haben sich rote Flecken gebildet.

»Sternchen«, krächzt er heiser, »könnten wir jetzt vielleicht ...«

»Noch nicht.«

Jetzt kommt das Massageöl zum Einsatz. Ich nehme eine großzügige Portion aus der Flasche und erwärme sie zwischen meinen Handflächen. Scharf zischend saugt Christian die Luft ein, als ich das Öl auf seinen Beinen verteile. Meine Fingerkuppen bohren sich in die Innenseite seiner Schenkel, dann wieder tippe ich nur sanft darauf.

»O Gott«, stöhnt Christian. »Höher.«

Ich ignoriere seine Bitte, weil ich vorher noch seine Kniekehlen mit einer Zupfmassage verwöhnen möchte. Dann seine Knie. Dann seine Waden.

»Sternchen«, röchelt er mit letzter Kraft, »wenn du jetzt auch noch meine verdammten Füße massierst, statt ihn dir vorzunehmen, mit der Hand, mit dem Mund, wie auch immer, steeerbe ich.«

»Wer? Stirbt? Hier?«, ertönt eine keifende Stimme.

Panisch grabschen wir nach Kissen und Decken. Verdammte Axt, es ist Hedwig, die plötzlich neben unserem Bett steht! Die schlimmste, peinlichste, grässlichste Laune des Schicksals ever!

»Mutter!«, brüllt Christian, der ein Kopfkissen vor sein Gemächt hält. »Was tust du hier? Und wie zum Henker bist du hier reingekommen?«

»Durch die Terrassentür, die lasst ihr doch meist offen.« Schamhaft bedeckt sie mit einer Hand ihre Augen, als könnte das noch irgendetwas ändern. »Ich wollte nur nach dem Rechten sehen. Vorsichtshalber. Was macht ihr überhaupt?«

»Raus! Dalli!« Christian schreit so laut, dass sich seine Stimme überschlägt. »Was Fee und ich hier tun, geht dich gar nichts an!«

»Erst suchst du Trost bei mir, dann wirfst du mich raus?«, meckert sie beleidigt. »Na gut, ich gehe. Aber rechne nicht damit, dass ich wiederkomme.«

»Worum ich dich auch herzlich bitten möchte!«

Grimmig vor sich hin maulend verlässt sie das Schlafzimmer und ist kaum aus der Tür, als ich zu lachen anfange.

»Du lachst?«, fragt Christian konsterniert.

»Das ist sehr befreiend«, zitiere ich Felix. »Sogar der Dalai Lama lacht.«

Sekundenlang starrt Christian mich nur an. Dann breitet er seine Arme aus.

»Komm mal her, Sternchen.«

So gern. Selig schmiege ich mich an seine Brust, im Hochgefühl, dass uns selbst der Schwiegerdrache nicht mehr auseinanderbringen kann. Wie sehr ich das Gefühl nackter Haut an nackter Haut genieße. Und darauf habe ich all die Jahre verzichtet, weil ich mich für meinen Körper schämte.

»Das war sehr, sehr aufregend gerade«, flüstert Christian in mein Haar. »Meinst du, wir könnten da weitermachen, wo wir stehen geblieben sind?«

»Leider ist ja nicht alles stehen geblieben auf den Schreck«, schmunzele ich. »Deshalb schlage ich vor, dass wir noch mal von vorn anfangen.«

Kapitel 27

Am nächsten Morgen wache ich von Christians leisem Schnarchen auf. Es ist wie Musik in meinen Ohren. Eng umschlungen liegen wir auf der Matratze, so wie wir letzte Nacht eingeschlafen sind, mit Christians linkem Bein über meiner rechten Taille. Ein Sonnenstrahl fällt auf sein Gesicht. Ich kann jede Wimper einzeln sehen, jede kleine Falte.

Mit dir möchte ich alt werden, denke ich gerührt, nur mit dir.

Ist denn wirklich alles gut?, fragt mein inneres Kind. Ihr habt euch wieder vertragen und gemeinsam sinnliche Wonnen genossen, aber wie geht es weiter? Womöglich erwartet Christian, dass du jetzt wieder die alte angepasste Fee wirst, nur mit dem tantrischen Verwöhnplus. Reicht dir das? Ist das schon die Erfüllung deiner Träume?

Wenn ich das bloß wüsste. Ja, ich bin selig, dass die Eiszeit zwischen Christian und mir beendet ist. Doch das heißt noch lange nicht, dass ich so weitermachen möchte wie bisher. Schließlich sind die Konflikte entstanden, weil ich mich gegen den immergleichen Trott aufgelehnt habe, gegen die Überforderung, die mit meiner Full-Service-Existenz einherging. Falls jetzt alles auf Anfang gedreht werden soll, stehe ich wieder da, wo meine Probleme angefangen haben.

Zärtlich schaue ich in Christians zufrieden schlafendes Gesicht, und Zuversicht keimt in mir auf. Alles wird sich fügen. Wir sind einander wieder so nahe, was soll jetzt noch passieren? Nach dieser innigen Nacht werden wir immer Lösungen finden.

Die Entwicklung, von der Felix gesprochen hat, lässt sich jedenfalls nicht mehr rückgängig machen, und ich bin fest entschlossen, Christian auf meine Reise in einen neuen Lebensabschnitt mitzunehmen. Er wird es respektieren, dass ich mich verändere. Immerhin profitiert er ja auch davon, wie ich gestern Nacht äußerst lustvoll feststellen durfte. Nähe überwindet alles. Wir hatten nicht nur berauschenden Sex, wir haben uns *geliebt*, im wahrsten Sinne des Wortes.

Als mein Handy surrt, löse ich mich vorsichtig aus der Umarmung, werfe mir meinen Morgenmantel über und laufe mit dem Handy ins Badezimmer, um die Nachricht zu lesen.

Süße, alles gut? Ich wollte dich nur daran erinnern, mich zurückzurufen. Kiss, Cat

Das habe ich in der Tat völlig vergessen nach den Aufregungen der letzten Nacht, weshalb ich sofort ihre Nummer wähle.

»Guten Morgen, na endlich«, meldet sie sich. »Ich dachte schon, du bist in der Versenkung verschwunden.«

»Nein, es war nur«, genießerisch schließe ich die Augen, »ein sehr ausgedehntes Versöhnungsritual, das mich von einem Telefonat abgehalten hat.«

»Eine Versöhnung mit Christian?«

»Mit wem sonst?«

»Das sind ja perfekte Voraussetzungen für die guten Nachrichten, die ich dir überbringe«, sprudelt Cat los. »Damian hat mir geholfen, den Direktor des balinesischen Hotels zu kontaktieren, in dem Felix mit seiner Meditationsgruppe logieren wird. Der Direktor lädt dich ein! Für volle zwei Wochen!«

»Wie, ähm, komme ich denn zu der Ehre?«

»Das Anjali Mudra brummt, seitdem du es in deinem Blog erwähnt hast. Das hat den Direktor auf Bali sofort überzeugt. Im Grunde musst du nur den Flug bezahlen, und auch da ist noch ein Preisnachlass drin. Na, was sagst du jetzt?«

Erst mal nichts. Mein Plan war schließlich, zunächst meine Ehe zu kitten, bevor ich aufs Neue irgendwohin fliege. Womit sich die Frage stellt: Ist das Band zwischen Christian und mir schon stark genug, um eine zweiwöchige Bali-Reise auszuhalten? Ich denke, ja. Wir lieben uns. Das haben wir einander in der vergangenen Nacht sogar ins Ohr geraunt.

»Fee? Bist du noch dran?«

»Das ist so, so überwältigend. Ich weiß gar nicht, was ich sagen soll.«

»Wir wär's mit danke?«

Etwas wackelig sinke ich auf den Badewannenrand. Nach der ersten Euphorie überfallen mich jetzt die organisatorischen Details.

Ich muss bei Doktor Sennheiser kurzfristig Urlaub einreichen. Ich muss dafür sorgen, dass zu Hause zwei Wochen lang alles wie am Schnürchen läuft. Ich werde Finns große Mathearbeit verpassen, für die ich mit ihm üben wollte. Auch Emmis Elternabend werde ich versäumen. Außerdem muss ich meinen Eltern absagen, die uns am kommenden Sonntag zum Mittagessen eingeladen haben.

Lauter Hindernisse. Aber immerhin geht es um Bali, meinen

absoluten Sehnsuchtsort. Eine exotische Insel mit Blumen, Palmen und Tempeln im Indischen Ozean. Da wollte ich doch schon immer hin. Wann, wenn nicht jetzt?

»Also, Cat, ich mach's. Ich werde mit nach Bali fliegen.«

»Bravo, Süße! Das ist großartig! Darf ich es schon Felix mitteilen, oder willst du es ihm selber sagen? Er steht neben mir.«

»Jetzt?« Gähnend reibe ich mir die müden Augen und schaue auf die Zeitanzeige des Handys. »Um halb sieben?«

»Er bietet neuerdings Sonnenaufgangsyoga für Frühaufsteher an. Das kannst du dann auf Bali mitmachen.«

»Sonnenaufgänge finde ich echt toll, aber sie liegen zeitlich immer so ungünstig«, erwidere ich neuerlich gähnend.

»Sag das mal Felix. Ich gebe ihn dir.«

Es folgt Geraschel, dann höre ich Felix' begeisterte Stimme.

»Du kommst mit! Ich freue mich ja so! Das wird ein phantastischer Workshop, wenn du teilnimmst. Ich kann es kaum erwarten!«

»Geht mir genauso, Moment«, jemand bummert an die Badezimmertür, »ich muss Schluss machen, rufe dich später noch mal an, um alles zu bereden.«

Nachdem ich das Gespräch beendet habe, stehe ich eilig auf und öffne die Tür, hinter der Emilia in einem hellblauen Pyjama steht. Allerliebst sieht sie aus mit ihrer verstrubbelten Mähne.

»Morgen, Mami, darf ich rein? Ist dringend!«

»Natürlich, Emmi.«

Ich hauche ihr einen Kuss aufs Haar, danach lasse ich sie vorbei und gehe mit langsamen Schritten über den Flur, etwas durcheinander, aber überglücklich. Habe ich gerade wirklich die Bali-Reise zugesagt? Das alles ist wie ein Traum.

Als ich ins Schlafzimmer komme, ist Christian bereits wach. Auch er hat telefoniert. Das Handy liegt noch in seiner Hand, und er schaut mich an, als hätte er einen Geist gesehen.

»Große Neuigkeiten!«, platzt es aus mir heraus. »Du wirst nicht glauben, was ...«

»Warte, ich habe auch Neuigkeiten«, fällt er mir ins Wort. »Es ist etwas Unglaubliches passiert. Halt dich fest: Ich werde der Nachfolger von Professor Herder! Hast du gehört, Sternchen? Ich trete bald das Amt des Klinikchefs an!«

»Gratulation.« Was soll ich auch sonst sagen? Ganz wohl ist mir allerdings nicht dabei. Christians Karrieretrip macht mir ein bisschen Angst. Dennoch lege mich zu ihm aufs Bett und kuschele mich an seine nackte Brust. »Freut mich riesig für dich. Genau diesen Posten hast du dir doch immer gewünscht.«

»Und bekommen«, ergänzt er stolz. Seine rechte Hand streichelt meine Schulter. »Was wolltest du mir noch mal mitteilen?«

Bevor ich antworte, gebe ich ihm einen Kuss auf die Nasenspitze, den er seinerseits mit einem Kuss auf meine Nasenspitze quittiert.

»Stell dir vor«, lasse ich danach die Katze aus dem Sack, »ich bin nach Bali eingeladen worden! Wegen meines Blogs! Den Hotelaufenthalt bekomme ich umsonst, den Meditationsworkshop auch, und Cat meint, beim Flug könnte ebenfalls ein großer Rabatt drin sein. Ist das nicht wundervoll?«

Stille. Die Hand, die mich gestreichelt hat, bleibt schlaff auf meiner Schulter liegen.

»Schatz?«, frage ich nach. »Wie findest du das?«

»Nicht so gut.«

Ach, du grüne Neune. Die böse Vorahnung, die mich nach

dem Aufwachen beschlichen hat, wird größer und größer, aber noch lehne ich es ab, sie als Gewissheit zu akzeptieren.

»Warum?«

Etwas verdruckst sieht er mich an, dann stopft er sich ein Kissen in den Rücken und richtet seinen Blick zur Decke.

»Die letzte Nacht war wunderschön, Sternchen. Ich hatte das Gefühl, dass wir uns so nahe waren wie früher, was wohl paradoxerweise daran liegt, dass du dich weiterentwickelt hast. Dennoch wird sich ab jetzt vieles ändern. So eine verantwortliche Position bringt jede Menge Arbeit und gesellschaftlicher Verpflichtungen mit sich. Unter anderem bedeutet es, dass du mir verstärkt den Rücken freihalten musst.«

Mir wird immer flauer, weil ich doch mehr Freiraum wollte, nicht noch mehr Pflichten. Ernüchtert rücke ich von ihm ab.

»Christian, Sekunde mal …«

»Ich respektiere durchaus deine neuen Bedürfnisse, zum Beispiel, dass du mehr reisen möchtest«, unterbricht er mich. »Doch pragmatisch betrachtet, stehen wir vor Herausforderungen, die wir nur gemeinsam stemmen können. Ich werde diverse Wochenendfortbildungen über Managementthemen absolvieren müssen, und auch die gesellschaftlichen Anforderungen sind nicht ohne. Professor Herder, dessen Empfehlung eine große Rolle bei meiner Nominierung spielt, hat eigens betont, dass die Party ihn überzeugt hat. Dein Auftritt war durchschlagend. Jetzt sind deine gastgeberischen Qualitäten gefragt. Gleich am nächsten Samstag sollten wir einige Honoratioren der Stadt, etwa den Bürgermeister, zum Essen einladen. Vier, fünf Gänge, gute Weine, edle Tischdekoration, so was kriegst du doch mit links hin als Superhausfrau, oder?«

Eine fiebrige Hitze steigt in mir auf, und mein Schädel dröhnt. Dann war diese Party und mein Diva-Styling also ein Eigentor? Was für eine fiese Ironie des Schicksals.

»Am nächsten Samstag werde ich nicht hier sein«, flüstere ich, all meinen Mut zusammennehmend.

Nun rückt auch Christian weiter von mir ab.

»Wieso?«

»Ich habe dir doch gerade gesagt, dass ich morgen nach Bali fliege.«

Erregt kaut er auf seiner Unterlippe herum, während er mich mit einem neutralen, fast distanzierten Lächeln bedenkt, das so gar nichts mehr mit dem Mann von letzter Nacht zu tun hat.

»Aber ich brauche dich hier, an meiner Seite, wo du ja auch hingehörst. Gut, ich verstehe schon, dass dir diese Bloggersache wichtig ist und Reisen dazugehören. Doch das ist ein zeitlicher Luxus, den wir uns momentan nicht leisten können. Vielleicht in vier, fünf Jahren, wenn die Kinder größer sind und sich in der Klinik alles eingespielt hat. Dann kannst du von mir aus auch mal verreisen. Jetzt nicht.«

Obwohl ich durchaus registriere, dass er mir entgegenkommen will, heißt das ja wohl im Klartext, dass meine Bedürfnisse nicht so wichtig sind und ich meine Träume auf den St. Nimmerleinstag verschieben soll. Noch klammere ich mich an die Hoffnung, dass das nur ein doofer Witz war, und setze ebenfalls ein Lächeln auf.

»Selbstverständlich stehe ich an zweiter Stelle, Schatz, ich bin ja das Weibchen vom Dienst, das kein eigenes Leben haben darf.«

Anders als erhofft, prallt meine Ironie an ihm ab wie ein Flummi.

»O bitte, nicht wieder dieses Drama«, presst er hervor und tippt sich mehrmals mit einem Finger ans Kinn. »Hatten wir das nicht durch? Freu dich doch, dass ich bald so viel Geld verdiene, dass du auch nicht mehr bei Doktor Sennheiser arbeiten musst.«

Das hat er jetzt nicht wirklich gesagt. Mein eigener Mann würde niemals etwas so unfassbar Dämliches von sich geben. Er weiß doch, wie viel Spaß mir die Arbeit in der Praxis macht, mit all den besonderen Menschen, die mir dort begegnen. Christian ist konventionell eingestellt, aber kein hirnbefreiter Macho.

»Lustig, deine Zeitreise ins neunzehnte Jahrhundert«, sage ich mit leidlich gespieltem Amüsement. »Da gab es für die meisten Frauen nichts Schöneres, als versorgt zu sein, hübsche Kleider zu kaufen und Gäste zu bewirten. Aber so langsam solltest du dich ins einundzwanzigste Jahrhundert zurückbeamen. Hallo? Gleichberechtigung! Gender Mainstreaming! Emanzipation!«

»Was soll das werden? Ein Feminismusvortrag?« Inzwischen ist Christian so genervt, dass er das Kissen von sich schleudert und aufspringt. »Wie kann man bloß so stur sein!«

»Ich bin nicht stur, ich bin meinungsstabil.«

Mit bebenden Nasenflügeln steht er vor dem Bett. Ich kann sogar seinen Puls sehen, der am Hals im Takt seiner Erregung pocht.

»Jetzt hör mir mal gut zu, Sternchen. Wir haben früh eine Entscheidung getroffen: Ich mache Karriere, du kümmerst dich um den Rest. Das ist nicht mehr zu ändern, also finde dich damit ab. Oder gönnst du mir den Aufstieg etwa nicht?«

Rums. Er meint diesen Machokrempel also ernst. Todernst. Meine Gedärme verknoten sich zu einem unentwirrbaren Knäuel. Hilflos schaue ich mich im Schlafzimmer um, in dem es nichts Warmes, nichts Anheimelndes mehr gibt, seit Christian den Raum umgestaltet hat. Und dann fällt mir das Gespräch mit Felix ein, am Strand, als wir über Haie sprachen, die nur vorwärts schwimmen können. Christian ist zwar kein Hai, aber er tut genau das, was Felix bewusst hinter sich gelassen hat: ackern wie blöde, mit starrem Blick auf Erfolge, die auf Kosten der Lebensqualität gehen.

»Ich gönne dir alles«, versuche ich, die Wogen zu glätten. »Doch ich würde dir auch von Herzen gönnen, dass du über Wohlfühlqualitäten nachdenkst. Ist es wirklich dein Ziel, einen superstressigen Job zu ergattern, für den du noch mehr arbeiten musst? Willst du deine Wochenenden mit immer neuen Fortbildungen verbringen? Und Leute einladen, weil sie wichtig sind, aber vielleicht die größten Langweiler?«

»Wohlfühlqualitäten? Sorry, das ist mir zu kindisch.«

In seinem Kosmos ist es das wahrscheinlich. Aber nicht in meinem. Es passt einfach nicht: Ich will raus aus dem Hamsterrad, er springt mit Anlauf rein. Selbst wenn ich versuchen würde, hinterherzuspringen, würde ich todsicher wieder rauskatapultiert werden.

Wir zucken beide zusammen, als es an der Tür klopft.

»Mum?«, ertönt Finns Stimme. »Ich finde meine schwarzen Sneakers nicht.«

»Bin gleich bei dir!«

Mit bleischweren Gliedern stehe ich auf. Nach einem letzten Blick aufs Bett, in dem ich eine rauschende Liebesnacht verbracht habe, die leider nichts an unseren Eheproblemen ändern konnte, schleppe ich mich auf den Flur.

Finn trägt noch denselben schlunzigen Jogginganzug wie im Österreich-Urlaub. Früher hätte ich ihm Vorhaltungen deswegen gemacht, doch mittlerweile sehe ich es gelassener. Leben ist wichtiger als ein frisch gewaschener Jogginganzug.

»Komm, Finn, wir schauen mal im Keller nach, ob deine Sneakers da sind. Hast du schön geschlafen?«

»Hmmmm.«

Das ist zwar seine übliche Kommunikationsweise, doch ich höre noch etwas anderes heraus.

»Was ist, mein Junge?«

Mit gesenktem Kopf pult er an seinem Armgips herum, der inzwischen nicht nur mit Filzstiftkritzeleien, sondern auch mit Totenkopfstickern bedeckt ist.

»Emmi sagt, dass du nach Bali fliegst?«

Also hat meine Tochter an der Badezimmertür gelauscht. Ich kann es ihr nicht verdenken. Liegt doch auf der Hand, dass sich meine Kinder mehr als sonst für ihre Eltern interessieren.

»Stimmt«, bestätige ich, während wir die Treppe zum Erdgeschoss hinuntergehen. »Und? Was hältst du davon?«

»Ich find's total cool.« Er wirft mir einen anerkennenden Seitenblick zu. »Du bist sowieso irgendwie cooler geworden, Mum. Gefällt mir, echt. Keep on rockin'!«

Womit ich schon mal die Absolution meines Sohns hätte. Wenigstens ein Lichtblick.

»Die Sneakers stehen übrigens in meinem Zimmer«, grinst er. »Ich wollte nur allein mit dir frühstücken, bevor die anderen kommen. Ist immer so stressig mit Dad.«

Aha. Zwar schwingt eine leise Kritik an seinem Vater darin mit, vor allem aber ist der kleine Trick ziemlich süß von Finn. Er möchte einen Mutter-Sohn-Moment, bevor ich wegfahre.

»Worauf hast du Hunger?«, frage ich, als wir in der Küche angekommen sind. »Rührei? Müsli? Obstsalat?«

»Also, so richtig geil wären diese Pfannkuchen, die du mir früher immer gemacht hast. Mit Erdbeermarmelade.«

»Sehr gern.« Ich öffne schon den Kühlschrank, um Eier und Milch herauszuholen. »Und zu trinken? Kakao?«

»Hmmmm.« Seine ganze Aufmerksamkeit gilt jetzt dem Handy, auf das er in irrwitziger Geschwindigkeit eintippt, um es mir entgegenzuhalten. »Bali ist ja Hammer. Guck mal die Fotos an.«

O ja. Weiße Strände, grüner Urwald, Reisterrassen, es muss das Paradies sein.

»Aber wie's aussieht, kriegst du mächtig Ärger«, merkt Finn mit der ganzen Altklugheit eines aufgeweckten Vierzehnjährigen an. »Papa ist bestimmt dagegen, Oma Hedwig sowieso.«

Erbittert lasse ich den Schneebesen durch eine Porzellanschüssel fliegen, in der ich Eier, Milch, Zucker und Mehl zu einem Pfannkuchenteig verquirle. *Dagegen* ist gar kein Ausdruck. Schlachten werden sie mich. Aber wozu habe ich einen aufgeweckten Sohn?

»Sag mal, Finn, hast du irgendeine Idee, wie ich das ändern könnte?«

Mit gesenktem Kopf wischt er übers Display und betrachtet weitere Fotos des verbotenen Paradieses.

»Mach doch eine WhatsApp-Gruppe und schreib rein, warum du da hinwillst. Dann musst du es nicht jedem einzeln erklären.«

Das ist es. Als frischgebackene Bloggerin sollte ich ja wohl in der Lage sein, mir ein paar überzeugende Sätze einfallen zu lassen.

Nachdem ich meinem wunderbaren Sohn vier zusammengerollte Eierpfannkuchen mit einer dicken Erdbeermarmeladenfüllung sowie eine Tasse heißen Kakao serviert habe, setze ich mich zu ihm an den Küchentisch.

»Wen soll ich in die Gruppe reinnehmen?«

»Am besten alle, die's betrifft«, antwortet er genüsslich schmatzend. »Papa, Emmi und mich. Oma und Opa Ziegler. Deine Eltern natürlich. Tante Felicitas. Deine schrullige Kollegin aus der Praxis. Und deine Freundinnen, damit du außer dem Shitstorm auch ein paar positive Kommentare abkriegst.«

»Du bist nicht nur genial, du bist der Einstein der Kommunikation«, seufze ich hingerissen.

»Einstein hat sich nie die Zähne geputzt, wusstest du das?«, grient Finn.

Vermutlich ist das eine Anspielung darauf, dass er noch nicht im Badezimmer war. Egal. Im Nu habe ich die WhatsApp-Gruppe zusammengestellt und fange an zu schreiben.

Liebe alle. In den letzten Tagen durfte ich etwas Entscheidendes lernen: Nimm dir Zeit zum Glücklichsein, das ist die Quelle der Kraft und das Geheimnis eines erfüllten Lebens. Es gibt viele Wege zum Glück. Einer davon ist, aufhören zu grübeln und anfangen, an sich zu arbeiten. Deshalb werde ich mir einen Jugendtraum erfüllen und nach Bali reisen. Unter dem Motto: Kopf aus, Herz an, möchte ich meditieren und dabei mehr über Glück und Gelassenheit erfahren. Keine Sorge, der

Abschied wird nur vorübergehend sein. Freut euch auf
eine grundentspannte Frau, die in zwei Wochen wieder
bei euch sein wird. In Liebe, Fee.

Bevor ich die Nachricht verschicke, zeige ich sie Finn.

»Ich kapier zwar nur die Hälfte, klingt aber mega«, lobt er
mich.

»Und du denkst, das funktioniert?«

Verschmitzt wischt er sich einen roten Marmeladenklecks aus
dem Mundwinkel.

»Immer positiv denken, Mum, sonst klappt es mit den Enttäuschungen nicht so gut.«

Kapitel 28

Heute Nacht schlafe mal *ich* auf der Couch. Und zwar unten im abgedunkelten Wohnzimmer, wo nur eine trübe Stehlampe in der Ecke eingeschaltet ist. Das heißt, schlafen ist nicht ganz das richtige Wort. Immer wieder knuffe ich mir die Sofakissen zurecht, stopfe sie mir in den Rücken, bette meinen Kopf darauf, lege sie mir auf den Bauch. Aber wie könnte ich auch nur eine Sekunde Schlaf finden, wenn meine Gedanken Karussell fahren und mein Herz im Schleudergang durch meinen Brustkorb kobolzt?

In wenigen Stunden werde ich nach Bali fliegen. Werde ich es wirklich tun?

Vielleicht sollte ich mich vorher mit meinem inneren Kind unterhalten. In den letzten Tagen hat es nur sprachlos zugesehen, wie ich unangeschnallt in der Achterbahn meines Lebens saß, mich irgendwie noch gerade so festhalten konnte und jeden Moment damit rechnete, ins Nichts geschleudert zu werden.

Hallo, Fee!, höre ich mein inneres Kind rufen. Wenn's recht ist, würde ich gern das Wort ergreifen!

Nur zu. Da ich ja sowieso wacher als wach bin, kommt es darauf jetzt auch nicht mehr an. Mit schlurfenden Schritten gehe ich zum Wohnzimmerschrank, hole mein Tablet aus der unteren Schublade und lasse mich wieder auf die Couch fallen.

Ich fange an zu tippen. Dann leg mal los, inneres Kind. Bin ganz Ohr.

Liebe Fee,

Deine Schlaflosigkeit ist halb so schlimm. Es kommt ja selten vor, dass Du mal nichts tust, doch genau dann fängt die Seele an zu arbeiten. Also? Wie weit bist Du?

Bestimmt kommt es Dir gerade so vor, als wäre Dein Leben so verwurschtelt wie noch nie. Aber das sieht nur so aus. In Wirklichkeit entwurschtelst Du Dich nämlich gerade, und zwar ziemlich tapfer. Du weißt jetzt genau, was Du willst und was nicht. Du weißt nur noch nicht, wie Du es verwirklichen sollst, ohne Deine Ehe und Dein gesamtes Umfeld zu zerlegen. Deshalb liegt Dir Bali schwer im Magen. Kann ich verstehen. Doch das Leben geht nie spurlos an einem vorbei. Manchmal hinterlässt es Bremsspuren, manchmal Fußspuren im Sand. Wenn Du mich fragst, solltest Du Dich für die Spuren im Sand entscheiden.

Jahrelang wolltest Du es allen recht machen. Glaub mir, das ist eine Illusion. Selbst wenn Du über Wasser laufen könntest, gäbe es immer noch jemanden, der sagt: Hey, kann die Frau etwa nicht schwimmen? Also tu, was sich richtig anfühlt. Kritisiert wirst Du sowieso.

Außerdem ist das so eine Sache mit dem Es-allen-recht-Machen, denn eine Person wird dabei immer den Kürzeren ziehen: Du selber. Ich übrigens auch. Falls Du jetzt klein beigibst, ist das die Weichenstellung in eine

Zukunft, in der ich abgemeldet bin. Vielleicht für immer. Den Rest nennt man Folgefehler. Dann liegst Du eines Tages mit einem Zettel am großen Zeh im Bestattungsinstitut, während die Leute an Dir vorbeidefilieren und flüstern: Guck mal, das war die nette Fee. Viel hat sie ja nicht vom Leben gehabt, aber nett war sie auf jeden Fall.

Denk doch mal daran, wie viele Lichtblicke es in den vergangenen Tagen gab. Auf Mallorca, als Du loslassen konntest wie noch nie, auch mit Christian, als Du die Idee mit der Massage hattest. Das waren kostbare Momente, weil wir beide uns prima verstanden haben, Du und ich. Auch Christians inneres Kind war richtig gut drauf. Ich habe es glücklich lächeln sehen, nach langer, langer Zeit.

Fee, Du liebst Christian! Den Mann, der unter Deinen Händen schmolz, weil Du ihm gezeigt hast, wie sehr Du ihn liebst und wie wichtig er Dir ist! Deshalb sage ich Dir: Lebe und atme und finde Dein Glück. Danach gibst Du Christian so viel von Deinem Glück ab, bis er begreift, dass ihn eine strahlende Zukunft mit Dir erwartet.

Hörst Du mir eigentlich noch zu? Seit Stunden hängen wir hier zusammen auf der Couch, schlagen uns die Nacht um die Ohren, und langsam fühle ich mich wie manche Eltern, die ihren bockigen Kindern immer wieder dasselbe sagen und trotzdem auf andere Resultate hoffen.

Auch ich habe die Hoffnung noch nicht aufgegeben. Oder bin ich zu streng mit Dir?

Nun ja, Kinder sind nicht die besten Diplomaten. Auch innere Kinder nicht. Sie können verflixt ungeduldig werden. Also? Machen wir morgen wieder dieses Ding mit der

schlechten Laune und dem langen Gesicht und dem Op-
fermodus? Ich frage nur, weil ich vorbereitet sein will.

Dein inneres Kind

PS Womöglich bringt Dich Christian ja sogar zum Flughafen. Jedenfalls ist er keineswegs der Emotionsallergiker,
den er manchmal spielt. Das hat mir sein inneres Kind
verraten, als ihr beide vollauf damit beschäftigt wart …
Aber ich will ja nicht indiskret sein. 😊

Kapitel 29

Nein, Christian hat mich nicht zum Flughafen gebracht. Mein Abschiedskomitee besteht aus Catherine und Betty, die darauf bestanden haben, mich trotz der frühen Stunde herzufahren. Alle drei sehen wir fertig aus wie von einer Party übrig geblieben. Cat hat ihr Haar achtlos unter eine rote Baseballkappe gestopft, Betty verbirgt ihre Augenringe hinter einer riesigen schwarzen Sonnenbrille. Ich bin nicht zum Föhnen gekommen und im Übrigen so wackelig auf den Beinen, dass ich Basecap plus Sonnenbrille brauche.

Es ist halb sechs Uhr morgens. Übermüdet trinken wir einen dünnen Kaffee in der Abflughalle und mustern das ständig größer werdende Grüppchen mittelalter Frauen in Funktionsjacken, die sich vor der Securityschleuse um Felix scharen.

»Sinnsuche auf Balinesisch scheint im Trend zu liegen«, wundert sich Catherine. »Ich zähle schon zwanzig Teilnehmerinnen.«

Betty, die mit lautlos sich bewegenden Lippen ebenfalls gezählt hat, verzieht lächelnd das Gesicht.

»Da es sich ausschließlich um Frauen handelt, halte ich für möglich, dass sie ihren Sinn in Felix suchen.«

Ja, das vermute ich auch. Und bekomme auf einmal Fracksausen. Bali war immer mein sehnlichster Wunsch, aber will ich mit einem Felix-Fanclub verreisen? Was ist mit der großen Welle, von der er gesprochen hat? Werden wir allein am Strand sitzen und auf die Welle warten, oder wird das eine Gruppenveranstaltung?

Zwischendurch überfliege ich die neuen Benachrichtigungen auf meinem Handy. Seit gestern ist die Hölle los. Doktor Sennheiser ist sowieso auf Achtzig, weil ich so kurzfristig Urlaub genommen habe, von meinem privaten Umfeld gar nicht zu reden. Die WhatsApp-Gruppe war eine brillante Idee, hat aber wie befürchtet für einen Sturm der Entrüstung gesorgt. Hedwig schrammt nur noch haarscharf an justiziablen Beleidigungen vorbei, ihr Mann zeigt sein Unverständnis mit sich übergebenden Emojis, meine Eltern zerfließen vor Besorgnis.

Kind, Kind, wie kannst du uns nur so einen Schreck einjagen! Bali! Das ist doch ganz weit weg und voller gefährlicher Insekten, da holst du dir noch Malaria oder sonst was! Überleg es Dir bitte noch mal, ja? Deine Mama

Fee, du bleibst hier, formuliert mein Vater seine Bedenken wesentlich bündiger.

Tante Felicitas, die sich eigentlich nur blicken lässt, wenn es Kaffee und Kuchen gibt, fühlt sich dazu berufen, die ganz große Keule zu schwingen.

Nicht so. NICHT SO! Mein Neffe hat eine Frau verdient, die fest an seiner Seite steht, gerade jetzt, wo er einen Karrieresprung vor sich hat. Für Deinen Egoismus ist da kein Platz. Außerdem putzen sich meine Fenster nicht von allein.

Aber es gab auch nette Reaktionen. Nicht nur von Cat, Betty und den Kindern, die sämtlichen negativen Kommentaren etwas Besänftigendes entgegengesetzt haben, auch von meiner Kollegin Karla kamen aufbauende Worte.

Das machst du genau richtig, Fee. Ich frage mich schon lange, wie Du Dein immenses Tempo durchhältst. Die allgemeine Urlaubsreife hast Du jedenfalls seit Jahren. Also spann mal richtig aus. Gute Reise! PS Doktor Sennheiser tobt.

Cat sieht mir über die Schulter.

»In der Gruppe geht es ziemlich hoch her, was?«

»Hätte schlimmer kommen können«, murmele ich, auch wenn ich das dumme Gefühl habe, mein Karma könnte diesen Hinweis ernst nehmen und sich schon mal unauffällig Notizen machen.

»Diese Tante Felicitas ist ja wohl das Allerletzte«, regt sich Betty auf. »Hat die am Blitz geleckt, oder was? Wie kommt sie dazu, dir so einen Quark zu schreiben? Aber ihr Profilbild sagt ja alles: Abteilung Zombieapokalypse.«

»Schon gut«, erwidere ich schulterzuckend, »sie ist halt eine alte Dame, die es in Ermangelung eines eigenen Lebens als ihre Aufgabe betrachtet, sich in meine Angelegenheiten einzumischen. Kein Grund, sie zu verteufeln.«

»Beste Freundinnen tun das aber.« Catherine stampft mit dem Fuß auf und fängt gleich darauf an zu lachen. »Aus Loyalität zu dir hassen wir auch völlig unbekannte Personen.«

»Sehr lieb, danke.«

Nachdem ich den letzten Schluck Kaffee getrunken habe, umfasse ich den Griff meines Rollkoffers. Höchste Zeit, zur Sicherheitskontrolle zu gehen, vor der sich inzwischen eine lange Schlange gebildet hat. Es wird eine Weile dauern, bis ich an der Reihe bin, und danach muss ich ja auch noch das richtige Gate finden.

»Jetzt geht's also los?« Betty umarmt mich fest. »Meine Oma sagte immer: Reise vor dem Sterben, sonst reisen deine Erben. In diesem Sinne guten Flug. Schreib uns, wenn du angekommen bist, ja?«

Auch Cat umarmt mich.

»Wir werden dich vermissen, Süße. Genieße die Zeit auf Bali.«

Ich will schon losmarschieren, als plötzlich zwei Teenager auf mich zugeschossen kommen. Emilia! Und Finn! Die beiden lagen noch in den Federn, als ich das Haus verließ, doch kurz darauf müssen sie in größter Eile aufgebrochen sein. Finn trägt noch seinen Joggingschlafanzug, Emmi hat sich nicht einmal geschminkt, was bei ihr wirklich etwas heißen will. Beide fliegen förmlich in meine Arme.

»Wir haben uns ein Uber geleistet, weil wir dir noch Ciao sagen wollten«, hechelt Emmi. »Und dass wir es wirklich absolut super finden, dass du nach Bali fliegst.«

Sogar Finn, der es in seinem Alter nicht so mit Körperkontakt hat, schlingt seine Arme um meinen Hals.

»Jo, Mum, keep cool und lass es dir gut gehen. Wir kriegen das zu Hause locker ohne dich hin. Ich werde sogar für die Mathearbeit üben.«

»Schau mal, das ist ein Glücksbringer.« Emmi zieht eine Lederschnur mit einem kleinen silberfarbenen Herzanhänger aus ihrer Hosentasche und legt sie mir um den Hals. »Damit du weißt, dass wir immer an dich denken.«

Ich kann die Tränen nicht mehr zurückhalten. Schluchzend liegen wir einander in den Armen. Ich habe so unglaublich tolle Kinder. Die besten der Welt.

»Gratulation, Fee, die zwei hast du echt gut hinbekommen.«, sagt Cat ergriffen. »Und da sage noch einer, die meisten Unfälle passieren im Hormonhaushalt von Pubertierenden.«

»Wenn in dieser Familie einer pubertiert, dann der Vater«, wispert Betty.

Erst die Durchsage, dass sich alle Reisenden des Flugs nach Bali auf schnellstem Wege zum Gate begeben sollen, beendet den hochemotionalen Abschied. Schweren Herzens reiße ich mich von Emmi und Finn los.

»Es bedeutet mir unendlich viel, dass ihr extra gekommen seid. Passt gut auf Papa auf, ja?«

Emmi macht einen trotzigen Schmollmund.

»Ehrensache. Und falls diese Joleen bei uns zu Hause aufschlägt, kann die was erleben, verlass dich drauf.«

»Die kriegt voll den Einlauf von uns«, fügt Finn mit einem vergnügten Grinsen hinzu.

Joleen, ja. Sie ist zwar nicht meine größte Sorge, aber eine ernst zu nehmende. Mit Christian habe ich nicht mehr über sie gesprochen. Überhaupt haben wir so gut wie gar nicht mehr miteinander gesprochen, weil er den gesamten gestrigen Tag bis zum späten Abend in der Klinik verbracht hat. Auch in der WhatsApp-Gruppe hat er sich nicht geäußert.

Was sein Schweigen bedeutet? Darüber will ich mir jetzt noch nicht den Kopf zerbrechen. Die Machoattitüde, mit der er mich zur Frau an seiner Seite verzwergen wollte, muss ich erst noch verdauen. *Kündige deinen Job und besinne dich auf deine gastgeberischen Qualitäten,* also wirklich. Oder war das nur seiner Anspannung geschuldet? Wer unter Strom steht, dem brennen ja bekanntlich schon mal die Sicherungen durch. Und Christian steht eigentlich dauernd unter Strom. Doch in vierzehn Tagen bin ich wieder da, hoffentlich tiefenentspannt, und dann wird sich entscheiden, ob wir eine neue Seite im Buch unserer Ehe aufblättern, oder ob wir das Buch schließen müssen.

Jetzt mal nicht so negativ, flüstert mein inneres Kind. Da waren wir gestern Nacht doch schon einen Schritt weiter. Du musst daran glauben, dass dein Glück auch zu seinem wird!

Mit einer Hand winke ich, mit der anderen ziehe ich meinen Rollkoffer hinter mir her, während ich etwas eierig zur Sicherheitskontrolle gehe. Mittlerweile bin ich so aufgeregt, dass es in meinen Ohren rauscht. In der Schlange angekommen, schaue ich dreimal in meiner Handtasche nach, ob ich meinen Pass dabeihabe und ob mein Handy genug Akku hat, um das elektronische Ticket zu präsentieren.

Langsam werde ich vorwärts geschoben, doch meine Unruhe wächst von Minute zu Minute.

Irgendwie kommt es mir so vor, als hätte ich etwas vergessen oder übersehen. Es rumort in meinem Hinterkopf, aber ich komme nicht darauf, was es sein könnte. Um mich abzulenken, fotografiere ich die Anzeigetafel mit dem Schriftzug *7.10 Uhr*

Abflug Ngurah Rai Airport Bali und poste sie auf meinem Blog. Dazu schreibe ich:

Falls ihr mich sucht, befinde mich gerade im inneren Umbau.

»Alles okay?«, spricht mich Felix an, der am vorderen Ende der Schlange auf mich gewartet hat. »Du bist ein bisschen blass um die Nase.«

Von seinem Fanclub ist nichts mehr zu sehen. Wahrscheinlich sitzen die Damen bereits am Gate, und er hat mich abgepasst, damit ich nicht doch noch im letzten Augenblick einen Rückzieher mache. Beklommen schaue ich auf meinen Rollkoffer.

»Ist gerade etwas schwierig zu Hause. Christian wollte mir die Reise sogar verbieten. Er wird demnächst Klinikchef, deshalb erwartet er die Rolle rückwärts von mir. Ich soll gefälligst das brave Heimchen am Herd sein, das ihm den Rücken freihält. Er will einfach nicht verstehen, dass ich neue Prioritäten habe.«

»Lass mich das mal zusammenfassen«, erwidert Felix bedächtig. »Dein Mann wirft dir vor, du hättest dich zu deinem Nachteil verändert, weil du nicht mehr nach seinen Vorstellungen leben willst. Und du wünschst dir, dass er nicht nur dir mehr Spiel lässt, sondern auch sich selber?«

Es ist schon eigenartig, einen Menschen zu kennen, der bis in den hintersten Winkel meiner Seele blicken kann und den ganzen Schlamassel auch noch versteht.

»So ist es.« Ich schniefe ein bisschen. »Dabei hatte ich so sehr gehofft, ich könnte Christian mit auf meine Reise der Veränderung nehmen. Doch er hat nichts anderes im Kopf als seinen Chefsessel. Na, wenigstens sind meine Kinder vollauf damit einverstanden, dass ich ein eigenes Leben führen möchte.«

»Das spricht für dich und deine Qualitäten als Mutter.«

»Meinst du?«

»O ja. Der schönste Spiegel eines Menschen sind seine Kinder.« Inzwischen stehen wir ganz vorn und werden zum Förderband gewunken. Mit klopfendem Herzen lege ich meine Handtasche, meine Armbanduhr, meine Jacke sowie meinen Rollkoffer auf das Band und trete in die kabinenartige Vorrichtung, in der ich durchleuchtet werde. Es piept. Es piept sogar gewaltig. Eine dunkelblau uniformierte Sicherheitsmitarbeiterin winkt mich zu sich heran.

»Haben Sie Metall am oder im Körper?«

»Wie – im?«

»Ein künstliches Hüftgelenk vielleicht?«

»Noch nicht«, lächele ich. »Vorher würde ich gern was erleben.«

»Aha.« Sie tastet mich von oben bis unten ab, dann zeigt sie auf meinen Hals. »Da haben wir ja den Übeltäter. Es ist Ihr Anhänger.«

Emilias Geschenk. Wieder bin ich den Tränen nahe. Nur widerstrebend lege ich das Lederband ab und warte ungeduldig, bis es mit meinen übrigen Sachen den Röntgenapparat verlässt. Dann hänge ich mir den Glücksbringer eilig wieder um den Hals. Vor dem Start werde ich Emmi noch mal schreiben, wie sehr ich mich darüber freue.

Als auch Felix die Sicherheitskontrolle hinter sich gebracht hat, eilen wir durch die hell erleuchtete Shoppingzone und danach endlos lange Gänge entlang zum Gate, wo bereits die anderen Teilnehmerinnen stehen. Neugierig mustern sie mich. Dass ich zusammen mit Felix auftauche, scheint ihr lebhaftestes Interesse zu erregen. Zu meiner Erleichterung hat das Boarding jedoch schon begonnen, so dass ich erst mal keine Fragen beantworten muss.

»Das war jetzt wirklich auf den letzten Drücker«, raunt Felix mir zu. »Fast hätten wir den Flug verpasst.«

»Tut mir leid«, sage ich zerknirscht. »Aber ich konnte Emmi und Finn nicht einfach so stehen lassen. Sie sind extra mit einem Uber angerast gekommen. Trotzdem danke, dass du auf mich gewartet hast.«

»Dich muss man halt immer ein bisschen im Auge behalten«, schmunzelt er. »Na los, auf geht's.«

Wieder stellen wir uns an, diesmal sind wir die Letzten in der Schlange. Das war wirklich knapp. Meter für Meter rücke ich dem Counter näher, an dem die Tickets kontrolliert werden. Für den Bruchteil einer Sekunde packen mich noch einmal kribbelnde Zweifel. Dann zeige ich wie in Trance mein Handy vor, das elektronische Ticket wird gescannt, und ich sehe mich durch den ziehharmonikaartigen Finger zum Flugzeug gehen und einsteigen.

Jetzt gibt es kein Zurück mehr. Wahnsinn. Ich fliege tatsächlich nach Bali.

Nachdem ich den Rollkoffer im Gepäckfach verstaut habe, drücke ich mich auf meinen Platz und hole das Handy heraus.

Mein Schätzchen, tippe ich eine Nachricht an Emmi, Du hast mir eine Riesenfreude gemacht mit der Herzkette. Danke, dass Ihr zum Flughafen gekommen seid. Ich bin selig vor Glück. Tausend Küsschen an Dich und Finn, Deine Mami

Überwältigt von plötzlicher Sehnsucht atme ich einmal tief durch, als mein Blick auf Christians Account fällt. Und auf einmal weiß ich auch, was ich übersehen habe: Es sind die vielen Nachrichten, die er mir nach meiner ersten Nacht auf Mallorca gesendet hat. Ungelesen hatte ich sie weggedrückt, aus Furcht, sie könnten mich runterziehen. Aber bevor ich losfliege, sollte ich vielleicht wissen, was er mir mitteilen wollte. Auch wenn's wehtut.

Besser reinen Tisch machen, als die unangenehmen Tatsachen verdrängen. Mit einem zitternden Finger klicke ich die erste Nachricht an.

> Guten Morgen, Sternchen. Das heißt, es ist erst halb fünf, und Du schläfst wahrscheinlich noch. Ich habe kaum Schlaf gefunden. Du weißt, ich war gegen die Reise nach Mallorca, doch glaub mir, ich wünsche Dir trotzdem einen schönen Tag.

Das gibt's doch nicht. Ich lese die nächste Nachricht.

> Jetzt ist es kurz nach fünf. Ich vermisse Dich, Sternchen. Mehr als ich jemals gedacht hätte. Mach keinen Unsinn, ja? Mir gefällt der Gedanke gar nicht, dass Du diese Tantrasache durchziehen willst. Aber vielleicht brauchst Du das. Keine Ahnung. Bei uns liegt ja einiges im Argen.

Mein Herz klopft bis zum Hals. Das hat er mir geschrieben? So einlenkend, so liebevoll?

Wie durch einen Nebel sehe ich eine Stewardess heranschreiten, die knallend die Gepäckfächer schließt und kontrolliert, ob alle Passagiere ordnungsgemäß angeschnallt sind. Mit einem professionell einstudierten Lächeln beugt sie sich zu mir herunter.

»Verzeihung? Wir starten gleich. Würden Sie bitte Ihr Handy ausschalten oder den Flugmodus anwählen?«

Es dauert einen Moment, bis ich begreife, was sie von mir will. Meine Wangen stehen in Flammen, meine Hände sind eiskalt.

»Ich soll …? Ja, nur einen Augenblick bitte.«

Die dritte Nachricht liest sich noch eindringlicher.

Sternchen, Sternchen, manchmal sind die Nächte, in denen man nicht einschlafen kann, die Nächte, in denen man aufwacht. Ich fürchte, ich habe in der Vergangenheit einige Fehler gemacht. Vielleicht auch wir beide. Doch was spielt das für eine Rolle? Lass uns nach vorn schauen. Es zeichnet sich ab, dass ich der Nachfolger von Professor Herder werden könnte. Wenn Du von Mallorca zurückkommst, möchte ich deshalb ein paar Tage mit Dir verreisen, bevor der große Stress losgeht. Nur wir beide, ein schönes Hotel, wo wir richtig Zeit füreinander haben, wie fändest Du das? Wäre vielleicht eine Chance, uns endlich auszusprechen. Auszusöhnen. Und Du verreist doch so gern.

»Verzeihung?« Die Stimme der Stewardess klingt weit weniger freundlich als vorhin. »Wir rollen schon. Sie müssen jetzt wirklich Ihr Handy ausschalten.«

Ich schaue aus dem Fenster. Stimmt, wir rollen, das habe ich gar nicht bemerkt. Ich habe auch keinen Blick dafür, wer neben mir sitzt oder welche Farbe der Schonbezug des Vordersitzes hat. Mir ist heiß, als hätte ich hohes Fieber.

»Eine Sekunde noch«, japse ich.

Augenrollend bleibt die Stewardess neben mir stehen, während ich die letzte Nachricht lese.

Natürlich hole ich Dich morgen vom Flughafen ab. Dich nach Deiner Mallorca-Reise wieder in die Arme zu schließen, ist mein größter Wunsch. Die nächste Zeit wird hektisch, aber wir werden das irgendwie hinkriegen mit meinem Job als Klinikchef. In den ersten Monaten brauche ich Dich an meiner Seite. Einverstanden? Wenn sich dann alles eingespielt hat, kannst Du von mir aus auch nach Bali fliegen. Oder zum Südpol. Nur den Mars fände ich etwas zu weit weg. Freu mich auf Dich. Dein C

Wie vom Donner gerührt starre ich auf das Display. All das hat er mir geschrieben? Und vergeblich auf eine Antwort gewartet? Ich muss ihm schreiben! Sofort!

Lieber, lieber Christian, fange ich an zu tippen.

»Schluss jetzt«, faucht die Stewardess. »Sonst sehe ich mich gezwungen, Ihnen das Handy wegzunehmen!«

»Entschuldigen Sie bitte vielmals, es ist ungeheuer wichtig.«

»Irgendwas ist immer wichtig«, entgegnet sie schnippisch. »Die einen müssen Aktienpakete verschieben, die anderen ihrer Oma erzählen, dass sie nasebohrend in der Business Class sitzen. Aber die Flugsicherheit geht vor. Haben Sie sonst noch elektronische Geräte dabei? Tablet? Laptop?«

»Nein, nur das Handy.«

Mit zitternden Händen stelle ich es aus, woraufhin die Stewardess befriedigt davonstöckelt. Was für ein unterirdisches Timing. Die nächsten dreiundzwanzig Stunden werde ich Christian nicht erreichen können. Dabei gibt es so unendlich vieles, was ich ihm sagen möchte! Kraftlos lehne ich mich zurück. Draußen gleitet die Landschaft immer schneller vorbei. Ich spüre, wie mich die Beschleunigung in den Sitz drückt, und dann heben wir auch schon ab.

Es zerreißt mir das Herz. Christians Gesicht vorgestern im Ankunftsbereich des Flughafens steht mir wieder vor Augen, sein verhaltenes Lächeln, das kleine Zwinkern, als ob er hoffte, dass ich ihm etwas zu seinen Nachrichten sage. Auch sein fragender Blick vor der Massage ging in die Richtung. Christian wollte keinen Streit, er wollte die Versöhnung und sogar mit mir verreisen. Aber ich? Hatte seine Nachrichten ignoriert und deshalb keinen Schimmer, wie weit er mir schon entgegengekommen war. Herzlich willkommen im falschen Film.

Fee Ziegler, du dusseliges Huhn, schelte ich mich, würdest du demnächst vielleicht mal deine Nachrichten lesen?

»Entschuldigung.« Mein Sitznachbar, ein schmächtiger Mann mit einer riesigen schwarzen Nerdbrille, stupst mich an. »Könnten Sie sich gefälligst zusammenreißen? Ich habe sowieso schon Flugangst, aber wenn Sie hier dauernd so laut rumstöhnen, wird es noch schlimmer.«

Völlig aufgelöst und sehr genervt starre ich ihn an. Vorsicht, Sie inspirieren gerade meine innere Serienmörderin.

»Ich versuch's«, verspreche ich ohne große Überzeugung.

Dies wird ein anstrengender Flug. Vor allem für meine Mitreisenden.

Kapitel 30

Es regnet. Ja, auch auf Bali regnet es manchmal. Doch in der schwülwarmen tropischen Luft macht mir das nichts aus. Dafür ist es hier viel zu interessant und aufregend und exotisch. Obwohl ich nach dem langen Flug wie gerädert bin, kann ich mich gar nicht sattsehen. Alles möchte ich in mich aufnehmen, die üppige Vegetation, die wunderschönen Menschen, die intensiven Farben, die mir entgegenleuchten. Rikschas rumpeln durch die engen Gassen, Gemüsehändler bieten ihre Waren feil, Kinder spielen fröhlich kreischend Fangen. Es riecht nach exotischen Gewürzen, überall stehen blumengeschmückte Tempel.

Na ja, jedenfalls hatte ich mir das so vorgestellt.

In Wirklichkeit werde ich von einem Bus durchgeschaukelt, der mich mit den anderen Teilnehmerinnen ins Hotel bringt, schaue aus dem Fenster, ohne etwas zu sehen, und wäre jetzt viel lieber dort, wo meine Gedanken sind: bei Christian.

Dreiundzwanzig Stunden lang habe ich darüber nachgedacht, was ich ihm antworten soll. Aber mein Handy, das wie ein glühendes Stück Kohle in meiner Handtasche liegt, funktioniert noch nicht. Felix hat angekündigt, dass wir im Hotel indonesische SIM-Karten bekommen und dort auch das WLAN nutzen können – alles andere würde horrend teuer werden. Woher also soll ich wissen, was ich fühle, bevor ich lese, was ich schreibe?

Und wie soll ich wissen, welche Gefühle meine Nachrichten bei Christian auslösen, bevor ich lese, was *er* mir zurückschreibt?

Würde ich einfach meine Emotionen ungefiltert in den Chat fließen lassen, könnte ich genauso gut fröhlich winkend in eine Kreissäge laufen. Womöglich ist Christian so frustriert von meinem Schweigen, dass er mich bereits abgehakt hat. Oder er baggert vor lauter Enttäuschung gerade Joleen an. Wenn dann ein überschwängliches *Verzeih mir, ich war so ein Schaf, wir lieben uns doch, wir kriegen das alles hin* angeflattert käme, wäre das nur total daneben.

Auch telefonieren ist keine Option. Ich möchte jedes einzelne Wort mit Samthandschuhen auf die Goldwaage legen, bevor ich am Ende noch etwas Unbedachtes von mir gebe. Weitere Missverständnisse können wir uns nicht leisten.

Wenigstens klart es während der Busfahrt vom Flughafen zum Hotel ein wenig auf. Hoffentlich ein gutes Omen. Oder mache ich alles viel zu kompliziert? Cat sagt immer: Frauen denken mehr darüber nach, was Männer denken, als Männer überhaupt zu denken in der Lage sind. Aber hier geht es um Gefühle. Meine Wangen brennen immer noch, wenn ich mir Christians Nachrichten ins Gedächtnis rufe. Diesen neuen ungewohnt intimen Ton, seine zaghaften Selbstzweifel und sein ehrliches Bemühen, es mir irgendwie recht zu machen.

Verdammt, ich habe es so was von versemmelt!

Nun mal halblang, meldet sich mein inneres Kind. Du kannst zwar nicht in die Vergangenheit reisen und den Anfang ändern. Aber du kannst neu anfangen und das Ende ändern.

Ja, klasse. Schlag mir doch bitte was Leichteres vor. Staubsaugen in der Wüste zum Beispiel.

Als wir beim Hotel vorfahren, strahlt die Sonne bereits von einem unwirklich blauen Himmel. Geblendet von der Helligkeit steige ich mit den anderen Teilnehmerinnen aus dem Bus und reibe mir die Augen. Irre. Ein tempelartiges Gebäude mit geschwungenem Strohdach empfängt uns. Es wird von dicken geschnitzten Holzsäulen getragen und ist nach allen Seiten offen. Durch die weitläufige Lobby kann ich bis zum Meer sehen.

Und es kommt noch besser. Jeder Gast wird einen eigenen Bungalow mit kleinem Garten und Minipool bewohnen, wie Felix erläutert.

»Bitte sehr, Fee, du wohnst in der Nummer siebzehn«, nimmt er mich beiseite und überreicht mir eine Chipkarte. »Wenn du magst, komme ich in einer halben Stunde vorbei, dann können wir reden.«

Worüber? Das verrät er mir nicht. Stattdessen erhebt er wieder seine Stimme.

»Also, Ladys, vor dem Abendessen, das wir am Strand einnehmen werden, findet die erste Workshopsession statt. Wir treffen uns um achtzehn Uhr Ortszeit hier in der Lobby.«

Beifälliges Gemurmel folgt. Nach dem langen Flug dümpelt die Stimmung in unserer Gruppe zwischen verspannter Unsicherheit und tiefer Erschöpfung. Betty würde sagen, dass wir alle ein bisschen so aussehen, als hätten wir bei der Pillenausgabe geschwänzt.

Danach müssen wir einige Minuten warten, weil nun jede von uns von lautlos herangleitenden Elektro-Golfcarts abgeholt und zu den Bungalows gebracht wird. Sehr exklusiv, das Ganze.

Neben mir steht eine Dame, die etwas aus dem Rahmen fällt:

geschätzt Mitte fünfzig, groß, voluminös, in ein weites schwarzes Kleid gewandet und mit einem breitkrempigen schwarzen Hut auf dem Kopf. Sie schnauft wie ein Walross, wirkt aber ganz sympathisch. Beide beobachten wir, wie Felix mit einer anderen Teilnehmerin spricht.

»Diese ganzen verrückten Frauen hier sind wie Treibsand«, brummt die Frau. »Die ziehen dich mit rein.«

»In was denn?«

»Na, in ihr Pannenprogramm«, antwortet sie mit geschürzten Lippen. »Langeweile, Sinnkrisen, Eheprobleme. In unserem Alter ist das zwar normal, aber nur Looser buchen deswegen ein beklopptes Entspannungsdings.«

»Von Loosern würde ich nicht gerade sprechen«, wende ich ein. »Oder von bekloppt. Von Entspannung bisher allerdings auch nicht. Was führt Sie denn hierher?«

»Gina.« Sie hebt das Kinn. »Wir duzen uns hier alle. Eigentlich bin ich nur wegen Felix mitgekommen. Das ganze Esoterikgedöns geht mir am Allerwertesten vorbei, doch Felix ist der Wahnsinn. Ich hoffe, dass ich ihn zwischendurch mal ganz für mich haben kann.«

Jepp, das hofft wohl jede hier.

»Und dafür die weite Reise?«, frage ich nach.

»Für mich lohnt sich das bestimmt. Mein Mann war dagegen, weil er mich lieber daheim sieht, aber es gibt eine Verjährungsfrist für Hausarrest, finde ich.«

Offenbar teilen wir in dieser Hinsicht dasselbe Schicksal, was mir diese Gina noch sympathischer macht.

»Fee.« Ich strecke ihr die rechte Hand hin. »Mein Mann war auch dagegen.«

»Hallo, Fee.« Nachdem sie meine Hand geschüttelt hat, wischt sie sich mit einem Taschentuch über die feuchte Stirn. »Grässlich. Diese Hitze bringt mich noch um.«

»Da nimmst du aber eine Menge auf dich für Felix«, merke ich leicht belustigt an.

»Er ist halt sehr, sehr konstruktiv«, seufzt sie. »Felix baut mich immer so schön auf. Man bekommt die Welt ja nicht bessergemeckert.«

Ich mag sie jetzt schon. Unser Gespräch wird unterbrochen, weil mir ein junger Angestellter in einem weißen Burnus bedeutet, in das bereitstehende Golfcart einzusteigen. Meinen Rollkoffer verstaut er hinter dem Sitz. Kaum habe ich Platz genommen, als es auch schon auf geschwungenen asphaltierten Wegen durch die parkähnliche Anlage geht.

Ich kann nur staunen über die exotische Pracht der blühenden Bäume und Büsche. Es gibt auch viele kleine Tempelchen aus verwittertem Gestein, die mit frischen Blüten geschmückt sind. Mein Sitznachbar aus dem Flieger, der mit der Nerdbrille, hat mir erzählt, auf Bali huldige man dem Hinduismus, einer uralten Religion mit vielen furchterregenden Göttern. Zum Beispiel Kali, der Göttin der Wut, des Todes und der Erneuerung. Oder Shiva, dem dunklen Zerstörer, der allerdings auch der »Glücksverheißende« genannt werde.

Komische Götter. Heißt das etwa, man muss etwas zerstören, um sich zu erneuern und glücklich zu sein?

Ein bleiernes Gefühl beschwert meinen Magen, wenn ich an Christian denke. Und ich habe immer noch keine indonesische SIM-Karte. Vielleicht ist das aber auch ganz gut, damit ich ihn nicht mit den typischen Teenagerfragen bestürme, die mir auf der Zunge liegen. Denkst du an mich? Hast du Sehnsucht nach mir? Was machst du gerade?

Alles vollkommen überflüssig. Wenn du jemandem wichtig bist, merkst du das schließlich. Wenn nicht, auch.

Mit einem kleinen Ruck hält das Golfcart vor Bungalow Nummer siebzehn, einem langgestreckten weißen Flachbau, in den meine gesamte Familie samt Schwiegermonster Hedwig passen würde. Das soll alles für mich sein?, frage ich den freundlichen Angestellten pantomimisch, nachdem wir ausgestiegen sind.

»Yes, this is for you«, versichert er gestikulierend. »Mrs. Ziegler, number seventeen!«

Er will mir den Rollkoffer reintragen, doch da er einen Kopf kleiner ist als ich und vermutlich nur ein Drittel so viel wiegt, übernehme ich das lieber selbst. Schleppen ist schließlich seit Jahren mein Ding.

»Ssssänk juuu, verrry neiß«, bedanke ich mich mit meinem harten Schulenglischakzent. Danach krame ich in meiner Tasche und drücke dem jungen Mann einen Zehn-Euro-Schein in die Hand. Zwar bin ich es keineswegs gewohnt, solche fürstlichen Trinkgelder zu verteilen, doch vermutlich ernährt er eine große Familie samt Kinderschar und Schwiegerdrachen. »Häwww a neiß däi!«, wünsche ich ihm einen schönen Tag.

»Same for you.«

Lautlos fährt er davon. Etwas betäubt durch die vielen neuen Eindrücke versenke ich die Chipkarte in den Schlitz neben der Eingangstür und schiebe sie auf.

Wow. Ich kann nicht glauben, dass dies wirklich mein Domizil für die nächsten zwei Wochen sein soll. Es besteht aus einem riesigen Raum, in dem eine gemütlichen Sitzecke aus braunen Rattanmöbeln mit weißen Polstern zum Relaxen einlädt, sowie einem weiteren Zimmer mit Kingsize-Bett, über dem ein Moskitonetz hängt. Das moosgrün gekachelte Badezimmer ist so groß, dass ich darin tanzen könnte, geduscht wird in einem Innenhof unter freiem Himmel.

Doch der absolute Clou ist die Terrasse. Auf dem rötlichen Holzboden steht ein Daybed mit duftigen weißen Vorhängen, davor schimmert der mit Natursteinen eingefasste Pool. Und dann erst der Ausblick! Über das sanft abfallende Gelände des dazugehörigen Gärtchens schaue ich direkt aufs Meer. Nie hätte ich gedacht, dass es hier so schön sein könnte!

Für einen Augenblick vergesse ich alles, streife mir die Schuhe von den geschwollenen Füßen, reiße mir die Klamotten vom Leib und springe mit einem übermütigen Popoklatscher in den Pool. Herrlich. Laut prustend tauche ich wieder auf, schüttele mir die Tropfen aus dem Haar und tauche gleich wieder unter.

Ein unsinniges Glücksgefühl überkommt mich. Ja, ich habe Probleme bis Oberkante Unterlippe, doch dieser Moment gehört nur mir. Das Jetzt. Bestehend aus Wasser, Sonne und meinem eigenen Reich.

Diese Erkenntnis ist doppelt berauschend, weil ich noch nie im Leben allein gewohnt habe. Von meinen Eltern bin ich direkt in eine turbulente Mädels-WG gezogen, danach in Christians winziges WG-Zimmer. Dort haben wir einige Monate sehr glücklich auf engstem Raum gehaust, bevor wir unsere erste Wohnung ergatterten, eine winzige Mansarde. Es ist daher die absolute Premiere, einmal ganz für mich zu sein. Abgesehen von den zwanzig anderen Frauen, die ich ab jetzt täglich sehen werde.

Aber dieses kleine Paradies gehört mir. Nur mir.

Auf der Suche nach Handtüchern schlurfe ich zum Bad. Dabei fällt mein Blick ins Schlafzimmer und auf den dunkelbraunen Lamellenkleiderschrank. Er steht halb offen. Und er ist nicht etwa leer. Ordentlich aufgereiht hängen darin mehrere Kimonos in verschiedenen Weißnuancen, darunter stehen Flipflops auf einem Metallgestell.

Teufel aber auch! Ahnte ich's doch, dass dieses Paradies nicht für mich bestimmt ist. So was Tolles steht mir einfach nicht zu.

Als nun auch noch das feine Pling der Türglocke ertönt, bin ich starr vor Schreck. Es war alles eine blöde Verwechslung. Und jetzt wollen die rechtmäßigen Gäste rein, deren Chipkarte wegen irgendeines saublöden Fehlers im Buchungssystem nicht mehr funktioniert. Hastig renne ich ins Badezimmer, wickele mich in eines der flauschigen weichen Badehandtücher und flitze zur Tür.

»Tut mir sehr leid …«, beginne ich mich zu entschuldigen, sehe dann jedoch, dass es Felix ist. »Puh, du musst ganz schnell was klären, da ist ein Fehler passiert, ich gehöre hier gar nicht rein.«

Eher verwundert als besorgt mustert er mich, wobei sein Blick kurz über meinen notdürftig verhüllten Körper wandert, um an meinen nassen Haarfransen hängen zu bleiben.

»Wieso das denn nicht?«

»Im Kleiderschrank hängen fremde Klamotten!«, rufe ich aufgeregt. »Dummerweise habe ich schon die Terrasse unter Wasser gesetzt, weil ich im Pool war. Aber ich ziehe natürlich sofort aus. Der Bungalow ist sowieso viel zu groß für mich.«

»So, findest du das.« In aller Seelenruhe hakt er die Daumen in den Hosenbund seiner weißen Jeans. »Ich nicht.«

»Bitte, ich muss schnell alles in Ordnung bringen, bevor die echten Gäste wiederkommen«, flehe ich. »Könntest du wieder gehen?«

»Lass mich doch erst mal rein, ich möchte mit dir reden.«

»Jetzt? Bist du irre?«

»Ist noch nicht raus.«

Eins muss man ihm ja lassen: Er ist wirklich durch und durch spirituell gechillt. Also schön. Dann soll er eben selber den rechtmäßigen Gästen beibiegen, warum wir uns hier unbefugt breitmachen. Stöhnend raffe ich das Handtuch vor der Brust zusammen.

»Aber nur eine Minute.«

Drinnen fläzt sich Felix in einen der Rattansessel, zieht seine Sneakers aus und legt seine Füße auf den Sessel gegenüber.

»Fee. Ich leite schon seit vielen Jahren solche Meditationsworkshops, aber noch nie habe ich eine Teilnehmerin erlebt, die so wenig von sich hält.«

»Wieso das denn?«

»Dies ist *dein* Bungalow. Nur deiner. Du machst dich immer so klein, ist dir das eigentlich schon mal aufgefallen? Und wie oft du dich entschuldigst? Wie auch immer, die Kimonos im Schrank sind für unsere Meditationssessions gedacht, damit niemand durch seine eigenen Klamotten an sein altes Ich erinnert wird. Desgleichen die Flipflops. Das gehört zu meinem Konzept.«

Der Euro fällt nur centweise bei mir. Ungläubig schaue ich in sein Gesicht, das durch den Schatten eines Zweitagebarts noch an Attraktivität gewonnen hat.

»Das heißt, die Sachen gehören gar nicht irgendwelchen anderen Gästen?«

»Nein, sie sind für dich bestimmt. Was du auch wüsstest, wenn du meinen Brief gelesen hättest, der wie bei allen anderen Teilnehmerinnen auf dem Couchtisch liegt.«

Tatsächlich, auf der Tischplatte liegt ein kleines weißes Kuvert neben einer Schale mit frischem Obst. Vor lauter Begeisterung hatte ich den Briefumschlag völlig übersehen. Jetzt greife ich danach und reiße ihn auf.

Willkommen zu unserem Meditationsworkshop. Es wird eine Zeit werden, in der Ihr die Chance habt, wieder mit Eurem ureigensten Ich und Euren besten Energien in Kontakt zu kommen. Bitte erscheint bei unseren Sessions in einem der Kimonos und mit den Flipflops, die Ihr im Kleiderschrank findet. Auch ich werde das tun. Auf diese Weise können wir alles hinter uns lassen. Keine Handys, keine Uhren, kein Schmuck, kein Make-up, bitte. Seid pur. Seid offen. Fokussiert Euch auf den Moment und macht Euch bereit für das Neue in Euch. Ich wünsche uns allen eine erfüllte Zeit.

Felix

Der Brief entgleitet meinen Fingern und segelt zu Boden. Wie ein Stein plumpse ich in einen freien Sessel. Dabei verrutscht mein eilig verknotetes Handtuch ein wenig, so dass ich mehr freie Sicht auf mein Dekolleté preisgebe als beabsichtigt.

»Sorry.«

»Auch für deinen Körper musst du dich nicht entschuldigen«, lächelt Felix.

Jetzt erst wird mir bewusst, dass ich halbnackt vor ihm sitze und seine Augen sich an mir festsaugen. Herrschaftszeiten, das ist eine verflixt verfängliche Situation. Wenngleich mich der Sprung in den Pool erfrischt hatte, bricht mir der Schweiß aus.

»Was ist los?«, erkundigt er sich überrascht. »Schon im Flieger hatte ich den Eindruck, dass etwas nicht stimmt. Liegt es an mir?«

Nein. Ja. Vielleicht. Es ist alles so intensiv und verwirrend: Bali im Allgemeinen, Christian im Besonderen, Felix sowieso.

»N-n-nein«, stottere ich, verknote das Handtuch neu und spiele nervös mit Emmis Herzanhänger. »Es liegt an … an meinem Mann. Christian. Aber es ist nicht so schlimm, wie es aussieht.«

»Ich weiß, wie dein Mann heißt. Und es ist exakt so schlimm, wie es aussieht. Du siehst richtig verstört aus.«

Vorsichtshalber sage ich nichts dazu. Dafür sind meine Gefühle zu widersprüchlich. Felix ist eine Versuchung, ja. Doch ich habe mich bereits für den langen Weg zurück zu Christian entschieden, weil mir bewusst geworden ist, wohin ich gehören möchte. Umwege sind jetzt nicht mehr erlaubt.

»Du brauchst vielleicht etwas Ruhe.« Langsam zieht Felix seine Sneakers wieder an. »Wir können uns ein andermal unterhalten. Am besten, du genießt erst mal deinen Bungalow, okay?«

»Spitzenidee«, nicke ich erleichtert.

Ich bringe ihn noch zur Tür. Dort bleibt er stehen und schaut mich fragend an.

»Darf ich dich mal in den Arm nehmen?«

Oje. Kein guter Zeitpunkt.

»Ähm, ja, warum nicht?«, murmele ich dennoch, um ihn bloß nicht auf den Gedanken zu bringen, ich könnte jemals ungebührliche Phantasien mit ihm in der Hauptrolle gehabt haben.

»Nur wenn du willst«, fügt er hinzu.

»Ja, ich will.«

Es klingt eine Spur zu feierlich, das merke ich selber. Dennoch, dies *ist* ein feierlicher Moment, weil ich mich innerlich von Felix, der heißen Phantasie, und Felix, der konkreten Versuchung verabschieden muss, wenn ich wirklich um Christian kämpfen will. Möge die Übung gelingen.

Behutsam legt er die Arme um meine Schultern und zieht mich an sich. Eine Nanosekunde lang werde ich schwach. Es tut so gut, sich an diesen starken muskulösen Körper zu lehnen, und es ist wahnsinnig aufregend, wenn man mit nichts als einem feuchten Badehandtuch bekleidet ist.

Bleib stark, Fee.

»Wir sind nur Freunde«, flüstere ich in sein Ohr.

»Mmmmh.«

»Gute Freunde.«

»O ja, sehr gute Freunde«, setzt er noch einen drauf.

Seine aufgeraute Stimme erzählt eine etwas andere Geschichte. So wie sein hellwaches Herz, das ich durch mein Handtuch und sein T-Shirt hindurch klopfen fühle. Zögernd löse ich mich von ihm. Weil es sein muss.

»Versprich mir, dass wir nie weitergehen werden.«

In seinen Augen glitzert es, und seine Lippen beben ein wenig, dann atmet er kontrolliert aus.

»Klar.«

Kapitel 31

Was für ein surreales Bild, wenn zwanzig Frauen in wehenden weißen Gewändern wie ein aufgescheuchter Vogelschwarm durch die Gegend laufen. Sieht ein bisschen nach Kloster aus. Oder nach Sekte. Und ich mittendrin, Fee Ziegler, die Frau von nebenan, die ebenfalls einen seidenen Kimono und Flipflops aus Bast trägt, als sei das völlig normal.

Es ist kurz vor achtzehn Uhr Ortszeit. Die erste Meditationssession steht an, doch dass ich dafür den Kopf freihaben werde, wage ich zu bezweifeln.

Inzwischen habe ich mir bei der Rezeption eine indonesische SIM-Karte besorgt. Meine erste Aufgabe bestand darin, die WhatsApp-Gruppe über meine wohlbehaltene Ankunft auf Bali zu informieren, damit alle Daheimgebliebenen beruhigt sind. Danach war Christian dran. Der härteste Brocken. Etwa zwanzigmal habe ich die Nachricht an ihn geändert, bevor ich mich traute, sie zu versenden.

»Bist du auch so erledigt?«, keucht Gina, die schwitzend neben mir auftaucht. Zum weißen Kimono trägt sie nach wie vor ihren schwarzen Hut. »Und dann auch noch meditieren! Ich kann nicht mehr nach dem langen Flug! Mein heutiges Tatenvolumen ist restlos aufgebraucht.«

»Soso.« Eine dürre Frau mit grauem Bubikopf, die locker an

uns vorbeispurtet, dreht sich zu ihr um. »Chill mal deine Baseline, sonst wird das nichts mit der Erleuchtung.«

Grollend schaut Gina ihr hinterher.

»Schrecklich, diese Krawallnudel. Von der Sorte gibt's hier ja genügend. Aber morgen früh steht bei Sonnenaufgang eine Schweigemeditation auf dem Programm, da muss ich mir den Quatsch nicht anhören. Ich finde gar nicht reden sowieso besser. Oft lösen sich die Probleme dann von selber.«

Da bin ich etwas anderer Meinung. Wenn ich etwas gelernt habe in den letzten Tagen, dann dies: Wer versucht, seine Probleme durch Schweigen zu lösen, kann sich genauso gut die Augen zuhalten und hoffen, dass er unsichtbar wird. Viel, viel früher hätte ich mich mit Christian aussprechen müssen. Jetzt kann ich nur abwarten, was er zu meiner Nachricht sagt.

»Bisschen Tempo, ihr kommt zu spät«, treibt uns eine weitere Teilnehmerin zur Eile an. »Pünktlichkeit ist Achtsamkeit!«

»Ja, und Pissnelken blühen ganzjährig«, grummelt Gina.

Seite an Seite betreten wir die Lobby. Vor dem wuchtigen geschnitzten Rezeptionstresen, gekrönt von zwei großen Drachenskulpturen und einem riesigen Lilienstrauß, hat sich bereits der größte Teil der Gruppe versammelt. Wie ein Klassenlehrer steht Felix in der Mitte und zählt durch. Gina und ich sind die letzten.

»Auch den Nachzüglern nochmals ein herzliches Willkommen«, sagt er nonchalant. »Wir werden unsere erste Session an einem ruhigen Strandabschnitt abhalten, wo wir ungestört sind. Bitte folgt mir.«

Geschlossen zuckeln wir durch die Lobby hinter ihm her. Über breite steinerne Stufen geht es durch einen terrassenförmig angelegten Garten hinunter zum Strand, wo der von brennenden Fackeln gesäumte Restaurantbereich beginnt. Es dämmert bereits, und wie ich gelesen habe, wird es in diesen Breitengraden schlagartig dunkel, sobald die Sonne untergegangen ist. Sie steht bereits wie ein Feuerball über dem tiefblauen Horizont.

Sehnsüchtig schaut Gina zu den Tischen und Stühlen aus grauem Korbgeflecht.

»Hast du auch so einen Wahnsinnshunger?«

»Ein voller Bauch meditiert nicht gern«, wird sie von der Frau mit dem grauen Bubikopf zurechtgewiesen, die neben uns die Treppe hinabgeschritten ist. »Außerdem hast du dich nicht ans Reglement gehalten, Gina. Du trägst deinen Hut. Wir sollen doch *pur* bei den Sessions erscheinen.«

Instinktiv lege ich eine Hand auf meine Brust. Auch ich bin nicht *pur* gekommen. An meinem Hals baumelt Emmis Lederband mit dem Herzanhänger, in eine BH-Schale habe ich verbotenerweise mein Handy geklemmt. Wie sollte ich es denn sonst aushalten, wo jeden Moment eine Nachricht von Christian eintrudeln könnte?

Bislang haben sich nur die anderen Mitglieder der WhatsApp-Gruppe gemeldet. Mit unterschiedlichen inhaltlichen Schwerpunkten, gelinde gesagt.

Bin ja so froh, dass Du gut angekommen bist. Deine Mama

Dem habe ich nichts hinzuzufügen. Papa.

Na, bist Du jetzt endlich zufrieden?, krakeelt Hedwig, die vermutlich gerade Nadeln in ein Foto von mir sticht. Denk bloß nicht, ich verzeihe Dir, dass Du einen Keil zwischen mir und meinem Sohn getrieben hast. Er igelt sich ein, lässt mich nicht ins Haus, geht nicht mal ans Handy. Das ist Dein Werk!

Hör nicht auf sie, freu mich sehr für Dich, Betty

Super, dass Du den Flug gut überstanden hast. Schick doch auch mal ein paar Fotos in die Gruppe. Kiss, Cat

Go for it, Mami! Liebe Grüße von Emmi & Finni

Emmi! Nenn mich nicht Finni!! Sonst hacke ich deinen Tiktok-Account!!!

Da sieht man's: Die Mutter juckelt durch die Weltgeschichte, die Kinder sind außer Rand und Band und hacken alles kurz und klein. Wenn Du zurückkommst, Fee, wirst Du vor Trümmern stehen! Tante Felicitas

Hallo, Tante Felicitas, wir sind keine Kinder mehr, und beim Hacken, von dem wir reden, geht auch nichts kaputt. Luvvve U, Emmi

»Los, wir müssen weiter«, wispert Gina, »und versteck bloß das Handy, sonst fliegen wir hier noch raus.« Sie nimmt ihren Hut ab, unter dem rötliche Löckchen zum Vorschein kommen, und fächelt sich mit der Krempe Kühlung zu. »Was ist mit deiner Kette?«

»Die hat meine Tochter mir geschenkt, die gebe ich nicht her.«

»Recht so. Ich meinen Hut auch nicht.« Grimmig entschlossen setzt sie ihn wieder auf. »Sollen die sich doch alle gehackt legen mit ihrem bescheuerten Purismus.«

Am Restaurant vorbei stapfen wir durch den Sand hinter den anderen her, bis wir zu einer kleinen Bucht gelangen, die aussieht wie einem touristischen Hochglanzmagazin entstiegen. Ein schmaler Streifen Strand schmiegt sich zwischen hoch aufragende Felsen, und natürlich dürfen die Palmen nicht fehlen. Auch hier stecken Fackeln im Sand. In der Mitte liegen weiße Sitzkissen, auf denen wir uns offenbar niederlassen sollen.

Ganz vorn am Ufersaum hockt Felix bereits im Lotussitz. Wie er das trotz seiner muskulösen Beine hinkriegt, wird wohl auf ewig sein Geheimnis bleiben.

Bei mir hapert es schlicht an der Gelenkigkeit, und ich bin froh, dass auch Gina wie ein Mehlsack auf ihr Kissen sinkt. Dann schauen wir nach vorn zu Felix. Er sieht umwerfend aus in dieser Kulisse. Hinter ihm verschmilzt die glühendrote Sonne mit dem Horizont, von vorn wird sein hübsches Gesicht durch die Fackeln erleuchtet. Fehlt nur noch der Heiligenschein, und der überirdische Eindruck wäre komplett.

»Jede Ablenkung aus dem alten Leben blockiert Energien«, verkündet er ernst. »Ich sehe da eine Kopfbedeckung.«

»Jaja, schon okay«, brummt Gina missmutig und wirft ihren Hut neben sich in den Sand. »Besser?«

Schützend lege ich die Hände auf mein Dekolleté, damit Felix meinen Herzanhänger nicht sieht. Was Accessoires angeht, scheint er ja überaus pingelig zu sein, doch zum Glück entgeht die Kette seinen prüfenden Blicken. Oder er lässt Milde walten.

»Das Leben, das vor euch liegt, ist wichtiger als das Leben, das hinter euch liegt«, fährt er gemessen fort. »Bevor wir uns auf die Meditation einlassen, möchte ich, dass wir uns aller Gedanken entledigen, die uns beschäftigen und unseren Geist beschweren, denn nur auf einer leeren Leinwand kann man Neues erschaffen. Also, wer möchte anfangen?«

Natürlich meldet sich sogleich die Bubikopffrau, die hier wohl so was wie die Musterschülerin werden will. Sie schnipst sogar mit den Fingern wie eine Erstklässlerin.

»Hi, ich bin Friederike. Mich beschwert das alltägliche Einerlei. Jeden Abend denke ich: Ich weiß schon, wie morgen wird, weil heute so war wie gestern.«

»Geht mir auch so«, ergänzt eine stark gebräunte ältere Dame mit blondiertem Pferdeschwanz und einer Sonnenbrille auf der Stirn. »Alltag bedeutet Stillstand. Deshalb möchte ich meinen limitierten Erkenntnishorizont erweitern.«

»Vielen Dank.« Felix verneigt sich leicht in ihre Richtung. »In der Tat: Routine ist ein Feind der inneren Freiheit. Doch man kann auch im Alltag Momente der Anmut erschaffen, indem man Rituale der Achtsamkeit in ihn integriert. Diese Rituale werdet ihr hier erlernen. Im Grunde sind es innere Haltungen. Morgen wird uns Fee mehr darüber berichten.«

»Hat er dir etwa gesagt, dass Staubsaugen was Meditatives hat?«, flüstert Gina mir zu.

»Äh, was?« Entgeistert starre ich sie an. »Ja, so ungefähr. Dir etwa auch?«

»Ja, Staubsaugen, Putzen und so weiter sei eine Art Meditation, wie bei den buddhistischen Mönchen, die ihre Steingärten harken.«

Etwas in mir beginnt zu schlingern. Es ist nicht angenehm zu erfahren, dass man gar nicht persönlich gemeint ist, weil Felix offenbar immer dieselben Texte abspult.

»Ich sehe, es gibt da hinten Gesprächsbedarf«, erhebt er seine Stimme. »Gina. Sag uns doch mal, was du denkst, was du fühlst.«

Alle schauen zu uns hin. Schnell bedecke ich den Herzanhänger mit einer Hand. Wir sind hier ohnehin schon die schwarzen Schafe, weil wir schwatzen, so viel ist sicher. Gina schnauft ein bisschen, bevor sie die Achseln zuckt.

»Ich fühle gar nichts. Außer meine Haxen, weil es ziemlich unbequem ist, auf dem Boden zu sitzen.«

Ein empörtes Flüstern geht durch die Reihen, Felix hingegen bleibt vollkommen ruhig.

»Danke, dass du das mit uns geteilt hast.«

Es fällt mir schwer, ernst zu bleiben. Was bitte gibt es denn da zu teilen? Ein bisschen absurd ist das doch schon irgendwie.

»Den meisten Leuten gefällt nicht, was ich von mir gebe«, wispert Gina mir zu. »Ich will mir gar nicht vorstellen, was hier los wäre, wenn die auch noch wüssten, was ich über sie denke. Deshalb habe ich die Klappe gehalten.«

Leuchtet mir ein. Im Übrigen würde ich hier auch niemals meine Eheprobleme ausbreiten. Unauffällig schiebe ich meinen Kimono ein Stückchen beiseite, fingere das Handy aus meinem BH und schaue nach, ob eine Nachricht eingegangen ist. Leider nicht. Niente. Nada. Im Grunde wusste ich das schon, weil ich den Vibrationsalarm eingeschaltet habe, aber es ist wie mit der Manie, dreimal zu checken, ob man den Pass dabeihat: Sicher ist sicher.

»Ich will auch noch was über den Alltag sagen«, piepst eine

etwa dreißigjährige Frau mit strähnigem schwarzem Haar. »Der Hausputz macht mich fertig. Ich könnte die Gartenmöbel mit der bloßen Hand abschmirgeln, so rau ist meine Haut.«

»Gut, dass du das ausgesprochen hast«, erwidert Felix und zeigt hinter sich auf den mittlerweile tintendunklen Ozean. »Dann lass diesen Gedanken jetzt los und übergib ihn dem Universum.«

»Davon wird die Haut aber auch nicht wieder weich«, giggelt Gina.

Himmel, wie soll ich bei solchen Bemerkungen ein konzentriertes Gesicht aufsetzen? In diesem Augenblick fällt auch noch eine Fackel um und setzt den Kimono von Bubikopf-Friederike in Brand. Kreischend springt sie auf und rennt zum Meer, um die Flammen zu löschen, unterstützt von Felix, der sich bei der Gelegenheit ein Brandloch in seinem Kimono holt.

»Nennt man das eigentlich einen Arbeitsunfall?«, fragt Gina kichernd. »Oder mieses Karma?«

Prustend schlage ich meine Hände vor den Mund. Es ist wieder wie auf Mallorca. Ich bin absolut offen für neue Ideen, ehrlich. Doch irgendwie fehlt mir der nötige Ernst, und Ginas Kommentare tun ein Übriges, um mein Zwerchfell zu kitzeln.

Es dauert ein bisschen, bis Friederike wieder sitzt und Felix erneut seine Lotusstellung eingenommen hat. Mittlerweile ist es stockdunkel, nur die Fackeln werfen ihr unruhiges Licht auf unsere Gesichter. Bedeutungsvoll schaut Felix in die Runde.

»Um eure innere Reinigung vorzubereiten, werden wir jetzt den nächsten Schritt vollziehen und auch unsere Namen hinter uns lassen.« Er zieht einen leicht angekokelten Bogen Papier unter seinem Kimono hervor. »Hier ist eine Liste mit Namensschildern, die ich herumgehen lasse. Wer sich einen Namen ausgesucht hat, klebt sich das entsprechende Schild auf seinen Kimono und gibt die Liste weiter.«

»Das ist aber total ungerecht«, mault Friederike Bubikopf. »Wer als Erste dran ist, hat noch die freie Auswahl, alle anderen müssen nehmen, was übrig bleibt.«

Wieder übt sich Felix in stoischer Ruhe.

»Danke für deinen Beitrag. Allerdings kommt es nicht auf einen bestimmten Namen an, nur darauf, dass es nicht *euer* Name ist.«

»Schon gewusst? An der Gegensprechanlage heißen wir alle: Ich bin's!«, röhrt Gina.

So. Jetzt ist es um mich geschehen. Meine gesamte Anspannung der letzten Tage entlädt sich in einem Lachen, das auch meine Hände nicht mehr verbergen können. Mein ganzer Bauch hüpft, meine Augen quellen hervor, aus meiner Kehle kommen quietschende Laute.

»Könnten wir dann bitte mal alle durchatmen und wieder runterkommen?«, sagt Felix ungehalten.

»Wieso, Lachen ist doch befreiend«, entgegne ich japsend. »Deine Worte, Felix. Sogar der Dalai Lama lacht.«

»So weit sind wir aber noch nicht.«

Ach so? Hier darf nur auf Kommando gelacht werden? Krampfhaft versuche ich, mich zusammenzureißen, was mir jedoch nicht recht gelingen will. Lachen ist wie Niesen. Oder ein Orgasmus. Wenn's kommt, dann kommt's.

»Die spirituelle Entwicklung duldet keine Abkürzungen«, lässt Felix etwas pampig verlauten. »Das ist wie bei einer komplizierten Mathematikaufgabe: Erscheint sie dir zu leicht, ist die Wahrscheinlichkeit groß, dass du einen falschen Lösungsweg beschritten hast.«

Wow. Das war deutlich.

»Da hast du dir aber eine heftige verbale Watschn eingefangen«, flüstert Gina ehrlich erstaunt. »So kenne ich Felix gar nicht.«

Ich auch nicht. Ist er sauer, weil ich ihn zurückgewiesen habe, als er mich umarmte? War diese Bali-Reise womöglich nur ein Lockmittel, um mich ins Bett zu bekommen, und jetzt ist er enttäuscht?

Fakt ist, dass ich Felix tatsächlich nicht mehr so schwärmerisch anglühe wie vorher. Weil ich mich entschieden habe, für Christian, egal, wie schwer das wird.

Doch selbst, falls ich Christian verlieren sollte oder sogar schon verloren habe, ändert es nichts daran, dass Felix gerade einiges an Zauber eingebüßt hat. Nach wie vor schätze ich seine vielen klugen Hinweise, auch die heutigen. Es ist hilfreich zu wissen, dass ich mich oft unnötig kleinmache, mich zu oft entschuldige, zu wenig von mir halte. Doch die routinierte, wenn nicht verdächtig glatte Art, wie er mit diesen Frauen umgeht, nagt in meinen Augen kräftig an seinem Charisma.

Natürlich ist nichts Falsches daran, solche Workshops zu veranstalten. Es ist auch bewundernswert, dass er den sehr unterschiedlichen Teilnehmerinnen mit unerschütterlicher Gelassenheit begegnet. Andererseits kommt mir das Ganze etwas lau vor. Dieses *Danke, dass du das mit uns geteilt hast, Danke für deinen Beitrag, Gut, dass du das ausgesprochen hast* klingt unecht in meinen Ohren. Wie eine Masche.

»... wollen wir immer die Welt verändern«, doziert Felix gerade. »Weise Menschen ändern sich selbst.« Er legt eine Pause ein, um wissend zu lächeln. »Die zweite Methode ist übrigens die beste, um die Welt zu verändern.«

Ich wette, das wissende Lächeln hat er vor dem Spiegel geübt. Herrje, was mache ich hier überhaupt? Diese sogenannte Session fühlt sich mehr wie eine Selbsthilfegruppe für frustrierte Frauen an, nicht wie ein Erleuchtungsseminar. Zwar bin ich auch frustriert, habe aber momentan nicht die Kraft, mir Beschwerden meiner Geschlechtsgenossinnen über den langweiligen Alltag und die Nebenwirkungen des Putzens anzuhören.

»Geht's?«, fragt Gina leise.

»Ist schon okay. In Zukunft frage ich vorher, welche Meinung ich haben darf. Damit sich alle wohlfühlen.«

Letztlich warte ich nur noch auf den Beginn des Yin Yoga, das mir im Slim-Gym4You richtig gut gefallen hat. Vielleicht auch deshalb, weil diese Yogavariante im Sitzen und Liegen ausgeführt wird. Man nimmt die einzelnen Positionen minutenlang ein, ohne sich weiter anstrengen zu müssen. Heimlich nenne ich es Yoga für Faule.

»Nun setzt euch bitte gerade hin und legt die Handflächen aneinander«, fordert Felix uns auf.

Mein linkes Bein ist eingeschlafen und meine Wirbel knacken, als ich mich aufrichte.

»Schließt die Augen und genießt die vollkommene Stille«, säuselt er sanft. »Horcht auf das Wellenrauschen, beobachtet euren Atem.«

Die Stille ist wunderbar. Bis sie durch ein rhythmisches Summen zerrissen wird. Ach, du Schande.

Alle Köpfe rucken herum, auf der Suche nach der Person, die sich erfrecht hat, gegen die heiligen Regeln dieser Meditationssession zu verstoßen. Das Blut schießt mir in die Wangen, und ich senke schamhaft den Kopf.

Es ist *mein* Handy.

Kapitel 32

Die Sonne steht längst hoch am Himmel, als ich nach einer unruhigen Nacht das Moskitonetz beiseiteschiebe und mich aus dem Bett hieve. Mein erster Blick fällt aufs Handy. Halb zehn schon? Die Kombination aus Jetlag und schwülwarmem Klima muss derart durchschlagend gewesen sein, dass ich den Wecker überhört habe. Etwas benommen wanke ich nach draußen auf die Terrasse.

Es ist ein perfekter Tag. Blauer Himmel, wohlige Wärme, Meeresrauschen. So wunderschön. Wenn man nicht nachdenkt, geht's eigentlich.

Da sich mein Hirn jedoch weigert, im Stand-by-Modus zu bleiben, kehren auch die Erinnerungen an den gestrigen Abend zurück. Viel Lärm um nichts, so ließe sich buchstäblich beschreiben, was passiert ist. Nachdem ich unter Ginas amüsierten Augen und den tödlichen Blicken der übrigen Gruppe mein Handy aus dem BH gezogen hatte, stand nur ein einziger dürrer Satz auf dem Display.

> Nachricht angekommen, melde mich später noch mal,
> Christian.

Großartig. Was für ein Überschwang. Was für eine Emotionalität! Außerdem weiß ich, wie Christian *später* definiert: irgendwann, bloß nicht jetzt, vielleicht auch nie. Und nun?

Stöhnend hocke ich mich auf den steinernen Rand des Pools und tauche meine nackten Zehen ins Wasser. Dabei habe ich mir doch so viel Mühe gegeben mit meinem Text. Habe jeden Vorwurf vermieden, Verständnis gezeigt, Liebe hineinfließen lassen. Jede Menge Liebe. Zu viel? In Gedanken gehe ich noch einmal Wort für Wort durch.

> Lieber, lieber Christian. Erst unmittelbar vor dem Abflug nach Bali entdeckte ich, was Du mir nach Mallorca geschrieben hast. O Schatz! Hätte ich doch nur eher gewusst, wie liebevoll und selbstkritisch und versöhnlich Du auf mich eingegangen bist! Nun befinde ich mich am anderen Ende der Welt. Doch im Herzen fühle ich mich Dir so nah wie lange nicht. Alle Deine Vorschläge sind wunderbar. Eine gemeinsame Reise. Eine Aussöhnung. Eine Erneuerung unserer Beziehung. Selbstverständlich halte ich Dir auch den Rücken frei, sofern es nur von begrenzter Dauer ist. Obwohl es in letzter Zeit vieles gab, was zwischen uns stand, glaube ich an unsere Liebe, unsere Ehe, an das innige Band, das uns verknüpft. Mit Dir, nur mit Dir möchte ich leben und lieben, lachen und weinen, einschlafen und aufwachen. Tag für Tag. Mit Dir möchte ich alt werden. Bitte gib mir ein Zeichen, ob Du auch noch daran glaubst. Deine Fee

Hätte ich das mit dem Weinen weglassen sollen? Vielleicht war das zu gefühlsselig für einen rationalen Mann wie Christian.

Das feine Pling der Türglocke reißt mich aus meinen Überlegungen. Wenn das jetzt Felix ist, kann er lange warten. Oder will nur der Zimmerservice nach dem Rechten schauen? Auf Zehenspitzen laufe ich zum Eingang und spähe durch den Spion. Nein, es ist weder Felix noch der Zimmerservice, sondern Gina, in einem wild gemusterten bunten Kleid und mit einem roten Hut, der keck auf ihren rötlichen Locken wippt. Die Tür ist noch gar nicht richtig offen, als sie auch schon lossprudelt.

»Fee, ich habe mir Sorgen gemacht, weil Du nicht bei der Sonnenaufgangsschweigemeditation warst. Fühlst du dich nicht wohl? Bist du krank? Ist dir das Essen nicht bekommen? Oder macht dir der Jetlag zu schaffen?«

»Nein, nein, es ist nur …«

»Wenn nichts Ernstes vorliegt, heißt es hopphopp zum Frühstück«, ordnet sie an.

»Ich muss aber noch duschen.«

»Kannst du hinterher. Es ist zwanzig vor zehn, Frühstück gibt es nur bis halb elf.«

Irgendwie nett, wie sehr sie sich um mich sorgt. Also absolviere ich eine schnelle Katzenwäsche, ziehe mein vanillegelbes T-Shirt-Kleid an und mache mich mit ihr auf den Weg zum Restaurant.

»Wie war's denn beim Schweigen?«, erkundige ich mich, während wir durch die paradiesische Parkanlage schlendern.

»So lala. Die Damen hatten nur ein Thema.« Gina hüstelt. »Dich.«

Schuldbewusst betrachte ich eine blumengeschmückte Statue am Wegesrand, die wohl eine Gottheit darstellen soll.

»Es war ein Notfall, das habe ich doch schon gestern beim Abendessen erklärt. Ich wollte wirklich niemanden stören.«

»Und der Notfall ist …?«

»Mein Mann.«

»Ach.« Neugierig schaut sie mich von der Seite an. »Ich dachte, es ginge um Felix.«

»Wie kommst du darauf?«

»Ich habe euch vor dem Abflug beobachtet. Ihr wart so vertraut, so, na, fast wie ein Paar miteinander. Verstehen kann ich's ja. Felix ist klug, einfühlsam und sieht auch noch scharf aus. Ich meine, der hat Muskeln an Stellen, wo ich nicht mal Stellen habe!«

Ich beiße mir auf die Lippen. So ähnlich habe ich es auch empfunden. Bis gestern.

Eilig durchqueren wir die Lobby mit den Drachen und dem Lilienstrauß und steigen die Stufen zum Restaurant hinunter. Dort hat unsere Gruppe mehrere Tische zusammengeschoben. Aufgereiht wie die Hühner auf der Stange sitzen die Damen an der langen Tafel und lauschen Felix, der gerade etwas zum Besten gibt. Niemand macht Anstalten, uns dazu zu bitten. Vielleicht auch besser so.

»Da hinten ist ein freier Tisch«, murmelt Gina. »Direkt am Strand. Da kann man freier atmen.«

Wohl wahr. Ohnehin verspüre ich wenig Lust, so kurz nach dem Aufstehen und noch vor dem ersten Espresso irgendwelche spirituelle Weisheiten über mich ergehen zu lassen. Dann lieber in Ruhe mit Gina frühstücken.

»Diese Frauen mögen mich sowieso nicht«, setzt sie düster hinzu. »Sollte ich nachts vergessen, meinen Bungalow abzuschließen, rücken die bestimmt mit Filzstiften an und malen mir einen Penis auf die Stirn.«

Damit bringt sie mich trotz meiner bedrückten Stimmung tatsächlich zum Lachen. Vor allem Friederike Bubikopf ist nicht gut auf uns zu sprechen. Wir seien zu unreif für erwachsene Erfahrungen, hat sie uns gestern vorgeworfen.

Als wir uns an den freien Tisch gesetzt haben, deutet Gina mit dem ausgestreckten Arm hinter sich.

»Sieh mal, heute findet hier offensichtlich eine Hochzeit statt. Wahnsinn, am Strand von Bali zu heiraten. Das wird eine echte Traumhochzeit.«

Ich folge ihrem Blick. Etwas weiter entfernt verankern zwei Angestellte mehrere blumengeschmückte Holzspaliere im Sand, zwei weitere stellen Stühle mit weißen Hussen auf, eine dreiköpfige Band packt ihre Instrumente aus. Ja, das wird eine veritable Traumhochzeit.

Ob die Braut ahnt, dass ihr der Hindernisparcours eines ganz normalen Ehealltags bevorsteht, mit allen Risiken und Nebenwirkungen, die eine langjährige Beziehung mit sich bringt? Der erste Grundsatzstreit. Die erste tränenreiche Versöhnung. Durchwachte Nächte, weil das Baby schreit. Krankheiten, Umzüge. Berufliche Probleme, die auch eine Ehe belasten. Ich habe es damals nicht geahnt. Dafür war ich viel zu verliebt.

»Könnten wir vielleicht die Plätze tauschen?«, seufze ich. »Dieser Anblick überfordert meine emotionalen Kapazitäten.«

»Kein Ding.«

Nachdem wir uns umgesetzt haben, bestellen wir Kaffee und einige landestypische Frühstücksspezialitäten, die uns der Kellner wärmstens ans Herz legt: Bubur Ketan Hitam zum Beispiel, was so viel wie in Kokosmilch gekochter schwarzer Reis bedeutet. Dazu Jaja, einen Reismehlkuchen mit Drachenbaumblättern und braunem Zucker. Gina möchte außerdem noch ein Gericht mit dem hübschen Namen Bubur Sumsum, das aus süßem Klebreis, Sahne, Kokosmilch und gebackenen Bananenscheiben besteht.

»Wenn wir das alles gegessen haben, ist der Tag gelaufen«, gebe ich zu bedenken.

Davon lässt sich Gina nicht im Mindesten beirren.

»Keine Sorge, heute wird's nicht so stressig. Wir fahren gleich mit dem Bus nach Ubud und laufen da nur ein bisschen herum. Am späten Nachmittag stehen dann Massagen auf dem Programm. Alles easy also.«

»Was ist Ubud?«

»Moment.« Sie greift zu einer der Kaffeetassen, die der Kellner uns gebracht hat, und trinkt zunächst mit sichtlichem Behagen. »Felix hat uns gestern Abend davon erzählt, als du dich schon ins Bett verkrümelt hattest. Ubud muss das Mekka der Esoterik-Junkies sein. Es gibt Tempel, Tanzvorführungen, vegane Cafés und kleine Läden mit Kunsthandwerk. Falls du deinen Lieben daheim was mitbringen willst, kannst du da tolle Sachen shoppen.«

»Vielleicht eine Kette für meine Tochter.« Mit heftig aufwallenden Gefühlen betaste ich den Herzanhänger. »Hättest du einen Tipp für meinen Sohn? Er ist vierzehn und ein Computernerd.«

»Hm. Eine Bambusflöte wäre wohl nicht ganz das Richtige.« Nachdenklich spielt Gina mit ihrem Kaffeelöffel. »Du bist mit dem Herzen schon wieder in der Heimat, oder?«

Ja, das entspricht verrückterweise der Wahrheit. Da sitze ich an einem der schönsten Fleckchen der Erde, direkt neben mir

341

plätschert der Indische Ozean, die warme Tropenluft spielt in meinem Haar, ein herrliches Frühstück erwartet mich. Aber ich denke darüber nach, ob Finn seine Mathearbeit schafft, Emmi mich vermisst, und ob die beiden damit klarkommen, dass ihnen niemand Schulbrote mit lustigen Gesichtern aus Tomaten und Gürkchen zur Schule mitgibt.

»Ich liebe meine Familie nun mal«, hauche ich nach einem Schluck Kaffee.

»Auch deinen Mann.«

Es ist keine Frage, es ist eine Feststellung.

»Ja, den ganz besonders. So wie nie zuvor.« Aufstöhnend umklammere ich meine Kaffeetasse. »Es ist leider alles total verfahren. Wir hatten Streit. Vorgestern habe ich ihm dann eine lange Nachricht geschickt, bis obenhin vollgepackt mit Liebe. Und er? Schreibt zurück, dass er sich *später* meldet.«

»Männer!«, schnaubt Gina augenrollend.

»Sprecht ihr über mich?« Unbemerkt ist Felix an unseren Tisch getreten, wieder ganz in Weiß, als sei er der glückliche Bräutigam, den heute eine Strandhochzeit erwartet. »Einen schönen guten Morgen erst mal. Und, Samudra? Wie geht es dir heute?«

Ja, *Samudra*. So heiße ich seit gestern Abend. Dabei kann ich mich noch glücklich schätzen, denn Gina heißt seit der dämlichen Idee mit der Namensliste Mumtaz, was sich ein bisschen wie Mumpitz anhört. Darüber haben wir uns nach der Meditationssession noch minutenlang weggeschmissen.

»Wie es mir geht?« Ich wechsele einen Blick mit Mumtaz-Gina. »Gut.«

»Wirklich?«

»Danke, Felix, alles okay so weit.«

»Dann lasse ich das mal so stehen«, erwidert er, sieht mich aber eigentümlich forschend an. »Darf ich mich setzen?«

»Nur zu«, sagt Gina, die offenbar kein Problem damit hat, dass Felix uns bestimmt zu mehr Disziplin ermahnen will.

Kurz verstummen wir, weil der Kellner jetzt die hübsch dekorierten Speisen bringt. Auf jeder Schüssel prangt eine andere essbare Blüte, die Gerichte duften köstlich nach Kokosmilch und exotischen Gewürzen.

»Gestern lief es ja nicht ganz so glatt wie erhofft«, eröffnet Felix erneut das Gespräch. »Aber das ist in Ordnung. Ihr verlasst gerade eure Komfortzone. Eine gewisse Widerspenstigkeit ist Teil des Prozesses.«

Hat er etwa allen Ernstes *Widerspenstigkeit* gesagt? Sind wir hier in der Schule, wo einem wegen aufsässigen Betragens die Ohren langgezogen werden?

»Samudra«, wendet er sich sorgenvoll an mich. »Vor allem bei dir hat mich das jedoch ein bisschen gewundert. Na, Schwamm drüber. Ich habe Großes mit dir vor.«

Der leckere Reismehlkuchen, an dem ich genüsslich knabbere, bleibt mir im Halse stecken.

»Großes. Mit mir.«

Lächelnd wendet er sich an Gina, die ihren Teller bis zum Rand mit den verschiedenen Köstlichkeiten zugeschaufelt hat und bereits ordentlich zulangt.

»Du wusstest es vielleicht noch nicht, Mumtaz, aber unsere Samudra ist eine berühmte Bloggerin.«

»Bekannt, wenn überhaupt«, korrigiere ich ihn.

»Nun mal nicht so bescheiden.« Überaus elegant legt Felix

seine Handflächen zum Namasté-Gruß zusammen. »Ich habe mir Folgendes überlegt: Wir könnten gemeinsam ein erfolgreiches Business starten. Meine energetische Gabe und deine vielen Follower, das ist einfach die ideale Kombination. Ich stelle mir eine eigene Agentur vor, die spirituelle Wellnessreisen nach Bali organisiert. Das inhaltliche Konzept erstelle ich, du begleitest alle Aktivitäten auf deinem Blog. Das wird der absolute Burner. Künftig werden wir einen Großteil des Jahres hier auf der Insel verbringen! Du und ich! Weit weg vom grauen Winter! Na? Was denkst du?«

Dass Haie nur geradeaus schwimmen können.

Ich bin fassungslos. Noch nie habe ich mich so gründlich in einem Menschen getäuscht wie in Felix. Der einfühlsame, spirituell gechillte Mann, für den ich ihn gehalten hatte, ist nur Attitüde, wenn auch eine ziemlich gut gespielte. Diesen Eindruck hatte ich zwar schon gestern Abend, doch es geht ja noch viel weiter.

Plötzlich ergibt alles einen Sinn. Keinen angenehmen.

Von Anfang an hat sich Felix vor allem für meinen Blog interessiert. Dann ist er mir nach Mallorca hinterhergeflogen, weil er womöglich befürchtete, Damian könnte auf eine ähnliche Idee kommen wie er: mich systematisch zu benutzen, um geschäftlich von meinem Blog zu profitieren. Doch mit Bali konnte Felix seinen alten Widersacher Damian locker toppen. Und ich? Habe es nicht durchschaut, weil ich so verdammt arglos bin und immer an das Gute im Menschen glaube.

Selbst sein gestriger Annäherungsversuch im Bungalow war vermutlich nur eine weitere Finte, um mich an sich zu binden. Schließlich hat er sich nie gegen Christian ausgesprochen. Er hat mir sogar zugeredet, Christian zu sagen, wie wichtig er für mich ist. Es ging Felix nie um mich als Frau. Auch nicht um mich als Mensch. Es ging immer nur ums Business.

»Ich sehe schon, du bist überwältigt«, schmunzelt er zufrieden.

Mann, Mann, der merkt aber auch gar nichts. Im Gegensatz zu Gina, die mich irritiert mustert.

»Fee? Du bist ja auf einmal ganz grün im Gesicht!«

»Danke für das Angebot«, sage ich mit belegter Stimme. »Doch das ist nichts für mich.«

»Warum?«, ruft Felix so laut, dass sich die anderen Restaurantgäste zu ihm umdrehen.

»Weil ich kein Hai bin. Und wenn schon Fisch, dann allenfalls ein glücklicher kleiner Guppy, der in jede Richtung schwimmen möchte, auf die er gerade Lust hat.«

Kapitel 33

Unglaublich. Kommt es mir nur so vor, oder gibt es hier tausend Schattierungen von Grün? Sie beginnen beim grünlichen Weiß von Orchideenblüten, intensivieren sich im satten Grün der Lotusblätter und reichen bis zum tiefen Flaschengrün großer Wasserbassins, die mir mein zitterndes Spiegelbild zurückwerfen.

Ab heute hat Schönheit für mich einen neuen Namen: Ubud.

Sicher, der Ort ist touristisch voll erschlossen, und in manchen Straßen herrscht ein Geschiebe, als ob Sommerschlussverkauf und Last-Minute-Heiligabendshopping auf einen Tag gefallen wären. Doch abseits des Trubels, im heiligen Tempelbezirk Pura Taman Saraswati, verstehe ich zum ersten Mal den Zauber Balis. Palmenbestandene Strände gibt es schließlich überall auf der Welt. Aber das hier, davon bin ich fest überzeugt, kann es nur einmal geben.

Andächtig bestaune ich einen gewaltigen, über und über verzierten Tempelbau, der hoch in den Himmel ragt. Seitlich umstehen kleinere strohgedeckte Tempel die Bassins, auf denen pinke Lotusblüten schwimmen. Ein erhabener Anblick. So wie die vielen Skulpturen von Göttern und Fabelwesen.

»Na, bereust du immer noch, dass du mitgekommen bist?«, fragt Gina, die neben mir steht und vergeblich versucht, die schwere feuchte Luft mit ihrem roten Hütchen wegzufächeln.

»Wie könnte ich.«

Dabei hat es sie einige Überzeugungsarbeit gekostet, mich zu dem Ausflug nach Ubud zu überreden. Innerlich hatte ich bereits mit der Reise von Felix' Gnaden abgeschlossen. Mein Rückflug ist auf morgen Abend umgebucht, den frühestmöglichen Zeitpunkt, an dem noch ein Platz in einer Maschine frei war. Heute Nachmittag werde ich mich von Felix verabschieden, danach ist diese heillos verkrachte Episode Geschichte.

Es war lehrreich auf Bali. Zwischendurch war es auch schön, doch unter diesen Bedingungen möchte ich nicht länger bleiben als nötig. Außerdem zieht es mich mit jeder Faser zu Christian.

Nach menschlichem Ermessen stehen wir kurz vor einer Trennung. Diese Erkenntnis macht mich so traurig, dass ich an nichts anderes denken kann. Man schmeißt eine Ehe doch nicht einfach weg wie ein benutztes Papiertaschentuch. Aus der Ferne ist das jedoch unmöglich zu klären. Ich muss mich Auge in Auge mit Christian aussprechen, um auszuloten, ob wir nicht doch wieder zueinander finden könnten.

Noch immer hat er sich nicht gemeldet. So oft ich auch mein Handy hervorhole, darauf herumtippe und es manchmal sogar heimlich schüttele: nichts. Christian schweigt wie ein Grab. Tot ist er allerdings nicht. Gestern habe ich auf seinem WhatsApp-Account gesehen, dass er online war. Ich sah auch das Wort *schreibt* ... auf seinem Account. Mein Magen hob sich, erwartungsvoll starrte ich aufs Display, malte mir aus, was er mir mitteilen könnte, Gutes, Schlechtes, Katastrophales, Hauptsache irgendwas – und erschlaffte, als er wieder offline war.

Wem, verdammt, hat er denn geschrieben? Etwa Joleen?

Ich muss wirklich an mich halten, um ihr nicht die Pest an den Hals zu wünschen oder mir dauernd neue Todesarten für sie auszudenken.

Inspirationen gäbe es hier genug. Die großen rechteckigen Wasserbassins zum Beispiel wären ideal, um Joleen reinzuschubsen und zuzusehen, wie sie sich in den Schlingpflanzen verheddert. Ciao, Hexe. Rettungsringe sind aus. Auch die vielen Statuen können einen auf interessante Ideen bringen. Überall klaffen mir die Mäuler schauriger Schreckensgestalten entgegen, die ganz bestimmt nur darauf warten, böse Mädchen zu verschlingen. Apart auch die riesige goldverzierte Statue der Göttin Saraswati mit vier Armen und somit genügend Händen, um jedes Miststück zu erwürgen, das einer Ehefrau den Mann wegnehmen will.

»Komm schon, Fee«, befreit mich Gina aus meinen dunklen Phantasien, »in einer Stunde fährt der Bus ab, und wir wollten doch noch shoppen.«

»Schade.« Mein Blick gleitet über die kunstvoll geschnitzte Tür des Haupttempels, den ich mir unbedingt noch ansehen wollte. »Wieso macht Felix-mein-zweiter-Name-ist-Lässig eigentlich so viel Hektik? Ubud ist ein Traum. Ich könnte den ganzen Tag hierbleiben. Später soll es sogar noch Tempeltanzvorführungen geben.«

»Was brauche ich das Rumgehüpfe, wenn vor dem Abendessen die erste Massage im Hotel ansteht?«, entgegnet Gina fast empört. »Das ist ein Highlight!«

»Nicht für mich. Ich habe meinen Massagetermin abgesagt.«

Ein Beben geht durch Ginas massigen Körper. Schwer atmend

setzt sie sich auf eine kleine Skulptur, die aussieht wie ein Forschungsunfall, als man versucht hat, einen Elefanten mit einem Affen zu kreuzen.

»Willst du etwa sagen, dass du auf die *berühmte indonesische Massage* mit Aromaöl und Druckpunktstimulation verzichten willst?«

Verlegen reibe ich mir den Nacken. Gina kennt ja nicht die ganze Story. Sie fand es sogar klasse, dass Felix mir quasi einen Job angeboten hat. Warum es für mich eine Riesenenttäuschung bedeutete, habe ich für mich behalten. Der Fairness halber möchte ich ihr nicht den weiteren Aufenthalt verderben, indem ich Felix bei ihr anschwärze. Sie sieht ihn zwar auch nicht mehr durch die rosarote Brille, ist aber bei Weitem nicht so desillusioniert wie ich. Soll sie doch die kommenden Tage nach Herzenslust genießen.

»Ich habe mit diesem Workshop abgeschlossen, Gina. Oder soll ich lieber Mumtaz sagen? Wie auch immer, ich habe meine Gründe dafür. Keine Meditationen mehr, keine Schweigeveranstaltungen, auch keine Massagen. Die restliche Zeit bis zum Abflug werde ich damit verbringen, mir auf eigene Faust die Insel anzuschauen.«

»Och menno, neeee, tu mir das nicht an …«, jammert sie. »Zusammen mit dir macht alles viel mehr Spaß!«

»Von Spaß war nie die Rede«, lächele ich in Erinnerung an eine Unterhaltung mit Christian, die Millionen Jahre her zu sein scheint. »Nur von Entspannung, Entwicklung, Erleuchtung. Nein, Scherz, du wirst schon deinen Spaß haben, auch ohne mich.« An einer Hand ziehe ich sie von der Skulptur hoch. »Also los, shoppen.«

Zehn Minuten später tauchen wir in das Straßengewirr ein, wo sich Läden, Galerien und kleine Restaurants aneinanderdrängen. Das Gewühl der vielen Menschen ist so dicht, dass wir nur zentimeterweise vorwärtskommen. Mir schwirrt der Kopf. Alles ist so bunt und laut und verwirrend unübersichtlich. Nie im Leben könnte ich hier etwas Gescheites finden.

Gina dagegen scheint Übung in derartigen Herausforderungen zu haben. Souverän walzt sie durch die Menschenmenge, prüft hier die Qualität von bemalten Vasen, befühlt dort einen bestickten Schal und ist unerschütterlich grundbegeistert.

»O mein Gott, Fee, sieh doch, das geschnitzte Salatbesteck. Hammer! Und solche Ohrringe aus Amethyst wollte ich auch immer schon mal haben! Wow, wow, wow, was hältst du von den gepunzten Messingschalen da vorn im Schaufenster?«

»Ähm, ja, kann man bestimmt mal irgendwann für irgendwas gebrauchen. Irgendwie.«

»Willst du etwa sagen, das ist Firlefanz?« Kampfeslustig funkelt sie mich an. »Ich sag dir, was Firlefanz ist: Dinge, die man jahrelang aufhebt und eine Woche, bevor man sie braucht, wegschmeißt. Gepunzte Messingschalen sind genial für *alles*.«

Während sie ankündigt, gleich das ganze zehnteilige Set zu kaufen, schweift mein Blick zu einem Restaurantschild gegenüber, auf dem *Babi Guling Gung Cung* steht. Ich mag die indonesische Sprache. Alles klingt so appetitanregend und sinnlich. Obwohl das Frühstück reichlich ausgefallen ist, bekomme ich schon wieder Hunger. Wie schafft es Joleen bloß, dünn wie ein Aal zu bleiben? Brät die sich zum Frühstück drei Eiswürfel ohne Fett an und verspeist sie mit einem Blättchen Petersilie?

Wieder schaue ich aufs Handy. Wenigstens hat Emmi geantwortet, die ich direkt angeschrieben und nach Christian gefragt hatte.

Hi, Mami. Geht's Dir gut? Weiß nicht, was Papa macht, wir sind seit gestern bei Oma (nicht Oma Hedwig natürlich!), und kommen erst heute Abend nach Hause. XOXO, E

»Du wolltest doch eine Kette für deine Tochter«, keucht Gina, die mit einer großen Tüte aus dem Geschäft mit den Messingsachen kommt. »Dann sind wir da vorn richtig.«

Mit vollem Körpereinsatz lotst sie mich in den nächsten Laden, eine enge schlauchartige Angelegenheit, in der es nach Curry und Kardamom riecht. Unter dem Glas der Vitrinen liegen Haufen von Ringen, Ketten, Armbändern. Und dann sehe ich diesen Anhänger aus mattgrüner Jade. In Herzform. An einem hellen Lederband. Der ist es!

»Gute Wahl.« Gina nickt fachmännisch, als ich mir die Kette einpacken lasse und bezahle. »Für deinen Sohn habe ich auch schon was im Sinn.«

Wie sie das macht, weiß ich nicht, aber nebenan stöbern wir das perfekte Präsent für Finn auf: einen kleinen Drachen mit aufgesperrtem Maul und spitzen Klauen, der ebenfalls aus Jade gearbeitet ist. Ein cooler Zwilling zu Emmis Kette, sozusagen.

»Siehst du, mit einer Shoppingfachkraft wie mir sind Souvenirs ein Kinderspiel«, meint Gina stolz. »Und was bekommt dein Mann?«

Mich. Wenn er mich denn noch haben will. Himmel, warum

meldet er sich nicht? Ist sein Handy kaputt? Hatte er einen Unfall und liegt auf der Intensivstation? Können Nachrichten im World Wide Web verloren gehen?

Mein Blick fällt auf eine etwa zigarrengroße geschnitzte Freiheitsstatue aus nussbraunem Holz. Danke, Karma, dass du mich an Christians blöde New-York-Reise erinnerst. Andererseits … Ich nehme die kleine Statue in die Hand. Wäre doch eine großzügige Geste, sie Christian zu schenken. Als Zeichen dafür, dass ich ihm einen Freiraum lasse, den ich ja auch für mich selbst beanspruche.

»Beeil dich, wir müssen zum Bus«, drängelt Gina. »Was willst du mit dem Ding? Schon vergessen? Wir sind auf Bali, nicht in Amerika.«

»Damit hat es, nun ja, eine spezielle Bewandtnis. Ich nehme sie.«

»Wie du willst.« Kurzatmig betupft sie sich die Stirn mit einem Taschentuch. »Ich sage ja sowieso immer: Augen zu und Karte durch. Shoppen muss keinen Sinn ergeben, es muss nur Spaß machen und eine Therapie ersetzen.«

Auf meine Bitte hin verpackt der Verkäufer die Statue als Geschenk. Mit einer Schleife aus blassrotem Bast. Unter welchen Umständen ich sie Christian überreichen werde, weiß nur mein Karma. Hoffentlich nicht als Abschiedspräsent. Das würde mir das Herz brechen.

Beladen mit unseren Einkäufen, völlig verschwitzt und mit geröteten Gesichtern steigen wir kurz darauf in den Bus. Als Letzte, wieder mal. Entsprechend vorwurfsvoll empfängt uns Felix, der ganz vorn neben dem Fahrer residiert und missbilligend unsere Tüten in Augenschein nimmt.

»Samudra? Mumtaz? Nennt ihr das eine spirituelle Reise? Durch Läden rennen und Kinkerlitzchen kaufen?«

»Wir wollten nur dem Alltag etwas Anmut verleihen«, kontert Gina fröhlich. »Schaffen wir es denn noch rechtzeitig zu den Massagen?«

»Sofern ihr euch jetzt hinsetzt und wir unverzüglich losfahren können, ja.« Felix' Augen verengen sich leicht. »Samudra, du sitzt neben mir. Wir müssen etwas besprechen.«

Sein strenger Ton gefällt mir gar nicht.

»Ich würde aber lieber neben Gina, äh, Mumtaz sitzen.«

»Nein, es ist wichtig. Es betrifft deinen Aufenthalt im Hotel.«

Eine ungute Spannung liegt in der Luft. Weiß er schon, dass ich umgebucht habe? Kommt jetzt der Showdown, bei dem ich ihm erklären muss, warum ich diese Reise abbreche? Aber vielleicht ist es ja das Beste, wenn ich es einfach hinter mich bringe. Was du heute kannst verschieben, lässt du morgen auch noch liegen, sagt Betty immer. Also nehme ich neben Felix Platz, um mich ins Unvermeidliche zu fügen.

Rumpelnd setzt sich der Bus in Bewegung und bahnt sich dauerhupend einen Zickzackweg durch den chaotischen Verkehr.

»Was gibt es denn so furchtbar Wichtiges?«, richte ich vorsichtig das Wort an Felix.

Seine Züge verhärten sich. Mir fällt auf, dass er längst nicht so attraktiv wirkt, wenn das Lächeln fehlt.

»Du wurdest in das Hotel eingeladen, weil du einen erfolgreichen Blog mit sehr vielen Followern hast.«

»Ist mir bekannt.«

»Und? Hast du schon irgendwas gepostet?«

Ach herrje. Nein. Nichts. Gar nichts. Dafür hatte ich bis jetzt keinen Kopf, so aufregend und teilweise aufwühlend war das Ganze. Nicht einmal Fotos habe ich gemacht.

»Der Hoteldirektor ist ziemlich verstimmt«, spricht Felix weiter. »Er will endlich etwas sehen, das die großzügige Einladung rechtfertigt.«

»Kann ich nachvollziehen«, erwidere ich kleinlaut.

»Dann kriegst du eine letzte Chance. Vielleicht hast du mitbekommen, dass heute eine Hochzeit im Hotel stattfindet. Aus diesem Anlass wird VIP-Gästen ein besonderes Massagetreatment angeboten: das große balinesische Hochzeitsritual.«

O bitte, nicht. Beim Thema Hochzeit bin ich raus. Es war schon bitter genug, die Vorbereitungen am Strand zu sehen und dabei an meine eigene Hochzeit zu denken, an meine abgestürzte Ehe, an Christians Schweigen.

»Kann es nicht etwas anderes sein? Zum Beispiel ein Post vom Abendessen? Oder von meinem Bungalow?«

Völlig unbeeindruckt schaut Felix aus dem Fenster zur Straße, wo sich Motorräder, Rikschas und Fahrradfahrer ein rasantes Wettrennen liefern.

»Nein, der Direktor besteht darauf, dass du das Ritual featurest. Es ist sehr aufwändig und so etwas wie ein USP des Hotels. Ein Unique Selling Point also, der essenziell für das Marketing ist. Durch die Reaktion der Follower gewinnt man außerdem Erkenntnisse über die Zielgruppe im Sinne des Data Mining, was die Basis einer effizienten Assoziationsanalyse darstellt.«

Krass. Die vielen englischen Fachbegriffe untermauern nur, was mich zunehmend an Felix abstößt: Er denkt vorrangig wie ein Geschäftsmann. Nein, er *ist* ein Geschäftsmann. Kühl kalkulierend und emotional völlig schmerzfrei, sonst würde er doch merken, dass ich die Massage nicht möchte.

Nur der Anstand gebietet mir, auf die so genannte *Chance* einzugehen. Es ist ja zutreffend, dass ich wegen meines Blogs eingeladen wurde, und den Aufenthalt doch noch selber zu bezahlen, übersteigt meine finanziellen Möglichkeiten. Selbst die drei schlappen Tage, die ich in diesem Luxusschuppen von Hotel verbracht haben werde, kosten wahrscheinlich so viel, wie ich in Doktor Sennheisers Praxis pro Monat verdiene.

»Okay«, willige ich schweren Herzens ein.

»Sehr gut.« Er dreht mir wieder den Kopf zu, so dass ich die herablassende Genugtuung in seinen Augen lesen kann. »Entspann dich, Samudra. Das Hochzeitsritual muss ein Burner sein, eine Once-in-a-Lifetime-Experience, die nicht jedem zuteilwird. Vielleicht kannst du danach auch noch einmal mein Angebot überdenken. Hast du die vielen Touristen in Ubud gesehen? Bali boomt, vor allem boomt der spirituelle Tourismus. Wir sind ein unschlagbares Team und ...«

»Entschuldige, das hatten wir doch alles schon. Du klingst wie eine Platte, die einen Sprung hat.«

»Dann hör dir den Refrain an: Du bist eine Frau, die vermutlich bald geschieden sein wird. Danach musst du auf eigenen Beinen stehen, auch finanziell. Deshalb wäre es schlau, wenn du dir bereits jetzt gemeinsam mit mir ein lukratives Business aufbaust.«

Tief verletzt lasse ich den Kopf hängen. *Eine Frau, die vermutlich bald geschieden sein wird.* Das tut mindestens so weh wie die Erkenntnis, dass Felix auch noch Kapital aus meinen Eheproblemen schlagen will. Diesem unkomischen Heiligen ist nichts, aber auch gar nichts heilig.

»Hab ich was verpasst?«, flötet Gina, deren hochroter Kopf neben unseren Sitzen erscheint. »Kriegst du gerade spirituellen Nachhilfeunterricht, Fee, äh, Samudra? Darf ich auch mitmachen?«

Felix hat schon wieder seine einstudierte Esoterikermiene aufgesetzt und lächelt milde.

»Es ging um etwas Basales: Glück lässt sich nicht erzwingen, doch es mag Menschen, die etwas dafür tun. Hoffen wir, dass Samudra diesen Ratschlag beherzigt, nötig hätte sie's.«

Gut, dass ich mir das nicht mehr lange anhören muss. Aber ich werde Felix gern dabei zusehen, wie er final aus meinem Leben verschwindet, und zwar jetzt. Mach dich vom Acker, du Spaten, du hast mich lange genug angegraben, würde ich am liebsten sagen, besinne mich jedoch auf Höflichkeit und Gelassenheit.

»Danke für deine Ratschläge, war viel Schönes dabei. Wahrscheinlich musste ich dir begegnen, um mir über einiges klarer zu werden, auch darüber, was mir guttut und was nicht. Darf ich dir ein freundliches Tschüss anbieten?«

Kapitel 34

Der Spa-Bereich des Hotels ist riesig. Er nimmt ein ganzes zwei-stöckiges Gebäude ein, das sich am Rande des Bungalowareals in einer kleinen Bucht erhebt. Architektonisch erinnert es ein biss-chen an das indische Taj Mahal, wenn auch vergleichsweise im Miniaturformat: ein weißer Kuppelbau mit Rundbögen und Türmchen, flankiert von schlanken weißen Säulen.

Davor steht eine große Elefantenskulptur mit erhobenem Rüs-sel. Da ich nochmals die Website des Hotels studiert habe, weiß ich, dass es sich um den Gott Ganesha handelt. Er scheint der beliebteste im Hinduismus zu sein, wenngleich er mir etwas un-berechenbar vorkommt. Es heißt, er beseitige Hindernisse, lege sie aber auch Menschen in den Weg, deren Taten ihm missfallen.

Dass ihm hier gehuldigt wird, verdankt er allerdings einer an-deren Eigenschaft. Unter dem Namen Vinayaka spielt Ganesha eine große Rolle im – tadaa, Tantra. Man sagt, er sei ein ebenso gelenkiger wie virtuoser Liebhaber, ein wahrhaftiger Schelm, der sich darauf verstehe, mehrere Frauen gleichzeitig zu beglücken. Ähem. Man darf gespannt sein.

Als ich durch das Portal des Gebäudes schreite, werde ich so-gleich von zwei weiblichen Angestellten in weißen Sarongs be-grüßt. Lächelnd verbeugen sie sich.

»Welcome to the world of wellness.«

Auch ich verbeuge mich, weil ich das sonst etwas einseitig fände. Ich bin hier zwar Gast, aber niemand muss den Kotau vor mir machen.

»Feel free, enjoy your stay«, kichern die beiden.

Hm, warten wir's ab, ob ich meinen Aufenthalt hier genießen werde. Erstens muss ich mir Posts zu diesem Wellnesstempel überlegen, was die Entspannung schon mal deutlich in Grenzen hält. Zweitens haben Adriano und Shantimay auf Mallorca kräftig vorgelegt. Was könnte deren lebensverändernde Massagen noch toppen? Außerdem bin ich nach dem Ausflug nach Ubud so müde, dass ich zwei Doppelbetten vollschlafen könnte.

Was mache ich, wenn ich bei der Massage einnicke und hinterher nicht weiß, wie es war?

Bevor ich mich ins Innere des Gebäudes begebe, fotografiere ich deshalb vorsichtshalber die Ganesha-Skulptur und schreibe dazu:

Ein Elefant vergisst nie, Karma auch nicht, ein Satz, der auf Felix gemünzt ist, sowie: *Was andere über mich denken, ist irrelefant.*

Fast bin ich versucht, einen weiteren Kalauer hinterherzuschieben: *In diesem Wellnesstempel fühle ich mich wie eine federleichte Göttin – oder wie hieß noch mal gleich diese hinduistische Gottheit mit dem grauen Rüssel?* Aber das lasse ich wohl besser bleiben.

Immerhin, einen Post habe ich schon mal absolviert, stelle ich zufrieden fest, während ich in den Eingangsbereich geführt werde. Es ist ein hoher Saal, der sich über beide Stockwerke erstreckt. Die Wände sind mit kobaltblauen Kacheln verkleidet, in der Mitte sprudelt ein Springbrunnen, den ebenfalls eine Elefanten-Skulptur schmückt. Scheint hier das große Ding zu sein, dieser Ganesha.

Eine der Angestellten zeigt auf ihre Uhr und hebt entschuldigend die Schultern. Ja, ich weiß, ich bin zu früh, signalisiere ich ihr mit Händen und Füßen. Ich wollte halt alles richtig machen und bloß nicht den hochwichtigen Termin verpassen, zu dem mich der Hoteldirektor verdonnert hat.

Um mir die Wartezeit zu verkürzen, setze ich mich auf eine Bank aus hellem Marmor und hole mein Handy heraus. Nein, wieder keine Nachricht von Christian. Doch auf der Busfahrt habe ich Cat informiert, dass ich früher als geplant zurückkehren werde, und sie hat auch bereits geantwortet.

Fee, Süße, was ist denn da los? Warum brichst du ab? An Felix kann es ja wohl nicht liegen. Also, was ist es? Hast Du Dir etwa Dünnpfiff eingefangen? Den kann man doch sicher mit Tabletten behandeln. Willst du nicht doch noch bleiben? Wann kommt man schon mal nach BALI??

Hi Cat, **texte ich los**, leider gab es zwischenmenschliche Komplikationen. Mit Felix. Zu meinem großen Bedauern ist er nicht der Mann, der uns so gut gefiel. Macht nix. Da es nun aber auch noch mit Christian immer mehr knirscht und bröselt (stell dir vor, seit zwei Tagen bleibt er stumm!), habe ich mich entschlossen, nach Hause zu fliegen.

Catherines Reaktion erfolgt prompt.

Seit vollen zwei Tagen? Ach, du Elend.

Das trifft es ziemlich genau. Es lässt mir einfach keine Ruhe, warum er sich nicht meldet. Die Kinder sind gestern und heute bei meinen Eltern, die wissen auch nichts. Womöglich ist Christian mit Joleen durchgebrannt. Oder bei seinen Laufkumpels versackt. Bevor ich nicht Gewissheit habe, halte ich es hier keine Sekunde länger aus als unbedingt nötig.

Was'n Mist. Mit Felix UND mit Christian. Soll ich nicht doch mal die Laufgruppe auschecken? Dann könnte ich dieser Joleen unauffällig ein Bein stellen, und aus ist's mit dem Rumflirten.

Keine gute Idee, **schreibe ich zurück.** Wenn sie ein gebrochenes Bein hat, kommt sie in die Klinik, in der sie mit Christian zusammenarbeitet, und dann können die beiden Turteltäubchen rund um die Uhr im Krankenzimmer miteinander schnäbeln.

Shit! Kann ich sonst irgendwie helfen? Soll ich heute Abend mal bei Euch vorbeifahren und Christian zur Rede stellen? Ist doch ein Unding, dass der Dich schon so lange in der Luft hängen lässt. Du hast Antworten verdient, wie es um Euch steht.

Finde ich auch.

Gut, heute Abend reite ich bei Euch zu Hause ein.
Was essen Emmi und Finn gern? Soll ich ihnen
Pizza mitbringen? Oder einen selbstgemachten
Gemüseauflauf?

Du bist ein Goldschatz! Nudelauflauf wäre super, weil
ich befürchte, dass sie sich bis zu meiner Rückkehr
ausschließlich von Pizza ernähren werden.

Abgemacht. Gemüseauflauf geht klar. Sobald ich Christian
ausgequetscht habe, schreibe ich Dir wieder.

Danke schön. Wie geht es Dir denn überhaupt?

Ich arbeite gerade an einer neuen Skulptur aus
Blechteilen vom Schrottplatz. Habe schon überlegt, dass
sie gut in Euren Garten passen könnte.

Oha. Jetzt muss ich die hohe Kunst der Diplomatie walten lassen.

Dein neues Werk klingt vielversprechend, wow!
Allerdings so vielversprechend, dass es nicht in einem
Privatgarten versauern sollte. Christian will demnächst
unseren Bürgermeister zum Essen einladen. Soll ich den
mal fragen, ob Deine Skulptur möglicherweise an einem
öffentlichen Platz ausgestellt werden kann?

Das wäre ja phantastisch!

Ich will gerade antworten, als auf einmal ein junger Mann im weißen Sarong vor mir steht und sich verbeugt. In einer Hand hält er ein geschnitztes Holzkistchen. Seiner Miene nach zu urteilen, findet er es nicht so witzig, dass ich hier im Akkord aufs Handy eintippe.

»Sorry«, murmele ich. »One minute.«

Muss Schluss machen, Cat, werde jetzt zu einer Massage abgeholt.

Du Glückliche!!!

»Mobile phone, please«, sagt der junge Mann und hält mir das geöffnete Holzkästchen hin.

»Ich soll mein *Handy* abgeben?«, vergewissere ich mich, wobei ich vor lauter Verblüffung vergesse, dass er ja vermutlich gar kein Deutsch spricht.

Er versteht mich auch so.

»Yes, madam, no mobile phones in our world of wellness.«

Die sind aber streng hier. Na, gut, bei einer anständigen Massage kann ich das Handy sowieso nicht benutzen. Deshalb lege ich es in das Kästchen und hoffe inständig, dass ich nicht aus Versehen ein anderes zurückbekomme. Etwa das Handy von Bubikopf-Friederike, die jetzt Anggi heißt, was Gina und ich sogleich in Aggri umgemodelt haben. Die anderen Teilnehmerinnen werden etwas später bearbeitet. Ich bin jetzt schon dran, weil das Hochzeitsritual länger dauert als eine gewöhnliche Massage.

Mit stoischer Miene geleitet mich der Angestellte in einen matt erleuchteten Raum. Die Wände sind aus poliertem Travertin, wenn ich es richtig sehe, in der Mitte stehen eine Mas-sageliege sowie ein Badebottich, auf dessen Wasser rosa Blüten schwimmen. In diesem Augenblick tritt eine hübsche junge Frau im weißen Sarong auf mich zu, in deren straff zurückge-kämmten schwarzen Haar eine gelbe Blüte befestigt ist.

»Einen schönen guten Abend.« Als sie meinen erstaunten Blick sieht, lächelt sie. »Ich heiße Nilam und bin auf Bali ge-boren, habe aber in Deutschland studiert. Deshalb spreche ich Ihre Sprache. Willkommen zum großen balinesischen Hoch-zeitsritual. Es ist eine uralte Tradition, dass die Braut vor ihrer Heirat äußerlich und innerlich auf die Festlichkeiten vorbereitet wird.«

»Hallo, Nilam, freut mich.« Ich räuspere mich verunsichert. »Eine Braut bin ich aber nicht gerade, vielmehr das genaue Ge-genteil.«

»Darauf kommt es nicht an. Zunächst werden wir Sie baden. Es folgt ein Zimtpeeling, anschließend befeuchten wir Ihre Haut mit Joghurt. Danach duschen wir Sie, und als krönender Ab-schluss erwartet Sie eine De-luxe-Massage mit verschiedenen Aromaölen.«

So, wie sie das erläutert, klingt das nach einem einwöchigen Aufenthalt in dieser Wellnesswelt.

»Wie lange dauert das denn?«, frage ich. »Und wieso sagen Sie dauernd *wir*?«

»Es ist eine vierhändige Anwendung.«

Reflexhaft schaue ich zu dem stoischen jungen Mann, der eine weitere Verbeugung vollführt und sich mit »Wayan« vorstellt.

Ehe ich noch etwas dazu sagen kann, fangen die beiden an, mich zu entkleiden. Ich weiß gar nicht, wie mir geschieht. Sie tun es so selbstverständlich, wie eine Mutter ihr Kind abends vor dem Zubettgehen auszieht. Dann führen sie mich zu dem Bottich.

»Bitte sehr«, lächelt Nilam, »das Wasser hat die ideale Temperatur.«

Noch immer bin ich etwas überrumpelt. Die gute Nachricht ist, dass ich mich nicht mehr für meinen Körper schäme, wenngleich ich wahrlich nicht mit Idealmaßen und straffem Bindegewebe punkten kann. War ein langer Weg dahin: *Body Positivity* statt *Body Shaming*. Merkwürdig finde ich diese Prozedur trotzdem.

Wahrscheinlich habe ich jetzt nur zwei Möglichkeiten: Entweder stelle ich alles infrage und sperre mich gegen dieses Ritual, oder ich lasse mich darauf ein. Lass dich drauf ein, flüstert mein inneres Kind. Das wird toll! Ist es nicht wunderbar, wenn wir *beide* Kinder sein dürfen? Wenn wir nicht nachdenken, nichts tun müssen, sondern nur geschehen lassen, was geschieht?

Da ist was dran. Deshalb steige ich gehorsam in den Bottich und lehne meinen Kopf an das dafür vorgesehene Polster. Aber was wird das? Nilam und Wayan haben plötzlich Waschlappen in den Händen und rubbeln mich ab. Arme, Beine, Bauch, Dekolleté, Hände, Füße. Das ist mir zuletzt passiert, als ich ungefähr vier war. Doch wenn man es geschehen lässt und akzeptiert, ist es sogar angenehm.

Beim Zimt-Peeling geht's dann richtig handfest zu. Mein ganzer Körper wird mit der duftenden braunen Paste eingerieben. Kurz fällt mir die anstrengende Weihnachtsbäckerei ein, die in wenigen Monaten ansteht. Gleich darauf lasse ich auch diesen

Gedanken los. Die Zimtsterne können warten. Wer kann schon wissen, ob das nächste Weihnachtsfest überhaupt noch in trauter Familie stattfinden wird.

Nachdem Nilam und Wayan mich in der Wanne abgeduscht haben, tragen sie kühlen Joghurt auf meine Haut auf. Eine Wohltat nach dem Peeling. Nur, dass mich diese Prozedur an die Quarkwickel erinnert, die mir meine Hebamme in den Stillphasen empfohlen hat, wenn eine Brustentzündung drohte.

Du lässt immer noch nicht los, beschwert sich mein inneres Kind.

Ja doch, ich versuch's.

Eine neuerliche Dusche später werde ich mit angewärmten flauschigen Handtüchern abgetrocknet und auf die Massageliege gebeten. Verstohlen befühle ich meine geschrubbte und mit Joghurt verwöhnte Haut. Sie ist weich wie Seide. Wie viel Zeit und Liebe hier für eine einzige Person aufgewendet werden!

»Soll ich mich auf den Rücken legen?«, frage ich und lasse damit durchblicken, dass ich schon etwas Erfahrung mit Massagen habe.

»Auf den Bauch bitte«, antwortet Nilam sanft. »Für Ihr Gesicht ist die Aussparung am Ende der Liege vorgesehen.«

Tatsächlich, eine mit weichen Kissen gepolsterte Öffnung erwartet meinen inzwischen weitgehend entleerten Kopf. Als ich mein Gesicht hineinpresse, entdecke ich eine Wasserschale mit Lotusblüten unter der Massageliege. Hier ist wirklich an alles gedacht worden.

Derweil wächst meine Spannung. Was für eine Art Massage erwartet mich? Eine Relax-Massage à la Adriano? Oder der Tantra-Wahnsinn à la Shantimay?

Weder noch. Beziehungsweise beides. Vier Hände kneten, zupfen, walken meine Haut, bearbeiten meinen Rücken, meinen Nacken, meine Beine. Sie massieren sogar meinen Po. Zuerst ist es mir peinlich. Dann überlasse ich mich ganz den kundigen Berührungen, in denen eine sachte Erotik mitvibriert. Es ist anders als bei Shantimay. Die Erregung drängt nicht auf Erlösung, sie flutet nur in weichen Wellen heran und fließt wieder zurück. Vielleicht ins Universum.

Allerdings steigert sich die erotisierende Wirkung unaufhaltsam. Haben Nilam und Wayan ihre Massagetechnik geändert?

Die vier Hände werden kecker. Zwei wagen sich sogar über den Po weiter zu meinem *Edelstein* vor, wie Shantimay diese verborgene Zone genannt hat. Mein Herz klopft schneller, ein heißes Kribbeln überläuft meine Haut. Das darf doch nicht … Doch, das darf. Ich bin auf Bali, weit, weit weg von zu Hause. Was hier geschieht, wird den Raum nicht verlassen. Morgen fliege ich zurück und werde die beiden freundlichen Menschen nie wiedersehen, die offenbar entschlossen sind, mir nach allen Regeln Ganeshas Lust zu bereiten.

Ich lasse los. Gebe mich hin. Und dem Bedürfnis nach, ungeniert zu stöhnen. Diese Hände! Zärtlich wie die eines Lovers und geschickt wie die von tausend Teufeln. Ich spüre ein unwiderstehliches Ziehen im Bauch, dort, wo mein Kraftzentrum ist, und mache mich auf einen eruptiven Höhepunkt gefasst.

»Jetzt legen Sie sich bitte auf den Rücken«, sagt Nilam.

Ganz schön raffiniert. Als schaue der alte Schlingel Ganesha um die Ecke, der weiß, wie man eine Frau gezielt in die nächste Stufe der Erregung treibt. Mein Puls fängt an zu puckern, als ich mich umdrehe.

Und einen heiseren Schrei ausstoße.

Halluziniere ich? Bin ich schon so sinnenberauscht, dass ich Gespenster sehe?

Nach wie vor steht Nilam neben dem Massagetisch. Doch der Mann neben ihr ist definitiv *nicht* Wayran.

»Überraschung«, flüstert er und haucht mir einen Kuss auf die sprachlos geöffneten Lippen. »Wie hat dir die Massage gefallen, Sternchen?«

Kapitel 35

Das Wasser in dem kleinen Pool schwappt und brodelt, wie es eben schwappt und brodelt, wenn zwei Erwachsene darin herumplanschen wie unbeaufsichtigte Kinder. Es ist eine herrliche Nacht, um sie hier allein zu zweit zu verbringen. Nur die Sterne am pechschwarzen Himmel sehen uns zu, die heute etwas heller funkeln als sonst.

»Du machst mich fertig«, japse ich ungefähr zum hundertsten Mal und küsse Christian auf die Nase.

»Eigentlich wollte ich dich glücklich machen.« Er lacht und nimmt mich so fest in die Arme, dass unsere Körper im gluckernden Wasser zu verschmelzen scheinen. »Kann ich wenigstens davon ausgehen, dass mir die Überraschung gelungen ist?«

»O ja. Wollen wir dann mal langsam reden?«

»Wird wohl Zeit, das zu tun.«

Mit energischen Zügen schwimmen wir zum Rand des Pools und stützen unsere Ellenbogen darauf. Bisher haben wir noch nicht viel gesprochen. Nur das Daybed ausprobiert. Tantrisch, *mit befriedigenden Ergebnissen.*

»Wie bist du bloß auf die Wahnsinnsidee gekommen, hierherzufliegen?«, frage ich.

»Du musst mir aber versprechen, dass du mir nicht böse sein wirst.«

»Warum sollte ich das?«

»Weil ich, nun ja, etwas indiskret war.« Christian taucht ein paarmal unter und prustend wieder auf, als wollte er Zeit schinden. »Wie soll ich es sagen … Als du weg warst, fing es in meinem Kopf an zu rattern. Das Haus war so leer ohne dich. Dann sind auch noch die Kinder zum Flughafen gefahren, um sich von dir zu verabschieden. Plötzlich war ich allein und fühlte mich so leer wie das Haus. Ich wusste nichts mit mir anzufangen. Also setzte ich mich auf die Couch, als etwas in meinem Rücken piekte. Dein Tablet. Da habe ich es, entschuldige bitte, eben aktiviert.«

»Du hast mein … sag mal, geht's noch?«

»Selbstverständlich respektiere ich deine Privatsphäre«, versucht er, mir den Wind aus den Segeln zu nehmen. »Aber ich konnte nicht widerstehen. Dein Passwort kannte ich ja, *familyfirst77*. Ehrlich, ich wollte nicht spionieren. Ich wollte nur Antworten, weil nichts auf meine Nachrichten zurückgekommen war, die ich dir nach Mallorca gesendet hatte.«

»Die ich zu spät gelesen habe, stimmt.« Fahrig streiche ich mir das nasse Haar aus dem Gesicht. »Und? Was Interessantes gefunden?«

»Ich fand den Ordner mit den Briefen an dich selbst. Beziehungsweise an dein inneres Kind.«

Mein Magen sackt in die Kniekehlen.

»Sternchen, ich hatte ja keine Ahnung, wie es dir wirklich ging«, bekennt er leise. »Ich war erschüttert, beschämt, völlig durch den Wind. Aber eines wusste ich: Ich liebe die Frau, die so etwas schreibt. Ich liebe diese nachdenkliche, verrückte, zartfühlende Fee, die mit ihrem Leben hadert, aber immer noch versucht, mich auf ihre Reise in einen neuen Lebensabschnitt mitzunehmen. Reisen war dann das entscheidende Stichwort: Ich musste einfach zu dir nach Bali.«

Trotz der tropischen Wärme überläuft mich eine Gänsehaut. Auch für mich ist *Reisen* ein Stichwort.

»Warte, bin gleich wieder da.«

Nackt, wie ich bin, hüpfe ich aus dem Pool und laufe ins Schlafzimmer, wo die Tüte mit den Souvenirs steht. Eilig schnappe ich mir die hübsch verpackte Freiheitsstatue, dann laufe ich zurück auf die Terrasse. Auch Christian ist inzwischen dem Pool entstiegen. Locker hingegossen sitzt er auf dem Daybed und schaut mich erwartungsvoll an.

»Was ist das?«

»Pack's einfach aus.«

Gespannt sehe ich zu, wie er die blassrote Bastschleife löst und die Freiheitsstatue aus dem Papier wickelt. Verständnislos blickt er auf.

»Sternchen?«

»Es ist ein Symbol«, erkläre ich. »Dafür, dass ich dir die Freiheit lasse, nach New York zu fliegen, mit wem immer du möchtest.«

»Meine süße Fee.« Sichtlich von Gefühlen übermannt zieht er mich an sich. »Das ist so unglaublich zauberhaft. Allerdings …«

»Was – allerdings?«

Sacht streichelt er meinen feuchten Rücken.

»Ich habe den Marathon abgesagt und die New-York-Flüge auf Bali umgebucht. Wenn ich künftig verreise, dann nur mit dir.«

Mir bleibt der Atem stehen. Er lässt den Marathon sausen? Das hat er für mich getan? Für *uns*?

»Du steckst wirklich voller Überraschungen.« Überglücklich schmiege mich an ihn. Im nächsten Moment kommen mir jedoch einige Bedenken. »Ich finde das groß von dir, danke, Schatz, tausend Dank. Dennoch möchte ich, dass wir einander Freiräume lassen, egal, ob es deine Laufgruppe, meine Freundinnen oder Reisen betrifft. Dein Job als Klinikchef wird ohnehin so zeitraubend sein, dass gemeinsame Reisen erst mal unmöglich sind.«

Versonnen betrachtet er die kleine Freiheitsstatue in seiner Hand, während seine andere Hand weiter meinen Rücken streichelt.

»Auch darüber wollte ich mit dir reden. Es gibt eine Planänderung. Sie hat mit Joleen zu tun.«

Schlagartig ebbt meine Euphorie ab und weicht kühler Ernüchterung. Muss das jetzt wirklich sein? Muss diese vermaledeite Joleen jetzt auch noch diesen wunderschönen Moment kaputtmachen?

»Was ist mit ihr?«, frage ich heiser.

»Nicht das, was du befürchtest.« Christian legt die Statue beiseite und nimmt meine Wangen in beide Hände. »Ja, wir haben geflirtet. Und ja, sie wollte mehr. Im Gegensatz zu mir. Für mich gibt es nur dich, Fee. Dich und die Kinder.«

»Das ist deine Planänderung?«, schnaube ich. »Kurz mal fremdgeflirtet und dann zurück in den Schoß der Familie?«

»Beruhige dich, es geht um etwas anderes. Joleen wurde schon vor Monaten zur Oberärztin befördert. Wir sind übereingekommen, dass wir uns die Klinikleitung teilen. Sie ist eine absolute Karrierefrau und bereit, ihr gesamtes Privatleben dem Job zu opfern. Ich bin nicht mehr dazu bereit.«

Wie bitte? Ich traue meinen Ohren nicht. Das stellt alles auf den Kopf, was ich bisher über Christian dachte.

»Machst du Witze?«

»Nein, nein, Sternchen, es ist nur …«, sein Blick streift das türkis schimmernde Wasser des angestrahlten Pools, »ich habe so viel verpasst. Emmis erste Schritte, Finns erstes Wort, Kindergeburtstage, Elternabende, Schulaufführungen. Vor allem aber habe ich dich verpasst. Mir ist schlicht entgangen, dass du dich zu einer eigenständigen und im Übrigen noch viel anziehenderen Frau entwickelt hast.«

Nach wie vor kann ich nicht glauben, was er da erzählt.

»Du willst also allen Ernstes behaupten, dass du beruflich kürzertreten möchtest, um mehr Zeit für die Kinder und mich zu haben?«

»Genauso ist es.« Zärtlich gibt er mir einen Kuss aufs Haar. »Es waren die Briefe an dein inneres Kind, die mich darauf brachten. Du schriebst, dass du leben willst, richtig leben, und aus dem Vollen schöpfen. Unter anderem erfuhr ich auch, dass ich das Pfützenspringen verpasst habe. Da wurde mir klar, dass seit Jahren viel zu viel an mir vorbeigeht. Im Grunde alles, was wirklich wichtig ist. Ich möchte mit dir Neues entdecken, Abenteuer erleben, alles mitnehmen, worauf wir Lust haben.«

Stumm schaue ich ihn an. Wer ist dieser Mann? Wo ist Doktor Christian Ziegler geblieben, der leistungsbetonte Karrieretyp?

»Sternchen?« Er zieht eine Augenbraue hoch. »Was sagst du dazu?«

»Offen gestanden bin ich ziemlich verwirrt.«

»Verstehe ich«, erwidert er weich. »Mir würde es schon reichen, wenn du sagst, dass du den Rest deines Lebens mit mir verbringen willst.«

Mein Herzschlag setzt aus. Atemlos schaue ich in seine Augen, in denen sich das Türkis des Pools spiegelt. Doch das ist es nicht, was mein Herz und meinen Atem stocken lässt. Es ist dieser eigentümliche Glanz, dieses Funkeln der frühen Jahre in Christians Augen. Kann es sein, dass mein größter Wunsch in Erfüllung geht und ich den Mann wiederbekomme, den ich damals geheiratet habe?

»Du kannst es dir natürlich noch überlegen«, rudert er zurück, kann den Anflug von Enttäuschung in seiner Stimme allerdings nicht ganz verbergen.

»Da gibt es nichts zu überlegen.« Auf einmal muss ich lächeln. »Weißt du überhaupt, wie schrecklich es ist, ohne dich einzuschlafen und aufzuwachen? Wie soll ich denn weiterleben ohne deinen morgendlichen Pandablick, deine Grünkohlsmoothies, dein Ernährungstagebuch? Was hat das Leben überhaupt für einen Sinn ohne den Mann, der lieber das Kleingedruckte ignoriert, als eine Brille aufzusetzen? Und der mein Herz immer noch zum Tanzen bringt?«

Er zieht eine komische Grimasse, die sich nach und nach in ein vorsichtiges Lächeln verwandelt.

»Heißt das …?«

»Ja, Christian. Das heißt ja.«

Die Art, wie er mich ansieht, lässt nur einen Schluss zu: küssen wollen. Was wir auch tun. Ausgiebig.

»Ach, da wäre noch was«, murmelt er nach einer wonnevollen Ewigkeit. »Ich habe tierischen Hunger.«

Kapitel 36

Schlendere ich gerade wirklich Hand in Hand mit Christian durch diese tropische Nacht? Es kommt mir alles vor wie ein Traum. Falls es einer ist, möchte ich jedenfalls nie wieder aufwachen. Bunte Lämpchen säumen den Weg, der uns zum Restaurant führt, die Luft ist immer noch backofenwarm und duftet nach exotischen Blumen. Christian hat sich ein weißes Leinenhemd zur Jeans angezogen, ich trage mein bodenlanges weißes T-Shirt-Kleid, das ihm besonders gut gefällt, wie er mir versichert hat.

Als wir durch die Lobby gehen, nickt uns der Rezeptionist zu.

»Everything okay, Mr Ziegler?«

»Yes, thanks.«

»Du kennst ihn?«, frage ich verwundert.

»Irgendwie musste ich dich ja finden, Sternchen. Cat hat mir gesagt, in welchem Hotel du bist. An der Rezeption war man dann so nett, mir zu verraten, dass du einen Massagetermin im Wellnessbereich hast.«

»Aha.« Ein wenig unbehaglich schaue ich ihn von der Seite an. »Was hat dir Cat sonst noch so erzählt?«

»Dass es eine hervorragende Idee ist, nach Bali zu fliegen. Und dass du Betty und ihr schon des Öfteren dein Herz ausgeschüttet hättest.«

Den leisen Vorwurf möchte ich keineswegs auf mir sitzen lassen. »Wem sollte ich mich denn sonst anvertrauen? Du warst komplett unzugänglich für das, was mir auf der Seele lag.«

»Ich weiß.« Er drückt meine Hand etwas fester. »Ich hatte diesen Tunnelblick. Alles sollte reibungslos funktionieren, Job, Familie, Sport, auch meine Frau. Was für einen Druck ich damit aufgebaut habe, war mir gar nicht bewusst. Aber schlussendlich ist mir dann doch noch ein Licht aufgegangen.«

»Ja«, seufze ich. »Zum Glück.«

Mittlerweile haben wir die Treppe zum Strand erreicht und bleiben synchron stehen, so magisch ist die Aussicht. Zu unseren Füßen breitet sich die illuminierte terrassenartige Gartenanlage aus, weiter unten am Strand umringen Fackeln den Restaurantbereich. Dahinter ahnt man den Ozean, von dem uns eine laue Brise entgegenweht.

»Ist es nicht wunderschön?«, hauche ich.

»Ja, aber im Restaurant scheint kein Platz mehr zu sein. Sieh doch, alle Tische sind besetzt. Oder hattest du reserviert?«

Ich schaue genauer hin und blinzele nervös. Tatsächlich, alles besetzt. An einer langen Tafel aus zusammengeschobenen Tischen hält Felix mal wieder Hof, auch sämtliche anderen Tische sind mit Gästen belegt. So was Blödes.

»Tut mir leid, an eine Reservierung hatte ich gar nicht gedacht. Was machen wir denn jetzt?«

»Dort drüben ist noch was frei. Da, wo die Kapelle spielt.« Christian zeigt auf den weiter entfernten Bereich am Strand, wo am Morgen die Hochzeitsvorbereitungen stattgefunden haben. »Wäre doch sowieso schöner, wenn wir ganz für uns sind. Nur wir beide.«

Viel ist dort drüben tatsächlich noch nicht los. Eigentlich gar nichts. Aber womöglich ist es eine Mitternachtshochzeit, oder die Feierlichkeiten finden bei Sonnenaufgang statt. Andere Länder, andere Sitten.

»Das geht nicht, Christian. Wie du unschwer erkennen kannst, handelt es sich um eine Hochzeit, da haben Fremde nichts zu suchen.«

Unverwandt schaut er auf das hell erleuchtete Areal.

»Wer weiß, vielleicht wurde die Feier abgeblasen. Soll ja vorkommen, dass Braut oder Bräutigam in letzter Minute kalte Füße bekommen.«

»Und wir robben uns einfach da rein? Nee, bei aller Liebe, das wäre mir zu peinlich.«

»Wie du meinst.« Sein entschlossenes Gesicht sagt etwas anderes. Sein Mund auch. »Wir sollten es wenigstens versuchen, Sternchen. Ich rede mal mit den Kellnern, vielleicht können wir ja doch dort essen. Kommst du mit?«

Ganz wohl ist mir nicht dabei, dennoch nicke ich.

»Auf deine Verantwortung. Mehr als eine Abfuhr können wir uns schließlich nicht holen.«

Stufe für Stufe steigen wir die Treppe hinunter und biegen vor dem Restaurant nach rechts ab, wo ein schmaler Pfad zum abgetrennten Hochzeitsbereich führt. Es ist ein trauriger Anblick. Die Musiker spielen vor leeren Stühlen, niemand geht durch die Rundbögen der Blumenspaliere. Die einzigen Anwesenden sind zwei Kellner, die sich gedämpft unterhalten. Neben einem Podium, auf dem sich die Brautleute das Ja-Wort geben wollten, steht ein verwaister eingedeckter Tisch. Das wird keine Mitternachtshochzeit und auch keine Sonnenaufgangszeremonie. Ohne

Frage betrachten wir hier die Trümmer großer Hoffnungen auf ein Leben zu zweit.

»Welcome«, begrüßt uns einer der Kellner. »Your table is ready.«

»Nein, das ist eine Verwechslung«, entgegne ich schnell. »Wir gehören nicht dazu. Christian, was heißt Verwechslung auf Englisch?«

»Keine Ahnung.« Seelenruhig deutet er auf das Spalier. »Komm, Sternchen, da gehen wir jetzt durch.«

»Bist du verrückt? Ich will weder von der echten Hochzeitsgesellschaft rausgeschmissen werden noch irgendwo essen, wo sich ein Drama ereignet hat.«

Doch auf einmal passiert etwas sehr, sehr Seltsames. Die Band unterbricht das Stück, das sie gespielt hat, und intoniert ein neues, dessen erste Töne mir wie Stromstöße in die Glieder fahren. Es ist *I Will Survive*. Also, Zufälle gibt's! Im selben Moment betritt eine junge Frau das Podium, die mich an jemanden erinnert. Sie trägt ein enges Glitzerkleid und wirft ihre wallende Mähne zurück, bevor sie sich ein Mikrophon vor die knallrot geschminkten Lippen hält.

Das kann doch nicht sein. Mir schnürt sich die Kehle zusammen.

»Darf ich bitten?«, raunt Christian in mein Ohr.

Ich bin wie erstarrt. Doch er zieht mich einfach an der Hand durch das Spalier, bis wir vorn vor dem Podium stehen.

»I will survive«, singt die junge Frau aus Leibeskräften, nicht ganz lupenrein, aber voller Inbrunst, und winkt uns überschwänglich zu.

»Emmi?« Meine Tränen bemerke ich erst, als sie auf mein

Kleid tropfen. »O Gott, das ist Emmi! Was ... was geht hier vor, Christian?«

Sacht legt er einen Arm um meine Schultern und lächelt so übermütig wie ein kleiner Junge, dem ein besonders kecker Streich gelungen ist.

»Einem alten Brauch zufolge sollte man das Ehegelöbnis erneuern, wenn die schlimmsten Stürme überstanden sind. Deshalb habe ich von zu Hause aus alles Notwendige veranlasst, die Dekoration, die Band, die Blumenspaliere, in der irrsinnigen Hoffnung, dass du Ja sagst.«

Mir wird so schwindelig, dass ich mich kaum auf den Beinen halten kann.

»Das Ganze hier ist – dein Werk?«

»Nachdem ich Blödmann mehr Hochzeitstage vergessen habe, als ein Grundschüler zählen kann, erschien mir das angemessen. Deshalb frage ich dich noch einmal: Fee Ziegler, möchtest du weiterhin mit mir zusammen sein? An guten und an schlechten Tagen, durch dick und dünn, Champagner und Grünkohlsmoothie?«

Ergriffen und ziemlich durcheinander schaue ich hoch zum besternten Nachthimmel, dann zu Emmi, die immer noch hingebungsvoll singt, schließlich zu Christian, der mit einem Finger mein Kinn anhebt und mich fragend ansieht.

»Sternchen?«

»Was denn sonst«, schluchze ich mit tränenerstickter Stimme.

Daraufhin drückt er mich so fest, dass mir die Luft wegbleibt, und jetzt gibt es auch für Emmi kein Halten mehr. Das Mikro landet auf dem Schlagzeug, trotz ihrer Glitzer-Highheels springt sie gekonnt vom Podium.

»Ihr seid so unfassbar krass!«, ruft sie lauthals. »Die krassesten Eltern der Welt!«

Dann liegen wir uns auch schon in den Armen und lachen etwas überdreht und tanzen eingehakt zur Musik im Sand, weil wir gar nicht wissen, wohin mit unseren übersprudelnden Gefühlen. Bis mir jemand auf die Schulter tippt.

»Hat da jemand Schampus gesagt?«

Finn. Auch er ist hier! Die ganze Familie vereint! Ich könnte platzen vor Glück. Widerspruchlos lässt er meine Umarmung über sich ergehen, dann lacht er verschmitzt.

»Ich will ja nicht meckern, aber was zu trinken wäre jetzt echt cool.«

»Für dich allerdings keinen Alkohol«, betont Christian. »Schon vergessen, wie schlecht es dir nach unserer letzten Party ging?«

»Erstens ist Finn zweistellig, zweitens war das nur eine Showeinlage«, kichert Emmi.

»Ich erklär es Papa ein andermal«, gehe ich vermittelnd dazwischen. »Erst mal möchte ich wissen, wie ihr das alles hinbekommen konntet.«

Während Christian dem Kellner ein Zeichen gibt, der bereits ein Tablett mit Cocktails nebst Obstdeko und bunten Schirmchen vorbereitet hat, vergräbt Finn die Hände in seinen Hosentaschen.

»Jo, Dad hat voll abgedübelt und sich richtig reingehängt. Flüge gebucht, in der Schule angerufen, dass wir nicht kommen, sogar meine Jeans gebügelt.«

Christian hat *gebügelt*. Das übersteigt meine kühnsten Phantasien.

»Das Timing war perfekt«, schwärmt Emmi. »Als wir aus dem Flieger gestiegen sind, konnte ich dir sofort eine WhatsApp schicken, dass wir angeblich bei Oma sind.«

»Nur mit schlafen war nix im Flugzeug«, fügt Finn hinzu. »Stand der Dinge: Augenringe.«

Inzwischen haben wir alle unsere Gläser in der Hand, und Christian räuspert sich, um einen Toast auszubringen.

»Halt!«, ertönt plötzlich die röhrende Stimme von Gina, die wie ein Kugelblitz angeschossen kommt, in einem weiten violetten Kleid, das sich wie ein Segel im Wind bläht. »Wartet auf mich! Ich teile so gern die Höhepunkte!«

»Wer ist denn das Einmannzelt?«, gluckst Emmi.

»Hallo, Leute«, quiekt Gina außer Atem. »Hab ich schon wieder was verpasst?«

»Das ist mein Mann, das sind Emmi und Finn«, stelle ich meine Familie vor. »Und das ist Gina, sie war mein Lichtblick bei dem Workshop. Was führt dich hierher? Felix verteilt doch bestimmt wieder seine guten Ratschläge.«

»Nee, ich bin an dem Punkt, an dem das Elixier zum Gift wird. Mir steht's bis zur Kimme, dass er den Löwenbändiger ohne Uniform und Peitsche macht. Die anderen Mädels drehen mittlerweile alle durch. Die Hälfte will abreisen, Friederike will Nacktyoga machen und ...« Irritiert sieht sie uns an. »Äh, störe ich?«

»Nicht direkt«, sagt Christian höflich. »Wir feiern eine Art Familienfest inklusive erneuertem Ehegelöbnis.«

»Bin schon wieder weg. Ist es vorher gestattet, meine spirituelle Überdosis mit Alkohol zu ertränken?«

»Na klar.« Bereitwillig halte ich ihr mein Glas hin. »Wir könnten morgen alle zusammen frühstücken, was hältst du davon?«

»Eine Menge.« Sie legt eine Pause ein, in der sie den Cocktail in einem Zug austrinkt, dann wendet sie sich an Christian. »Ich weiß nicht, was Sie mit Ihrer Frau gemacht haben, aber ich habe Fee noch nie so glücklich gesehen.«

»Das ist mein persönliches Spezialgeheimnis.« Liebevoll und ein kleines bisschen anzüglich zwinkert er mir zu. »Trinken Sie doch noch ein Glas, bevor Sie gehen. Ich wollte Fee sowieso noch einmal unter vier Augen sprechen, bevor das Essen serviert wird.«

»Perfekt.«

Während sich Emmi, Finn und Gina an den gedeckten Tisch setzen, laufen wir Hand in Hand zum Ufer, wo wir uns im warmen Sand niederlassen. Es ist wunderbar, Schulter an Schulter den Mann neben mir zu wissen, in den ich mich neu verliebt habe.

Ein tiefer Frieden erfasst mich. Das regelmäßige Geräusch der Wellen übertönt die Stimmen, die Musik, und vereint sich mit unseren Atemzügen. Lange schauen wir nur aufs Meer. Und dann spüre ich sie. Die große Welle. Ein pulsierendes Glücksgefühl, vermischt mit dem unerschütterlichen Urvertrauen, dass ab jetzt alles gut wird. Auch Christian spürt es offenbar.

»Sternchen, ich wollte dir so viel sagen. Doch ich habe das Gefühl, als könnten wir uns in diesem Augenblick auch ohne Worte unterhalten, weil das ganz große Glück keine Worte braucht.«

»Ja, Christian.« Tief atmend lehne ich mich an ihn. »Das empfinde ich genauso.«

»Dann sag ich mal nichts weiter dazu.«

Er zieht etwas aus seiner Hosentasche. Es ist ein Ring, ein schmaler Silberreif mit einem sternförmig geschliffenen Türkis. Schweigend streift er ihn mir über den linken Ringfinger. Es ist der Moment, in der mich die große Welle erreicht. Wunschloses Glück. Tiefe Zufriedenheit. Einklang.

Hey, flüstert mein inneres Kind. Das war ziemlich gut für den Anfang. Was machen wir als Nächstes?

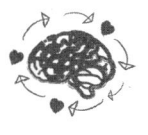

Kapitel 1

Die Habenula: Hort der Enttäuschung

Meine absolute Lieblingsbelanglosigkeit: Dr. Marie Skłodowska-Curie erschien zu ihrer eigenen Hochzeit in ihrem Laborkittel.

Eigentlich ist das eine ziemlich coole Geschichte: Ein befreundeter Wissenschaftler machte sie mit Pierre Curie bekannt, die beiden gestanden einander verlegen, dass sie gegenseitig ihre wissenschaftlichen Veröffentlichungen gelesen hatten, flirteten bei ein paar Bechergläsern flüssigem Uranium, und er machte ihr noch im selben Jahr einen Antrag. Doch Marie war nur nach Frankreich gekommen, um ihr Studium zu absolvieren, also lehnte sie schweren Herzens ab und kehrte nach Polen zurück.

Tragisch, oder?

An dieser Stelle hatte die Universität von Krakau, Bösewicht und unbeabsichtigter Amor dieser Geschichte, ihren großen Auftritt, indem sie sich weigerte, Marie eine Stelle zu geben, schlicht und einfach, weil sie eine Frau war (was für eine Glanzleistung, liebe U von K ...). Ziemlich arschig, so viel ist klar, aber es hatte den positiven Nebeneffekt, dass Marie zurück in Pierres liebevolle, noch nicht radioaktive Arme trieb. Die beiden wundervollen Nerds heirateten 1895, und Marie, die damals nicht gerade viel verdiente, kaufte sich ein Hochzeitskleid, das bequem genug

war, dass sie es jeden Tag im Labor tragen konnte. Bewundernswert pragmatisch, die Frau.

Natürlich wird die Geschichte um einiges weniger cool, wenn
man circa zehn Jahre vorspult und erfährt, dass Pierre von einer
Kutsche überfahren wurde und Marie und ihre zwei Töchter allein
zurückblieben. Man schaue sich das Jahr 1906 genauer an, und
da ist schon die Moral von der Geschicht': Darauf zu vertrauen,
dass Leute für immer bei einem bleiben, ist eine ganz schlechte
Idee. Auf die eine oder andere Art verlassen sie einen alle. Entweder rutschen sie an einem regnerischen Morgen auf der Rue
Dauphine aus und werden von einer Kutsche überrollt. Oder sie
werden von Außerirdischen entführt und verschwinden in den
unendlichen Weiten des Weltalls. Oder vielleicht haben sie auch
sechs Monate vor eurer geplanten Hochzeit Sex mit deiner besten
Freundin, so dass du die Hochzeit absagen musst und einen Haufen Geld verlierst.

Der Phantasie sind in diesen Dingen einfach keine Grenzen
gesetzt.

Angesichts dessen könnte man wohl sagen, dass die U von K
als Bösewicht eine Nebenfigur bleibt. Nur damit ich nicht falsch
verstanden werde: Ich liebe die Vorstellung, wie Dr. Curie in ihrem Hochzeitskleid-Schrägstrich-Laborkittel auf *Pretty-Woman*-
Art nach Krakau zurückmarschiert und ihre zwei Nobelpreise in
die Höhe reckend schreit: »Großer Fehler. Riesengroßer Fehler.«
Doch der wahre Bösewicht, der Marie nächtelang weinend an
die Decke starren ließ, ist der Verlust. Die Trauer. Die Vergäng-
lichkeit, die den menschlichen Beziehungen immanent ist. Der
wahre Bösewicht ist die Liebe: ein hoffnungslos instabiles Isotop,
das sich ständig dem spontanen Kernzerfall hingibt.

Und niemals dafür zur Rechenschaft gezogen wird.

Aber was ist es, auf das man zählen kann? Was Dr. Curie über all die Jahre niemals, aber auch wirklich niemals im Stich gelassen hat? Ihre Neugier. Ihre Entdeckungen. Ihre Leistung. Die Wissenschaft. Denn auf die Wissenschaft ist Verlass.

Was genau der Grund ist, der mich vor Freude kreischen lässt, als die NASA mich benachrichtigt, dass ich zur Leiterin von BLINK, eines ihrer angesehensten Forschungsprojekte in Sachen Neurotechnik, ausgewählt wurde – ich! Bee Königswasser! Kreischend mache ich Luftsprünge in meinem winzig kleinen, fensterlosen Büro auf dem Campus der National Institutes of Health in Bethesda. Kreischend male ich mir die phantastische Technologie aus, die ich für NASA-Astronauten entwickeln werde. Bis ich mich daran erinnere, wie papierdünn die Wände sind und dass mein linker Nachbar schon mal offiziell Beschwerde gegen mich eingelegt hat, weil ich es gewagt habe, Frauen-Neunziger-Alternative-Rock ohne Kopfhörer zu hören. Also halte ich mir die Hand vor den Mund, beiße hinein und hüpfe so leise wie möglich auf und ab, während mich eine nie gekannte Begeisterung durchflutet.

Ich fühle mich, wie sich Dr. Curie damals gefühlt haben muss, als sie Ende 1891 endlich an der Universität von Paris angenommen wurde: als sei die Welt der (vorzugsweise nicht radioaktiven) wissenschaftlichen Entdeckungen endlich in greifbare Nähe gerückt. Es ist bei Weitem der bedeutendste Tag meines Lebens, der zugleich ein phänomenales Wochenende einleitet. Die Highlights:

• Ich erzähl meinen drei Lieblingskolleginnen die große Neuigkeit, wir gehen zur Feier des Tages in unsere übliche

Bar, trinken mehrere Runden Lemon Drops und spielen lachend nach, wie uns Trevor, unser hässlicher mittelalter Chef, gebeten hat, uns bloß nicht in ihn zu verlieben. (Männer in der akademischen Welt tendieren dazu, an Größenwahn zu leiden – alle außer Pierre. Pierre hätte so etwas nie getan.)

• Ich färbe meine rosa Haare lila. (Zu Hause, denn angehende Akademiker können es sich nicht leisten, zum Friseur zu gehen. Hinterher sieht meine Dusche aus wie eine Mischung aus einer Zuckerwattemaschine und einem Einhorn-Schlachthaus, doch seit dem Waschbär-Vorfall – glaub mir, du willst nicht wissen, was da passiert ist – war ohnehin klar, dass ich die Kaution nicht zurückbekommen werde.

• Ich gehe zu Victoria's Secret und kaufe mir hübsche grüne Unterwäsche, ohne mich wegen der exorbitanten Kosten schlecht zu fühlen (obwohl mich seit Jahren niemand mehr in Unterwäsche gesehen hat und es, wenn es nach mir geht, noch sehr lange dabei bleiben wird).

• Ich lade mir den Runter-von-der-Couch-ab-zum-Marathon-Fitnessplan runter, mit dem ich schon ewig anfangen will, und mache meinen ersten Lauf. (Danach humpele ich, meinen Ehrgeiz verfluchend, zurück nach Hause und stufe mich sofort auf ein Runter-von-der-Couch-ab-zu-ganzen-fünf-Kilometern-Programm hinab. Ich kann nicht glauben, dass manche Leute jeden Tag Sport machen.)

• Ich backe Leckerlis für Finneas, den betagten Kater meiner betagten Nachbarn, der mich oft besucht, um sich ein zweites Abendessen abzuholen. (Zum Dank zerkratzt er meine Lieblings-Converse. Dr. Curie in ihrer unendlichen Weisheit war wahrscheinlich ein Hundemensch.)

Alles in allem habe ich einen Wahnsinnsspaß. Ich bin nicht einmal traurig, als das Wochenende vorbei ist und ein Montag wie jeder andere folgt – mit Experimenten, Besprechungen, Tiefkühlessen und Dosenlimo an meinem Schreibtisch, während ich endlose Datenberge auswerte –, doch mit der Aussicht auf BLINK fühlt sich selbst Altbekanntes neu und aufregend an.

Ich will ehrlich sein: Vor der Zusage war ich geradezu krank vor Sorge. Nachdem innerhalb von sechs Monaten vier meiner Anträge für Forschungsgelder abgelehnt worden waren, konnte ich mir so gut wie sicher sein, dass meine Karriere stagnierte – womöglich sogar vorbei war. Jedes Mal, wenn mich Trevor in sein Büro rief, bekam ich Herzrasen und Schweißausbrüche aus Angst, er werde mir sagen, dass mein jährlich befristeter Vertrag nicht verlängert würde. Die letzten paar Jahre, seit ich meinen Ph.D. gemacht habe, waren nicht gerade spaßig.

Aber damit ist jetzt Schluss. Bei der NASA zu arbeiten bedeutet einen riesigen Sprung auf der Karriereleiter. Nicht umsonst habe ich mich bei einem erbarmungslosen Auswahlverfahren gegen Goldjungen durchgesetzt wie Josh Martin, Hank Malik und sogar gegen Jan Vanderberg, diesen grässlichen Kerl, der so angestrengt über meine Forschung herzieht, als könne er damit eine olympische Medaille gewinnen. Ich mag Rückschläge erlitten haben, ziemlich viele sogar, aber meine nun schon zwei Jahrzehnte andauernde Besessenheit vom menschlichen Gehirn hat mich endlich an diesen Punkt gebracht: Ich bin Leitende Neurowissenschaftlerin bei BLINK. Ich werde Ausrüstung für Astronauten entwickeln, die ihnen im Weltall von Nutzen sein soll. Das macht es mir möglich, Trevors ebenso klammen wie sexistischen Fängen zu entfliehen. Das ermöglicht mir einen langfristigen Vertrag und mein eigenes Labor mit eigenen Forschungsprojekten. Das bedeutet den Wendepunkt meines Berufslebens – was ehrlich gesagt das einzige Leben ist, das ich mir wünsche.

Die nächsten Tage verbringe ich in einem Zustand purer Ekstase. Ich bin überglücklich. Ich bin überglücklich bis zur Ekstase.

Dann, am Montag um vier Uhr dreiunddreißig nachmittags, bekomme ich eine Mail von der NASA. Ich lese den Namen der Person, die BLINK mit mir zusammen leiten wird, und mit einem Mal bin ich nichts mehr davon.

»Erinnerst du dich an Levi Ward?«

»Brennt es irgendwo … hä?« Mareikes Stimme am Telefon ist belegt und schläfrig, vom schlechten Empfang und der großen Entfernung gedämpft. »Bee? Bist du das? Wie spät ist es?«

»Viertel nach acht in Maryland und …« Ich berechne schnell die Zeitdifferenz. Vor ein paar Wochen war Reike in Tadschikistan, aber jetzt ist sie in … war es Portugal? »Zwei Uhr nachts bei dir.«

Reike knurrt, stöhnt und macht eine Menge anderer Geräusche, mit denen ich bestens vertraut bin, weil ich die ersten zwei Jahrzehnte unseres Lebens mit ihr im gleichen Zimmer geschlafen habe. Ich lehne mich auf dem Sofa zurück und warte, bis sie fragt: »Wer ist gestorben?«

»Niemand ist gestorben. Na ja, bestimmt ist irgendjemand gestorben, aber niemand, den wir kennen. Hast du etwa wirklich geschlafen? Bist du krank? Soll ich mich in den nächsten Flieger setzen?« Es macht mir ernsthaft Sorgen, dass meine Schwester nicht durch die Clubs zieht, nackt im Mittelmeer badet oder mit einem Hexenmeisterzirkel in den Wäldern der Iberischen Halbinsel lustwandelt. Nachts zu schlafen ist sehr untypisch für sie.

»Nein. Ich bin nur wieder pleite.« Sie gähnt. »Und muss reichen, verwöhnten portugiesischen Jungs tagsüber Privatunterricht geben, bis ich genug gespart habe, um nach Norwegen zu fliegen.«

Ich mache mir nicht die Mühe zu fragen: »Warum Norwegen?«, weil Reike sowieso nur »Warum nicht?« antworten würde. Stattdessen frage ich: »Soll ich dir was überweisen?« Ich schwimme nicht gerade in Geld, vor allem nicht nach meinen (wie sich leider herausgestellt hat: verfrühten) Feierlichkeiten, aber ich könnte ein paar Dollar entbehren, wenn ich mich etwas zusammenreiße. Und einfach nichts mehr esse. Ein paar Tage lang.

»Nein, danke, die Eltern der Rotzlöffel bezahlen mich gut. Im Ernst, Bee, gestern hat ein Zwölfjähriger versucht, mir an die Brust zu fassen – bäh.«

»Bäh. Was hast du gemacht?«

»Ich hab ihm gesagt, dass ich ihm die Finger abhacke, wenn er nicht sofort damit aufhört – was sonst? Aber egal, wie komme ich zu der Ehre, so grausam aus dem Schlaf gerissen zu werden?«

»Tut mir leid.«

»Nee, tut es nicht.«

Ich lächle. »Nee, tut es nicht.« Wozu teilt man sich hundert Prozent seiner DNA mit einer anderen Person, wenn man sie nicht für ein Notfallgespräch wecken kann? »Erinnerst du dich noch an das Forschungsprojekt, von dem ich dir erzählt habe? BLINK?«

»Das Projekt, das du leiten sollst? Bei der NASA? Wo du deine coole Gehirn-Wissenschaft einsetzt, um diese coolen Helme zu bauen, die coole Astronauten im All benutzen werden?«

»So in etwa. Wie sich herausgestellt hat, soll ich das Projekt nicht allein leiten. Die Gelder kommen von der NASA und den NIH, und sie konnten sich nicht einigen, welche Institution das Sagen haben sollte, weshalb sie beschlossen haben, zwei Leitungspositionen zu besetzen.« Aus dem Augenwinkel sehe ich etwas Orangerotes aufblitzen – Finneas, der auf den Sims meines Küchenfensters springt. Ich lasse ihn herein und kraule ihn am Kopf. Er miaut liebevoll und leckt meine Hand. »Erinnerst du dich an Levi Ward?«

»Ist das irgendein Typ, mit dem ich was hatte und der mich jetzt erreichen will, weil er einen Tripper hat?«

»Hä? Nein. Ich habe ihn während meiner Promotion kennengelernt«, erkläre ich und öffne den Schrank, in dem ich das Katzenfutter aufbewahre. »Er hat seinen Doktor der Ingenieurswissenschaften in demselben Labor wie ich gemacht, war aber schon im fünften Jahr, als ich angefangen habe ...«

»Der Ward-Arsch!«

»Genau der!«

»Na klar erinnere ich mich an den! War er nicht ... heiß? Groß? Muskulös?«

Ich verkneife mir ein Grinsen und schütte Futter in Finneas' Schüssel. »Ich weiß nicht, was ich davon halten soll, dass du von meinem Erzfeind nur noch die Körpergröße von eins neunzig in Erinnerung behalten hast.« Dr. Marie Curies Schwestern, die hochangesehene Ärztin Bronisława Dłuska und die Bildungsaktivistin Helena Skłodowska, hätten so etwas nie getan. Es sei denn, sie hätten ununterbrochen nach irgendeinem Mann gelechzt wie Reike – in diesem Fall hätten sie es ganz bestimmt doch getan.

»Und muskulös! Du solltest stolz auf mich sein – ich habe ein Gedächtnis wie ein Elefant.«

»Das bin ich. Jedenfalls wurde mir mitgeteilt, wer mein Co-Leiter von der NASA sein wird, und ...«

»Echt jetzt?« Anscheinend hat Reike sich aufgesetzt. Auf einmal ist ihre Stimme viel klarer. »Echt jetzt?!«

»Ja, echt jetzt.« Während ich die leere Katzenfutterdose wegwerfe, muss ich mir das irre, schadenfrohe Gelächter meiner Schwester anhören. »Hör mal, du könntest wenigstens so tun, als würde dich das nicht mordsmäßig freuen.«

»O ja, das könnte ich. Aber werde ich das auch?«

»Offenbar nicht.«

»Hast du geheult, als du es herausgefunden hast?«

»Nein.«

»Hast du den Kopf auf deinen Schreibtisch gehauen?«

»Nein.«

»Lüg mich nicht an. Hast du nicht eine Beule auf der Stirn?«

»... vielleicht eine klitzekleine.«

»O Bee. Vielen Dank, dass du mich geweckt hast, um diese köstliche Neuigkeit mit mir zu teilen. Hat der Ward-Arsch dir nicht mal gesagt, du wärst potthässlich?«

Hat er nicht, zumindest nicht mit diesen Worten, aber ich muss so laut lachen, dass Finneas erschrocken zu mir aufsieht. »Ich fasse es nicht, dass du dich daran erinnerst.«

»Hey, dafür habe ich ihn gehasst. Immerhin bist du verdammt heiß.«

»Das sagst du nur, weil ich genauso aussehe wie du.«

»Ach ja? Ist mir noch gar nicht aufgefallen.«

Eigentlich entspricht es auch nicht ganz der Wahrheit. Ja, Reike und ich sind beide klein und schlank. Wir haben dieselben symmetrischen Gesichtszüge und dieselben blauen Augen, dieselben glatten dunklen Haare. Doch wir sind unserer *Ein-Zwilling-kommt-selten-allein*-Phase längst entwachsen, und mit achtundzwanzig kann uns wirklich jeder problemlos auseinanderhalten. Schließlich färbe ich mir seit Jahren die Haare in verschiedenen Pastelltönen, und ich liebe Piercings – und das eine oder andere Tattoo. Mit ihrer Wanderlust und ihren künstlerischen Neigungen ist Reike zwar der Freigeist der Familie, aber auf den Modestil eines Freigeists hat sie keine Lust. Da komme ich, die angeblich langweilige Wissenschaftlerin, ins Spiel.

»Also, war er es, der mich indirekt beleidigt hat?«

»Jepp. Levi Ward. Der einzig Wahre.«

Ich gieße Wasser für Finneas in eine Schüssel. Eigentlich stimmt das auch nicht ganz. Levi hat mich nie explizit beleidigt. Implizit allerdings …

Im zweiten Semester meines Promotionsstudiums hielt ich meinen ersten großen Vortrag, was ich sehr ernst nahm. Ich lernte den Text komplett auswendig, machte die PowerPoint-Präsentation nicht weniger als sechs Mal neu und zerbrach mir stundenlang den Kopf, was das perfekte Outfit wäre. Letztlich zog ich mich deutlich schicker an als sonst, und Annie, meine beste

Freundin im Studium, hatte die gut gemeinte, aber unglückliche Idee, Levi dazu zu bringen, mir ein Kompliment zu machen.

»Sieht Bee heute nicht ganz besonders hübsch aus?«

Wahrscheinlich war es das einzige Gesprächsthema, das ihr in den Sinn kam, denn sie redete ständig darüber, wie unheimlich gut aussehend er sei, mit seinen dunklen Haaren und den breiten Schultern und diesem markanten, ungewöhnlichen Gesicht – und wie sehr sie sich wünschte, er würde aufhören, so verdammt zurückhaltend zu sein, und sie um ein Date bitten. Dummerweise schien Levi nicht an einem Gespräch interessiert zu sein. Er musterte mich mit seinen stechend grünen Augen. Einen langen Moment starrte er mich einfach nur an. Und dann sagte er ...

Nichts. Rein gar nichts.

Er machte nur ein, wie Tim, mein Ex-Verlobter, es später nannte, »entgeistertes Gesicht« und verließ das Labor mit einem steifen Nicken – und nicht dem geringsten Kompliment, noch nicht einmal einem aufgesetzten oder erlogenen. Danach nahmen die Dinge an der Uni – der ultimativen Gerüchte-Jauchegrube – ihren Lauf, und die Geschichte entwickelte ein Eigenleben. Bald erzählten die Studenten sich, er hätte mein Kleid vollgekotzt; er hätte mich angefleht, mir eine Papiertüte über den Kopf zu ziehen; er wäre so verstört gewesen, dass er Bleichmittel getrunken hätte, um sein Gehirn zu reinigen, und neurologische Schäden davongetragen. Ich bin niemand, der sich selbst besonders ernst nimmt, und ein Meme zu sein war anfangs sogar ganz amüsant, aber irgendwann wurden die Gerüchte so mies, dass ich mich fragen musste, ob ich wirklich so abstoßend bin.

Und dennoch habe ich Levi deswegen nie Vorwürfe gemacht. Ich war nie wütend auf ihn, weil er sich weigerte, so zu tun, als fände er mich anziehend. Oder … na ja, zumindest nicht abstoßend. Denn er wirkte auf mich schon immer wie ein Bild von einem Mann. Anders als die Jungs in meinem Umfeld. Ernst, diszipliniert, ein bisschen grüblerisch vielleicht. Strebsam und ausgesprochen talentiert. Folglich dürfte ein Mädchen mit einem Septum-Piercing und blauen Haaren nicht unbedingt seiner Vorstellung von einer schönen Frau entsprechen. Was ich voll und ganz akzeptieren kann.

Was ich Levi allerdings sehr wohl übel nehme, ist sein Verhalten in dem Jahr, in dem wir gemeinsame Kurse hatten. Etwa dass er mich nie direkt angesehen hat oder dass er immer irgendeinen Vorwand hatte, nicht zum Journal Club zu erscheinen, wenn ich eines meiner Themen vorstellte. Und so nehme ich mir das Recht heraus, wütend zu sein, weil er sich aus Gruppengesprächen ausklinkte, sobald ich auftauchte, weil er nicht einmal Hallo sagte, wenn ich ins Labor kam, oder weil er mich ständig mit grimmigem, missbilligendem Blick anstarrte, als wäre ich ein Ungeheuer. Und ich nehme mir das Recht heraus, mich gekränkt zu fühlen, weil er Tim nach unserer Verlobung beiseitenahm und ihm sagte, er hätte etwas viel Besseres verdient als mich. Also wirklich, wer macht denn so was?

Vor allem aber nehme ich mir das Recht heraus, ihn dafür zu hassen, dass er so überaus deutlich gemacht hat, wie wenig er von mir als Wissenschaftlerin hält. Alles andere hätte ich ihm vielleicht noch nachsehen können, aber der fehlende Respekt für meine Arbeit – dafür werde ich auf ewig meine Axt schärfen.

Bis ich sie ihm irgendwann zwischen die Beine ramme.

Zu meinem ewigen Erzfeind wurde Levi dann an einem Dienstag im April, im Büro meiner Betreuerin. Samantha Lee war –

und ist immer noch – einsame Spitze in allem, was neurologische Bildgebung angeht. Wenn es eine Möglichkeit gibt, ein lebendes menschliches Gehirn in Augenschein zu nehmen, ohne den Schädel aufzubrechen, hat Sam sie entweder entdeckt oder zumindest perfektioniert. Ihre Neuroimaging-Forschung ist brillant, sehr solide finanziert und höchst interdisziplinär ausgerichtet – weshalb sie auch so viele Studenten aus verschiedenen Fachbereichen betreut: kognitive Neurowissenschaftler wie mich, die sich für die neuronalen Grundlagen menschlichen Verhaltens interessieren, ebenso wie Informatiker, Biologen, Psychologen oder Ingenieure.

Selbst im überfüllten Chaos von Sams Labor stach Levi hervor. Er hatte ein Händchen für eben jene Art der Problemlösung, die Neuroimaging zu einer wahren Kunstform erhebt. In seinem ersten Jahr gelang es ihm, ein tragbares Infrarot-Spektroskop zu bauen – was Postdocs seit einem Jahrzehnt Kopfschmerzen bereitet hatte. Bis zum dritten Jahr hatte er die Datenanalyse des Labors revolutioniert. Im vierten wurde seine Arbeit in der weltweit wichtigsten Fachzeitschrift *Science* veröffentlicht. Und in seinem fünften Jahr, als ich zu dem Laborteam stieß, rief Sam uns beide in ihr Büro.

»Es gibt da dieses großartige Projekt, das ich unbedingt auf den Weg bringen möchte«, sagte sie mit ihrem üblichen Enthusiasmus. »Wenn wir das hinbekommen, wird es das gesamte Spektrum des Studienfelds verändern. Und deswegen brauche ich dafür meine beste Neurowissenschaftlerin und meinen besten Ingenieur in Gemeinschaftsarbeit.«

Es war ein milder, frühlingshafter Nachmittag. Daran erinnere ich mich gut, denn schon der Morgen war unvergesslich gewesen: Tim war mitten im Labor vor mir auf die Knie gegangen und hatte mir einen Antrag gemacht. Ein bisschen theatralisch, was nicht wirklich mein Ding ist, aber ich hatte nicht vor, mich zu beschweren, wenn das hieß, dass jemand sein Leben lang bei mir bleiben wollte. Also sah ich ihm in die Augen, hielt die Tränen zurück und sagte Ja.

Ein paar Stunden später ballte ich die Fäuste so fest, dass sich der Verlobungsring schmerzhaft in meine Hand bohrte. »Ich habe keine Zeit für diese Zusammenarbeit, Sam«, sagte Levi. Er stand so weit von mir weg wie möglich, und dennoch schaffte er es irgendwie, das kleine Büro vollständig einzunehmen und zu seinem Gravitationszentrum zu werden. Mich würdigte er keines Blickes. Das tat er nie.

Sam runzelte die Stirn. »Neulich hast du gesagt, du wärst mit an Bord.«

»Ich habe mich geirrt.« Sein Gesichtsausdruck war undurchschaubar. Kompromisslos. »Tut mir leid, Sam. Ich habe einfach zu viel zu tun.«

Ich räusperte mich und trat ein paar Schritte auf ihn zu. »Ich weiß, ich bin nur eine Studentin im ersten Jahr«, begann ich in beschwichtigendem Ton, »aber ich werde meinen Beitrag leisten, versprochen. Und ...«

»Darum geht es nicht«, unterbrach er mich. Flüchtig schaute er mir in die Augen, und einen kurzen Moment schien es, als könne er nicht wegsehen. Mein Herz setzte einen Schlag aus. »Wie ich schon sagte, ich habe im Moment keine Zeit, ein neues Projekt anzufangen.«

Ich weiß nicht mehr, warum ich das Büro allein verließ oder warum ich noch einen Moment davor verharrte. Ich versuchte mir einzureden, alles sei schon in Ordnung und Levi einfach zu beschäftigt. Hier waren alle sehr beschäftigt. Die akademische Welt war nichts als ein Haufen sehr beschäftigter Leute, die sehr beschäftigt herumrannten. Und ich war selbst sehr beschäftigt, denn Sam hatte recht: Was Neurowissenschaft anging, gehörte ich im Labor definitiv zu den Besten. Ich hatte genug eigene Arbeit, um mich davon nicht unterkriegen zu lassen.

Bis ich Sam besorgt fragen hörte: »Warum hast du deine Meinung geändert? Du hast doch selbst gesagt, das Projekt sei einfach der Hammer.«

»Ich weiß. Aber ich kann nicht. Tut mir leid.«

»Was kannst du nicht?«

»Mit Bee zusammenarbeiten.«

Sam fragte, warum, aber ich hörte nicht mehr zu. Jeder einzelne Schritt einer wissenschaftlichen Laufbahn erfordert einen gewissen Masochismus, aber die Grenze des Akzeptablen ist für mich erreicht, wenn mich jemand vor meiner Chefin schlechtmacht. Ich stürmte davon. Als ich dann eine Woche später Annie glücklich darüber plaudern hörte, dass Levi zugestimmt habe, ihr bei ihrem Dissertationsprojekt zu helfen, hatte ich längst aufgehört, mich selbst zu belügen.

Levi Ward, Seine Wardheit, Dr. Ward-Arsch, verachtete mich.

Mich.

Mich persönlich.